D1115255

NET FORCE

CYBERPIRATES

TOM CLANCY ET STEVE PIECZENIK
AVEC STEVE PERRY ET LARRY SEGRIFF
présentent

Tom Clancy
NET FORCE
CYBERPIRATES

ROMAN

Traduit de l'américain
par Jean Bonnefoy

ALBIN MICHEL

Ceci est une œuvre de fiction. Les personnages et les situations décrits dans ce livre sont purement imaginaires : toute ressemblance avec des personnages ou des événements existant ou ayant existé ne serait que pure coïncidence.

Édition originale :
TOM CLANCY'S NET FORCE
STATE OF WAR
Publié par Berkley Books,
avec l'accord de Netco Partners

Prologue

Samedi 1er juin, 2013
Front Royal, Virginie

Solomon « Solly » Bretcher, sénateur démocrate de Floride, baissa les yeux vers la femme étendue à côté de lui.

Elle avait dit s'appeler Joan et elle était jeune. Elle avait prétendu avoir vingt et un ans quand elle l'avait levé dans ce bar de Washington – mais elle l'avait dit avec l'esquisse d'un sourire, de quoi lui faire comprendre qu'elle mentait. Pour lui, elle devait être sans doute plus proche des dix-huit.

Elle était également très mince, presque androgyne, et il s'avisa qu'elle devait faire du yoga ou de la gymnastique.

Athlétique, vigoureuse et souple, mignonne comme tout, et assez jeune pour être, quoi… sa fille au moins. Voire sa petite-fille.

Mais ce n'était pas cela qui l'avait attiré. Non, la raison de sa présence ici, étendu nu dans une drôle de chambre d'hôtel en Virginie, à près de cent kilomètres de ses bureaux, n'avait rien à voir avec l'apparence physique de cette femme, avec son âge, avec le parfum qu'elle portait – ou non. C'était une raison plus forte, plus pressante et qui avait à voir avec le regard qu'elle lui avait adressé, avec cette faim sauvage, irrésistible, qu'il avait lue dans ses yeux lorsqu'elle s'était approchée de lui.

Cela faisait beau temps que quelqu'un ne l'avait pas regardé de la sorte. Il n'avait pas souvenance de la dernière fois que quelqu'un l'avait désiré pour lui-même et pas pour son bulletin de vote.

Elle l'avait regardé de cette façon-là. Elle lui avait laissé voir le désir nu dans ses yeux. Elle lui avait dit, non pas avec des paroles mais avec chacun de ses gestes, chacun de ses regards, qu'elle le désirait, et il avait répondu à son invite.

Il la contemplait à présent.

« Joan », dit-il d'une voix douce.

Elle ouvrit les yeux et le regarda ; un sourire se dessina lentement sur son visage.

« Joan », répéta-t-il, savourant la manière dont son prénom glissait sur ses lèvres. Il voulait dire quelque chose à cette femme entre ses bras, la remercier, peut-être, lui faire savoir combien elle l'avait touché. Il voulait marquer ce moment avant qu'il ne s'enfuie.

Il ne devait jamais en avoir l'occasion.

Alors qu'il allait s'adresser à elle, il fut interrompu par un bruit de coups de pied dans la porte de la chambre d'hôtel.

Joan réagit plus vite que Solly, s'échappant de sous lui pour remonter le drap autour de son corps tandis qu'il s'emparait de ses lunettes.

« Qu'est-ce que ça signifie ? lança-t-il tout en fourrageant pour les chausser. Bon Dieu, qui êtes-vous ? » Il tâchait de prendre l'air furieux, pas évident quand on vous surprenait au lit avec une jeune femme qui n'était pas votre épouse. Il se tut lorsqu'après avoir réussi à mettre ses lunettes, il découvrit que l'homme qui faisait irruption dans la chambre avait une arme pointée sur lui.

« Rhabille-toi, espèce de petite traînée ! »

L'estomac de Solly se noua. Son mari ? Mon Dieu, mon Dieu, qu'est-ce qu'il allait faire ? Si Marsha l'apprenait... !

« Et toi, toi, espèce de pervers. J'devrais t'descendre ! L'bon Dieu m'bénirait, et la police aussi ! » L'homme avait un drôle d'accent. Français ?

« Écoutez, monsieur, commença Solly. Il y a eu un malentendu... Je... j'ignorais qu'elle était mariée...

– *Mariée ?!* Espèce de fils de pute ! Ce n'est pas ma femme ! C'est ma fille ! Elle a quatorze ans ! »

La vue de Solly fut soudain brouillée par des millions de mouches tourbillonnantes. Il déglutit, la bouche sèche, pris d'un vertige. Quatorze ans ? Ça n'était pas possible !

« Papa, je suis désolée... »

L'homme s'avança et gifla la jeune fille. La claque retentit dans le silence de la chambre. « Rhabille-toi ! Je m'occuperai de toi quand on sera rentrés ! D'abord, faut que j'appelle la police, faire arrêter ce pervers ! Vont t'foutre en taule, violeur d'enfant ! »

Un cajun, réalisa Bretcher. Voilà l'origine de l'accent. La Louisiane...

Joan s'empressa d'obéir, une main plaquée contre sa joue écarlate.

Le sénateur Solly Bretcher sentit le sol se dérober

sous ses pieds : sa vie était fichue. Quatorze ans. C'était la disgrâce définitive. On allait le crucifier. La presse le dévorerait tout cru, et si ce n'était pas les journaux, ce serait sa famille. Il était un homme mort.

Alors que l'homme s'apprêtait à saisir le téléphone, Bretcher tendit la main. « Attendez ! attendez ! Ne faites pas ça ! Peut-être qu'on pourrait parvenir à un… à un arrangement ! »

Le père de la fille le regarda. « De quoi que tu causes ?

– Tout ce que vous voudrez, souffla Bretcher. N'importe quoi ! »

Dans la voiture, Joan rigola. « Quatorze ans ? fit-elle. Tu pousses un peu loin, Junior, même pour moi ! »

Derrière le volant, Marcus Boudreaux, alias « Junior », l'homme qui avait prétendu être son père, sourit. « Ma foi, quatorze, ça faisait plus dramatique que seize ou dix-sept, tu crois pas ? Et il l'a gobé sans problème. T'as vu sa tronche, hein ?

– Non, j'étais trop occupée à me tenir la mienne. T'étais pas obligé de taper aussi fort. »

D'un geste, il écarta l'objection. « Il fallait que ça ait l'air vrai. Et comme je t'ai dit, ça a marché. Le sénateur fera tout ce que je lui dirai. »

Joan secoua la tête. Elle avait vingt-quatre ans mais elle avait toujours paru plus jeune que son âge. Pas de seins, pas de hanches et la peau sur les os, ça avait ses avantages. Persuader un vieil homme terrorisé que vous étiez une adolescente était de ceux qui lui avaient déjà rapporté gros – et cette fois encore, dix mille dollars.

« Et maintenant ?

– T'occupe. Contente-toi de ramasser ton fric et d'aller lézarder sur la plage du côté de Biloxi. Je te rappellerai si j'ai besoin de toi. »

Elle haussa les épaules. Dix mille pour deux heures de boulot ? Encore mieux que simuler de la pédophilie sur le net. Et puis, elle avait besoin de soigner son bronzage. Alors, pourquoi pas ?

1.

Washington, DC

C'était un dimanche après-midi, chaud, moite, orageux, la pluie menaçait… un temps typique de la capitale en cette période de l'année. Une bonne journée pour rester chez soi. C'est justement ce que faisait Alex Michaels. Dans son garage plus ou moins vide faute de projet de restauration de voiture, il se livrait à une brève mais intense séance d'entraînement avec Gourou. C'était elle qui avait fait découvrir à Toni le silat, cette technique d'art martial indonésien. Et aujourd'hui, malgré toutes ces longues années, elle demeurait toujours aussi incroyable.

Elle portait un chandail ample au-dessus d'une longue jupe en batik, elle était chaussée de sandales, et elle avait l'air à peu près aussi effrayant qu'un ours en peluche. Un très très vieil ours en peluche. Mais gare aux apparences, sous peine de vous retrouver en fort mauvaise posture. L'une des premières règles du combat était de ne jamais prendre ce qu'on voyait pour argent comptant.

Elle frappa et Michaels effectua la séquence de blocage, coup, blocage, coup, lancer du coude, en rafale synchronisée, tap-tap-tap, comme deux doubles-croches suivies d'une croche pour les trois premiers mouvements.

Elle opina. « Pas si mal. Mais surveillez votre garde basse, assurez-vous que le premier coup vient de la hanche et coupe en biais en remontant. Frappez-moi. »

Ce qu'il fit, et bien qu'elle eût l'âge d'être sa grand-mère, sa réaction fut si rapide qu'il faillit en rester coi. Elle pouvait le frapper trois fois avant même qu'il ait eu le temps de ciller et alors qu'il restait planté là, encore surpris, le faire choir sur le béton d'un revers de la jambe ou d'un croche-pied. L'exemple parfait de la maîtrise technique l'emportant sur la force physique.

« Encore une fois », intima-t-elle.

Dix minutes plus tard, il se relevait après qu'elle l'eut jeté à terre d'un simple revers, quand Toni entra dans le garage. Elle tenait Petit Alex en équilibre sur une hanche et ressemblait à une princesse polynésienne en sarong, avec ses cheveux noués dans une serviette. « Es-tu encore en train de flanquer une raclée à Gourou, Alex ?

– Oh ouais, tu parles. Déjà entendu ce que disait la cavalerie américaine, sur la conduite à tenir si jamais on se faisait capturer par les Sioux Lakotas ? Quoi qu'il advienne, ne jamais les laisser vous confier aux femmes.

– Très drôle. Tu as un coup de fil. »

Elle lui tendit son virgil – l'acronyme signifiait *Virtual Global Interface Link* –, ce petit gadget électronique bien pratique qui tenait lieu de téléphone, fax, GPS, balise de détresse, carte de crédit, accès Internet et autres fonctions auxquelles il n'avait même jamais songé, y compris un capteur espion qui indiquait en permanence au quartier général où il se trouvait. Si l'appel passait par le virgil, c'est qu'il était important, puisque le bidule avait également été crypté par les meilleurs programmeurs de la Net Force.

Quand on parlait du loup...

Le minuscule écran affichait le visage de Jay Gridley quand Michaels prit l'appareil de la main de sa femme.

« Jay...

– Patron. Je ne vous dérange pas, non... ?

– Tu m'as juste évité de prendre une raclée.

– Encore Toni ?

– Gourou.

– N'est-ce pas embarrassant, patron, de vous faire dérouiller par une vieille bonne femme assez âgée pour être votre grand-mère ? »

Michaels sourit. « Tu peux passer quand tu veux prendre ma place, si ça te chante.

– Non, merci bien. Je vous appelais juste pour vous signaler un ou deux trucs. On a un nouveau virus par mail qui fait des vagues sur le web. Juste un ver pénible qui se charge sur le système, l'encombre en se répliquant sur le disque dur avant de se reproduire en se réexpédiant... rien de bien méchant, mais il se répand vite et vous ne devriez pas tarder à en avoir des nouvelles... D'après moi, c'est une banale attaque d'un jeune hacker. Le but de l'opération n'est pas de faire de réels dégâts mais de compter les coups. On devrait parvenir à remonter sa piste et le coincer.

– OK.

– L'autre truc, c'est qu'on a eu une attaque bizarroïde contre un de nos robots de surveillance, et j'ai pensé que vous voudriez en savoir plus. »

Michaels sourit de nouveau. « Une attaque bizarroïde… encore un terme de jargon informatique, Jay ? » La Net Force était en roue libre depuis quelque temps. Personne ne s'en était pris à eux, et aucune attaque d'envergure n'avait frappé la toile ou le réseau. Même les pirates semblaient avoir pris leurs quartiers d'été. Michaels préférait toutefois ne pas forcer le destin en se croyant en sécurité. Chaque fois qu'il avait eu cette attitude, il était arrivé quelque chose et la Net Force en avait pris pour son grade.

« Serait-ce une allusion au mariage qui me dissoudrait la cervelle ? demanda Jay.

– Venant de moi ? Sûrement pas. Pas avec mon épouse à proximité, tenant un bébé qui gigote et qu'elle pourrait bien me balancer sur la tronche. » Ce disant, il sourit à Toni, lui fit un petit signe et adressa une grimace au fiston. Il adorait voir sourire Petit Alex.

Jay le nota sur l'écran de son virgil. « Hmm, d'accord, patron. Enfin, quoi qu'il en soit, je peux vous envoyer tout ça sur votre poste de travail. Rien de grave.

– Balance tout dès que t'es prêt, Gridley. »

Jay roula des yeux. « Comme si on ne me l'avait pas déjà faite, celle-là… Allez, discom, patron. »

Michaels referma le virgil, puis il alla embrasser sa femme et câliner son fils un moment. Il comptait aller voir ce que Jay avait jugé si important. Au moins, cela lui éviterait de se faire dérouiller par Mamie la Mort.

Pas d'affolement. Mais dans son for intérieur, il

savait qu'ils devaient bien s'attendre un jour ou l'autre à une attaque majeure.

Lorsqu'il se déconnecta, Jay sourit et hocha la tête. Il avait vu bien des aspects d'Alex Michaels au cours des années, mais ce côté papa gâteux, c'était inédit. Il ne put s'empêcher de se demander quel genre de père il ferait, lui.

Il secoua de nouveau la tête et laissa ces idées de côté. La paternité, c'était pour plus tard... et encore. Pour l'heure, il avait un pirate à traquer.

Il travaillait de chez lui. Après le retour de leur lune de miel, Saji et lui avaient emménagé dans un appartement plus grand, qui leur permettait à chacun d'avoir son espace de travail. Pour l'heure, Saji était dans son bureau, en train de prodiguer ses conseils à une classe d'étudiants en ligne désireux de s'initier au bouddhisme. Elle allait travailler encore une heure, aussi avait-il tout son temps pour se livrer à son travail personnel.

Le matériel de connexion sans fil dont il disposait chez lui était le même que celui qu'il utilisait au siège de la Net Force : la toute dernière génération d'équipements haptiques – avec la panoplie complète de capteurs optiques, auditifs, olfactifs, gustatifs et tactiles, ce qui lui offrait une capacité sensorielle totale lorsqu'il était en ligne. Il enfila les gants, chaussa le casque avec ses écouteurs et ses prises nasales, mit les coques sur ses yeux, les rajustant pour être à l'aise. Il avait déjà passé la combinaison tactile ajustée comme un collant.

La pièce qu'il avait transmise au commandant Michaels n'était qu'une infime partie de ce qu'il savait être bien plus vaste, il en était sûr. Mais savoir, ce n'était pas trouver. Comme dans le scénario dans lequel il s'apprêtait à plonger, il y avait quantité de troncs submergés dans les marais, et si tous n'étaient pas des alligators, il convenait toutefois de redoubler de prudence quand on les repoussait avec une perche…

Il sourit à cette pensée. « Scénario activé », dit-il à son ordinateur.

Bayou Baritaria, Louisiane

Jay sillonnait lentement les eaux du Bayou Baritaria, le moteur de son hydroglisseur presque au ralenti, tout en observant avec soin les troncs submergés. Même sans une hélice immergée, un choc à grande vitesse serait toujours dommageable – moins pour l'engin que pour lui. Les hydroglisseurs étaient robustes : la tôle d'alu de qualité marine de douze millimètres d'épaisseur qui constituait le fond plat de la coque était recouverte de surcroît d'une couche de polymère à base de Teflon qui permettait à l'esquif de glisser à peu près sur tout, y compris sur la terre ferme. Du reste, un record de vitesse terrestre avait été établi dans le temps, vers la fin des années quatre-vingt-dix, avec un tel engin, sur asphalte, à plus de soixante-quinze kilomètres/heure. Pas terrible pour le revêtement, mais le résultat était là.

Toutefois, heurter à grande vitesse un obstacle immergé le mettrait en danger, lui, au cas où le bateau se retournerait ou bien dévierait vers un de ces immenses cyprès qui montaient la garde, lestés des lourdes draperies de mousse d'Espagne qui recouvraient leurs branches.

Le seul moyen de retrouver le nord sur ces arbres, c'était, comme on disait, d'y chercher le cadavre d'un Yankee.

Jay se rappelait une anecdote lue quelque part, le fait que toutes les statues de généraux sudistes étaient tournées vers le nord. Ils avaient peut-être perdu la guerre, mais par ici, ils n'avaient jamais vraiment capitulé.

Des rais de soleil filtraient sous l'épaisse canopée du marécage, effleurant çà et là les eaux glauques qui, comme de juste, grouillaient de mocassins et de sangsues. L'air empestait cette odeur humide et froide, une odeur de pourriture, de végétaux en décomposition qui recouvrait tout, comme une puanteur féconde et terreuse. En arrière-plan, on percevait le chant aigu des cigales.

Un moustique passa en bourdonnant et il l'écrasa.

Jay sourit. Rares étaient ceux qui prenaient le temps de peaufiner de tels détails en RV. C'était la différence entre les pros et les amateurs : l'attention aux petites choses.

Son hydroglisseur était doté d'un V8 de 560 chevaux doté d'un rapport de réduction de deux, actionnant une hélice à six pales en fibre de carbone qui le propulsait dans les eaux du bayou, d'un vert brunâtre intense. Le fond plat de l'embarcation lui permettrait de flotter dans moins de deux centimètres d'eau, et s'il devait se lancer dans une poursuite, il pouvait accélérer à soixante ou quatre-vingts à l'heure en l'espace de quelques secondes – plus vite, même, selon l'état de l'eau.

Cet engin d'une conception simple et efficace avait été conçu plus d'un siècle auparavant par Alexander Graham Bell, pas moins. Apparemment, l'inventeur s'en était servi comme banc d'essai pour des moteurs d'avion, lesquels étaient restés le mode de propulsion de choix jusque dans les années quatre-vingt-dix, quand, grâce à leur coût d'entretien moins élevé, les moteurs automobiles avaient pris le relais.

Cela émoustillait Jay de savoir que l'arrière-grand-père des réseaux modernes, le premier homme à introduire le téléphone, avait également été l'inventeur de l'engin qu'il avait choisi pour évoluer dans son scénario de réalité virtuelle.

Il se trouva que les hydroglisseurs étaient bénéfiques pour l'environnement : pas d'hélice immergée, cela voulait dire moins de perturbation de l'écosystème subaquatique. Dans le cas présent, la métaphore s'étendait à son enquête : Jay faisait significativement moins de vagues dans sa pêche à l'information.

Bien sûr, il aurait pu procéder à la manière d'autrefois, en lorgnant un moniteur à cristaux liquides, isolé des données par une mince fenêtre, mais qui aurait voulu procéder ainsi ? L'immédiateté des cinq sens lui procurait un avantage – et le chef des plongeurs en réalité virtuelle de la Net Force aimait bien cette méthode.

Devant lui, il avisa une masse brune dans l'eau.

Il se pencha pour ajuster le levier à gauche de son siège, actionnant les deux ailerons emplis de mousse qui tenaient lieu de gouvernail. Comme une feuille sur une mare, l'embarcation dévia légèrement sur la gauche, juste assez pour éviter l'obstacle d'un cheveu.

Il baissa les yeux : un tronc submergé. Ce n'était pas vraiment un tronc, bien sûr, mais un paquet d'informations glissant lentement sur ce tronçon du Net.

La section de réalité virtuelle qu'il inspectait était ancienne – utilisée pour des flux de données qui ne mobilisaient pas une trop grande bande passante – et des données qui parfois n'étaient pas ce qu'elles semblaient être.

C'était une variation moderne de *La lettre volée* d'Edgar Poe : au lieu d'envoyer des données cryptées à haute vitesse, certains des nouveaux pirates de données les planquaient à la vue de tous, en risquant des transmissions plus lentes dans des secteurs moins surveillés. Après tout, qui irait soupçonner qu'on utilise une artère lente du réseau pour y faire transiter des données critiques ?

Eh bien, Jay Gridley, par exemple. Garder l'esprit ouvert à toutes les hypothèses vous évitait souvent d'être pris de court.

Il suivait une piste entamée quelques jours auparavant, quand il avait repris sa surveillance des terroristes de CyberNation. La Net Force avait redoublé de vigilance avec ces gaillards, surtout après ce qui s'était passé l'année précédente[1]. Jusqu'ici, rien de grave ne s'était produit.

Une autre forme passa à la dérive, un peu plus vite que le tronc.

Celle-ci était plus verte et il avisa des yeux et des

---

1. Cf. *Net Force 6 : CyberNation*, Albin Michel, 2005. (*Toutes les notes sont du traducteur.*)

narines qui dépassaient de l'eau : un spécimen d'alligator Mississippiensis – l'alligator d'Amérique.

Les données dans ce paquet-ci étaient à l'évidence affectées d'une priorité plus élevée que les infos stockées dans le tronc, assorties d'une mesure de protection et légèrement accélérées. Tout autour de lui, Jay distinguait à présent d'autres formes dans l'eau, certaines étaient des alligators, d'autres des troncs.

Un autre groupe d'yeux et de narines vint frôler son embarcation. Jay contempla l'espace séparant les narines des yeux… douze pouces – une trentaine de centimètres –, à vue de nez.

Là, pour le coup, c'est un tout gros.

C'était une vieille règle empirique chez les chasseurs d'alligator : la distance entre l'ouverture des narines et l'arête du nez, mesurée en pouces, représentait approximativement la taille de l'animal en pieds. Celui-ci devait donc faire environ douze pieds de long. Un peu plus de trois mètres soixante.

Mais quand il chercha son sillage, ça ne collait pas. Les remous de la queue battant l'eau n'apparaissaient pas à trois mètres et quelques derrière les yeux, mais bien trop près… à une soixantaine de centimètres seulement.

Bien, bien, bien.

S'il avait été en train de regarder un écran d'ordinateur, il aurait simplement constaté que la somme de contrôle du paquet de données qu'il examinait ne correspondait pas. Et par expérience, ça ne se produisait pas avec des données légitimes. Quelqu'un essayait de faire passer quelque chose pour plus petit qu'il n'était.

Il était temps de regarder de plus près M. Gator.

Il saisit sa perche – un long tube d'inox muni à son extrémité d'un licou en fil d'acier qui pouvait servir à chasser les bêtes dangereuses – et fit tourner l'hydroglisseur pour suivre l'alligator. La créature devait avoir été dotée d'un système d'alerte simplifié car, dès qu'il se mit sur ses traces, elle accéléra.

Vite. Bien trop vite pour un alligator. À moins qu'il ne soit propulsé par une tuyère.

Jay sourit. Il semblait bien qu'il allait avoir une occasion d'utiliser son bateau, après tout.

Il accéléra rapidement, le grondement des chevaux propulsant l'hydroglisseur derrière l'alligator. Il semblait que la créature se dirigeait vers une branche du bayou, droit devant. Jay poussa les gaz et les cyprès défilèrent un peu plus vite. Un tronçon de mousse d'Espagne qui pendait sous une branche lui gifla le visage.

Parfois, c'était trop bon. Peut-être.

L'alligator était rapide, mais il ne pouvait pas rivaliser avec son embarcation. Tout en s'approchant, Jay abaissa la perche de sorte à placer le licou juste devant la bête. À cette vitesse, il convenait d'agir avec promptitude, s'il ne voulait pas que le courant lui arrache la perche de la main.

Il enfonça la boucle dans l'eau et exerça une traction pour tendre le nœud coulant. La perche tira violemment sur ses bras et si l'alligator avait été aussi long que prévu, l'expérience aurait été fort désagréable. Mais bien entendu, ce n'était qu'un gringalet.

Tout bon encore une fois. Ça devenait lourd par moments. Les gens étaient trop prévisibles.

Il coupa le moteur et dégrafa sa ceinture avant de déposer l'alligator sur le pont.

La bête de soixante centimètres de long était de fort méchante humeur : elle s'agitait et battait de la queue sur le pont en faisant résonner la tôle d'aluminium. Les mains de Jay redescendirent le long de la perche. Il se pencha et referma les mâchoires – pas difficile, puisque les muscles les plus puissants étaient conçus pour mordre, pas pour ouvrir la bouche – et glissa un autre nœud coulant au-dessus du mufle, en serrant fort.

Je t'ai eu.

Ce qu'il avait fait en réalité, c'était détourner l'adresse de destination de la bête pour qu'elle arrive chez lui plutôt que chez son destinataire initial. Mais une chasse à l'alligator, c'était quand même bien plus excitant.

Jay retourna la bête et examina son ventre. Pas de coutures.

Beau boulot.

Enfin, il avait également des moyens de contourner cela.

Il prit un petit couteau à dépecer et fendit l'abdomen de l'alligator. Au lieu d'entrailles fumantes toutefois, ce furent des pages d'informations qui se répandirent ; seule la première avait été endommagée par son rapide coup de couteau. Il jeta un œil sur l'écriture de la première page et sourit.

Tiens, tiens, tiens. Voyez-vous ça. Comme c'est intéressant…

2.

Stand de tir de la Net Force
Quantico, Virginie

Le général John Howard arriva avec son fils Tyrone. Ils s'arrêtèrent au poste d'entrée pour discuter avec la Mitraille. C'était un sergent, mais tous les tireurs qui venaient ici l'avaient toujours appelé « la Mitraille ».

« Mon général ! Et c'est Tyrone ? Dis donc, tu as grandi, depuis la dernière fois que je t'ai vu. »

Tyrone, avec la voix de fausset de ses quinze ans, sourit et opina : « Oui, chef, dit-il.

– Vous tirez au fusil aujourd'hui, mon général ? demanda le sergent.

– Non, à l'arme de poing. Tyrone n'a pas encore eu l'occasion de tirer avec le Medusa.

– Quelles cartouches voulez-vous ?

– Des 9 millimètres, du 38 Spécial et quelques 357.

– Votre bague est-elle à jour, mon général ? »

Howard acquiesça. La bague de contrôle électronique qu'il portait, comme tous ses collègues de la Net Force et du FBI, contrôlait le tir de ses armes personnelles. Enfin, à l'exception de la vieille mitrailleuse Thompson que lui avait léguée son grand-père. Celle-là, il n'avait pas voulu la bidouiller. C'était une pièce de collection, qui valait sans doute plus que sa voiture – même s'il n'avait pas l'intention de la vendre.

« Vous voulez que j'équipe Tyrone ?

– Non, il a sa bague personnelle. Est-ce que Julio est là ?

– Affirmatif, mon général, il est déjà en piste. Rangée six.

– Je m'en doutais, dit Howard. Il s'entraîne autant qu'il peut. »

La Mitraille rigola.

« Y aurait-il une blague qui m'aurait échappé, chef ?

– Sauf votre respect, mon général, pour le lieutenant Fernandez et vous, ce n'est pas du luxe. Si tous les agents de la Net Force tiraient aussi lentement et aussi mal que vous, ils auraient plus vite fait de lancer leur arme que de tirer avec. »

Howard sourit. Il se savait meilleur que la moyenne avec une arme de poing et plutôt supérieur à la plupart des tireurs à l'arme d'épaule. Mais la Mitraille, lui, était capable d'éborgner une mouche en tirant au pistolet, quelle que soit la main, et au fusil, il pouvait vous découper des cibles si lointaines que vous aviez le temps de boire une bière en attendant que les balles touchent au but. Enfin, au sens figuré. Et Howard n'était pas homme à faire des cérémonies avec ses hommes.

La Mitraille leur confia une boîte avec les munitions de revolver, ainsi que deux paires de casques électroniques et de lunettes de tir. Howard et son fils coiffèrent les casques suppresseurs de bruit avant de franchir les lourdes portes du stand de tir proprement dit.

Il y avait à l'intérieur deux tireurs qui s'entraînaient au pistolet et ils avisèrent Julio dans la sixième rangée, en train de dégommer une cible holographique avec son vieux Beretta de dotation militaire. Il avait équipé l'arme d'un viseur laser Crimson Trace intégré dans la crosse, ce qui avait un tant soit peu amélioré sa précision de tir. Avec cet équipement intégré d'origine, tout ce qu'il vous restait à faire, c'était à pointer l'arme – inutile d'aligner guidon et cran de mire – et vous pouviez tout aussi bien tirer de la hanche que dans la posture classique. Quand le dispositif était calibré avec soin, les balles atteignaient l'emplacement désigné par le petit point rouge au moment de presser la détente. Bon, d'accord, il fallait encore être capable de tenir l'arme avec fermeté, mais c'était un avantage manifeste quand on avait les yeux fatigués.

Julio, qui l'avait convaincu d'utiliser la même arme de poing que lui, un Phillips & Rodgers modèle 47, dit aussi « Medusa », avait essayé d'amener Howard à la doter d'une crosse laser. Jusqu'ici, toutefois, Howard avait résisté. L'équipement n'était pas si coûteux que cela, quelques centaines de dollars, ce qui n'était pas cher payé quand votre vie était en jeu, mais Howard avait un côté vieux jeu qui le rendait lent à adopter ce genre d'accessoire – du moins pour son usage personnel.

Julio termina de vider un chargeur, leva les yeux et les aperçut. Il sourit. « Hé, Tyrone, comment va cette jambe ?

– Très bien, maintenant, lieutenant. »

Julio regarda Howard. « C'est vous qui lui avez dit de m'appeler comme ça, hein ? Vous avez dû insister.

– Ma foi, je me suis dit : autant que ton titre te serve à quelque chose. Dans un rien de temps, tu seras capitaine.

– Tant qu'à être condamné pour un crime, autant qu'il en vaille la peine, constata Julio.

– Tout à fait. Ça ne te gêne pas que Tyrone tire un peu avec nous, aujourd'hui ? Il n'a jamais été très porté sur les armes de poing, et j'ai pensé que ça pourrait l'intéresser de voir à quel point elles sont dures à manier, par rapport à un fusil.

– Pourquoi y verrais-je une objection, mon général ? Je veux dire, comparé aux prestations du général, même un débutant incapable de distinguer le canon de la crosse pourrait difficilement faire pire.

– Un général pourrait abattre un lieutenant pour une telle insolence, constata Howard.

– Affirmatif, mon général, mais le seul général que je connaisse, il faudrait qu'il confie la tâche à un autre, sinon, il risquerait de gâcher l'argent du contribuable en munitions avant de réussir à faire mouche. »

Tyrone rit et Howard sourit à nouveau. Vingt ans passés ensemble sous les drapeaux avaient créé une complicité qui dépassait de loin les simples relations entre officier et subalterne, à tout le moins quand il n'y avait personne dans les parages, et Tyrone était de la famille, donc ça ne comptait pas.

« Eh bien, lieutenant, vous parlez d'or, mais on va voir à l'épreuve des faits, d'accord ?

– Affirmatif, mon général. Vous voulez que je tire de la main gauche ? Sur un pied ?

– Pourquoi ? Tu me dois encore dix billets pour la dernière fois où tu t'es servi de tes deux mains et de tes deux pieds. Je ne suis pas inquiet le moins du monde. »

Julio sourit.

Washington, DC

Gourou surveillait le bébé – avoir une baby-sitter à domicile était un don du ciel, aucun doute – et Toni en profita pour aller faire une balade avec le tricycle en position allongée d'Alex. Il le gardait en temps normal à son travail mais elle le lui avait fait ramener à la maison pour lui permettre de se remettre en forme. Depuis la naissance du bébé, elle n'avait, semblait-il, jamais assez de temps pour faire de l'exercice, et si elle avait poursuivi son entraînement de silat, elle avait pris deux centimètres de tour de hanche et de cuisse, et elle avait beau multiplier ses djurus, elle semblait incapable de s'en défaire. En revanche, elle pouvait brûler pas mal de calories en appuyant sur les pédales et le tricycle lui permettait de faire travailler les muscles sous un angle différent que les exercices d'arts martiaux. Enfin, elle espérait.

Bien sûr, faire du tricyle dans la circulation de Washington était une invitation à l'accident corporel, quand bien même on était équipé de feux à éclats et d'un drapeau orange vif accroché à une antenne de queue haute de deux mètres quarante. Elle avait promis à Alex qu'elle se cantonnerait aux nouvelles pistes cyclables aménagées aux alentours du parc non loin de leur domicile. Elle avait également choisi de sortir en milieu de matinée un jour de semaine. C'était le meilleur moment car il n'y avait alors quasiment pas un chat.

Elle pédalait sur un tronçon droit qui longeait sur huit cents mètres environ la clôture du parc. Personne en vue et le pavé était sec. Le ciel était nuageux mais il faisait encore lourd et la transpiration trempait son collant cycliste et son T-shirt alors qu'elle venait de changer de vitesse pour pédaler en force. Le tricycle était très stable sur les parties rectilignes et les freins étaient bons, donc elle ne se faisait pas de souci.

Elle avait atteint une pointe de cinquante-cinq kilomètres-heure en pédalant de toutes ses forces, aussi commença-t-elle à ralentir trois cents mètres avant la fin du bout droit. Tenter de prendre la courbe à cette allure lui aurait fait mordre le macadam vite fait.

Ses jambes la brûlaient mais c'était ce qu'elle désirait.

Depuis que Gourou était venue vivre sous leur toit, Toni aurait pu se remettre au travail à temps plein, mais elle n'en avait rien fait. Elle ne l'avait pas voulu. Le bébé passait en premier, même si ce n'était plus vraiment un bébé : il marchait, parlait, devenait chaque jour un peu plus autonome. Il était intelligent, vif et beau, et même le quitter juste pour quelques heures seulement était dur. Certes, il y avait des moments où elle appréciait cette coupure. Et, oui, son travail lui manquait parce qu'il lui apportait des défis qu'elle ne rencontrait pas en restant à la maison. Malgré tout, en dernier ressort, si elle avait dû faire un choix, c'eût été d'être mère et femme au foyer.

Par chance, elle n'avait pas eu à en arriver là. Quand votre mari était votre patron, des aménagements demeuraient possibles. D'ailleurs, depuis qu'elle avait quitté son poste officiel au FBI, elle avait le statut de « consultante », ce qui satisfaisait apparemment le service juridique...

Son com pépia. Elle était redescendue à une vitesse raisonnable, aussi dégrafa-t-elle le téléphone accroché au revers de son collant. L'écran lui donna l'identification de l'appelant.

« Hé, chou, fit-elle.

– Hé, répondit Alex. Où es-tu ?

– Je fais du tricycle.

– Oh, bien.

– Qu'est-ce que ça veut dire, ça ? Tu penses que j'en ai besoin ? Que je suis grosse ? »

Une longue pause.

Elle rit. « Je plaisante, Alex, je plaisante. Tu marches à chaque coup.

– Ouais, bon, d'accord. Ne me force pas à radoter, merci. Tu n'es pas grosse. J'exprimais simplement ma joie de savoir que tu pouvais sortir et profiter du beau temps. On annonce de la pluie un peu plus tard dans la journée.

– C'est ce que j'ai entendu. Quoi de neuf ?

– Il faut que je file en avion à New York, je dois assister à une réunion avec le directeur et les gars de la défense intérieure. Ce devrait être un rapide aller-retour, je prends le Lear Jet du bureau, ça m'évitera de faire la queue sur un vol commercial. Je devrais être de retour pour le dîner mais je tenais à te prévenir, au cas où j'aurais du retard.

– Merci, mon chou. Sois prudent.

– Comme toujours. Je t'aime.

– Moi aussi. »

Après avoir coupé, Toni rangea le téléphone et se concentra de nouveau sur le pédalage. Elle était heureuse qu'Alex ne prenne pas la navette. Cela faisait un bout de temps qu'il n'y avait pas eu d'attentat terroriste contre des avions, mais après les horreurs de 2001 et quelques autres dans l'intervalle, prendre l'avion n'était plus pareil.

Bien sûr, tout le monde continuait à le prendre, et la plupart des passagers essayaient de ne pas y penser. La vie était pleine de risques. On pouvait se faire écraser juste en traversant la rue. Malgré tout, elle ressentait toujours une petite inquiétude chaque fois qu'Alex voyageait en avion, même à bord de l'appareil du service. Certes, il y avait des agents fédéraux chargés de prévenir les détournements sur la plupart des vols ; certes, en tant qu'agent fédéral lui-même, Alex pouvait avoir sur lui son taser ; et certes, il avait finalement des aptitudes au combat. Mais chacun le savait, face à un kamikaze, il fallait s'attendre à tout.

Il faudrait aller à la racine du mal pour empêcher ce genre de choses, mais sur cette terre, certaines vieilles rancunes remontaient à des milliers d'années. Comment changer l'attitude de quelqu'un dont le peuple a grandi dans la haine depuis l'édification des pyramides ?

Lentement. Très lentement. Et dans l'intervalle, on restait sur ses gardes et si quelqu'un tentait quelque chose, on l'anéantissait. La vigilance était le prix de la liberté.

Toni négocia la courbe. Deux mères de familles poussaient des landaus, toutes deux étaient coiffées de chapeaux à large bord, les deux landaus avaient la capote relevée et les rideaux de tulle étaient tirés pour maintenir les bébés à l'ombre. Toni sourit – elle se sentait une affinité avec ces femmes. Elles avaient un enfant. Toutes les mères étaient liées entre elles, quelque part, non ?

Elle les dépassa, sourit et leur adressa un signe de la main. Elle allait pouvoir faire demi-tour un peu plus loin et revenir par le même itinéraire. Avec de la chance, la ligne droite serait encore déserte et elle pourrait à nouveau se lâcher. Puis elle rentrerait à la maison voir son beau, son brillant, son superbe fiston.

Stand de tir de la Net Force
Quantico

Tyrone était allé se laver les mains et passer aux toilettes, laissant Howard et Julio dans le bureau de la Mitraille.

Julio fut le premier à tenter de décrire ce qui venait de se passer.

« Seigneur, John, je n'ai jamais vu un truc pareil. Ce môme est un tireur-né. Donne-lui un mois de pratique et il flanquera une déculottée à la Mitraille. »

Howard acquiesça. Pour lui aussi, la surprise avait

été grande de voir son ado de fils saisir un pistolet et en faire le prolongement de sa main. Sans tâtonnement, sans hésitation. Il avait mis la première balle pile dans la cible et avait continué ainsi jusqu'à la fin de la session. Et cela, aussi bien avec le revolver de Howard qu'avec le semi-automatique de Julio. C'était comme s'il avait tiré au pistolet depuis des années mais Howard savait pertinemment qu'il n'en était rien. C'était la première fois qu'il y touchait.

Abasourdi, interloqué, Howard lui avait demandé s'il s'était entraîné en réalité virtuelle mais Tyrone avait répondu non.

La Mitraille hocha la tête. « Si vous voulez l'envoyer ici s'entraîner, mon général, je le mettrai dans la section pistolet. Il pourrait nous donner un coup de main. »

Howard secoua la tête. Voir son fils se transformer en Wild Bill Hickock n'avait jamais fait partie de ses projets. Bien sûr, il voulait qu'il soit capable de tenir une arme à feu et, bien sûr, il n'aurait pas été mécontent de le voir se livrer à un peu plus d'exercice physique au lieu de rester planté tout le temps devant son ordinateur. Tyrone avait appris à lancer le boomerang et cela lui avait permis de voir un peu plus le soleil, ce qui était un bien. Et il avait une petite copine, donc il apprenait aussi ces aspects de la vie d'homme. Mais devenir tireur ? Howard n'y avait jamais sérieusement songé.

Il était évident que le garçon avait un talent de ce côté. Mais cela l'intéresserait-il de le développer ? Et si oui, Howard en avait-il réellement envie ?

Eh bien, lui dit sa petite voix intérieure, *ça lui évitera toujours de traîner dans les rues, non ?*

« Je lui demanderai, dit-il à la Mitraille.
– Faites-le, mon général. Un talent pareil, ce serait du gâchis de ne pas l'encourager. »
Peut-être, songea Howard.
Peut-être…

3.

Tour Dutch Mall Office
Long Island, New York

Mitchell Townsend Ames se cala dans son ergosiège et écouta les servomoteurs ronronner doucement pour rajuster l'unité à sa nouvelle position. Le siège était une merveille de bio-ingénierie. Un revêtement en biogel première qualité recouvert de fleur de cuir sur un châssis hydropneumatique en titane. Doté de six moteurs électriques associés à des capteurs de pression et des relais rapides, l'ergosiège s'adaptait au moindre de ses mouvements, se remodelant sur sa position en l'espace d'une seconde. Quand il s'asseyait et se penchait en avant, il se muait en chaise de bureau à dos droit. Dès qu'il s'allongeait un petit peu, il se retransformait en chaise longue. Et s'il décidait de s'étendre complètement, il devenait un lit.

À onze mille dollars et des brouettes, le siège était garanti vous fournir la meilleure assise du monde, sinon l'on vous remboursait sans barguigner. Jusqu'ici, l'entreprise qui fabriquait l'ergosiège en avait vendu près de cinq mille exemplaires et personne n'avait demandé de remboursement. C'était un jouet superbe.

Ames en possédait six exemplaires fabriqués sur mesure : le premier à son cabinet médical, le deuxième à son cabinet juridique, les troisième et quatrième dans son appartement de New York et sa résidence du Connecticut, et le cinquième dans l'appartement londonien de sa maîtresse. Quant au dernier, il le gardait ici dans son bureau « officieux », le seul endroit où il rencontrait des individus comme Junior.

Près de soixante-dix mille dollars pour une demi-douzaine de chaises. Un paquet d'argent rien que pour un peu de confort. S'il avait voulu, pourtant, il aurait pu en acheter cent autres sans pour autant faire sourciller son comptable. Après tout, il avait remporté une demi-douzaine de procès collectifs en dommages et intérêts – un siège par victoire – contre de grosses compagnies pharmaceutiques. Chacun lui avait rapporté jusqu'à un million de dollars. Son pourcentage avait été considérable. Il pourrait dès maintenant prendre sa retraite avec un revenu annuel bien supérieur à un million de dollars rien qu'avec les intérêts. Que représentaient quelques joujoux quand vous disposiez de telles ressources ?

Malgré tout, l'homme assis en face de lui était installé dans une chaise meilleur marché et bien plus classique : confortable, certes, mais rien d'un ergosiège.

Marcus « Junior » Boudreaux éclata de son rire rauque et croassant. « Z'auriez dû voir sa tronche, Doc, fit-il. On aurait dit qu'il avait avalé un mocassin d'eau. »

Ames hocha la tête. « Du matraquage. »

Junior le lorgna : « Hein ?

– Tu n'avais pas besoin de lui dire que la fille avait quatorze ans. Elle aurait pu en avoir dix-huit ou même quatre-vingts… Dans sa situation, n'importe quel écart sexuel pouvait être fatal. Tu aurais même pu lui dire que c'était une pute qui l'avait piégé, ça n'aurait pas eu d'importance. Il est marié, il est élu, et ce sont les voix des familles qui lui permettent de garder son siège. Pas besoin d'un canon pour écraser une mouche. »

Junior hocha la tête. « Mieux vaut tenir que courir, que je me suis dit. »

Ames haussa les épaules. Ça n'avait pas vraiment d'importance. D'un signe bref, il évacua le sénateur. « Et ce nouveau stagiaire ?

– Pas de problème de ce côté, Doc. L'homme est ravi de ramasser le blé. Il a ses cinquante mille d'avance. S'il ressort du cabinet Lassiter que la cour doive l'auditionner, il ramasse encore cinquante mille. Et si la cour vote en notre faveur, il en a deux cents. Il bosse pour nous. »

Ames acquiesça avec un soupir. Oui, pouvoir monnayer les bonnes grâces d'un stagiaire d'une Cour suprême était certes un avantage fort estimable, ma foi. Bien des gens n'avaient pas idée du poids que représentaient ces jeunes avocats. Les juges comptaient sur leurs stagiaires pour quantité d'informations et ce qui était lu ou ignoré dépendait pour une large part de la façon dont ceux-ci leur présentaient les choses.

Et pour l'instant, Ames en avait deux dans sa poche. Mieux encore, ils appartenaient aux deux camps politiques, l'un étant démocrate et l'autre républicain. Du moins, c'était l'opinion de leurs juges. Ames se fichait de celle des stagiaires, tant qu'ils faisaient ce qu'ils étaient censés faire.

Et ce qu'ils étaient censés faire, c'était suivre le programme qu'il leur dictait. Ou plutôt le programme que lui-même était fort bien payé pour suivre, ce qui revenait au même.

« Très bien. » Ames ouvrit le premier tiroir de droite de son bureau. Près du 9 mm SIG Neuhausen P-210, le plus beau des pistolets de ce calibre, se trouvait une grande enveloppe d'expédition en kraft remplie de billets de mille dollars tout neufs. Ames sortit l'enveloppe et la posa sur le buvard en cuir devant lui.

L'arme avait coûté deux mille, au maximum. Elle avait été calibrée, ce qui valait sans doute mille de plus. Malgré tout, il préférait perdre les cinquante mille que contenait l'enveloppe que ce pistolet. L'argent, ce n'était que du papier-monnaie, mais un bon feu, c'était un trésor.

Il avait une jolie collection d'armes de poing, et les deux plus belles pièces de celle-ci valaient à elles seules deux cent cinquante millions de dollars. La première, un Luger allemand fabriqué dans l'éventualité d'un contrat d'arme de poing pour les troupes américaines au début des années 1900 avant que celles-ci n'adoptent le Colt 1911, était un calibre 45. On n'en connaissait que quatre exemplaires. Deux avaient été détruits lors des essais, le troisième était aux mains d'un autre collectionneur et le dernier produit en cachette et conservé par l'homme qui l'avait fabriqué, contremaître dans une armurerie allemande. Son arrière-petit-fils l'avait vendu à Ames, un million.

Un jour, Ames espérait convaincre l'autre collectionneur de se séparer du sien, ainsi aurait-il une paire.

Son autre trésor était un Colt Walker-Dragoon 44 à percussion, modèle 1847. L'une des armes de la compagnie des Rangers du Texas, il était en excellent état. Il avait été huilé et emballé moins de deux ans après sa fabrication et conservé depuis dans un coffre au Texas. C'était une pièce massive, qui pesait plus de deux kilos et qui exhibait un canon de vingt-deux centimètres et demi. Des tests avaient montré qu'on avait tiré avec, mais pas beaucoup, ce qui n'avait laissé quasiment aucune marque. Il l'avait payé 1,2 million lors d'une vente aux enchères trois ans plus tôt. Il aurait volontiers payé le double et considéré malgré tout avoir fait une affaire.

Junior se pencha pour saisir l'enveloppe. Il haussa un sourcil et considéra Ames.

« Cinquante mille, dit ce dernier. Appelle-moi quand tu n'en as plus. »

Junior opina. Un large sourire sur les lèvres, il se leva et quitta le bureau.

Ames regarda sa montre. C'était un modèle tout simple, vraiment, rien de spécial. Rien qu'un cadran noir rectangulaire sur un boîtier à dos concave, avec l'aiguille des heures, des minutes, une trotteuse, des chiffres Art déco et le guichet d'un calendrier mensuel, le tout sur un bracelet de cuir. Si l'on n'y connaissait rien en montres, on pouvait penser qu'elle était pareille à des dizaines d'autres de conception équivalente, mais ce n'était pas le cas. C'était un des modèles faits main par Hans Graven.

Graven en produisait seulement quatre par an, chaque pièce étant usinée à la main. Le boîtier était taillé dans un bloc de platine et toutes les pièces de friction étaient montées sur rubis. Elle était étanche et automatique. Ames avait chez lui un petit support mécanique qui faisait pivoter doucement la montre à intervalles réguliers, si bien que même s'il ne la portait pas, elle pouvait continuer de fonctionner.

Le verre était en cristal de roche, le bracelet en cuir de girafe sélectionné et le mouvement était garanti varier de moins de trente secondes par an. Il était également garanti cent ans contre tous dommages – bris, vol et perte. Il lui en avait coûté quatre cent cinquante mille dollars, sans compter le voyage en Suisse pour aller la chercher. Graven n'expédiait pas ses montres. S'il ne pouvait pas les passer lui-même au poignet du client, elles ne quittaient pas sa boutique.

Un autre jouet, mais cela l'amusait qu'elle coûte aussi cher et paraisse aussi simple. Les nouveaux riches pouvaient exhiber leur fortune avec ostentation mais Townsend Ames avait plus de classe que ça, même si sa richesse ne provenait pas d'un héritage.

Il se leva et pressa sur son téléphone la touche qui appelait automatiquement la limousine. Il devait partir. Il avait ses visites à faire à l'hôpital. Aucun de ses patients n'était à l'article de la mort, bien sûr. Ames était un médecin de famille, après tout. Quand ses patients devenaient franchement malades, il les envoyait vers des spécialistes.

Après ses visites, il se dirigerait directement vers son cabinet juridique. Être à la fois médecin et avocat vous tenait occupé. Il aurait certes pu ralentir le rythme, mais c'était une question de réussite. Et pour Ames, c'était simple : tout lui réussissait.

Il avait bien l'intention de le prouver encore une

fois dans cette petite affaire de procès pour le paquebot-casino croisant dans les Caraïbes. Ses associés devaient lui avoir préparé le dossier cet après-midi. Ames avait besoin de tout éplucher pour s'assurer que rien ne clochait. Après ça, il avait prévu un rendez-vous avec cette lobbyiste de Washington autour d'un verre aux alentours de cinq heures du soir… quel était son nom, déjà ? Skye ?

Bref, une journée chargée en perspective. Il baissa de nouveau son regard vers le pistolet et sourit. Il ne pouvait pas imaginer les choses autrement.

QG de la Net Force
Quantico

« Hé, patron ! »

Michaels leva les yeux et vit Jay Gridley appuyé au chambranle de la porte de son bureau. Il avait encore à l'esprit son déplacement de la veille à New York. La directrice du FBI avait en gros confié les services de la Net Force aux responsables de la sécurité intérieure dans le cadre d'une nouvelle menace cyberterroriste qu'ils venaient de découvrir. Michaels n'en était pas trop ravi. La Net Force n'avait vraiment pas besoin d'une autre paire d'yeux pour zieuter par-dessus son épaule. Par ailleurs, la sécurité intérieure n'était pas réputée pour sa subtilité. Michaels jugeait certes que leur mission était vitale et légitime, et il respectait et appréciait le boulot qu'ils avaient à faire. N'empêche, ils avaient franchi la ligne jaune deux ou trois fois, dans des endroits où même lui n'aurait pas mis les pieds.

Les libertés individuelles tendaient à se voir piétinées dans les périodes d'urgence nationale. Michaels savait qu'il fallait pencher du côté de la sécurité quand la vie de citoyens américains était en jeu, bien sûr, mais il savait aussi que, par nature, toute bureaucratie avait tendance à se perpétuer, et que la notion de « sécurité nationale » était assez élastique pour recouvrir tout un tas d'activités.

« Hé, Jay, quoi de neuf ?

– Pas grand-chose. À part la suite de cette affaire que je vous ai envoyée.

– Tu veux parler de CyberNation[1], c'est ça ?

– Tout à fait, dit Jay en se redressant avant de mettre un pied dans le bureau d'Alex. Ils sont en train de se livrer à leur petite danse habituelle pour détourner l'attention d'éventuels observateurs, ouais, je serais prêt à parier là-dessus. »

Michaels hocha la tête. Le problème de CyberNation avait été délicat et il s'était conclu par une fusillade en règle sur un paquebot-casino en mer des Antilles. Pis, sur ce coup-là, Toni avait risqué sa vie, ce qu'il continuait de regretter, même si elle s'en était tirée sans bobo.

Hélas, la Net Force n'avait au bout du compte réussi à intercepter qu'une partie des acteurs. Sans surprise, ceux qui avaient été arrêtés s'étaient vu désavouer par le reste de l'organisation, comme des traîtres et des fripouilles. Quant à CyberNation, elle continuait d'exister, tel un infect tas de vermine. Et il semblait

---

1. Cf. *Net Force 6 : CyberNation, op. cit.*

bien que l'organisation fût également sur le point de remporter une victoire essentielle.

Ce qu'ils ne pouvaient pas faire avec le terrorisme, lui avait dit la directrice pas plus tard que la veille, ils pouvaient bien le réussir dans les urnes. La dernière série de textes pour reconnaître la nation virtuelle, comme ils se plaisaient à la baptiser, rencontrait un soutien affirmé et avait une bonne chance de passer.

Impossible de se débarrasser de cette idée.

« Qu'est-ce que t'as recueilli ? s'enquit Alex.

– Eh bien, je suis sûr qu'ils acheminent des fonds dans des endroits où ils n'ont rien à faire. Je ne suis pas encore parvenu à localiser ces transferts, mais ça ne saurait tarder.

– Continue. Et tiens-moi au courant.

– Bien sûr, patron.

– Et ton autre truc ? Le virus ?

– Je poursuis la traque. Toujours rien, mais ça n'a pas l'air d'une grosse menace. »

L'interphone se manifesta. « Alex, la directrice est sur la une. »

Michaels adressa un signe de tête à Jay et décrocha le combiné.

« Oui, madame ? »

Melissa Allison, première femme à accéder à la direction du FBI, avait toujours été une patronne correcte. De manière générale, elle laissait tranquille la Net Force et, la plupart du temps, elle les soutenait quand ils se retrouvaient en eaux troubles. Et depuis qu'elle savait dans quels placards étaient enterrés pas mal de cadavres politiques, elle avait acquis de l'influence. Ça aurait pu être bien pire.

« Alex, le service contentieux vient de m'apprendre

qu'une action en dommages et intérêts pour un montant de cinq cents millions de dollars avait été engagée contre la Net Force dans son ensemble, ainsi que contre le général John Howard et contre vous en particulier, au nom des familles de Richard A. Dunlop, Kyle J. Herrington et S. Jackson Britton.

– Qui ça ? demanda Alex. Ces noms ne me disent rien. Et nous n'avons tué personne récemment, que je sache.

– Ce sont des employés de CyberNation qui ont trouvé la mort lors de l'assaut contre le paquebot-casino *Bonne Chance*, l'an dernier. »

Alex secoua la tête. CyberNation, encore une fois.

« Si ma mémoire est bonne, madame la directrice, ces hommes tiraient contre des agents de la Net Force qui n'ont riposté que dans le cadre strict de la légitime défense. Et le tribunal maritime international qui a à statuer sur ce genre d'affaires en haute mer a jugé que tel avait été le cas.

– Cela n'entre pas en ligne de compte dans une action en dommages et intérêts, commandant. Cela relève du civil, pas du pénal. Si vous vendez à quelqu'un une tasse de café brûlant et qu'il la renverse sur ses genoux, il peut vous attaquer et gagner des millions. Des types qui étaient entrés par effraction chez des gens pour les cambrioler ont poursuivi les propriétaires parce qu'ils avaient trébuché sur le tapis en emportant leur poste de télévision. Et le comble, c'est qu'ils ont bel et bien été dédommagés. Nous vivons dans une société procédurière. »

Incroyable. « Sympa », fit-il.

Elle ignora le sarcasme. « Vous allez recevoir un coup de fil de Thomas Bender, le conseiller juridique de la Net Force, qui se chargera de coordonner la défense avec le service contentieux du FBI et le ministère de la Justice. Vous êtes, bien entendu, protégé par le parapluie gouvernemental, mais vous pourriez songer à vous trouver un avocat à titre privé, par précaution. Et profitez-en pour transmettre l'information au général Howard.

– Bien, madame. Merci. »

Elle coupa et il pressa sur la touche de John Howard.

Un procès. Magnifique. Il ne leur manquait plus que ça.

Club de tir Excalibur
White Oak, Maryland

Junior aimait bien se rendre sur le champ de tir en milieu de matinée pendant la semaine, chaque fois qu'il le pouvait. C'était la période la plus creuse, et il avait les lieux pour lui tout seul. Les seuls autres personnes à se pointer à ce moment-là étaient les agents de nettoyage qui travaillaient à l'ancien Centre des armes de surface de la marine, désormais fermé, situé juste au sud du champ de tir.

On aurait pu croire qu'ils s'en seraient servis pour tirer quelques projectiles, pourtant. Ce n'était visiblement pas la place qui manquait. Trois cent cinquante hectares... L'établissement avait été plus ou moins fermé au milieu des années quatre-vingt-dix mais on n'avait pas encore nettoyé le site de tous ses polluants, huiles, PCB et autres. C'est en tout cas ce que Junior avait entendu dire par les gars du service d'assainissement qui venaient ici s'entraîner au tir. Chaque fois qu'ils croyaient en avoir fini, ils trouvaient un nouveau truc à faire.

L'idée fit rire Junior. L'argent de ses impôts à l'œuvre.

Aujourd'hui était toutefois une bonne journée. Il n'y avait qu'un shérif adjoint du coin en train de vider des chargeurs de 9 au box cinq. Son box favori, le B1, était ouvert.

Il gara sa voiture. Ce n'était qu'une tranchée découpée au flanc d'une colline, sans doute avec une pelleteuse et un bull, et des parois de terre et de roches s'élevaient depuis le sol à l'entrée jusqu'à sept ou huit mètres de haut à l'arrière.

Il descendit, sortit du coffre son sac qu'il déposa sur la vieille table en contreplaqué.

Ce box avait une cible réactive, une espèce de gros truc en forme de chevalet formé de robustes poutres d'acier surmontées de plaques rabattables, juste sous le niveau des yeux. La traverse était inclinée de telle sorte que si les balles la touchaient, elles étaient déviées vers le sol. Les six cibles – en acier au carbone de douze millimètres d'épaisseur, un peu plus grandes qu'une assiette à salade – étaient accrochées au-dessous. Il suffisait de disposer les plaques, de reculer, et de tirer. Un coup au but faisait basculer la plaque. Le problème est qu'elles étaient réglées pour un facteur de puissance IPSC[1] mineur. Ce qui voulait dire qu'il fallait au minimum du 38 ou du 9 spécial pour les

1. *International Practical Shooting Confederation* : Fédération internationale de tir sportif de vitesse (TSV).

renverser, et des projectiles au facteur de puissance supérieur étaient bien meilleurs – par exemple, du 357, du 40 ou du 45. Avec ce qu'il employait, il pouvait les faire résonner, mais pas basculer.

Mais il y avait des moyens de contourner l'obstacle.

Il sortit de son sac une bombe de peinture blanc mat et se dirigea vers la cible. En chemin, il récupéra par terre une demi-douzaine de douilles. Certains tireurs laissaient toujours derrière eux leurs douilles en laiton et plastique, ce qui lui convenait parfaitement.

Il redressa les plaques et se servit des douilles pour les caler de telle sorte qu'un léger impact les fasse basculer. Puis il passa dessus une mince couche de peinture blanche pour que le moindre impact apparaisse comme une tache noire.

Il revint à la table et sortit son casque, en même temps qu'une boîte de munitions et deux chargeurs rapides. Le casque était un Wolf Ears – un casque électronique qui coupait les bruits intenses mais laissait passer les sons normaux. Il le coiffa, glissa les chargeurs dans ses poches de blouson, il récupéra la bombe de peinture, puis s'écarta de la table pour aller se positionner à sept mètres des cibles.

Il posa la bombe. Se redressa, inspira profondément, expira, écarta les deux pans de son blouson et dégaina ses deux revolvers simultanément. Il ne se servit pas des viseurs mais orienta les canons comme s'il pointait du doigt. Il visa d'abord la cible la plus à gauche avec l'arme de gauche, pressant deux fois la détente pour faire un double-tap. Puis il tira sur celle à l'extrême droite avec son arme de droite, enchaînant là aussi deux coups en succession rapide. Alors que les deux premières cibles résonnaient et basculaient, il continua vers les suivantes en alternant, gauche, droite.

Il vida de la sorte les deux chargeurs.

Cinq secondes, douze coups, six cibles, deux balles pour chacune, toutes dans le mille.

Il rengaina l'arme de gauche, dégagea d'un coup de pouce le barillet de celle de droite, éjectant les douilles vides d'un petit coup de paume sur la tige d'extraction. Il sortit de sa poche un chargeur rapide, rechargea le revolver, le rengaina, puis répéta la manœuvre avec celui de gauche. Après avoir rengainé les deux, il saisit la bombe de peinture et alla inspecter les cibles.

Tous les coups étaient près du centre, séparés en général de cinq centimètres, excepté pour la seconde cible en partant de la droite qui exhibait deux taches grises rapprochées, mais un peu haut. Pas mal, malgré tout. Les balles auraient atteint un homme en pleine bouche.

Il redressa les cibles, recala les douilles, repassa un coup de bombe.

Il tirait avec deux Ruger SP101 calibrés, canon de deux pouces un quart, calibre 22 Long Rifle. « Des armes pour souris », auraient dit la plupart des tireurs sérieux. Le 22 LR était rapide, mais minuscule. Une balle de 38 Spécial ou de 9 mm aurait été trois ou quatre fois plus grosse. D'après les statistiques de force d'impact d'Evan Marshall, le 22 n'arrêterait un homme avec un impact au torse qu'une fois sur trois, peut-être. Compte tenu qu'une 40 ou une 357 abattrait ce même homme plus de neuf fois et demie sur dix, la plupart des tireurs considéraient ce score de trente-trois pour cent comme assez merdique. Soixante-six chances sur cent que le gars continue à débouler alors que vous lui aviez tiré dessus – on n'avait certainement pas envie de risquer sa vie là-dessus…

Junior sourit en regagnant sa ligne de tir. Après un impact au torse avec un flingue pour souris, vous risquiez certes de vous faire tuer par un tir de riposte ou un méchant coup de démonte-pneu, mais un impact en pleine tête ? C'était une autre histoire. Si vous logiez une balle de 22 quarante grains dans l'œil d'un mec, peu importait qu'il soit baraqué…

Junior avait tendance à engueuler les amateurs de gros calibre quand ils se foutaient de son 22. *Vous savez quoi,* leur disait-il, *vous me laissez tirer le premier, et vous pourrez vous en donner à cœur joie avec votre tueur de rhinocéros. Qu'est-ce que vous en dites, hein ?*

Personne ne l'avait pris au mot.

Reposant la bombe de peinture, il se retourna pour faire face aux silhouettes des cibles. Ouais, les petits Ruger pouvaient vous tuer aussi efficacement qu'un obusier, si vous étiez assez bon pour mettre les balles là où elles devaient aller, et ils gardaient un certain nombre d'avantages sur les canons à main. Ils étaient plus petits et plus légers à trimbaler. Ils étaient plus silencieux. Ils n'avaient pas de recul notable. Et leurs munitions étaient bon marché. Vous pouviez tirer toute la journée pour quelques dollars.

Encore mieux, quand il était sur la route et ne pouvait pas se rendre au stand de tir, il pouvait toujours, d'un coup de voiture, s'isoler n'importe où en pleine cambrousse, s'enfoncer dans les bois, récupérer quelques bidons de Coca, les caler contre un grillage, et se mettre à les dégommer. Il pouvait s'en donner à cœur joie sans déranger personne au-delà d'un rayon de quelques centaines de mètres. Alors qu'avec du 357, la détonation équivalait à celle d'une bombe et l'on entendait cette saloperie à des kilomètres à la ronde.

Bien sûr, sans oublier quelques avantages supplémentaires. Les petits flingues de Bill Ruger étaient solides comme des coffres de banque. On pouvait les faire tomber du dernier étage d'un immeuble et ils continuaient à fonctionner. Les SP étaient en outre largement supérieurs au S&W ou au Taurus, question fiabilité. Cela rendait leur maniement un peu dur quand ils étaient neufs, mais deux heures d'usinage avec une ponceuse Dremel et de la pâte à polir lui avaient permis d'affiner la détente et le chien. Cela avait adouci le mécanisme et réduit notablement la force de pression. Sans compter qu'il avait également changé les ressorts et qu'il utilisait un lubrifiant spécial.

Des canons de dix centimètres auraient été meilleurs, côté précision, mais ils étaient difficiles à dissimuler sous des vêtements d'été. Comme les crosses montées d'origine étaient trop petites pour ses grosses paluches, il les avait changées contre des Pachmayr Compac en caoutchouc rigide qui avaient les dimensions idéales et qui ne risqueraient pas de glisser s'il avait les mains moites. Il aurait pu les doter de pointeurs laser Crimson Trace mais là, l'avantage eût été trop grand, le jeu par trop facile. Il avait fait confectionner deux étuis sur mesure, des Kramer en cuir de cheval, ce qu'on pouvait trouver de mieux.

Et il était tout aussi méticuleux côté munitions. Il utilisait exclusivement des CCI Minimag, pleines, pas celles à pointe creuse. Il les achetait par caissettes de cinq cents. Puis il s'installait devant la télé, mettait la chaîne des sports, et sortait sa petite balance Dillon pour peser chaque cartouche. Il s'avéra que sept ou huit balles sur dix pesaient 3,3 grammes. Toutes celles de ce poids allaient dans une boîte, le reste dans une autre – il se servait de celles-ci pour son petit fusil Winchester. Peu importait le poids des munitions, l'essentiel était que celles qu'il avait sur lui aient le même.

Cette opération terminée, il recourait au petit calibre qu'il avait confectionné. Cela lui permettait de s'assurer que toutes les balles avaient la même forme et les mêmes dimensions. Toutes celles qui étaient déformées ou un poil trop longues ou trop courtes allaient dans la caisse réservée au fusil.

Toutes les balles introduites dans ses revolvers ou ses chargeurs étaient dans la mesure du possible identiques en poids et en dimensions. Peu importait qu'elles tirent un poil trop haut ou trop bas, pourvu qu'elles atteignent toutes le même point. L'homogénéité, tel était le maître mot. C'était un vieux tireur sur silhouette qui le lui avait appris et ça marchait.

Finalement, et parce que les munitions pouvaient s'altérer à la longue, que de l'huile ou de la graisse pouvait s'introduire à l'intérieur, il les changeait une fois par semaine, les anciennes allant à leur tour dans la caisse du fusil.

Bien entendu, un revolver à canon court n'allait pas se transformer en canon à répétition, quelle que soit la portée, si bon tireur que l'on soit. Mais ce n'était pas le but du jeu. Tout ce qu'il lui fallait, c'était pouvoir atteindre quelqu'un à la tête à sept mètres de distance, qui était la distance maximale dans la plupart des fusillades. Le FBI avait l'habitude de dire que la moyenne des échanges c'était : « trois coups de feu, trois pieds, trois secondes ».

Jusqu'à sept mètres, il pouvait tirer en pleine tête à tous coups et rudement vite, en plus. Mais au cas où, alors qu'il travaillait sur le mécanisme de tir, il avait conservé les crans sur les chiens de ses deux Ruger. Cela lui permettait de les basculer en tir au coup par coup, si nécessaire. Avec juste un peu plus de temps pour viser, il était capable d'atteindre la même cible à vingt-cinq mètres au coup par coup, en tenant l'arme à deux mains, neuf fois sur dix. À cinquante mètres, pour atteindre la tête, il faudrait vraiment une sacrée veine, mais à cette distance il pourrait loger tous ses projectiles dans le torse. Bref, le projectile de 22 n'allait pas immobiliser un homme avec un seul impact au corps, mais six de suite auraient de quoi donner à réfléchir. De toute manière, les échanges de coups de feu à cinquante mètres n'étaient pas si fréquents.

Revenu sur la ligne de tir, il se remit en position. Inspira à fond, souffla, tira…

Six sur six.

Il sourit. Putain, il était bon.

Du moins, tant que les cibles ne répliquaient pas. Il allait devoir régler ça très bientôt, ouais, ou sinon, il n'oserait plus se regarder dans la glace. Très bientôt, ouais.

4.

Washington, DC

Howard et Tyron étaient dans la salle de détente. Howard lisait le journal. Installé dans le fauteuil, lunettes de RV sur la tête, Ty surfait sur la Toile.

Dans la cuisine, Nadine préparait le dîner. Elle leur cria quelque chose mais il ne saisit pas.

« Quoi ? » fit-il.

Elle entra dans la salle, une spatule dans une main, un gant isolant dans l'autre. « Je t'ai demandé si tu voulais partager ma bière. »

C'est ce qu'ils faisaient parfois, se partager une bière pendant qu'elle cuisinait.

Il sourit et hocha la tête : « Non, merci, chou, garde-la pour toi. » Il savait qu'elle boirait la moitié de la bouteille et remettrait le reste au frigo. S'il ne la buvait pas, elle s'éventerait. C'est que c'étaient de sacrés fêtards, les Howard. Houlà !

Nadine réintégra la cuisine.

« J'ai pensé à ce que tu as dit », dit Tyrone. Il ôta

ses lunettes et les posa sur sa poitrine, mais il garda le fauteuil presque complètement incliné.

Howard reposa le journal. À l'âge de son fils, quand on voulait parler, c'était on fait place nette, on se lance ou l'occasion est perdue. « Toujours une bonne idée, ça, de penser, remarqua-t-il avec un sourire. À quelque chose en particulier ?

– Cette histoire de TANSTAAFL. »

Howard acquiesça. Il n'était pas sûr de l'origine du terme. La première fois qu'il était tombé dessus, c'était dans un récit de science-fiction de Robert A. Heinlein, quand il était môme. *There ain't no such thing as a free lunch.* « Un repas gratuit, ça n'existe pas. » En référence, si sa mémoire était bonne, aux pancartes « repas gratuit » qu'on voyait jadis dans les pubs ou les bars. En général des trucs genre œuf dur mariné ou autre petit casse-croûte qu'on offrait aux clients. Enfin, gratuit, à condition d'écluser des bières. C'était en fait un moyen pour les bars d'attirer les buveurs.

Il n'y avait pas si longtemps encore, Las Vegas servait également des repas somptueux à des prix ridicules. Ils savaient que s'ils réussissaient à vous faire entrer dans leurs casinos et à vous y retenir avec des boissons gratuites, ils récupéreraient votre argent aux tables ou aux machines à sous. Comme ça, au moins, quand vous rentreriez chez vous ruiné, vous pourriez toujours dire que la nourriture était bonne et bon marché. C'était comme une publicité gratuite : *Ouais, j'ai perdu ma chemise au casino, mais j'ai super bien mangé, et seulement cinq dollars pour la salade, le steak, les pommes de terre et le dessert.*

Il avait parlé du concept avec son fils, il y avait quelque temps déjà, essayant d'amener le garçon à voir les choses sous un autre angle, plus adulte. « Quel est le problème ? demanda-t-il.

– Eh bien, fit Tyrone, d'après ce que j'ai lu, c'est un de ces trucs capitalistes. Les barons de l'industrie ne voulaient voir personne mettre le nez dans leurs affaires, de quelque façon que ce soit, sous quelque forme que ce soit, règlements, lois ou autres... »

Howard acquiesça. « C'est sans doute vrai.

– Mais le capitalisme pur ne marche pas, p'pa, parce qu'il baise les travailleurs », dit Tyrone. Son ton devenait plus vif, plus passionné. « Si un richard possède une grosse usine, il peut engager des mômes de dix ans pour bosser dix-huit heures par jour contre un salaire de misère. »

Howard acquiesça derechef. Il croyait deviner où son fils voulait en venir. « Oui, c'était comme ça, dans le temps, au tout début de l'ère industrielle. »

Tyrone se redressa et les lunettes lui tombèrent sur les cuisses. « Donc, toutes les dispositions réglementaires ne sont pas mauvaises, n'est-ce pas ? Sans elles, on n'aurait ni syndicats, ni Sécurité sociale, ni protection...

– Je n'ai pas dit que toutes les dispositions réglementaires étaient mauvaises. Je suis un républicain, pas un libéral. »

Tyrone sourit, comme s'il venait de remporter un point important. « D'accord. Donc, parfois, l'industrie privée doit rendre des comptes, pour le bien supérieur de la société. »

Howard avait raison. Il voyait parfaitement où tout cela allait aboutir. Il se contenta toutefois de hocher la tête. Il devait reconnaître que son fils avait potassé le sujet.

Tyrone saisit les lunettes et, les tenant d'une main, les brandit vers son père. « Donc, si un gars, par exemple, inventait un remède au cancer et décidait de le vendre cent dollars la pilule, il serait de l'intérêt public de réglementer ça. »

Howard plia son journal et le mit de côté. « Jusqu'à un certain point, je suis d'accord.

– Mais regarde, p'pa, c'est tout le problème : si tu peux sauver dix mille vies en distribuant le remède gratuitement, ou en ne le faisant payer qu'un dollar par exemple, est-ce que ça ne vaut pas le coup ? »

Howard hocha la tête. « Peut-être… tant que tu ne mets pas au chômage le gars qui a inventé le remède. On a déjà abordé cette question, Ty, mais laisse-moi te l'expliquer à nouveau. Suppose que ce gars ait emprunté et dépensé, oh, mettons, dix millions de dollars en recherche, développement et production de ce médicament. Même si son coût de production par dose est relativement bas, il doit cependant rembourser ces emprunts, et cela accroît la somme nécessaire pour maintenir son affaire à flot. Es-tu en train de dire qu'il est juste de lui prendre son remède et le laisser sur la paille ? Que les gens qui ont investi leur argent sur ce type perdent ce qu'ils ont misé, pour le bien supérieur de la société ? »

Tyrone haussa les épaules. « S'ils ont les moyens d'investir des masses de dollars quelque part, pourquoi pas ?

– Et s'ils n'en ont pas les moyens ? Imagine que le régime de retraite fasse faillite – ce qui est bien possible avant que je sois assez vieux pour en profiter – et que je n'aie plus pour vivre que ma pension militaire. Imagine aussi que j'aie placé mon argent en bon père de famille, et qu'une bonne partie de mes économies ait été investie dans ce laboratoire pharmaceutique solide comme le roc qui a justement trouvé le remède au cancer. Je suis verni, je peux prendre ma retraite à soixante ans et passer confortablement le reste de mon existence. Mais dix ans après que j'ai arrêté de travailler, tu leur retires l'exclusivité du médicament, ils font faillite, et moi, je me retrouve tout d'un coup, à soixante-dix ans, assis sur une caisse en carton à manger de la pâté pour chiens parce qu'on s'est emparé de mes investissements. Est-ce juste ? »

Tyrone hocha la tête. « Non, bien sûr que non, p'pa. Mais si le choix était entre te voir assis sur une caisse à manger de la pâté pour chien et voir quelqu'un que tu aimes mourir d'une maladie parce qu'il n'a pas les moyens de se payer le traitement, qu'est-ce que tu ferais ? »

Howard sourit. C'est qu'il devenait de plus en plus malin, le fiston.

« Ty, le communisme, qui est une philosophie qui s'est avérée impraticable, dit "De chacun selon ses moyens, à chacun selon ses besoins." Tu sais ce que ça veut dire ? »

Tyrone acquiesça. « Bien sûr. Ça veut dire que ceux qui peuvent faire des choses aident ceux qui ne peuvent pas.

– En théorie. Ce que ça signifie en pratique, c'est que ceux qui ont des aptitudes assument la charge de tous les autres. Et il y a bien plus de gens sans aptitudes particulières que de gens qui en ont. Le communisme dit qu'un gars assez intelligent pour trouver un remède au cancer est exactement identique à celui qui creuse des tranchées. Et aux yeux de la loi, c'est ainsi qu'il devrait en être, par exemple s'il s'agit de juger un meurtre. Mais la vérité, c'est qu'un gars capable d'inventer un remède au cancer est bien plus rare qu'un gars capable de creuser des tranchées. J'ai personnellement du mal à encaisser qu'un joueur de base-ball ou de basket se fasse trente ou quarante millions de dollars par an quand un instituteur touchera à peine plus que le salaire minimum – c'est un truc que j'ai vraiment du mal à comprendre. Tu dois bien reconnaître que le talent et les aptitudes doivent être récompensés d'une manière ou d'une autre, sans cela il n'y aurait aucune raison d'inventer ce remède, sinon par pur altruisme. Si tu retires à un homme ce pour quoi il dépense toute son énergie en ne lui donnant rien en retour, tu lui ôtes le désir de recommencer. Et à quiconque aurait la même envie, car il se dira alors : à quoi bon, de toute façon ça n'aidera ni moi ni personne.

– Oui mais…

– Regarde l'Amérique du Sud, Ty. Tous les deux ou trois ans, il y a une révolution dans une de ces républiques bananières. Les dirigeants sont chassés du pouvoir et une nouvelle équipe prend la place. Si tu as investi quelques millions dans une entreprise là-bas, et que, soudain, elle se retrouve nationalisée et accaparée "pour le bien du peuple", à ton avis, crois-tu que tu auras encore envie d'investir par la suite ?

– Mais là, on parle de savoir, p'pa, pas de biens matériels.

– Et je suis là pour te dire que le savoir est plus important que les biens matériels, parce que sans savoir, les biens matériels n'existent pas. Sans les esprits qui ont inventé le moteur à combustion interne, ou la machine à vapeur, ou le moteur électrique, il n'y aurait ni autos, ni cargos, ni avions. Il faut aussi des presses, oui, mais sans plans, tout ce qu'il en sort, c'est des tôles pliées… »

Tyrone fronça les sourcils mais Howard n'avait pas terminé.

« Dans notre société, Ty, si tu fais quelque chose de valable, tu es reconnu. Ce peut être par la renommée, par le pouvoir, par l'argent, parfois par les trois, mais l'essentiel est que si tu fais le travail, tu es censé en récolter le bénéfice, et tous les avantages qui vont avec. Parfois, ça ne marche pas ainsi. Parfois, l'inventeur se retrouve lésé. Mais c'est ce vers quoi l'on tend. Parce que c'est juste, et à un certain niveau, les gens le savent.

« Quand tu télécharges de la musique "gratuite" ou le dernier roman d'un auteur qui a été piraté sur Internet, ou la formule d'un médicament sur laquelle quelqu'un a bossé des années, c'est comme si tu rentrais chez ces gens et les braquais avec une arme. Le vol reste du vol, quelle que soit la façon dont tu tournes ça. Et c'est mal. "Tu ne voleras point" est un commandement reconnu par toutes les sociétés civilisées et la plupart des grandes religions, et ce pour une bonne raison : s'il n'y a pas de règles pour protéger les gens, alors, ça devient l'anarchie.

– Il y a des exceptions, objecta Tyrone, d'une voix entêtée. Prends l'exemple des compagnies d'aluminium pendant la Seconde Guerre mondiale. »

Howard acquiesça. « Oui, il y a des exceptions. Et oui, durant la Seconde Guerre mondiale, une entreprise a été obligée de donner ses procédés de fabrication aux autres. Mais une guerre pour la survie de ton pays, ce n'est pas exactement la même chose qu'un lycéen piquant de la musique pour monter sa collection personnelle, non ? »

Tyrone sourit. « Non, bien sûr.

– Une bonne partie du droit coutumier de par le monde vise à protéger les droits de propriété des citoyens. Quand tu commences à contourner ces lois, tu t'exposes à de graves ennuis. Si l'on peut prendre ce remède contre le cancer, qu'est-ce qui empêchera de prendre ce logiciel que tu viens d'écrire pour un nouveau jeu ? TANSTAAFL – il n'y a pas de repas gratuit –, cela veut dire qu'en dehors des terres, à peu près tout ce qui a de la valeur de par le monde a été quelque part, d'une manière ou d'une autre, à un moment donné, inventé, créé, développé, produit et distribué par quelqu'un. Que quelqu'un l'a payé en sang, en sueur, en larmes, en temps ou en argent, par amour ou pour toute autre raison, et que tout ce que tu imagines "libre et gratuit" ne l'est pas. Tu peux certes l'obtenir gratis, mais quelqu'un d'autre l'aura payé pour toi. »

Tyrone hocha la tête.

« Tu n'es pas d'accord ?

– Je te suis, p'pa. Mais à t'entendre, tout paraît si… mercantile, intéressé.

– Il n'y a rien de mal à l'être, fiston. C'est comme ça que je gagne ma vie. En fait, c'est comme ça que la majorité des gens gagnent leur vie. Si tu fais un boulot, tu dois être payé pour. Ce qui ne va pas, c'est de pousser des gens à faire un boulot et ensuite de ne pas les payer. C'est le principe de cette Cyber-

Nation. Ce que tu obtiens d'eux n'est pas gratuit… ils l'ont volé. »

Tyrone demeura un moment silencieux.

« Autre chose ?

– Non, ce que tu dis se tient. Mais j'ai le sentiment qu'il manque quelque chose, un argument à l'appui de mon opinion. »

Howard rigola. Tyrone s'améliorait vraiment de jour en jour. Mais il n'était pas encore au bout de ses peines. « T'as raison, Ty. Il y a autre chose.

– Eh bien, c'est quoi, alors ? »

Son père se remit à rire. « Oh, non, c'est à toi de trouver. Je ne vais pas te le donner comme ça. Après tout, n'as-tu pas entendu la leçon ? Il n'y a pas d'argument gratuit.

– Papa ! grogna Tyrone.

– Cogite un peu là-dessus, et tu le trouveras. C'est un bon exercice. »

Tyrone ressortit, en marmonnant et en hochant la tête.

Howard éprouva un sentiment d'orgueil en regardant sortir son gamin. Y avait-il un argument valable contre le TANSTAAFL ? Peut-être. Il n'en imaginait pas un d'emblée, mais que son fils persiste à croire qu'il en existait un, et il continuerait à chercher. Et tôt ou tard, il le trouverait, et le renverrait dans les gencives de son vieux père. Ce qui était une bonne chose. Une partie de l'éducation de votre enfant consistait à lui apprendre à se débrouiller tout seul, une fois livré à lui-même. Si vous étiez capable de vous en sortir physiquement, mentalement et spirituellement, vous teniez le bon bout.

Novembre 1935,
Port de Newark, New Jersey

Jay Gridley, hardi pourfendeur du mal, était tapi sur le toit de l'entrepôt qui dominait Kill Van Kull, le chenal reliant le port de New York à la baie. Tapi dans l'ombre, il contemplait les docks au sud.

« Suivez l'argent » était l'adage classique des détectives, mais d'abord, bien entendu, il fallait le trouver, cet argent.

S'il ne s'était pas trompé, c'était bien ce qu'il s'apprêtait à faire.

C'était une nuit froide, brumeuse, avec la promesse d'un froid encore plus vif dans les jours à venir. La fraîcheur l'effleura de ses doigts glacés tandis que la brume s'élevait en lentes volutes grises, brouillant les lumières au loin en globes pâles. Au-dessous, illuminé par des projecteurs ceints de brouillard, flottait le *Corona,* un cargo à vapeur piqueté de rouille, tout juste arrivé d'Espagne. De vagues traînées de fumée de charbon s'effilochaient au-dessus de la cheminée, traçant des tourbillons qui se mêlaient à la brume naturelle dans le ciel nocturne.

Dans vingt ans d'ici, on appellerait ça le smog…

Il rabattit sur son front le large rebord de son feutre mou. Un foulard carmin lui couvrait la bouche et le menton. Il était drapé dans une cape noire. De fins gants de cuir noir couvraient ses mains. Il se fondait dans la nuit, presque invisible, guère plus qu'une ombre…

Il avait placé un robot de surveillance intense sur les transferts électroniques de CyberNation au cours des derniers jours. Son renifleur avait épluché des milliers de transactions, traquant des sommes relativement minimes destinées aux États-Unis. CyberNation effectuait bien sûr toutes sortes de paiements, aussi avait-il réglé les capteurs du robot pour filtrer ceux qui s'adressaient à des entreprises connues, ne laissant que ceux qui semblaient ne pas avoir de destinataire légitime, indépendamment de leur taille.

Le vieux rafiot rouillé amarré en dessous de lui était, dans le monde réel, un gros paquet d'informations transitant sur le Net. À l'intérieur, un paiement électronique de CyberNation dont Jay désirait remonter la trace. Mais pour ce faire, il devait se rapprocher.

Sans bruit, il gagna à petits pas le bord de mur face au fleuve et descendit par la corde à nœuds en soie noire qu'il y avait disposée auparavant. Un peu plus tôt dans la journée, il avait cassé l'unique lampe à vapeur de mercure éclairant toute la zone, de sorte que ses mouvements se déroulaient à présent dans une obscurité presque totale. Plus riche que jamais malgré la Grande Dépression, la direction du port avait fait réaménager l'éclairage des docks. Sûr qu'ils ne seraient pas ravis.

Il haussa les épaules. Une broutille après tout, une simple lampe cassée.

Toutefois, si quelqu'un levait les yeux vers le mur, il n'apercevrait qu'une vague apparition, et fugitive encore. Comme un reflet de lumière. Un simple jeu de l'imagination…

Pressant le mouvement, il finit de descendre le long de la corde et se retrouva sur le quai. L'odeur de créosote était âcre et entêtante.

Un marin montait la garde devant la passerelle, attendant sans aucun doute que les douanes viennent inspecter leur cargaison.

Gridley se dirigea lentement vers l'homme, tout en retirant le gant de sa main droite. Une bague en or ornée d'un grand tournesol, une variété d'un jaune orangé d'opale précieuse, se mit à luire faiblement. Des tourbillons de flammes jouaient sur la pierre aux teintes fauves.

Le marin avisa Jay et réagit aussitôt, prêt à saisir le pistolet surdimensionné accroché à sa ceinture.

Jay bougea les doigts, mouvement subtil qui fit scintiller l'opale dans la faible lumière.

Prudence... doucement...

Le marin se figea, sa main s'arrêta à quelques centimètres de l'étui de cuir noir. Ses yeux quittèrent Jay pour se fixer sur la gemme devant lui. Jay déplaça légèrement la bague, décrivant un motif connu seulement de quelques élus en Extrême-Orient, afin de capter l'attention de l'homme, de l'hypnotiser, le mettre en transe.

Là...

Dans le monde réel, Jay était en train d'expédier simultanément des milliers de requêtes de protocole et de mots de passe à un logiciel de surveillance, débordant sa capacité à prévenir les intrusions. Nul. Jouer le rôle d'un héros de roman de gare, c'était autrement plus intéressant.

En silence, il se faufila sur la passerelle et monta à bord. Là, il se redressa et ôta son chapeau et sa grande cape noire, révélant au-dessous un caban et une casquette de marin. Il dissimula feutre et cape sous une chaloupe de sauvetage ; désormais, il ressemblait à n'importe quel homme d'équipage.

Brouiller l'esprit des hommes avec des tournesols, c'était bel et bon si jamais il se faisait repérer. Mais s'il donnait l'impression de se fondre dans la place, s'il pouvait éviter de se faire interpeller, ce serait encore mieux.

Jay avait mis la main sur une copie du manifeste indiquant où se trouvait la cale et il s'y rendit. Une unique ampoule de faible intensité jetait sur la scène une lumière chiche, juste de quoi lui révéler ce qu'il était venu chercher : le colis était dépourvu de marque, une banale caisse en bois portant un simple numéro d'identification inscrit au pochoir.

Agissant prestement, Jay souleva une extrémité de la caisse, en prenant garde à ne pas plier les clous. Puis il ouvrit son caban et en sortit un transmetteur de la taille d'une boîte de cigares, qu'il introduisit à l'intérieur de la caisse.

Il sourit. Ah, la précision historique ! Il adorait. C'était un des nombreux détails qui le classaient à part dans le petit monde des créateurs de sim. Il aurait été si simple de tricher et d'avoir un transmetteur d'aspect plus moderne. Il aurait même été encore plus facile de placer sur le colis une étiquette électronique, en s'évitant toute cette traque.

Mais alors, où aurait été le plaisir ?

Au lieu de cela, il s'efforçait de peaufiner les détails avec le maximum de précision historique. Les tubes à vide qui constituaient les circuits du transmetteur n'auraient pas pu être plus petits. La technologie collait à cent pour cent avec l'année 1935. Et tous les matériaux étaient fidèles à la période historique.

Il songea au marin qu'il avait hypnotisé avec quelques passes magnétiques et sourit in petto. Bon, d'accord, peut-être que tous les détails n'étaient pas absolument fidèles à la vérité historique, mais ils restaient fidèles au scénario sur lequel il travaillait.

Glissant la main dans la caisse, il bascula un large interrupteur placé sur le transmetteur pour activer celui-ci. Il bougea légèrement l'appareil pour bien le caler au milieu des milliers des billets. Les tubes électroniques ne devaient pas être trop secoués.

Avec précaution, il referma le couvercle et se servit du manche caoutchouté de la pince-monseigneur qu'il avait apportée avec lui pour renfoncer sans bruit les clous dans la caisse. Quand il eut terminé, rien ne trahissait que quelqu'un avait ouvert la caisse.

Naturellement.

Il sortit un petit flacon de cristal surmonté d'un minuscule bouchon vaporisateur et aspergea la caisse à plusieurs reprises.

Puis il rebroussa chemin et au bout de quelques minutes, il était de retour sur le toit. Il se dirigea vers le récepteur portatif qu'il avait apporté et l'alluma. Une pâle lueur illumina le cadran analogique dont l'aiguille indiquait la force du signal du transmetteur.

Recourir à des instruments de repérage, surtout à cette époque, n'était pas aussi simple qu'on pourrait se l'imaginer. Contrairement aux GPS modernes, les appareils d'antan faisaient appel à la triangulation et à l'intensité des signaux pour affiner le repérage. Avec un seul récepteur, il serait uniquement en mesure de dire si la cible s'éloignait de lui, mais sans pouvoir repérer dans quelle direction.

Dans l'idéal, il aurait disposé trois récepteurs dans la campagne de New York et du New Jersey, avec plusieurs équipes pour lui relayer l'intensité des signaux reçus, ce qui lui aurait permis de repérer par triangulation la position précise de l'argent qu'il pistait. Mais dans son rôle de vengeur solitaire, il n'avait eu le temps de placer qu'un seul récepteur sur l'autre rive du fleuve. Il avait toutefois réglé celui-ci pour relayer automatiquement la force du signal reçu sur une autre fréquence, ce qui lui permettait d'avoir en définitive deux côtés du triangle. Peut-être pas la meilleure option, mais pour Jay Gridley, maître des mondes virtuels, cela devrait être plus que suffisant.

Il contempla les eaux, admirant le brouillard. Il était si épais qu'on aurait pu le couper au couteau. Une vrille se tortilla devant lui, il tendit le bras pour la toucher... et la toucha !

Le brouillard avait une structure solide, on aurait dit de la barbe à papa... et ça, ça ne collait pas du tout. C'était censé être de la vapeur.

Et il avait une odeur, en plus. Ça sentait... ça sentait...

L'égout.

Hmm, se dit Jay. *Ça doit être un problème avec ces nouveaux pilotes.*

En réalité virtuelle, il survenait de temps à autre une défaillance dans l'interface matériel/logiciel. Cela se produisait en général quand un élément subissait une mise à jour. Et, avait découvert Jay, c'était en général les pilotes matériels qui soulevaient des problèmes d'incompatibilité. Ce n'était certainement pas dû à son code.

D'un geste de la main, il écarta le brouillard litigieux, odeur et tout le reste.

Enfin, bon. Quand on vivait à l'extrême pointe de la technologie, on se faisait parfois piquer.

Il sourit. Ce n'était pas le genre de détail propre à dissuader un héros de roman de gare, non môssieur...

Il régnait une certaine activité sur les quais. Les douanes avaient inspecté le navire. Des dockers s'affairaient çà et là. La manœuvre s'effectua relativement vite, la cargaison étant déchargée avec une célérité qui le surprit, compte tenu de l'époque, après tout on n'était qu'en 1935.

Il vérifiait périodiquement les cadrans mesurant l'intensité du signal : elle ne variait pas. Allaient-ils mettre toute la nuit pour parvenir à la caisse ?

Comme si ses réflexions les avaient mises en branle, les aiguilles du récepteur tressautèrent. Celle du récepteur de l'autre rive monta, tandis que le signal de son propre récepteur décrut d'un poil.

Il contempla la cargaison soigneusement empilée sur le quai devant lui. Si la caisse avait été parmi les autres, le signal de son propre récepteur aurait dû se renforcer au lieu de s'affaiblir.

Ils filent dans l'autre direction... en s'éloignant des quais !

Mais il n'y avait rien, de l'autre côté... quoique, minute... si, il y avait un autre navire à quai, un peu plus loin, qui n'avait pas encore accosté.

Un navire portugais.

Ah-ha !

Prestement, Jay fouilla dans le sac derrière le transmetteur pour y pêcher ses lunettes. Il les sortit, d'énormes hublots qui lui recouvraient complètement les yeux et lui donnaient des airs de savant fou. Il bascula un interrupteur sur la monture et le monde se détacha soudain en vives nuances de rouge. Il balaya du regard l'autre bateau…

Là ! La caisse brillait, éclatante, dans son champ visuel. La solution limpide dont il l'avait aspergée contenait des particules faiblement radioactives qui n'apparaissaient que lorsqu'on portait des lunettes analogues aux siennes. Il avisa un quatuor de marins qui transféraient la caisse sur l'autre bateau.

CyberNation était habile, il devait le reconnaître. Ici, en virtuel, ils transféraient simplement la caisse d'un navire à l'autre. En réalité, ils envoyaient leur argent faire un nouveau tour du monde. Les sommes n'atteindraient pas les États-Unis tant que ce bâtiment portugais ne serait pas parvenu à quai. Dès qu'il le serait, toutefois, Jay n'aurait pas de mal à retrouver la trace du paquet.

Il était prêt à parier qu'ils allaient le transférer à nouveau. Et peut-être encore à plusieurs reprises, pour mieux brouiller les pistes.

Jay quitta son poste au bord du toit et regagna l'appareil volant qu'il avait planqué un peu plus loin dans l'ombre. En 1935, il n'y avait pas encore d'hélicoptères – mais il y avait l'autogyre. Comme l'hélicoptère, l'autogyre utilisait un rotor de sustentation. Pour se propulser, en revanche, il recourait à une hélice au même titre qu'un avion. La poussée de celle-ci entraînait la rotation du rotor qui, à son tour, engendrait une force de sustentation. C'est un mathématicien espagnol, Juan de la Cierva, qui avait réusssi le premier vol de l'engin en 1923. L'autogyre ne pouvait pas vraiment décoller ou se poser à la verticale, il devait être poussé légèrement avant de pouvoir décoller – sauf vent fort – mais cela convenait parfaitement à Jay. Son modèle était un Pitcairn-Cierva PCA-2, l'appareil utilisé par certains services postaux de l'époque pour la distribution du courrier.

Bon Dieu, ce qu'il adorait faire des recherches !

Il lança le moteur Wright R-975-E2 Whirlwind soigneusement insonorisé et, avec une embardée, l'appareil s'élança, entraînant la rotation du rotor de neuf mètres. L'idéal était d'avoir du vent ; plus il était fort, mieux c'était, mais avec ce brouillard, il n'y avait guère de brise.

En quelques secondes toutefois, il se retrouva dans les airs, pistant la caisse.

La tâche était aisée avec les lunettes, et il recourait au transmetteur à intervalles réguliers pour confirmer sa route. Ces gars étaient vraiment bons. La caisse passa ensuite à bord d'un cargo libyen, puis d'un vapeur français, suivi par un autre venu de Rio, et enfin d'un dernier venu de Grèce.

Et puis, enfin, elle fut débarquée à quai.

Ses lunettes lui permettaient d'agrandir l'image. Une destination apparut imprimée, bien lisible, sur la caisse : Washington, DC. Il y avait également un numéro de compte et même le nom d'une succursale bancaire.

Il rit, un ricanement étouffé qui se mua en grondement sinistre : *Mouhahahahaaaaaa !*

Cette fois, il les tenait.

5.

Washington, DC

À trois rues de la maison, Toni regardait Petit Alex trottiner sur le trottoir, penché en avant, prêt à s'étaler à chaque pas. C'est qu'il était intrépide, son fils. Chaque fois qu'il trébuchait et tombait à quatre pattes sur le béton en s'égratignant jusqu'au sang, il se relevait et repartait à la charge. Enfin, en général après quelques larmes, pour être sûr que sa mère lui prêtait attention.

Pour l'heure, l'objet de sa curiosité était un moineau. Le petit oiseau était assez prudent pour s'éloigner en sautillant quand le garçonnet approchait d'un pas mal assuré, mais pas assez apeuré toutefois pour s'envoler.

Toni sourit. Quelque part au fond d'un vieil album de photos, il y avait un cliché d'elle enfant, à deux ans peut-être, ou moins, assise sur les marches devant la maison de ses parents, dans le Bronx. Perché devant elle sur le perron, à moins de quinze centimètres, il y avait un oiseau – on aurait dit un geai – juste à portée de main. Comment l'oiseau était-il venu ici ? Pourquoi n'avait-il pas eu peur d'elle ?

Quand elle avait vu pour la première fois cette photo et avait interrogé son père, il avait ri et dit que c'était un oiseau empaillé. Maman était d'un avis différent, toutefois. C'était maman qui avait pris la photo et elle soutenait que l'oiseau était descendu se poser juste à côté d'elle, pour l'observer. Toni n'avait pas essayé de l'attraper et il était resté là un long moment. Maman était convaincue que les animaux savaient reconnaître l'existence ou non d'une menace et elle croyait que l'oiseau avait senti que Toni ne lui voulait aucun mal.

D'un pas chancelant, Alex quitta le trottoir pour gagner la pelouse et le moineau fit encore trois ou quatre petits sauts de cinquante centimètres, sur le côté, avant de se retourner pour le regarder à nouveau. C'était moins par crainte – sauf peut-être celle de se faire marcher dessus accidentellement, ce qui était une menace bien réelle. Il semblait plutôt que c'était par curiosité.

Un sentiment réciproque, donc.

Le virgil de Toni se manifesta. Elle le dégrafa de sa ceinture et vit que c'était Alex qui appelait.

« Salut, chou, dit-il. Quoi de neuf ?

– Pas grand-chose. J'appelais juste pour voir comment la journée s'était passée.

– Super. Je suis rentrée et, en ce moment, le bébé et moi, on fait un tour. Gourou est allée au cinéma.

– Vraiment ? » Alex rit. « Qu'est-ce qu'elle est allée voir ? Un film d'action où on se castagne ?

– Non, la nouvelle comédie romantique de Tanya Clements.

– Notre Gourou ? La vieille dame capable d'étriller trois Marines et un boxeur professionnel en même temps ?

– Celle-là même.

– Je suis bluffé. Hmm. » Il marqua un temps, changea de sujet. « Écoute, chou. Je vais être un poil en retard. Je dois faire une déposition devant les avocats pour ce procès intenté par CyberNation. T'avais quoi, en vue, pour le dîner ? »

Sourire de Toni. « Ce que tu comptais nous ramener comme plat à emporter.

– Ah, je vois. Que dirais-tu d'un repas indien ?

– Ça me va. Prends-moi du poulet massala. Et n'oublie pas les galettes et les épices.

– Tes désirs sont des ordres, ô Maîtresse. Embrasse notre petit. Je devrais être là aux alentours de sept heures et demie.

– Bon. Je t'aime.

– Moi aussi, Toni. »

Après avoir coupé, Toni remit le com à sa ceinture et regarda s'envoler le moineau qui avait finalement décidé qu'il valait mieux rester au large de ce monstre sur le point à tout moment de lui dégringoler dessus. Il se réfugia dans un arbre, se posant sur une branche à trois mètres de haut.

Petit Alex se tourna pour la regarder, le visage assombri. Il indiqua l'arbre. « Maman ! Zoiseau ! Attrape zoiseau ! Attrape zoiseau ! »

Comme si elle pouvait. Et comme s'il avait le droit de demander. Il le voulait, donc il devait l'avoir.

Elle rit. « Désolé, petit babouin, mais maman ne sait pas voler. »

Il hocha la tête, l'air bien décidé.

« Maman, attrape zoiseau ! »

Elle se remit à rire. Quel merveilleux enfant. Parfaitement convaincu qu'il était au centre de l'univers. Et pourquoi pas ? songea-t-elle. Après tout, elle n'avait pas fait grand-chose pour l'en dissuader. Il faudrait bien qu'elle s'y mette un jour. Sinon, il allait avoir des problèmes quand il tomberait sur d'autres bambins de deux ans, tout aussi convaincus que lui d'être le soleil autour duquel tournaient tous les mondes.

Plus incroyable, peut-être, était le fait que le garçon était devenu le centre de son univers à elle. Elle, une femme d'action, féministe militante tendance « chienne de garde », voilà qu'elle fondait chaque fois que son petit babouin lui souriait. Qui aurait imaginé une chose pareille ?

Le moineau reprit son essor et disparut entre les cerisiers.

« Zoiseau parti, au revoir ! » dit Alex. Il semblait accablé.

« Eh oui. Zoiseau parti, au revoir. »

Mais le moineau n'était pas la seule distraction du quartier. Un homme qui promenait une chienne berger allemand arriva dans leur direction et la morosité d'Alex après la perte de l'oiseau s'évanouit dans un grand sourire. « Ouah-ouah ! fit-il.

– Ouah-ouah, répéta-t-elle. On dit : un chien ! »

Avant la naissance du bébé, jamais elle n'aurait cru qu'elle tiendrait ce genre de conversation. Quand elle avait entendu des parents ou des amis jacasser ainsi avec leurs petits enfants, elle s'était montrée amusée et même un rien condescendante. Elle ne risquait pas de parler de cette façon à ses mômes. Ou c'est ce qu'elle avait cru, en tout cas.

La chienne, remuant la queue comme un métronome en folie, tirait légèrement sur sa laisse : à l'évidence, elle avait envie de s'approcher de Petit Alex. Toni regarda le propriétaire, un quinquagénaire en forme, de large carrure, en T-shirt, short et basket, cheveux courts et lunettes de soleil. « Est-ce que ce chien mord ? demanda-t-elle. Est-ce qu'il s'entend bien avec les enfants ? »

Le propriétaire étouffa un rire. « Cady ? Elle lui léchera la figure, c'est tout. Au risque peut-être de le renverser d'un coup de langue. C'est la plus grande trouillarde que je connaisse. J'ai vu le chat la chasser de sa propre écuelle de nourriture, et tout ce qu'elle a fait, c'est rester plantée là à gémir en me regardant, "À l'aide, papa, protège-moi". »

Toni sourit. « Alex, tu veux caresser le ouah-ouah ?

– Ouah-ouah !

– Eh bien, vas-y. » Et, s'adressant au propriétaire : « Laissez-lui un peu de mou. » Elle était toutefois un rien inquiète et elle s'approcha un tantinet, mais elle avait décidé qu'elle n'allait pas passer sa vie à éviter à son fils de connaître les réalités du monde.

La chienne qui devait bien peser ses cinquante kilos se précipita et Toni se raidit. Rien ne se passa, cependant, sinon que la bête se mit en effet à lécher le visage d'Alex.

Cela surprit le garçonnet qui tressaillit mais bientôt il se mit à rire, tendit les bras et prit la grosse bête par le cou. La chienne semblait ravie et Alex était aux anges. « Ouah-ouah ! Ouah-ouah ! »

Le propriétaire sourit. « Un beau petit garçon, commenta-t-il.

– C'est bien notre avis, dit Toni. Et votre chienne est très belle, elle aussi. »

Alex continuait de serrer l'animal qui semblait trouver la chose fort amusante.

Un chien, songea Toni. Voilà une bonne idée. Quelqu'un pour tenir compagnie à Petit Alex. Elle avait toujours voulu un chien, étant petite, mais quand on habitait dans un appartement du Bronx, c'était un problème. Pas de raison toutefois de s'en priver, à présent. Alex aimait les chiens, elle le savait. Il en avait même eu un pendant un moment. Et ils avaient une cour. Tous les gosses devraient avoir un chien, non ?

QG de la Net Force
Quantico

Ils s'étaient installés dans la salle de conférences. C'est qu'il n'y avait pas assez de place sur la table dans le bureau de Michaels pour toutes les copies papier qu'ils avaient besoin d'étaler afin de les examiner.

Michaels contempla cet océan de paperasse. « Bon Dieu, je hais les avocats.

– Le cabinet ici présent excepté, bien sûr ?

– Non, fit Alex en hochant la tête. En particulier, le cabinet ici présent. »

Thomas Bender se mit à dire. « Désolé, vieux, ce n'est pas moi qui édicte les règles. J'essaie juste d'éviter à mes clients de se faire embrocher par celles-ci.

– Ouais, eh bien, Shakespeare avait raison. Qu'advienne la révolution, la première chose à faire serait de tuer tous les avocats. À coup sûr, cela simplifierait grandement les choses.

– Cette citation est toujours tirée de son contexte, remarqua Tommy. *Henry VI*, acte II, scène II. Elle est dite par un personnage de comédie baptisé “Dick le Boucher” qui est un tueur, alors que son camarade Cade songe à ce qu'il ferait s'il était roi. Ce n'est qu'une vieille blague sur les avocats, une blague facile.

– Des blagues faciles, on n'en a jamais trop, observa Alex. Ou des blagues sur les avocats.

– Tiens, en voilà une, dit Tommy. Un avocat et sa femme font une croisière aux Antilles.

– Je déteste déjà ce coin, dit Michaels.

– Vous auriez dû y penser avant de vous mettre à tirer sur des gens là-bas. Quoi qu'il en soit, l'avocat et sa femme regardent les requins sillonner l'eau et, à un moment, le type se penche trop et tombe pardessus bord. Le capitaine, qui passait par là, le voit tomber et s'écrie : “Un homme à la mer !” Il s'empare d'une bouée quand, tout soudain, les requins s'arrêtent de nager. L'un d'eux plonge sous l'avocat en train de se débattre, le recueille sur son dos et se dirige vers le bateau, tandis que les autres squales montent la garde, bien en rang de part et d'autre. Le requin amène l'avocat jusqu'à l'échelle et ce dernier l'escalade.

« Le capitaine est abasourdi. “Je n'ai jamais vu une chose pareille ! s'exclame-t-il. C'est incroyable !”

« Alors, la femme de l'avocat se contente de hausser les épaules et répond : “Rien d'étonnant. Simple courtoisie professionnelle.” »

Michaels sourit et hoche la tête. « Comment se fait-il

que les meilleures blagues sur les avocats viennent des avocats eux-mêmes ?

– Nous devons être capables de nous moquer de nous-mêmes, expliqua Tommy. Tout le monde le fait et c'est plus facile que de se lamenter. Personne n'aime non plus les croque-morts, mais ils ont leur niche. » Il haussa les épaules et indiqua la pile de papiers. « Très bien, revenons-en à votre situation, voulez-vous ? »

Alex grogna. « Est-ce bien nécessaire ?

– À moins que vous ne vouliez coûter au contribuable deux cents millions de dollars pour violation des droits civils des défunts, ce serait une bonne idée, oui.

– Vous savez, reprit Michaels, je ne pige vraiment pas. Nous étions dans les eaux internationales et ils nous tiraient dessus. Est-ce que ça n'aide pas ?

– Oui et non. Pour l'essentiel, ça embrouille un peu plus les choses. Il y a quelques années, ça ne serait pas arrivé, il existait des lois empêchant de poursuivre certains services gouvernementaux dans l'exercice de leurs fonctions, un peu comme le fait qu'on ne peut pas poursuivre un président en exercice, ou celui que, dans certains États, les flics ne peuvent pas arrêter des législateurs pour des vétilles lorsque le Congrès est en session. Mais les temps changent. Le droit maritime international est incroyablement compliqué et ça a encore empiré depuis la dernière série de règlements édictés par La Haye et leur interprétation par les Nations unies. »

Il soupira. « Écoutez, Alex, comme je vois les choses pour l'instant, vous pouvez être poursuivi dans l'État ou devant la Cour fédérale, puisque les individus en question étaient tous natifs de notre pays, et plus précisément de Floride, comme les personnes à leur charge. Les citoyens américains ne perdent pas leurs droits civils d'Américains quand ils sont en mer, surtout quand ces droits sont violés par leurs propres concitoyens. De toute évidence, ce serait vous le violateur, même si, à titre personnel, vous n'aurez rien à payer puisque vous êtes sous le parapluie de la Net Force et que vous bénéficiez d'une assurance fédérale. Malgré tout, personne dans la chaîne alimentaire ne sera ravi si nous perdons ce procès.

– Et quid d'un accord à l'amiable ? Est-ce que ça ne reviendrait pas moins cher ?

– Sans conteste, mais ceux qui vous poursuivent ne veulent pas d'un accord amiable – ou, pour être plus précis, l'avocat qui les représente n'en veut pas. Vous savez, les requins de la blague ? Eh bien, si ce gars tombait à la flotte, ils fileraient tous sans demander leur reste. Bien sûr, lui retournerait au bateau... en marchant sur les eaux, si vous voyez ce que je veux dire. C'est que nous parlons de Mitchell Townsend Ames. »

Il attendit un moment et quand il fut évident que Michaels ne savait pas de qui diantre il voulait parler, Tommy hocha la tête. « Vous ne lisez donc jamais les journaux, Alex ? Ou vous ne regardez pas les infos à la télé ? Ames est le gars qui s'en prend régulièrement aux gros trusts pharmaceutiques. Et qui gagne. Il a intenté une douzaine d'actions collectives contre des firmes pharmaceutiques et n'en a pas encore perdu une seule. Ce gars a la double casquette de médecin et d'avocat, il est aussi brillant que la boule de feu d'une bombe H, et plus méchant qu'un sac rempli de gloutons affamés. »

Michaels haussa les épaules. « Les avocats, quand on en a vu un, on les a tous vus…

– Non, monsieur, ce n'est pas ainsi que ça se passe, rétorqua Tommy. Mitchell Ames bouffe de la poudre et crache de la mitraille. Il est rapide, acéré, il connaît sa jurisprudence sur le bout des doigts, et par-dessus le marché, il a une belle gueule… et il est capable de se mettre au niveau du jury – une classe de cours élémentaire arriverait à comprendre mot à mot ses attendus. C'est un homme très dangereux devant un tribunal.

– Et il ne veut pas d'un accord à l'amiable ?

– Exact. Écoutez, je comprends que vous estimiez que ces poursuites sont injustifiées, que vous avez agi de manière légitime, et, devant une cour pénale, je pourrais sans peine botter le cul de Mitchell Townsend Ames et lui faire écrire cent fois au tableau : "Je suis tellement désolé, oncle Michaels." Mais on n'est pas au pénal. Il s'agit d'une plainte en correctionnelle, où la charge de la preuve est différente – plus facile – et où le plaignant a matière à lancer toutes sortes d'attaques. On peut toujours en bloquer une partie en invoquant la sécurité nationale mais il continuera à vouloir braquer le projecteur sur des recoins qu'on aimerait mieux voir rester dans l'ombre.

– Nous n'avons rien à cacher, protesta Michaels.

– Oh, que si. Vous n'y avez pas suffisamment réfléchi, c'est tout. Quelqu'un a-t-il fait des plaisanteries sur cet incident ? Peut-être un trait d'humour macabre qui aurait pu être transmis par courrier électronique ? »

Michaels haussa les épaules. « Je n'en sais rien. C'est possible, je suppose, mais je n'épluche pas tous les mails – et je ne me rappelle pas non plus tous ceux qui me passent sous les yeux.

– Exact. Imaginez donc ce jury en train de contempler la brave vieille maman d'un de ces voyous, fondant en larmes, et voilà qu'Ames brandit ce mail avec une remarque du genre : "Ça leur apprendra à venir asticoter la Net Force !" accompagnée d'une photo de son pauvre fils mort prise le jour de son bac, ou peut-être lors du bal des élèves. Les jurys sont sensibles à ce genre de chose. S'il peut plaquer sur le gars un visage humain – et il le fera, même si c'est un vrai tueur de sang-froid –, il sera capable de faire passer la Net Force pour une bande de mercenaires assoiffés de sang, des membres d'une section d'assaut en rangers qui rigolaient alors même qu'ils le tuaient et qui ont craché sur son cadavre rien que pour le plaisir. Nous savons bien sûr tous les deux que ça ne s'est pas passé ainsi, mais un bon avocat peut persuader un jury du contraire, et Ames est un excellent avocat. »

Michaels secoua la tête.

« Et ce n'est qu'un début. Une fois lancé, ce gars peut convaincre un jury de bigots que vous êtes l'Antéchrist, ou à tout le moins le second lieutenant de Satan. Je l'ai déjà vu opérer. Ça fera du vilain. Votre meilleure défense – en fait, votre seule défense – est de montrer à ces braves gens que vous étiez contraint d'agir comme vous l'avez fait, sans échappatoire, sinon la République se serait effondrée, que vous n'y avez pris aucun plaisir, et que vous êtes un type infiniment plus sympathique que les morts. Ce qui ne sera pas facile.

– N'êtes-vous pas mon avocat ?

– Bien sûr, mais une fois le procès terminé, il faudra

que je boive un verre avec Ames, si ça l'intéresse. Nous nous plaisons à faire comme si nous n'en faisions pas une affaire personnelle.

– Eh bien, excusez-moi si moi, je le prends ainsi.

– Ouais, c'est permis. »

Quelle situation de merde, se dit Michaels.

« Très bien, reprenons en détail, dit Tommy. Votre statut légal est tout à fait clair, bien sûr. Votre bras armé agit officiellement sous les auspices de la Garde nationale et non du FBI, ce qui lui permet d'être en activité et envoyé à l'étranger quand le besoin s'en fait sentir. Nos statuts ne le disent pas explicitement, mais on peut toujours souffler un rideau de fumée et agiter des miroirs pour leur faire avaler la pilule. Et puis, nous partons de l'idée que la Net Force avait des raisons de croire que le paquebot-casino était en fait un bateau pirate. Ça risque d'être un débat épineux, compte tenu de la définition stricte de la piraterie d'après la Convention des Nations unies sur le droit maritime, article 101, mais si l'on prend en considération l'Internet et le terrorisme, je pense que c'est jouable. Au titre de représentant dûment mandaté d'un État souverain, vous aviez tout à fait le droit d'aborder et d'arraisonner le vaisseau aux termes de l'article 105 de la Convention des Nations unies.

– Je le savais depuis le début », remarqua Michaels.

Sourire de Tommy. « Bien sûr. C'est pour cela que vous avez besoin d'avocats. »

Alex ne lui rendit pas son sourire. Quelque part, tout ça ne lui paraissait plus drôle du tout.

« Très bien, poursuivit Tommy dont le sourire s'effaça. Commençons par le commencement. Dites-moi comment vous en êtes venus à soupçonner Cyber-

Nation de commanditer des truands pour agir en dehors de la loi.

– Ça va prendre un moment. »

Tommy acquiesça. « Alors, autant nous y mettre tout de suite. »

6.

New York

Dans la cuisine de son appartement, Ames ajouta un doigt de chardonnay – réserve 1990 – dans la sauteuse en inox chemisé de cuivre qui contenait le homard et la sauce shitaké. L'ustensile venait de France. Il fallait reconnaître aux Français qu'ils s'y connaissaient en cuisine. La sauce était destinée à faire pocher le saumon du Yukon qu'il avait fait venir par avion le matin même. Le poisson était de petite taille, trois livres, et il avait dû être pêché illégalement, en dehors de la saison. Quand on faisait le total, c'était du saumon qui allait chercher dans les trois cents dollars la livre, mais peu importait. L'essentiel était destiné aux Japonais, mais être riche avait ses petits avantages. La veille, ce saumon nageait dans les eaux froides de l'Alaska ; ce soir, il serait le dîner d'Ames dans son appartement new-yorkais.

La civilisation était une chose merveilleuse.

Le vin qu'il utilisait pour le déglaçage revenait à quelque quatre-vingts billets la bouteille, également, mais on ne devait pas lésiner sur la qualité. Si vous deviez cuisiner au vin, quel intérêt de tuer le goût avec de la piquette ?

Ames n'était pas un œnologue distingué. Il ne cherchait pas à apprendre tous les termes exacts, le nez, le bouquet, la note finale, et ainsi de suite. Mais il savait reconnaître un bon vin quand il en goûtait un. La première fois qu'il avait bu un des produits de Blackwood Canyon, il avait tout de suite su qu'il était tombé sur un négociant qui connaissait parfaitement son métier. Il avait rempli sa cave en achetant le vin par caisses entières. Il avait également investi de l'argent dans l'affaire – jusqu'à la hauteur autorisée par Michael Taylor Moore.

Il possédait d'autres caves, à présent, mais cette première cave de Michael Moore était située dans un trou perdu au bout d'un chemin gravillonné, quelque part au milieu de nulle part, dans l'État de Washington. Cette première cave était dure à trouver et n'était même pas indiquée sur les guides locaux. Si vous ne saviez pas où elle était, vous ne pouviez tomber dessus que par accident, ou alors en passant des heures à jouer les détectives. Mais cela en valait la peine. À l'époque, le seul endroit où l'on pouvait acheter la production, c'était sur place, ou bien à la bouteille, dans quelques rares restaurants parmi les meilleurs du monde.

Moore élevait ses vins selon la vieille méthode traditionnelle en usage en Europe, dite « sur lies ». Ames ne connaissait pas trop les détails mais il savait que cela exigeait de laisser mûrir les grains plus longtemps qu'il n'était de mise. Il en résultait des blancs d'une richesse sans équivalent en Amérique du Nord.

Ces blancs pouvaient rivaliser avec les rouges de n'importe quel autre éleveur. Quant à ses rouges... eh bien, ils étaient tout bonnement incroyables.

Les produits d'entrée de gamme de Moore étaient meilleurs que les millésimes coûteux des autres éleveurs. Et à l'exception de peut-être deux autres maisons dans le monde, une en Espagne, l'autre en France, personne ne pouvait rivaliser avec ses produits haut de gamme. Il appelait ses millésimes ses enfants, et il ne les laissait sortir de chez lui que lorsqu'ils étaient parvenus à leur pleine maturité, prêts à affronter le monde.

Moore avait quelque chose d'un homme de la Renaissance. Il se considérait comme un alchimiste et vu qu'il transformait l'eau en vin, et en fin de compte, celui-ci plus ou moins en or, la description n'était pas si mauvaise. Il était par ailleurs aussi bon cuisinier que bien des chefs de classe internationale.

Il était également architecte naval, dessinant des catamarans dont certains se repliaient pour le transport et le stockage, et concevait aussi toute une gamme d'engins agricoles mus par l'hydrogène.

Nombre de ses voisins le détestaient parce qu'ils le trouvaient arrogant. C'était à prévoir, cependant. Un homme qui se dressait pour dire et faire ce qu'il croyait recevait toujours des volées de bois vert. Surtout quand il se montrait à la hauteur de ses prétentions.

Ames connaissait bien tout cela. Il s'était lui-même laissé porter par ses propres démons pour exceller dans toutes ses entreprises. Premier de sa promotion en médecine, premier de sa promotion en fac de droit, et athlète de haut niveau. Mais ce n'était pas assez. Ce n'était jamais assez.

C'est justement ce qui lui avait plu chez CyberNation. Ces gens appréciaient le talent et le métier, ils les encourageaient, et ils étaient prêts à payer pour. Ils recherchaient toujours l'excellence.

Ames sourit. On ne risquait pas de l'accuser de ne pas savoir se mettre en valeur.

Il remua la sauce, baissa la flamme du brûleur avant de sa cuisinière Thermador et ajouta quelques pincées de thym frais et de sauge. Il faudrait que la sauce réduise encore une heure avant qu'il puisse y faire pocher le poisson. Il avait tout son temps.

Pour le dîner avec Corinna Skye, il avait opté pour un riesling 1988 Blackwood Canyon. Pour les hors-d'œuvre, il avait sélectionné un cabernet-sauvignon 1989 réserve du domaine qui devait avoir atteint sa pleine maturité. Un vendanges tardives Vin Santo Penumbra conviendrait parfaitement avec le dessert.

Quand il avait acheté ces vins, ils étaient relativement bon marché – quarante billets pour celui du dessert, entre cent cinquante et deux cents pour les autres. Aujourd'hui, ils coûtaient le double – quand on arrivait à en avoir... Depuis longtemps, Moore vendait ses récoltes sur option, et ses crus n'avaient pas de date de livraison ferme : il pouvait s'écouler un an ou dix ans avant qu'il estime que le vin était prêt à être mis en bouteille et expédié, et si ça ne vous plaisait pas, vous pouviez toujours aller voir ailleurs.

Ames sourit à nouveau. Un homme capable d'élever des vins comme ceux-ci forçait l'admiration. Et le respect. Et Ames serait toujours ravi de les acheter, quel que soit le prix.

Il se pencha pour vérifier le feu sous la sauteuse. C'était toujours mieux : regarder la flamme, pas la position du bouton. Rassuré – la sauce ne risquait pas d'attacher –, il alla s'occuper de la salade. Il allait mêler la laitue, les endives et les autres ingrédients laissés au frais, mais bien sûr il n'incorporerait la sauce qu'au tout dernier moment. Il allait bientôt être à court d'huile d'olive. Il ne lui restait qu'une bouteille de Raggia di San Vito, la meilleure huile d'olive vierge de première pression disponible hors d'Italie – elle valait le prix d'une bonne bouteille de champagne français – et il nota de demander à Bryce de lui en recommander.

Tant de choses à faire, et tant de projets qui devaient être terminés en même temps.

Tout en sortant les feuilles de pissenlit du bac à humidité contrôlée, Ames regarda sa montre. Ce soir, Junior était en train de régler une histoire mineure avec un jeune sénateur du Midwest et il devrait d'ici peu lui donner de ses nouvelles.

CyberNation avait lancé un assaut frontal généralisé en attaquant le Net et la Toile pour attirer des clients. Ça n'avait pas marché. Ils avaient essayé aussi bien la corruption que les voies légales, tout comme la publicité, mais de l'avis d'Ames, ils n'avaient pas poussé assez loin dans ces diverses directions.

Et c'était là qu'il intervenait. Son boulot était de tirer profit de la loi. Ce qui incluait notamment d'acheter les législateurs ou de les effrayer, et si la corruption ne suffisait pas, parfois un bon procès ferait l'affaire. Tous les moyens se valaient. Pour faire aboutir les lois qu'ils voulaient voir passer. Leur obtenir la reconnaissance officielle qu'ils convoitaient.

Personnellement, il jugeait l'idée stupide. Un pays virtuel ? Billevesées. Il aimait le monde réel, matériel, avec ses saumons pochés, ses rieslings secs et autres à-côtés, merci bien. Mais après tout, si c'était ce qu'ils voulaient et si c'était possible, Mitchell Ames le leur obtiendrait. Il en avait pris l'engagement. Il le tiendrait.

Il considéra le plan de travail en marbre avec sa planche à découper incorporée. Où avait-il mis la centrifugeuse ? Ah oui, derrière le mixeur.

Junior avait le numéro d'un des douze téléphones jetables que Bryce avait achetés – en liquide – la veille, dans une boutique d'électronique de Baltimore. Environ une fois par semaine, Bryce se rendait dans une ville en dehors de l'État pour y chercher une caisse de téléphones mobiles numériques jetables. Ceux qui n'avaient pas été utilisés à la fin de la semaine étaient détruits et jetés, et jamais à proximité d'une des résidences d'Ames.

Tous les appels clandestins qu'il passait ou recevait l'étaient sur un jetable à durée de deux heures. Comme à partir de ces appareils, il était impossible de remonter jusqu'à lui, il n'y avait pas vraiment à s'inquiéter du cryptage. Par précaution, toutefois – et Ames était toujours d'une prudence extrême –, ils dialoguaient en utilisant une forme de code, même sur ces jetables. Junior appelait et disait quelque chose du genre : « Votre commande est prête » ou « Nous avons dû recommander cet article », et cela suffisait.

S'ils devaient tenir une conversation plus longue ou

parler d'une chose impossible à dire en code, ils le faisaient en face à face. Ames n'avait pas qu'une seule planque, et chacune était dotée de suffisamment de dispositifs électroniques anti-écoutes pour que, si jamais Junior avait soudain eu l'idée d'utiliser un micro émetteur discret, Ames le sache avant même que le premier mot ne fût prononcé.

Il avait fait la connaissance de Junior au stand de tir et l'avait soigneusement contrôlé, étudié et entretenu avant de... l'activer. C'était un instrument sommaire, mais l'homme était assez goulu pour lui être utile. S'il s'écartait de la ligne, Ames l'éliminerait et se trouverait une autre dupe.

Et quand bien même Junior déciderait de le faire chanter – ou plus probablement, s'il se faisait prendre et tentait de se servir d'Ames pour marchander –, il n'aurait rien de concret à balancer. Comme le chef d'une bande de pickpockets bien organisée, Ames ne conservait jamais un portefeuille plus que le temps nécessaire à le transmettre à un complice. Toutes ses opérations avec cet homme se déroulaient en liquide, et jamais personne en dehors de Bryce – qui serait prêt à passer dix ans en prison avant de dire un mot contre Ames, sachant qu'il pourrait prendre sa retraite, fortune faite, à la sortie –, jamais personne n'avait vu Junior et Ames ensemble.

Bref, Ames assurait au maximum ses arrières. Ce qui valait mieux car Junior était important pour son plan. Pas irremplaçable mais important.

Ames n'avait jamais vu quelqu'un d'aussi habile avec une arme de poing en situation d'urgence, avec des revolvers à canon court, qui plus est, et lui-même pratiquait le tir depuis une quarantaine d'années. Un homme qui savait *tirer* et qui tirerait sur qui vous lui indiquiez était un instrument d'une valeur inestimable. Il convenait juste de ne pas se couper en l'utilisant.

Il lava les feuilles de salade, les mit dans la centrifugeuse électrique et pressa le bouton pour les essorer. Le ronronnement de la machine s'amplifia et l'odeur des feuilles légèrement froissées envahit ses narines, Ah.

Bon. Assez pensé à Junior. Corinna Skye était un sujet plus intéressant sur lequel se pencher. Après un verre pour discuter de la poursuite de ses efforts de lobbying pour le compte de CyberNation, il savait qu'il devrait lui consacrer encore un peu de temps et d'énergie.

Il sourit à cette allusion à double détente et alla chercher quelques petites carottes nouvelles. Peu importait la saison à New York, c'était toujours le temps de la récolte quelque part dans le monde...

Halethorpe, Maryland

Junior se trouvait dans un drugstore situé non loin du campus de l'université de Baltimore, juste à côté de l'autoroute 95, et il se sentait un brin nerveux.

Il en sourit, se moquant de lui-même. Le Grand Méchant Boudreaux.

Il hocha la tête. Un brin nerveux ? Il était quasiment en nage, et il n'arrêtait pas d'essuyer ses mains sur son jean. Il serait vraiment stupide de mourir juste parce que la trouille l'empêchait d'empoigner son arme.

Le flic n'avait pas à se faire de souci. Il ne saurait même pas qu'il avait des problèmes avant qu'il ne soit trop tard pour se choper une suée.

La voiture arrivait à présent, avec un seul policier à bord, comme les deux soirées précédentes. Le parking du drugstore était sombre, une minuterie avait coupé toutes les lampes extérieures à dix heures du soir. Quant à l'éclairage intérieur, il était passé en veilleuse. Économies d'énergie obligent, les villes étaient devenues bien plus sombres que naguère. Ce soir, Junior ne s'en plaignait pas.

La voiture de patrouille traversa le parking du restaurant ouvert toute la nuit, de l'autre côté de la chaussée. On aurait dit un Denny's mais son enseigne indiquait *Chez Pablo* – sans doute un établissement destiné aux ex-Cubains récemment installés dans le quartier. Junior n'avait rien contre ces gens-là. Quand il était ado, il s'achetait sa gnôle dans un magasin appelé Cuban Liquors, là-bas en Louisiane, et ils s'étaient toujours montrés fort aimables avec lui.

Le flic ressortit avec sa voiture du parking et traversa la chaussée. Il y avait un taxiphone devant le drugstore, une simple demi-cabine ouverte fixée au flanc du bâtiment, mais il n'y avait pas vraiment d'éclairage. Junior avait fait sauter la lampe un peu plus tôt. Il restait malgré tout suffisamment de lumière venant de la boutique pour qu'on voie si quelqu'un se trouvait là, même s'il n'était pas question de reconnaître de qui il s'agissait.

La voiture de police traversa la chaussée comme un chat en quête de sa proie, et pénétra dans le parking du drugstore. Le bâtiment était édifié sur une parcelle légèrement en contrebas des routes, au sud-est de celles-ci, et la cabine était située derrière l'angle, de sorte que les phares du véhicule ne pouvaient éclairer le téléphone quand le flic s'engagea. La seule façon d'éclairer directement Junior aurait été de décrire un large virage en s'engageant pour revenir vers l'entrée. Le flic n'avait pas effectué une telle manœuvre les deux soirées précédentes, sauf au moment de repartir.

Junior s'essuya de nouveau les mains. Il n'était pas trop tard pour renoncer. Il pouvait encore décrocher le combiné et faire mine de parler, comme un type qui devait donner un coup de fil tard le soir. Peut-être que le téléphone de chez lui était en dérangement ou peut-être qu'il n'avait pas payé à temps sa quittance et qu'on lui avait coupé la ligne. Il n'y avait aucune loi qui l'empêchait d'être ici au téléphone. Le flic remarquerait sa présence mais passerait sans doute sans s'arrêter.

Mais non. S'il ne le faisait pas maintenant, il ne le ferait jamais. Il le savait. Il s'était fait arrêter deux fois pour agression, et il avait écopé de cinq ans pour attaque à main armée. Il s'était même fait épingler pour meurtre mais il s'en était tiré – normal, puisqu'il n'y était pour rien –, cependant il n'avait jamais dit à personne que ce n'était pas lui, même à son avocat, aussi les gens croyaient-ils simplement qu'il était passé au travers, s'imaginant qu'un avocat retors avait réussi à faire porter le chapeau à un autre. Cela avait assis sa réputation et ça lui avait en fin de compte pas mal rapporté. Quand des clients sérieux cherchaient un garde du corps, ils voulaient un gars qui n'ait pas peur de faire feu quand les armes parlaient, et ils se disaient qu'il l'avait déjà fait. Il en parlait depuis si longtemps qu'il avait fini par abuser tout le monde. On le prenait pour un tueur mais il ne pouvait pas s'abuser lui-même plus longtemps.

Junior n'avait jamais tué personne. Jamais tiré sur personne. Jamais pour de vrai. Certes, il en avait tabassé pas mal, et il avait brandi ses flingues pour intimider les gens, mais le fait est qu'il n'avait jamais tué personne.

Et ça le rongeait. Ça lui procurait comme un sentiment... de vide. Il savait qu'il pouvait presser la détente s'il fallait en arriver là. Il le savait. Mais il ne l'avait jamais fait.

Il est temps de sauter le pas, Junior, ou sinon de la fermer pour de bon.

Il était terrorisé, ça c'était sûr. Mais il était prêt. Ça aussi, il le savait.

Le flic entra au ralenti dans le parking. La voiture était une grosse Crown Victoria, la version sur roues du requin des Dents de la mer.

Il vit le flic le repérer. Il aperçut son visage éclairé par le reflet de l'écran d'ordinateur sous le tableau de bord.

Junior aurait pu décrocher le téléphone, il était encore temps, mais il n'en fit rien. Il resta simplement immobile à regarder.

Les flics avaient l'habitude de voir les gens les mater, mais il y avait le regard du citoyen moyen et puis il y avait le regard « Va te faire mettre ». C'était celui que lui adressait Junior. Pas un flic ne pouvait laisser passer ça, pas au milieu de la nuit, pas un seul, à moins d'être une mauviette.

Le flic dans la Crown Victoria n'était pas une mauviette.

Il vint s'immobiliser dans l'allée à huit ou dix mètres de lui. La portière s'ouvrit et le policier, la trentaine, descendit. Il tenait sa grosse lampe torche en alu dans une main, mais il ne la braqua pas sur Junior. Pas tout de suite.

« Bonsoir, dit le flic. Un problème avec le téléphone ? »

Junior prit une profonde inspiration. Il avait lesté les poches latérales de son petit gilet en nylon avec deux demi-boîtes de balles, pour lui permettre de les écarter d'un léger mouvement de hanches et d'ainsi dégainer sans encombre. Les deux Ruger étaient sous le gilet, glissés dans leur étui, prêts comme jamais.

Lâche-toi ou tire-toi, Junior.

« Négatif, pas de problème », répondit Junior. Sa voix paraissait calme. Il avait eu peur de trahir une hésitation, mais non. « De toute façon, je ne m'en servais pas. »

Junior vit le flic redoubler soudain de vigilance. Sa main droite recula imperceptiblement vers l'étui de son pistolet. Junior savait que c'était un Glock, sans doute un 22C tirant des 40 S&W, dix balles dans le chargeur plus une dans le canon, et une détente sensible. Plus de puissance de feu que celui de Junior, et de loin. Ce flingue vous abattait un bonhomme dans plus de quatre-vingt-quinze pour cent des cas lorsqu'il faisait mouche.

Mais ça n'avait pas d'importance, si Junior était le meilleur.

« Hé, laissez-moi vous poser une question. » Et

Junior avança de deux pas vers le flic. Huit mètres, sept mètres.

« Ne bouge pas, mon gars », dit le flic, toujours pas vraiment inquiet, mais la main désormais sur la crosse en plastique du Glock.

Bon, on y était. Au pied du mur. Le flic était aux aguets, la main sur le flingue, et le regardait droit dans les yeux. Correct.

Junior s'immobilisa. Il tenait les mains abaissées, à hauteur des hanches, les paumes vers l'avant, pour montrer qu'elles étaient vides. La position d'attente pour laquelle il s'était entraîné à dégainer un millier de fois.

Junior reprit : « Comment va ta sœur ? »

Le flic fronça les sourcils et pendant qu'il réfléchissait à la question, Junior écarta les pans de son gilet et saisit ses revolvers.

Le temps s'écoula au ralenti.

Les crosses de caoutchouc dur semblèrent s'animer dans ses mains quand il dégaina les deux flingues à canon court et les brandit devant lui.

Le flic réagit. Il dégaina son Glock dès le brusque mouvement de Junior, mais ce dernier avait été plus rapide d'une demi-seconde. Il avait levé les deux revolvers et les avait braqués sur sa cible avant même que le flic ait fini de dégainer.

Tout se passa comme dans une transe : en dehors du policier, tout s'évanouit, bruits, lumières, tout… et le flic avançait à présent si… lentement…

Junior tira deux fois, l'arme de droite un poil plus rapide que celle de gauche, et il aurait juré qu'il avait vu les balles quitter le canon, malgré les langues de flamme orangée qui aveuglèrent sa vision nocturne, et malgré les jets de fumée grasse ; qu'il les avait vues voler à près de trois cents mètres secondes sur les six mètres de distance, ce qui était impossible ; et qu'il avait vu les minuscules projectiles de plomb toucher le flic, celui de droite juste au-dessus de l'œil gauche, l'autre sur l'arête du nez, *whap ! whap !*

Le policier s'effondra, toujours au ralenti, son pistolet pointé vers le sol en béton du parking, aucun risque de toucher Junior, même s'il avait tiré, ce qu'il ne fit pas.

Il heurta le sol comme un séquoia qu'on abat à la tronçonneuse, mort ou tout comme. Le Glock tomba, rebondit. Junior entendit le cliquetis de l'arme sur le béton. Il n'avait pas souvenance d'avoir entendu les coups de feu, mais il entendit le Glock atterrir. Bizarre.

Son cœur battait la chamade, comme sous amphétamines, comme après une injection de méthédrine, et après ce qui lui parut des années, il se souvint finalement de respirer. Non sans mal, d'ailleurs, tant son souffle était court.

Sacré nom de Dieu ! J'ai buté le mec !

Il se mit à régner soudain un grand silence.

Un regard alentour. Personne en vue, mais même le petit 22 faisait du potin à cette heure tardive. Quelqu'un avait dû entendre. Les gens allaient se mettre à fouiner. Les voitures de flics étaient comme des aimants : elles attiraient les regards.

Temps de dégager, Junior.

Il avait l'impression d'avoir la cervelle en bouillie. Il était vidé, vanné, mais d'une manière agréable. Quel pied !

Pas besoin d'inspecter la victime. Le bonhomme était bon pour les asticots, aucun doute là-dessus.

Il rengaina les Ruger, tourna les talons et partit vers le nord. D'un pas vif, mais sans courir. Sa voiture était garée dans la rue suivante, une artère résidentielle. Il avait piqué le jeu de plaques d'un petit pick-up garé devant un garage à trois kilomètres de là et les avait fixées sur sa voiture. Si quelqu'un l'avait repérée – et c'était improbable dans ce quartier –, quand bien même il aurait relevé le numéro, il serait impossible de remonter jusqu'à lui.

Si le flic avait eu un rien de jugeote, il aurait signalé la présence de Junior avant de descendre de voiture. Devant son absence de message radio, quelqu'un allait venir aux nouvelles. D'ici là, toutefois, Junior serait à des kilomètres, à bord d'une voiture que personne n'avait vue. Et une heure après, il éclu-serait une bière dans sa cuisine en se rejouant mentalement la scène.

Ils ne tireraient sans doute pas grand-chose des balles. Ces petits projectiles en plomb non chemisé étaient nuls pour l'expertise balistique. Mais au cas où, Junior comptait changer les canons des deux revolvers, sitôt rentré. Il en avait encore trois jeux pour chacun. Quand bien même quelqu'un le retrouverait plus tard et testerait ses armes, ce qui ne risquait pas d'arriver, mais enfin, on ne sait jamais, eh bien, les rayures des canons neufs ne correspondraient pas. Il avait beau les aimer, pas question qu'il continue à se trimbaler avec des flingues susceptibles de l'identifier comme un tueur de flic.

Il filait, mais derrière son volant, son état d'excitation n'avait toujours pas décru. Jamais il ne s'était senti aussi vivant ! Il avait affronté un flic armé, un tireur entraîné, et il avait abattu le mec, de sang-froid. L'avait tué avant de tourner les talons. Jamais il n'avait ressenti quoi que ce soit de comparable ! Il était comme un dieu.

Comme un dieu !

7.

Washington, DC

Toni avait prévu de se rendre au supermarché faire quelques emplettes avant le retour d'Alex du boulot. Il faisait presque nuit et elle voulait être revenue avant lui, aussi se dépêchait-elle – jusqu'au moment où elle ouvrit la porte d'entrée et vit la meute de journalistes dans son allée.

Bon, d'accord, ce n'était pas vraiment une meute. Ils étaient peut-être sept ou huit, mais ils donnaient à coup sûr l'impression d'être plus nombreux. Dès qu'elle ouvrit la porte, ils se mirent à lui crier dessus, dans un brouhaha assourdissant :

« Madame Michaels ! Madame Michaels ! Est-il vrai que vous étiez parmi les agents qui ont tué des ouvriers sur le *Bonne Chance* ? »

« Madame Michaels, quel effet ça vous fait que votre mari soit responsable de la mort de ces innocents ? »

« ... vrai que vous êtes une experte en arts martiaux qui a déjà tué plusieurs personnes avec des couteaux ou à main nue... ? »

« … honnête pour les contribuables ? »

Gourou apparut à la porte derrière elle. Elle considéra les hommes et les femmes qui montaient à l'assaut de leur allée. Elle passa devant Toni pour faire face à la charge des reporters. « Le bébé dort, leur dit-elle. Vous devez partir. »

La première femme à venir à sa hauteur, une journaliste de télévision, lui fourra un micro sous le nez. « Qui êtes-vous, madame ? Que savez-vous de cette histoire ? »

Fourrer ainsi le micro sans fil sous le nez de Gourou n'était peut-être pas une si bonne idée.

Gourou attrapa l'objet et l'arracha des mains de la journaliste. Puis, l'octogénaire le cassa en deux et en laissa choir les fragments qui firent un bruit de cliquetis sur le sol de l'allée.

« Taisez-vous, dit-elle. Le bébé dort. »

Apparemment, aucun des reporters n'avait encore vu une vieille grand-mère briser un coûteux microphone en métal et plastique rigide comme si c'était un vulgaire gressin. Tous se turent. On aurait dit un troupeau de chevreuils pris dans les phares d'une voiture.

Toni sourit.

Gourou les chassa d'un geste des deux mains. « Allez, allez. » Elle avança d'un pas.

Quasi-débandade des reporters, qui reculèrent, paniqués.

Gourou fit demi-tour, adressa à Toni un imperceptible sourire et réintégra le logis.

La journaliste se ressaisit : « Je vais vous envoyer la facture, madame ! Vous ne pouvez pas détruire du matériel comme ça ! »

Toni rétorqua, très doucement : « Et à qui allez-vous l'adresser ? » Puis elle tourna les talons et rentra. Plus question d'aller au supermarché, de laisser Gourou et le bébé seuls avec ces chacals dehors.

Quand Michaels rentra, il vit le troupeau de reporters rassemblé devant la maison. Putain. Ce n'était pas correct. S'ils voulaient venir au siège pour l'interroger, pas de problème, mais pas question qu'ils se pointent ainsi devant chez lui !

Il engagea la voiture de service dans l'allée et pressa sur la télécommande du garage. En temps normal, il laissait la voiture dans la rue afin de laisser le garage vide pour leurs entraînements de silat, mais il n'avait pas envie de traverser cette cohue.

Deux journalistes obliquèrent vers l'allée pour l'intercepter.

Il descendit la vitre, sortit la tête dehors. « Dégagez le passage, je vous prie. »

Les autres vinrent déferler sur la voiture comme des mouches sur un pot de miel.

« Commandant Michaels ! Avez-vous des commentaires à faire sur le procès qui vous est intenté ? »

« … Commandant, était-il vraiment nécessaire de tuer ces hommes ? »

« … Commandant, pourquoi avoir envoyé votre femme sur une mission aussi dangereuse ? »

Il essaya d'avancer au pas, mais la meute restait avec lui, comme des hyènes s'acharnant sur un impala blessé. Ceux devant le capot ne voulaient pas dégager le passage.

Il actionna l'avertisseur.

Il sortit à nouveau la tête dehors et fusilla du regard les deux gars postés devant sa voiture. « Écoutez, je vais entrer dans mon garage. Ce serait une bonne idée de dégager le passage. Je ne voudrais pas que quelqu'un soit blessé. » Il sourit, d'un sourire aussi faux qu'un billet de trois dollars.

Les deux hommes – deux cadreurs avec leur caméra – ne bougèrent pas d'un pouce.

Oh, et puis merde, tant pis pour vous. Son sourire s'effaça, il rentra la tête à l'intérieur, ôta le pied du frein et laissa la voiture avancer doucement.

Ils ne bougèrent pas jusqu'à ce que le pare-chocs les effleure presque mais, finalement, ils cédèrent.

Michaels entra dans le garage et pressa sur la télécommande pour refermer la porte. Aucun reporter ne le suivit à l'intérieur, ce qui valait mieux, parce qu'il aurait eu du mal à ne pas les flanquer dehors manu militari.

Une fois la porte du garage refermée, il descendit de voiture. Tommy lui avait dit qu'il verrait des reporters et qu'il ne devait surtout pas les laisser le provoquer. Rester poli, ne rien dire excepté : « pas de commentaire », sourire, acquiescer, adresser un signe de la main et leur échapper. Ils étaient comme des moustiques, avait dit Tommy. Ils vous mordaient et vous suçaient le sang, et si vous en écrasiez un, un autre s'empressait de prendre sa place. Mieux valait leur abandonner le terrain que de perdre son temps à les aplatir.

Toni le retrouva à la porte.

« Je suis désolé pour tout ça, dit-il en indiquant la porte du garage.

– Ce n'est pas ta faute », dit-elle. Elle se haussa sur

la pointe des pieds pour l'embrasser. « Sinon, à part ça, comment s'est passée ta journée ? »

Il sourit.

Le sourire ne dura pas, toutefois. Installée dans le séjour, Gourou regardait le journal du soir. Il lui adressa un signe et elle lui indiqua la télé.

Michaels regarda et se vit sur l'écran. Il s'immobilisa.

La vue était prise par une des caméras qui avaient bloqué l'allée, et un gros plan serré sur son visage révélait un éclair de colère, suivi d'un sourire qui ressemblait plutôt à un rictus.

On l'entendit dire « Dégagez le passage », tandis qu'il rentrait la tête à l'intérieur de l'habitacle et redémarrait.

Ils avaient tronqué sa phrase, « Ce serait une bonne idée » et coupé « Je ne voudrais pas que quelqu'un soit blessé ». Vue sous un angle différent, la prise d'une autre caméra, mise en insert, montrait la voiture fonçant vers les deux cadreurs postés devant le capot. Ça donnait l'impression qu'il essayait de les écraser.

Son virgil pépia. C'était Tommy Bender.

« Qu'est-ce que vous faites, Alex ? Je suis en train de vous regarder au journal télévisé, en train d'essayer d'écraser les cadreurs de Channel Nine et Channel Four. Pourquoi ça ?

– Tommy, les apparences sont trompeuses.

– Non, jamais. Et souvenez-vous que je vous l'ai déjà dit. »

Corinna Skye s'appuya au dossier et sourit. « C'est peut-être bien le meilleur repas que j'aie jamais dégusté », confia-t-elle.

Elle portait un corsage de soie bleue avec autour du cou un nœud assorti, les deux en harmonie avec ses yeux bleus, et une jupe de soie plissée bordeaux qui s'arrêtait au ras du genou. Il estima qu'elle devait être chaussée de Gucci, le cuir mettant en valeur le reste de sa tenue. Très classe.

Ames lui sourit. « Merci. Je peux faire mieux. Dans l'idéal, j'aurais dû préparer la sauce avant-hier pour la laisser se bonifier convenablement. Là, c'eût été vraiment bon.

– J'ai du mal à croire que ça aurait pu être meilleur.

– La prochaine fois, nous essaierons quelque chose de différent. Vous aimez l'élan ?

– L'élan ?

– L'orignal, si vous voulez. L'animal aux grands bois.

– Vous feriez cuire Bullwinkle ? »

Il rit. « Ah, vous vous souvenez de cette vieille série télévisée ? C'était une de mes préférées.

– Hé, Rocky, regarde-moi donc sortir un lapin de mon chapeau ! » lança-t-elle, imitant à merveille le personnage de dessin animé.

Et lui de répondre : « Encore ? Ce truc ne marche

jamais ! » dans une imitation à peu près potable de Rocky, l'écureuil volant.

Tous deux éclatèrent de rire.

« Voulez-vous que nous passions au séjour pour déguster un verre ? »

Elle le suivit. Il lui servit un verre du vin qu'il avait choisi, la laissa le goûter, puis se remplit un verre à son tour. Il l'invita à s'asseoir dans l'ergosiège tandis qu'il s'installait dans le canapé de cuir.

Le siège bourdonna et s'adapta à ses contours exquis. Elle sourit. « Ah ! Je n'en avais encore jamais essayé. Très confortable. »

Il haussa les épaules. « S'il ne l'était pas, quel intérêt ? »

Ils restèrent un moment à savourer leur vin en silence. Puis il reprit : « Eh bien, même si je n'ai pas envie de parler affaires, je ne voudrais pas vous inciter à croire que je vous ai invitée ici sous un faux prétexte.

– Grands dieux, non !

– Alors, comment se déroule la guerre contre la bureaucratie retranchée ? »

Elle reposa son verre. « Mieux que je ne l'escomptais. Nous avons eu deux sénateurs non prévus qui se sont ralliés à notre cause et croyez-moi, je n'y suis pour rien. Le bruit court en outre, officieusement, que la Cour suprême va statuer la semaine prochaine dans l'affaire TransMetro Assurances contre l'État du Nouveau-Mexique, et la rumeur veut que ce soit en faveur de TransMetro. »

Il était au courant, bien entendu. La décision concernait un litige mineur pour savoir si oui ou non les services réglementaires du Nouveau-Mexique pouvaient contraindre la compagnie d'assurances helvétique qui vendait des contrats exclusivement par Internet à se conformer à certaines lois complexes de l'État. En droit strict, bien sûr, cela aurait dû être le cas, mais certains points un peu farfelus de la législation d'Internet étaient susceptibles de l'empêcher. Si oui, cela créerait un précédent qui, bien que sans rapport apparent pour la plupart des observateurs, pourrait au bout du compte bénéficier à CyberNation. Ames voyait cela comme une partie d'un mur de sous-sol : invisible, mais indispensable aux fondations de l'édifice qu'ils devaient mettre en place.

« Bien, fit-il. Un peu plus de vin ?

– Un doigt, oui. »

Il sourit. Tout se déroulait à merveille. Il s'abstiendrait de lui faire des avances ce soir. Pas plus que la prochaine fois qu'ils se verraient, ni même non plus peut-être à leur troisième rendez-vous. Comme une sauce délicate, certaines choses ne devaient pas être précipitées, pas si on voulait les apprécier à leur juste valeur.

Et il comptait bien apprécier Corinna Skye à sa juste valeur. Mais, comme tout ce qu'il avait désiré jusqu'ici, il s'agissait moins de savoir « si » que « quand ».

8.

Centre médical de la Net Force
Quantico

John Howard n'avait pas l'habitude de se sentir mal à l'aise où que ce soit sur la base du FBI. Mais il devait bien admettre que ce lieu le rendait décidément nerveux.

Il était assis dans une salle d'examen du service d'ORL de la clinique du FBI/Net Force, pour faire vérifier son acuité auditive. Nadine le tannait depuis des mois à ce sujet. Son oreille droite lui jouait épisodiquement des tours depuis la fusillade à Gakona, en Alaska, près de deux années auparavant. Tirer avec un 357 sans protections auditives était toujours risqué. Parfois, cependant, quand on voulait rester en vie, on agissait d'abord, en se souciant des conséquences seulement ensuite.

Les examens médicaux annuels de la Net Force étaient plutôt superficiels et n'incluaient de test d'audition que sur la demande expresse du patient. Howard n'en avait jamais demandé. Ce n'était pas comme s'il était sourd, après tout. Il pouvait entendre le toubib lui poser ses questions et cela avait suffi aux médecins pour lui donner leur bénédiction chaque année. D'ailleurs, il n'avait pas eu de réels problèmes jusqu'à tout récemment, quand il était apparu que son ouïe n'était plus aussi fine.

« Oui, j'ai du mal à entendre la sonnerie du téléphone sauf si je suis tout près de l'appareil. Et ma femme dit que la moitié de ce qu'elle me dit m'échappe. Parfois, j'entends bien sa voix, mais je ne distingue pas ce qu'elle dit. Nous ne pouvons pas nous parler d'une pièce à l'autre, par exemple. Elle, elle m'entend très bien, mais moi, je ne la comprends pas. Et l'alarme de mon virgil ? Je n'arrive même plus à l'entendre. »

Le docteur acquiesça, consignant une note sur sa tablette-écran à l'aide d'un stylet. « Et dans une pièce pleine de monde, des problèmes ?

– Parfois, j'ai du mal à distinguer une voix en particulier au milieu du bruit de fond. Mais ça c'est normal, non ?

– Hmm. Voyons voir ça. »

Le docteur reposa sa tablette et prit un instrument accroché au mur près de la table d'examen. Il coiffa l'extrémité d'un petit cône jetable en plastique, alluma une lumière et introduisit l'embout dans l'oreille de Howard.

« J'ai toujours voulu savoir, comment s'appelle ce truc ? »

L'oto-rhino ôta l'appareil du conduit auditif de Howard et le lui montra. « Ça ? C'est un otoscope. »

Howard sourit. « Logique. »

Le toubib, un jeune gars qui semblait avoir tout

juste la trentaine, hocha la tête : « Eh oui. Littéralement, ça veut dire "examine-oreilles". »

Sur quoi, il fourra de nouveau l'instrument dans l'oreille de Howard et reprit son examen.

Howard supporta stoïquement les diverses tractions sur le lobe de son oreille. Après quelques instants, le docteur retira l'otoscope. Il ôta l'embout jetable en plastique et le déposa dans la poubelle actionnée par une pédale. Puis, après avoir éteint sa lumière, il raccrocha l'instrument et se retourna vers Howard.

« Le tympan a l'air en bon état. Et je ne pense pas que les osselets derrière aient subi de dommages.

– *Malleus, stapes, incus,* récita en latin Howard, étalant sa science.

– Oui, le marteau, l'étrier et l'enclume. Je vois avec plaisir que vous avez fait des recherches.

– Alors, qu'est-ce qui se passe ? »

L'oto-rhino s'appuya contre le mur. « Dégâts nerveux. J'aurais tendance à croire que ça se passe sans doute dans l'organe de Corti, les cellules ciliées qui tapissent l'épithélium auditif. C'est assez commun. En fait, sauf à vivre en ermite dans une forêt tranquille et ne jamais écouter de musique ou ne pas avoir de télé, vous êtes amené à perdre une partie de votre audition avec l'âge. C'est une des nombreuses conséquences d'une civilisation mécanisée. La plupart du temps, c'est graduel, et vous ne le remarquez pas avant que ça devienne sérieux. Parfois, cependant, surtout après une très forte déflagration à proximité d'une oreille non protégée, l'effet est soudain et prononcé.

– Comme avec la détonation d'une arme ?

– Tout juste.

– Alors, on fait quoi ?

– Je vais demander à l'audiologue de vous faire subir un examen de l'audition. Au vu des résultats, nous aviserons. »

Howard acquiesça, remercia le praticien, et fila direct dans le bureau de l'audiologue.

Le technicien s'avéra être une technicienne, une jeune Noire fort séduisante. Elle lui demanda de s'asseoir, le coiffa d'une paire d'écouteurs et lui tendit une télécommande sans fil dotée d'un unique bouton. Un diplôme affiché au mur certifiait qu'une certaine Geneva Zuri avait une licence pour exercer le métier d'audiologue dans l'État de Virginie.

« C'est quoi, comme nom, ça, Zuri ?

– C'est du swahili. » Elle avait une voix grave et rauque. « Ça remonte à pas mal de générations. Mon grand-père est revenu au pays quand il était jeune homme et y a retrouvé un parent lointain. Après cela, il s'est mis à utiliser le nom que portait notre famille avant l'esclavage. »

Howard hocha la tête. *Intéressant.*

« OK, fit-elle. Je vais émettre une série de signaux avec cet ordinateur. Dès que vous en entendez un, vous pressez le bouton.

– D'accord. »

C'est ce qu'elle fit avec une oreille, puis avec l'autre. À un moment donné, elle introduisit une espèce de grondement de cascade qu'elle lui fit entendre dans l'oreille gauche tandis qu'elle continuait d'envoyer des signaux dans son oreille défaillante. Intrigué, il l'interrogea à ce sujet.

« L'expérience nous a appris que les gens qui ont une oreille faible tendent à mobiliser leur oreille valide pour les aider à entendre. Ils n'en sont pas conscients, bien sûr. Ce qui se passe, en fait, c'est que le son traverse le crâne par conduction osseuse. Vous pensez entendre un signal dans l'oreille droite alors qu'en fait vous le captez par la gauche – vous compensez sans vous en rendre compte. Alors, pour l'empêcher, on masque cette oreille avec un bruit blanc. »

Après qu'il eut pressé le bouton un paquet de fois et qu'elle eut pris des notes sur son ordinateur, elle lui fit passer un autre test pour déterminer à quel niveau acoustique un bruit lui devenait douloureux.

L'examen suivant comportait une voix enregistrée qui énonçait une série de mots, plus ou moins vite, plus ou moins fort. Sa tâche était de répéter les mots entendus. La voix avait un accent sudiste sirupeux, qui avalait une partie des mots et les rendait difficiles à distinguer.

Finalement, l'audiologue reprit le premier test acoustique avant de lui ôter les écouteurs.

« Très bien, monsieur, dit-elle. C'est terminé. Jetez un coup d'œil. »

Elle fit pivoter l'écran plat de son ordinateur pour lui montrer deux graphiques. « Celui-ci correspond à votre oreille gauche, celui-là à la droite. Les lignes rouges représentent la norme. Les bleues indiquent le résultat de vos tests. Comme vous pouvez le constater, pour l'oreille gauche, vous avez une chute dans les hautes fréquences, mais la courbe est à peu près stable dans les fréquences moyennes et basses. En revanche, pour la droite, ce n'est pas aussi bon. Vous avez une chute notable dans les fréquences hautes et moyennes. »

C'était en effet bien visible. « Qu'est-ce que ça signifie ?

– Eh bien, je ne suis pas médecin. C'est à votre

oto-rhino d'en discuter avec vous. Je lui transmets de ce pas les résultats.

– Allons, insista Howard. C'est votre métier. Vous savez ce que ça veut dire. »

Elle marqua un temps, puis acquiesça. « D'accord. Je parie que vous avez du mal à entendre les conversations, ou la sonnerie du téléphone, ou à percevoir les notes aiguës sur vos vieux CD de Ray Charles. Ce graphique le démontre et il montre pourquoi. Il est manifeste que votre ouïe est endommagée. »

Howard fronça les sourcils. Il s'y attendait certes, mais, malgré tout, ça ne lui plaisait pas de l'entendre. « Est-ce que ça peut guérir ? demanda-t-il. Est-ce que c'est réversible ? »

Signe de dénégation. « Non, monsieur. Pas tout seul.

– Pas moyen d'y remédier, par un traitement médical ou chirurgical ? Est-ce envisageable ? »

Nouveau signe de dénégation. « Non, monsieur. Pas dans votre cas. Ce n'est pas une perte si grave, elle est loin de justifier un implant cochléaire. Pour cela, il faudrait que vous soyez quasiment sourd comme un pot. Et nous n'avons pas encore trouvé comment régénérer les nerfs du labyrinthe avec des cellules-souches ou par thérapie génique. Bref, il n'y a pas de traitement médical. C'est un peu comme du tissu cicatriciel, si vous voulez. »

Il voulait lui poser une autre question mais avant qu'il ait pu, elle ajouta : « Mais nous pouvons bel et bien y remédier, malgré tout, et vous entendrez aussi bien qu'auparavant. »

Voilà qui semblait prometteur. « Comment ? demanda-t-il.

– Par une prothèse électronique. »

Howard sentit son estomac se retourner. Un appareil, comme son grand-père. Il secoua la tête. Il n'avait que la quarantaine. Il n'était pas prêt à supporter ce gros machin moche derrière son oreille. Qu'est-ce qui viendrait ensuite ? Une canne ? Un déambulateur ? Il hocha de nouveau la tête pour chasser l'image de son esprit.

Elle devinait bien sûr ce qu'il pensait. Elle devait avoir l'habitude de ce genre de réaction.

Elle ouvrit un tiroir, y fourra la main et en sortit un objet qui ressemblait en tout point à l'appareil qu'il se souvenait avoir vu porter son grand-père. Gros comme le pouce, un truc pâle, couleur chair, muni à une extrémité d'un tube en plastique transparent replié en crochet. On aurait dit une burette d'huile miniature.

Il continua de hocher la tête. S'il portait un machin pareil, autant qu'il s'affuble d'une enseigne au néon autour du cou avec inscrit dessus : *Criez ! Je suis sourd !*

« C'est ce que nous utilisions dans le temps, poursuivit l'audiologue. Et nous l'employons toujours pour les patients qui ont subi une perte majeure. »

Elle remit la main dans le tiroir. Toutefois, quand elle la ressortit et l'ouvrit pour la lui montrer, elle avait dans la paume un minuscule bouton couleur chocolat, pas plus gros que le bout de son auriculaire.

« Et voici le dernier cri de la technique, monsieur. Un processeur de signaux multicanaux, cent pour cent numérique et multiprogrammable. Avec réducteur de bruit numérique, filtre anti-Larsen, processeur de gain, compresseur. Ce petit modèle est doté d'un préampli, d'un convertisseur analogique-numérique sur 24 bits, doté d'une dynamique de 130 décibels. La puce électronique traite cent cinquante millions d'opérations par seconde, avec sortie entièrement numérique vers le transducteur. »

Howard se contentait de regarder, éberlué. Il connaissait une partie des termes, mais pas tous.

« La pile dure environ une semaine et l'appareil peut être programmé en fonction de votre perte auditive spécifique et accordé sur différents canaux. Ce qui veut dire que quand vous serez dans une salle pleine de monde, vous pourrez entendre votre voisin vous parler. Et si vous voulez écouter de la musique chez vous, tout seul, vous n'aurez qu'à pousser ce petit bouton, là, pour que l'appareil bascule sur une gamme de fréquences différente qui vous permettra de percevoir les notes aiguës. Regardez. »

Elle se tourna légèrement, fit quelque chose qu'il ne put voir, puis le regarda de nouveau.

« J'en ai un dans l'oreille. Vous le voyez ? »

Howard regarda. « Non.

– Très bien. Et pourtant, vous le cherchez. Personne ne saura que vous êtes appareillé tant que vous ne vous pencherez pas pour le montrer. Et le mieux, monsieur, c'est que ça restituera presque intégralement vos capacités auditives d'origine. Pas à la perfection, mais presque.

– Waouh. »

Elle sourit. « Oui, monsieur. On introduit un peu de cire dans votre conduit auditif, on la laisse prendre, puis on prend une empreinte de manière à adapter l'appareil. Vous n'aurez qu'à le mettre tous les matins – si vous choisissez de l'ôter pour dormir. Ce n'est pas obligatoire. Tout le reste est automatique. Il est toutefois conseillé de l'ôter pour prendre une douche. Ces petits appareils ne sont pas totalement étanches, mais si vous êtes pris sous une averse, pas de problème. »

Elle retira celui qu'elle avait dans l'oreille. « Tenez. Voilà comment on l'éteint. On ouvre la trappe de la pile, comme ça. Quand vous avez besoin de la changer, il suffit de l'éjecter, de cette manière. D'en remettre une neuve, de refermer la trappe, et hop, c'est parti. »

Il dut reconnaître qu'il était fort impressionné. « Et est-ce que je dois vendre ma maison pour bénéficier de ce bijou technologique ?

– Ça coûte entre deux mille huit cents et deux mille neuf cents, mais avec l'assurance de la Net Force, vous ne réglez que dix pour cent de la somme : en gros, deux cent quatre-vingts dollars. Si vous achetez les piles chez Costco ou sur Internet, elles vous reviendront à cinquante cents pièce. Et l'appareil est fourni avec un contrat d'entretien gratuit de deux ans qui couvre les pannes et la perte, cinquante dollars par an ensuite. »

Il acquiesça. « Et ça suffira ?

– Oui, monsieur. Je le crois.

– Eh bien, dites donc.

– Oui, monsieur. Et personne ne vous criera dessus comme vous croyiez devoir le faire avec votre grand-père parce que personne ne remarquera la présence de l'appareil. »

Il sourit. « On lit à ce point dans mes pensées ?

– Nous sommes dans une culture du jeunisme, général. Personne ne veut s'imaginer vieux et décrépit. Quand la génération des baby-boomers a atteint les cinquante-soixante ans, il y a quelques années, avec des troubles d'audition après toutes ces années de rock and roll, la demande pour ces petits appareils est montée en flèche. Ils sont en train de bosser sur un modèle doté d'un condensateur qui se rechargera par les mouvements naturels. Un boîtier complètement scellé. On met le truc et on l'oublie. Il n'y a qu'à l'enlever de temps en temps pour se nettoyer l'oreille, et on le remet aussitôt. En attendant, toutefois, il faut se contenter de celui-ci. Bienvenue dans le futur, monsieur ! »

Il sourit de nouveau. Enfin. Ça aurait pu être pire. Et porter un petit gadget électronique valait toujours mieux que mettre la main en coupe autour de son oreille en disant : « Hein ? » comme un vieux sourdingue, pas vrai ?

Une prothèse auditive. Il avait encore du mal à le croire, malgré tout. Et le truc avait beau être merveilleux ou hi-tech, il n'était sûrement pas ravi d'avoir à le porter.

Washington, DC

Assis à son bureau, Jay regardait son écran plat, en se demandant comment s'introduire dans une banque.

Ils avaient failli ne pas acheter ce bureau. Déménager dans ce nouvel appartement entamait leurs économies un peu plus que prévu. Leurs plans d'achat de mobilier avaient été remis à une date ultérieure jusqu'à ce qu'un des oncles de Saji leur suggère une « danse payante » lors du banquet de mariage.

Selon la tradition, les jeunes mariés acceptaient les danses des divers invités de la noce, en échange à chaque fois d'une contribution en argent. Ce qui rendait la chose amusante, c'est que les billets n'étaient pas donnés directement au couple mais qu'on les leur plaquait dessus. À la fin du bal, Saji et lui ressemblaient à deux épouvantails garnis de billets verts. Ils avaient recueilli assez pour acheter l'essentiel du mobilier de leur nouvel appartement – y compris ce vaste bureau.

C'était marrant, Jay se savait un goût prononcé pour les objets futuristes. Ses goûts le portaient vers l'ultramoderne, généralement synonyme de cuir et de chrome. Ce bureau était différent. Déjà, il était énorme, et en cerisier massif. C'était en outre une antiquité, absolument pas prévue pour y planquer des périphériques d'ordinateur avec tout leur câblage.

Mais Jay s'en fichait. Il était tombé sous le charme dès qu'il l'avait vu. Et Saji avait tenu à le lui acheter. Peu importait qu'il prenne la moitié de la place dans son coin bureau. Peu importait qu'il n'entre pas dans la troisième chambre, de sorte que le jour où ils décideraient de fonder une famille, le bébé se retrouverait dans la plus petite chambre de la maison. Peu importait que la surface au grain antique soit aussi loin que possible des canons de beauté gridleyesques.

Il adorait ce bureau, adorait sentir sa veine créative bouillonner dès qu'il s'installait derrière.

Sauf que ce coup-ci, ça ne marchait pas. Il n'arrivait pas à trouver par quel biais il pourrait s'introduire dans cette banque.

Il était resté à travailler tard au siège de la Net Force à tenter de faire tourner son tout dernier scénario de réalité virtuelle. Le numéro de compte récupéré lorsqu'il avait retracé les paiements émis par CyberNation l'avait conduit à une petite succursale de la Virginia National Bank, perdue en banlieue, mais pas plus loin.

Cette succursale avait hélas suivi à la lettre les consignes des bulletins de sécurité émis à intervalles réguliers par la Net Force à l'intention des entreprises recourant intensivement à l'informatique. Leur pare-feu était impressionnant.

Il avait passé des heures à jouer les guides suisses tentant l'ascension du Cervin, l'équivalent virtuel d'une attaque contre le pare-feu de la banque. Il avait trouvé que c'était comme de vouloir grimper une pente abrupte garnie de Teflon. Il n'avançait pas.

Jay était capable en un rien de temps de se frayer un passage au sein de la plupart des réseaux internationaux. Se faire blackbouler par une petite banque locale de rien du tout était on ne peut plus frustrant. Plus que ça, c'était gênant.

Il savait qu'il pouvait s'introduire en passant par le service juridique. Il y avait matière à obtenir un mandat de perquisition, mais une telle approche soulevait des problèmes. Pour commencer, un tel mandat risquait de mettre la puce à l'oreille de l'individu qu'ils recherchaient. Ça pouvait leur donner le temps de se préparer, de planquer l'argent ou de le transférer sur le compte d'un destinataire légitime.

Par ailleurs, si Jay parvenait à obtenir le nom du titulaire de ce compte, la Net Force serait en mesure de trouver d'autres renseignements à partir de celui-ci. Ils pourraient alors tendre un piège et passer à l'action dès qu'*eux* seraient prêts. Ce qu'il voulait surtout éviter, c'est que CyberNation s'en tire ce coup-ci, et pour cela, il ne fallait pas qu'il dévoile son jeu trop tôt. Une fois leur cible identifiée, alors seulement il pourrait requérir un mandat et constituer un enchaînement de preuves. Mettre la cible sous surveillance dans de telles conditions rapporterait sans aucun doute bien plus d'informations.

Restait à savoir comment procéder.

Il avait essayé la force brute, même s'il supposait qu'un des superordinateurs de la NSA aurait eu plus de ressources pour le faire que celui équipant la Net Force. Certes, il pouvait toujours s'interfacer avec eux et les ajouter au mélange, peut-être alors que…

« Allô ? La Terre appelle Jay ? »

Il réalisa avec un sursaut qu'il n'avait pas entendu – ou vu – Saji entrer. Elle s'était perchée à un angle de son bureau et il la regarda en souriant. Le simple fait de la voir contribuait à lui donner le sourire.

« On pratique la méditation, mon chéri ? » demanda-t-elle.

Il sourit, secoua la tête. Encore pris sur le fait à ramener du boulot à la maison. Encore une fois.

« Je ne pensais pas. »

Elle passa derrière lui et se mit à lui masser les épaules.

Jay appuya la tête contre elle et soupira. Elle avait commencé à faire ça pendant leur lune de miel. Au début, ils avaient prévu d'aller à Bali mais ils avaient changé d'avis à la dernière minute et s'étaient finalement rendus en Espagne. Ils avaient passé l'essentiel de leurs quinze jours de voyage à Formentera, une île au large d'Ibiza. Leur point de chute était ce qui s'appelle un trou perdu : pas d'électricité, pas de téléphone, pas même de connexion Internet. Il avait ressenti au début une certaine claustrophobie – il avait passé un temps fou avec son virgil à récupérer de vieux jeux oubliés dès lors qu'il avait eu la réalité virtuelle. C'est à ce moment-là que Saji avait commencé ses massages pour l'aider à se détendre.

Au bout d'un moment, le charme de l'île – le soleil torride, les superbes eaux limpides, et le temps passé seul avec Saji – l'avait détendu bien plus qu'il ne l'avait été depuis des années. Elle ne lui avait plus massé le dos depuis leur retour. Jusqu'à maintenant.

Il aurait voulu se retrouver sur cette île, pouvoir oublier la Net Force et CyberNation.

Hmm. Peut-être qu'il pourrait tenter d'introduire un ver au cours d'un transfert, intercepter des combinaisons de touches…

Il sentit le souffle de Saji tout contre son oreille.

« Waouh !

– Oh, tu es donc toujours là. Bien. Tu te souviens de moi ? Tu sais, on s'est mariés, il y a quelque temps… »

Il rit. « Pardon. Je suis là ! Je suis là !

– Très bien, dans ce cas, Monsieur Je-suis-là, qu'est-ce que je viens de dire, il y a un instant ?

– Euh…

– C'est bien ce que je pensais. » Elle se pencha pour voir son écran. « Alors comme ça, qu'y a-t-il de si important pour que tu réussisses à entrer en virtuel sans tout ton barda ? Au fait, chapeau, la concentration. Je suis impressionnée. On croirait presque que tu as étudié avec un bouddhiste brillant.

– Mais c'est le cas, remarqua Jay, sauf qu'il était bien plus vieux et plus moche que toi. »

Cette fois, ce fut à son tour de sourire, mais en même temps, elle hocha la tête. « Hon-hon. Tu ne t'en tireras pas si facilement, Gridley. À présent, accouche. »

Et Jay lui parla de la banque, qu'il ne parvenait pas à forcer.

Saji écouta. Il apparut à Jay, et pas pour la première fois, qu'il était un des hommes les plus heureux au monde à l'avoir trouvée. Quelqu'un qui l'écoutait, qui s'intéressait à ses problèmes. Et il avait failli reculer et tout faire rater.

Quand il eut achevé son explication, Saji resta quelques secondes sans mot dire, les mains immobiles sur ses épaules. Puis elle dit : « OK, pas de problème. »

Jay inclina la tête en arrière pour la regarder. OK ? Pas de problème ? Est-ce qu'elle parlait sérieusement ?

« Quoi ?

– Eh bien, je pourrais te le dire, mais as-tu réellement envie que je te facilite la tâche ? Tu ne préférerais pas le mériter plutôt ? Je sais combien tu détestes les soluces des jeux et tout ça...

– Saji ! » Et il leva les mains pour lui saisir les épaules.

Elle rit. « Tu connais la vieille histoire de l'arbre qui cache la forêt ? »

Jay acquiesça. Où voulait-elle en venir ?

« C'est toi et cette banque. Tu ne regardes pas la forêt. Tu restes bloqué sur un seul arbre. »

Il hocha la tête. Il ne voyait vraiment pas de quoi elle voulait parler.

Elle se remit à rire, puis lui mordilla doucement le lobe de l'oreille. « Tu y arriveras, Jay, reprit-elle, quand tu cesseras de t'obstiner à chercher. »

Il l'espérait. Frustré, il la relâcha et reporta son attention sur l'ordinateur.

Quelque part, il y avait une voie d'accès. Il le savait. Il y en avait toujours une. Il lui suffisait de continuer à chercher.

9.

Dutch Mall
Long Island, New York

Installé dans son bureau « officieux », Ames écoutait le rapport de son pirate sur l'évolution du projet.

« Êtes-vous sûr que ça fonctionne ? » demanda Ames.

Le programmeur, dont le pseudo sur le Net était « Cogneur », haussa les épaules. C'était un petit bonhomme, jeune mais presque chauve. Il était vêtu d'un débardeur Metallica et d'un pantalon de toile grise, et pieds nus dans des espèces de sandales en caoutchouc hi-tech. Brillant dans son domaine, mais socialement handicapé. L'un découlait sans doute de l'autre.

« Ben, jusqu'ici, ouais », fit-il. Il avait l'accent du Midwest, nasal, limite geignard. « Ce que j'ai rassemblé c'est un bloc de six, deux fois trois. Soit deux ensembles de trois programmes connectés. Le premier trio, je l'ai réglé pour un déclenchement séquentiel – à cinq, puis trois, puis deux jours d'écart. Le premier est un banal programme bouche-trou. Il infecte un système en se recopiant jusqu'à saturation de l'unité de stockage – disque dur sur un PC, carte-mémoire sur un assistant personnel, et ainsi de suite. Il s'attache également au carnet d'adresses de la victime et envoie des copies de lui-même à tous ses contacts. Rien de plus méchant, mais pour s'en débarrasser, il faut le repérer, l'effacer et nettoyer son disque. Celui-là, les infos en parlent déjà. Ils disent que c'est un pirate qui l'a créé juste pour se marrer. Ils pensent aussi qu'on va le choper rapidement, ce qui est faux. »

Il sourit et se gratta le nez. « La seconde vague est constituée d'un effaceur, qui devrait frapper demain, cette fois. Il se contente d'éteindre le moniteur, c'est tout. La plupart des gens ne sauront même pas ce que ça veut dire. Ils perdront du temps à bidouiller leur matos avant même de se rendre compte que c'est un problème logiciel. Celui-là aussi enverra des copies de lui-même à tous les contacts du carnet d'adresses. Là encore, rien de bien grave, mais le truc sera irritant. »

Ames acquiesça. Il était au courant de tout cela, bien sûr, il le savait avant que Cogneur n'écrive sa première ligne de code. Malgré tout, les plans changeaient, et il aimait être toujours tenu au courant.

Cogneur n'avait pas encore fini son compte rendu. « La troisième vague sera formée d'un crasher. Une fois qu'il a pénétré dans le système, il envoie des copies de lui-même puis provoque un crash du disque dur. Dans le meilleur des cas, la victime sera obligée de redémarrer son système à partir d'une sauvegarde externe avant de devoir procéder à une réinstallation propre de tout le système d'exploitation. Celui-ci provoquera à coup sûr d'importantes périodes d'indisponibilité. De surcroît, beaucoup d'utilisateurs n'auront pas fait de sauvegarde générale – c'est le cas de la majorité des gens, voyez-vous –, de sorte qu'ils perdront des tonnes de données. Comme les autres, ce programme se répandra par courrier électronique. Et comme les deux autres, il contournera les principaux systèmes d'interception. »

Cogneur sourit de nouveau et s'avança dans son siège. « Et maintenant, nous en arrivons au plat de résistance. Cinq jours après cette dernière attaque, la seconde vague de trois sera lancée. Cette fois, elles se dérouleront avec cinq, six et sept jours d'écart, histoire de flanquer un peu plus le bouzin. Dans l'intervalle, tout le monde aura plus ou moins deviné que de nouvelles attaques doivent se produire ; simplement, personne ne saura dire quand. Ou sous quelle forme, d'ailleurs. Cette série fera en gros le même genre de dégâts que la précédente. Les programmes seront toutefois écrits avec des codes différents, pour empêcher les logiciels anti-vers et anti-virus de les relier aux premiers.

– Et cette attaque va causer des problèmes à l'échelon national ? »

Rire de Cogneur. « National… ben, merde. Là, on parle de répercussions mondiales, oui. Vous devez bien comprendre que le meilleur logiciel défensif à leur disposition a des capacités holographiques. À savoir qu'il recherche automatiquement un certain nombre d'éléments, y compris toute activité suspecte au sein du système d'exploitation, les autoréplications de fichiers, les pièces jointes aux courriers électroniques. Il indexe tout ce qui aura pu échapper au programme de surveillance. De tels programmes filtreront mes attaques. Ils ne seront toutefois pas capables de casser le code, du moins pas d'emblée, mais ils l'empêcheront de frapper leurs systèmes. De surcroît, ils déclencheront une alarme sitôt qu'ils auront détecté les attaques. »

Il haussa les épaules, écartant l'idée. « L'important toutefois est de se souvenir que rares sont les utilisateurs à faire tourner un tel programme de qualité. Il est cher, et très compliqué à installer et entretenir. La plupart des entreprises se contentent de trucs bon marché, qui eux, n'ont aucune chance face à mon code. Mieux, il reste encore des millions de gogos sur le Net qui n'ont même pas de pare-feu ou d'anti-virus. Ceux-là, on les chopera quasiment tous. »

Ames était bien loin d'être un expert en informatique – raison pour laquelle il avait engagé ce bonhomme. « Tout cela représente quoi en termes de perte de temps et d'argent ? »

Cogneur haussa de nouveau les épaules. « Je ne peux pas dire avec certitude. Une triple frappe comme celle-ci, suivie d'une seconde ? Pour autant que je sache, personne n'a encore fait ça. Historiquement, on a vu des attaques d'un seul ver ou virus, suivies quelques jours plus tard du déferlement de bêtes copies faites par des amateurs sans imagination, qui recyclaient le même virus avec juste quelques variations bancales dans quelques lignes de code. Ma première estimation serait d'une perte de l'ordre de deux à trois milliards de dollars. »

Ames haussa les sourcils. « Tant que ça ? »

Cogneur acquiesça. « Ce pourrait être un peu plus, un peu moins. Une chose est sûre, en tout cas : cela donnera du grain à moudre aux réparateurs et aux services de maintenance pendant un certain temps. »

Ames sourit. Puisque c'était le but de l'opération, occuper la Net Force, c'était exactement ce qu'il voulait. « Bien », dit-il.

Cogneur le regarda. « À votre tour. » Il marqua un temps, attendit, et Ames sut ce qu'il voulait. Il glissa la main dans son bureau et en ressortit une grosse enveloppe. « Voici le deuxième acompte, dit-il. Vingt-cinq mille dollars. Vous recevrez le prochain paiement quand j'aurai d'autres nouvelles de l'opération aux infos du matin. » Il passa l'enveloppe au pirate.

Cogneur sourit. « Gardez votre télé allumée. Je repasserai prendre mes sous d'ici deux jours. »

Après son départ, Ames hocha la tête. Si Cogneur avait raison et que tout se déroulait comme il l'avait présenté, l'opération reviendrait incroyablement bon marché. Son prix pour les six attaques n'était que de cent mille dollars. Il avait coutume de payer bien plus rien qu'en pots-de-vin.

Mais d'un autre côté, des types comme Cogneur faisaient ce genre de choses gratis. Vandales de l'ère moderne, ils prenaient leur pied en démolissant les choses sans raison, juste pour se prouver qu'ils en étaient capables.

En l'occurrence, Ames avait de bonnes raisons, lui. Plus ou moins…

Il regarda sa montre. Il était presque l'heure de prendre la limousine pour se rendre à l'aéroport. Le Lear Jet qu'il louait était prêt à tout moment à l'emmener au Texas, et il voulait éviter les embouteillages.

New York était le cœur de la civilisation. On pouvait y trouver à peu près tout ce qu'on pouvait désirer, et ce, vingt-quatre heures sur vingt-quatre. Malgré tout, l'île et ses faubourgs n'étaient pas le meilleur endroit pour effectuer des déplacements dans des délais raisonnables. Il se souvenait du temps où il y avait deux périodes de pointe, du lundi au vendredi, l'une avant le travail, l'autre après. À présent, l'heure de pointe s'étalait sur toute la journée et tout au long de la semaine.

Enfin, bon. Ainsi donc, c'était un peu la pagaille dans la grande métropole, par moments. C'était le prix à payer pour les autres avantages.

Quelques jours de détente au Texas, c'est tout ce qu'il lui fallait. Rien de mieux qu'une petite coupure pour recharger ses batteries. Il sourit. Enfin, pas une coupure à cent pour cent, mais pas loin, pas loin…

QG de la Net Force
Quantico

Alex Michaels se dirigeait vers la sortie quand il entendit un étrange ronronnement derrière lui.

Il se retourna et vit Julio Fernandez en train de descendre d'un de leurs deux scooters Segway HT. Dès qu'il fut descendu de la machine, celle-ci se mit à osciller doucement comme un culbuto.

Alex se rappelait l'apparition de ces engins. Leur créateur avait prétendu qu'ils allaient être à l'automobile ce que celle-ci avait été à la carriole à chevaux. Bon, la réussite avait été loin d'être aussi totale, mais on en voyait quand même pas mal dans les centres urbains, de nos jours.

Le problème n'était pas qu'ils ne marchaient pas. Ils marchaient. Il en avait déjà utilisé un, et c'était amusant. Mais le coût initial restait toutefois élevé et l'autonomie limitée. Les premiers modèles coûtaient dans les sept ou huit mille dollars. Les plus petits commençaient à la moitié de cette somme, ce qui voulait dire qu'ils étaient bien plus coûteux que les bons vieux vélos. Et si les vélos restaient à propulsion musculaire, leur autonomie était plus ou moins illimitée. Les scooters ne pouvaient rouler qu'une vingtaine de kilomètres avant de devoir être rechargés pendant six heures.

Super en théorie, amusants à conduire, mais certainement pas à la hauteur de leurs promesses ou de leur publicité. Du moins, pas encore.

« Lieutenant, dit Alex. Quoi de neuf ? »

Fernandez indiqua le scooter. « Nous sommes en train de tester de nouveaux Segway. On a deux prototypes à l'essai. Le premier marche à l'hydrogène comprimé, le second avec une pile à combustible. Ils sont censés avoir plus de punch que les anciens modèles électriques à batterie. Celui-ci, avec la pile à combustible, est censé pouvoir transporter un fantassin avec tout son barda – je vous parle d'un fantassin de quatre-vingts kilos avec quarante kilos d'équipement – sur une distance de cinquante kilomètres à une vitesse de trente kilomètres-heure avant de devoir recharger. C'est le double de l'autonomie des modèles électriques.

– Ça a l'air pas mal, constata Michaels.

– Affirmatif, monsieur. Hélas, celui-ci vient de rendre l'âme après quelque chose comme huit kilomètres. Par-dessus le marché, je viens de découvrir que quand l'alimentation lâche, les chouettes petits gyroscopes stabilisateurs cessent eux aussi de tourner. Bien sûr, il y a des sécurités pour empêcher l'engin de s'arrêter brusquement et de vous envoyer piquer du nez sur le béton, mais une fois qu'il est arrêté, vous avez intérêt à descendre vite. Sinon, c'est la chute assurée.

– Bref, vous n'êtes pas impressionné outre mesure, c'est ça ? »

Julio hocha la tête. « Le fait est, commandant, que c'est une grande idée, encore faudrait-il qu'elle marche. Si un de ces trucs tombe en rade au milieu d'une marche, mettons, je vois mal les gars sur le terrain charger ce machin sur leurs épaules en plus de leur barda, ou le traîner derrière eux comme un vieux chien fatigué. » Il haussa les épaules. « En d'autres termes, monsieur, ce que nous avons pour l'instant, ce n'est rien de plus qu'un joli décor de pelouse de trente-cinq kilos. » Il effleura le guidon de l'engin.

Michaels rit. « Bref, j'en conclus que vous n'êtes pas près de vous en acheter un.

– Ma foi, à vrai dire, commandant, ces bidules sont très marrants et les modèles électriques marchent plutôt bien, même si leur autonomie reste un tantinet limitée. Et il y a sans aucun doute des cas où l'extension des capacités serait un plus – en terrain plat, bien entendu. Cela dit, je vous l'accorde, tous nos hommes peuvent parcourir sans problème vingt ou trente kilomètres avec tout leur barda, mais couvrir le double de distance et parvenir au but frais et dispos ne pourrait certainement pas nuire à leurs capacités opérationnelles. »

Il soupira et donna un petit coup de pied à l'engin, pour le plaisir de le voir osciller encore. « J'imagine qu'il faut s'attendre à des pépins avec les prototypes. Je vais ramener celui-ci aux mécanos voir s'ils peuvent trouver ce qui déconne. Au moins le constructeur a-t-il prévu un débrayage du moteur pour permettre de pousser le bidule quand il est en panne.

– Attention, dit Michaels, avec le plus grand sérieux. J'ai entendu dire qu'ils étaient piégés pour sauter si quelqu'un se hasardait à vouloir les démonter. »

Fernandez gloussa. « Affirmatif, monsieur. J'ai entendu ça moi aussi. Mais je laisse ce souci aux gars de l'atelier. C'est leur boulot. »

Michaels le regarda repartir puis il se retourna vers la porte. Au moment où il l'atteignait, il entendit Jay Gridley l'appeler. « Hé, patron ! »

Michaels se retourna. « Jay, que se passe-t-il ?

– Il y a un nouveau virus qui fait des siennes. Un drôle de truc qui éteint votre moniteur. D'après son langage et sa construction, je suppose qu'il a été écrit par le gars qui a déjà concocté celui dont je vous ai déjà parlé, le bouche-trou. »

Michaels fronça les sourcils. « Grave ?

– Rien de bien méchant, patron, mais ça va exaspérer pas mal de monde. J'ai déjà mis deux de mes gars dessus.

– Parfait. » Il hocha la tête. « Bon boulot. Autre chose ?

– Rien de très nouveau sur le front électronique. Quelques arnaques minables, du porno, la routine. La grande nouvelle, c'est que je crois avoir trouvé le moyen de coincer ce transfert de fonds de CyberNation que je traquais depuis un moment. Je vais tenter le coup, voir ce que ça donne.

– Excellent. Tiens-moi au courant. » Il marqua un temps, puis changea de sujet. « Alors, comment ça se passe à la maison, Jay ? Tu as toujours un air rayonnant de jeune marié, tu sais. »

Le jeune homme sourit. « Ma foi, je ne peux pas me plaindre. Saji est quasiment la femme parfaite, pour autant que je puisse en juger. »

Alex lui rendit son sourire. « Tiens-t'en à cette maxime, Jay. *Nisi defectum, haud refiecendum.* »

Jay plissa le front. « Ce qui veut dire ?

– Si ce n'est pas cassé, ne le répare pas. »

Jay rit. « Bien compris, patron. »

Michaels sourit et tourna les talons. Cette fois, personne ne l'arrêta quand il franchit la porte et se dirigea vers sa voiture.

10.

Centre médical de la Net Force
Quantico

La prothèse auditive était un truc vraiment minuscule, se dit Howard. En tout cas, pas impressionnant pour un sou.

Geneva Zuri la tenait dans la paume de sa main pour la lui montrer. « Je vous donnerai un mode d'emploi à étudier chez vous, mais c'est tout simple. Si vous tirez cette petite trappe, vous verrez où s'insèrent les piles. »

Howard prit l'appareil et fit ce qu'elle lui disait. Au début, il crut qu'il allait lui échapper des mains tellement l'objet était petit, mais au bout d'un moment, il commença à s'y habituer.

Il fronça légèrement les sourcils en voyant la minuscule pile-bouton. Avec sa taille d'un demi-comprimé d'aspirine, il allait falloir des pincettes pour la mettre ou la retirer.

« Là, c'est pour le couper la nuit, dit Geneva. Vous n'avez qu'à ouvrir la trappe à piles. Il est recommandé de stocker l'appareil dans son boîtier, avec le paquet de dessicateur. Le matin, vous le remettez après avoir refermé la trappe, et c'est parti. Essayez-le. C'est plus facile en tirant d'une main sur le lobe de l'oreille et en enfonçant l'appareil avec le pouce.

– À quoi sert le petit bouton, là au-dessus ?

– À changer de canaux. Mettez-le, que je vous montre. »

Howard était habitué aux boules Quies, aussi n'eut-il aucun problème à introduire la prothèse.

Il ne savait trop à quoi s'attendre mais il fut un tantinet désappointé : au début, il ne nota en effet aucun changement.

Il fronça les sourcils. Est-ce que quelqu'un lui parlait ? Il hocha la tête. Non, on chantait...

Il se tourna pour regarder et vit quelqu'un passer dehors devant la fenêtre. Il sourit.

Zuri se pencha et regarda dans son oreille. « Bien ajusté. Hochez la tête. »

Ce qu'il fit. L'appareil ne bougea pas.

« Il ne risquera pas de tomber accidentellement. En fait, il faudra insister un peu pour le retirer. Certaines personnes ont même des problèmes de ce côté. » Elle se redressa, froissa un papier et le bruit lui parut très fort. Elle le savait, là aussi : il s'en rendit compte à son sourire. « Vous vous attendiez à entendre une espèce de grondement quand vous l'avez mis, n'est-ce pas, comme le bruit du vent ou le souffle de parasites ? Ou peut-être un sifflement, comme avec une sono mal réglée ?

– Ouais, tout à fait. »

Elle sourit de nouveau. « L'appareil est censé remettre la mauvaise oreille au niveau de la bonne. Ce ne sera pas parfait mais vous devriez avoir l'impression que vos deux oreilles entendent mieux. Vous aurez moins de mal aussi à localiser les sons. »

Il acquiesça.

« Ce bouton dont vous parliez tout à l'heure, poursuivit-elle. Essayez de le presser. »

Il obéit et entendit deux petits bips assourdis.

« Encore. »

Cette fois, il n'entendit qu'un seul bip.

« Un bip indique le mode normal, expliqua Zuri. C'est le mode par défaut quand vous allumez l'appareil le matin. Le second canal – activé avec les deux bips – est réservé aux environnements sonores, ceux avec un bruit de fond important. En mode deux bips, l'électronique amplifie les fréquences moyennes, celles qui correspondant à la parole, mais pas au bruit de votre disque d'ordinateur ou d'un moteur de voiture. Tout ce que vous avez à faire, c'est basculer d'un mode à l'autre au gré des circonstances. »

Elle se pencha et claqua des doigts près de sa bonne oreille. « Couvrez-la. »

Il obéit.

Elle claqua des doigts près de l'oreille appareillée. « Le bruit est à peu près identique ?

– Oui.

– Très bien. À présent, éjectez la prothèse. Ça aidera si vous passez par en dessous, avec le pouce, en faisant légèrement levier. »

Il retira l'appareil. Elle avait raison. Il fallait insister. Tant mieux. Il n'avait pas envie de voir ce coûteux joujou électronique tomber sur le trottoir et se faire écraser par quelqu'un…

« Voyons voir. »

Il lui tendit l'appareil.

« Tenez, voici un petit écouvillon pour ôter le cérumen du tube du haut-parleur. En inclinant l'appareil comme ceci, vers le bas. Et vous pouvez utiliser cette petite tige en plastique, là, pour nettoyer le passage d'air, c'est ce trou-ci. Ne nettoyez rien d'autre, et toujours avec une petite brosse ou un chiffon doux. Pas de produit nettoyant, ni alcool, ni savon, ni eau. Évitez de prendre une douche ou n'allez pas nager avec, l'appareil ne doit pas être mouillé. Un chapeau pourrait vous protéger sous la pluie, une goutte ou deux ne feront pas de dégâts, mais si un déluge s'annonce, rangez-le dans cette petite pochette étanche, mettez le tout dans votre poche en attendant de vous retrouver au sec. »

Il acquiesça de nouveau.

« Je veux que vous le portiez quarante-huit heures. Vaquez normalement à vos occupations et revenez me voir ensuite. On peut le régler si un son vous paraît trop intense, trop agressif ou au contraire pas assez fort. Ça ne prend que quelques minutes. Il me suffit de le raccorder à mon ordinateur et de programmer les modifications. »

Elle lui restitua la prothèse et il la réintroduisit dans son oreille.

« Vous aurez à changer la pile à peu près une fois par semaine, reprit-elle. Je vais vous donner un paquet de rechange, et un petit étui pour en avoir toujours deux sur vous. Évitez de faire tomber l'appareil par terre ou dans le lavabo. Comme je vous l'ai déjà dit, la garantie contre le bris ou le vol est de deux ans. De toute façon, d'ici là, nous aurons sans doute un nouveau modèle à vous proposer.

– Tout ça me paraît assez simple.

– Ce n'est pas de la physique nucléaire. Il suffit d'être capable de se fourrer un doigt dans l'oreille. » Elle marqua un temps. « Êtes-vous parieur, général ? »

Il arqua un sourcil.

« Je vous parie dix dollars que personne en dehors de votre épouse ne remarquera que vous êtes appareillé si vous ne leur dites pas – et cinq de plus qu'elle ne remarquera même rien.

– Vous devez être rudement sûre de vous. »

Elle opina. « Comme je vous l'ai dit, l'appareil est invisible de devant ou de derrière. La seule position permettant de le repérer, c'est directement sur le côté, et encore, la plupart des gens ne regardent pas vos oreilles. »

Il lui sourit. « Est-ce que vous pariez ainsi avec tous vos patients ? »

Elle acquiesça. « Tous ceux qui ont ce modèle. En fait, je parie en général vingt dollars, pas dix, mais vous êtes un cas plus difficile. Les gens les plus susceptibles de remarquer quelque chose, ce sont les flics, les agents fédéraux, tous ceux qui ont l'habitude de vous identifier machinalement ; or, c'est exactement le genre de personnes avec qui vous travaillez.

– Super.

– Malgré tout, c'est toujours mieux que d'avoir droit à des "Hé, mon gars, c'est quoi, ce truc ?" à tout bout de champ, n'est-ce pas ? »

Il ressentit une petite blessure d'amour-propre. « Ouais, enfin, pour vous, c'est facile à dire. »

Elle redevint soudain très sérieuse. Elle le regarda en silence, sans sourire. Après quelques instants, elle acquiesça doucement et tourna la tête pour lui montrer son oreille droite. Puis elle la tourna de l'autre côté pour lui montrer la gauche.

Elle était appareillée *des deux côtés.*

« L'une des raisons qui m'ont fait choisir cette voie, c'est un méchant virus attrapé quand j'étais petite. Il a provoqué une fièvre élevée qui a détruit une bonne partie des connexions dans mes deux oreilles. Je porte des appareils depuis l'âge de onze ans.

– Je suis désolé, madame Zuri.

– Ne le soyez pas. Je ne le suis pas. Plus, en tout cas. Ces appareils marchent vraiment bien, général. »

Howard soupira. Elle avait raison. Un petit bout de plastique avec une puce et des circuits électroniques, c'était à coup sûr le meilleur choix, aucun doute là-dessus.

Il se leva et elle lui serra la main. « Merci.

– De rien. Je vous revois dans deux jours. »

Howard acquiesça et se dirigea vers la porte. Il sifflotait en sortant.

Planque d'Ames
Au sud-est d'Odessa, Texas

Ames était seul au milieu d'une plaine sèche et poussiéreuse. Autour de lui, rien qu'un désert désolé.

De l'endroit où il se trouvait, on ne distinguait pas le moindre signe de civilisation. Aucune route, aucun véhicule. Rien que les traces de pneus laissées par son chauffeur, et déjà elles s'effaçaient sur le sable.

Un vent torride essayait de le décoiffer de son chapeau. Le soleil d'été jouait sur le sol à peu près nu. Des boules d'amarante, la seule forme de vie visible alentour, rebondissaient lentement sur le sable cuit par le soleil.

Si l'on n'était pas prévenu, on pouvait s'imaginer qu'un homme seul au milieu de ce désert risquait d'avoir des problèmes.

Ames sourit, il éprouvait, oui, comme un sentiment de supériorité. Il avait un secret.

Tout le monde parle du Mont Cheyenne, près de Colorado Springs. Le PC militaire à l'épreuve des bombes était déjà dépassé avant même que sa construction soit achevée. L'excavation venait d'être faite et les massives portes blindées pas encore installées que les Soviétiques avaient déjà ciblé le complexe. La rumeur courait qu'il y avait suffisamment de mégatonnes braquées sur celui-ci pour que, en cas de déclenchement des hostilités, l'ensemble ait été transformé en cratère radioactif.

Le mieux, c'est que le gouvernement l'avait su dès le début, et pourtant, ils avaient continué et achevé la construction malgré tout.

La guerre froide avait produit plus d'un « site sécurisé » de ce type. Certains auraient sans doute survécu à un engagement nucléaire, pour la raison toute simple que ceux-là étaient vraiment secrets. Ceux que connaissaient les Soviétiques, comme le Mont Cheyenne, auraient été détruits, bien sûr.

Il en restait toutefois une poignée qui avaient été construits avec grand soin et dans le plus grand secret. En général – mais pas toujours –, sous l'apparence d'une mine ou d'une usine. On ne faisait aucune publicité sur leur localisation et, avec beaucoup de prudence et aussi beaucoup de chance, leur existence était demeurée secrète. Certains auraient sans doute survécu à une conflagration.

Ames en connaissait trois. L'un était situé dans la banlieue de Washington, réservé aux sénateurs et aux membres du Congrès. Il y en avait un autre dans le Mississippi, et Ames savait que celui-ci serait toujours sûr. Aucun être sensé n'irait gâcher des missiles sur la forêt de Holly Springs dans le nord de l'État. Sauf à avoir la certitude qu'il s'y trouvait une cible valant cette peine, or ce n'était sans doute pas le cas. Cinquante ans et quelques après sa construction, la plupart des gens du coin ignoraient jusqu'à l'existence de cet abri anti-atomique.

Le troisième et dernier site était situé au centre du Texas.

À quelques kilomètres au sud-ouest d'Odessa, le troisième avait été destiné à abriter près de deux cents personnes. Ames supposait que ses hôtes auraient dû être de grands pontes du pétrole qui avaient contribué de manière significative au financement des campagnes de certains hommes politiques.

L'abri avait des stocks d'eau, de vivres, de médicaments, de carburant pour les moteurs diesel qui l'équipaient, et il était doté de générateurs électriques pour faire fonctionner la lumière, la climatisation, la réfrigération, le filtrage de l'air et l'évacuation des eaux usées. Il était capable d'assurer la subsistance de deux cents personnes pour une durée de six mois. Moins il y avait de monde à l'intérieur, bien sûr, plus longue serait la durée de survie.

Construit au milieu des années cinquante, l'abri était doté d'une bibliothèque de bonne taille. Il avait également des dizaines de postes de radio et de petits téléviseurs noir et blanc, tous à tubes, et dont la plupart marchaient encore parfaitement. Et c'était une vraie mine de disques vinyle, albums 33 tours et 45 tours qui n'avaient jamais été passés et devaient sans doute valoir des milliers de dollars pour des collectionneurs.

Les entrepreneurs avaient creusé une décharge souterraine à quatre cents mètres du complexe. De petits tracteurs électriques analogues à des voiturettes de golf pouvaient y conduire les remorques d'ordures en passant par un tunnel de béton creusé neuf mètres sous le sol.

La construction et l'approvisionnement de l'abri avaient coûté des millions de dollars et il n'avait jamais servi. La guerre froide avait pris fin. La menace d'un hiver nucléaire n'avait jamais complètement disparu, bien sûr, mais elle avait été grandement réduite. Et la planque souterraine était devenue un grand éléphant blanc.

Alors, Ames l'avait achetée. Une véritable affaire, à six millions et quelques, chacun des signataires étant persuadé d'avoir entubé l'autre. Ames en sourit. Il avait dépensé presque autant rien qu'à compléter et renouveler les stocks.

Ceux-ci avaient compris une vaste quantité de conserves, dont la plupart étaient encore utilisables, même après plus de cinq décennies. Il avait ajouté des réfrigérateurs et des congélateurs remplis de viande et de denrées de haute qualité. Si jamais il devait séjourner ici pour une période prolongée, il manquerait seulement de fruits et de légumes frais. Mais avec la lyophilisation, il pouvait toutefois conserver presque éternellement toutes sortes d'aliments peut-être pas aussi bons que s'ils étaient frais, mais meilleurs toutefois qu'en conserve.

Ames avait également installé une cuisinière à gaz de qualité professionnelle, alimentée par un réservoir de quatre mille litres de propane. Il avait en outre planqué une ou deux paraboles satellite et installé toute une batterie d'appareils électroniques dernier cri, téléviseurs, ordinateurs, capteurs et matériels de communication. Ces travaux achevés, sa petite planque était parfaite. Sûre. Isolée. Secrète.

Même en connaissant sa présence, il était presque impossible de s'y rendre sans se faire repérer, que ce soit par la voie des airs ou par voie de terre. Par-dessus le marché, le système de sécurité comprenait à la fois un radar et des détecteurs acoustiques, et Ames avait entouré le complexe d'une batterie de mines acoustiques non létales.

Il était à peu près certain que personne ne viendrait fouiner de ce côté, mais au cas où, il ne se faisait pas de souci : la place était inexpugnable. Avec ses parois en béton armé renforcé d'un mètre quatre-vingts d'épaisseur, c'était une véritable forteresse. Et pour couronner le tout, elle reposait sous huit à neuf mètres de sol compact.

Sûre mais aussi confortable. Comme tout le reste dans son existence.

Il contempla de nouveau les alentours, très content de lui, puis se dirigea vers l'accès secret à l'escalier. Il faisait beaucoup trop chaud pour s'attarder ici, surtout quand il faisait bien meilleur à l'intérieur.

11.

Le Moyen Âge
Forêt de Sherwood, Angleterre

Perché sur un vieux chêne de bonne taille, Jay Gridley observait le château devant lui. L'édifice arborait toutes les caractéristiques propres à ce type de construction : de vastes douves, de hautes courtines, et une herse de fer levée juste derrière le pont-levis. Il apercevait de larges récipients de fer entre les créneaux au sommet des murs, récipients qu'il savait devoir être remplis d'huile bouillante. Il y avait également des douzaines d'archères et de meurtrières dans les murs épais. Ces étroites ouvertures permettaient aux archers et aux arquebusiers de faire pleuvoir une pluie de flèches sur quiconque tenterait de prendre d'assaut l'édifice.

Mais Jay n'envisageait aucunement de le prendre d'assaut. Il avait une tout autre idée en tête.

Il sourit. Que lui avait dit Saji à propos de l'arbre cachant la forêt ? Eh bien, il se retrouvait là, contemplant le paysage du haut d'un arbre dans la forêt.

Il redevint sérieux en songeant à Saji et à l'aide inestimable qu'elle lui apportait. Il avait fallu sa remarque pour l'amener à réfléchir. Et elle avait eu raison, en plus. Il n'avait pas regardé toute la banque quand il avait essayé d'y suivre la transaction monétaire. Il s'était focalisé sur la zone où s'effectuaient les transferts électroniques et cela avait été une erreur.

La salle des coffres était bien entendu parfaitement blindée. Après tout, les banques protégeaient l'argent de leurs clients. Si elles le perdaient, elles pouvaient mettre la clé sous la porte. Ce qui signifiait que vouloir pénétrer là où reposait l'argent était quasiment mission impossible, même pour lui.

Il sourit de nouveau à cette idée. Il se connaissait suffisamment bien pour se rendre compte que cette expression « quasiment mission impossible » sonnait pour lui comme un défi. Quelque part, il restait toujours tenté d'emprunter cette voie, rien que pour prouver au monde entier qu'il en était capable.

Il hocha la tête, riant de lui-même. Non, il lui fallait l'information, et vite. Et il fallait le faire par la voie la plus facile.

Du reste, il pourrait toujours revenir plus tard forcer la salle des coffres.

Il redescendit de l'arbre et se dirigea vers un coffre recouvert de cuir posé au pied du vieux chêne. Il l'ouvrit et en sortit une tunique brune. Son pourpoint vert végétal, parfait pour se cacher dans les arbres, ne conviendrait guère à ce qu'il s'apprêtait à tenter.

Avant de se changer, il se déchargea de son arc et le déposa sur une toile huilée. Dommage qu'il ne puisse pas l'amener avec lui, mais il ne conviendrait pas à son déguisement. Il admira le bois soigneusement ouvragé et poncé avant d'envelopper l'arme dans la toile huilée.

Des trucs incroyables, ces arcs. Avec leur portée et leur pouvoir de pénétration supérieurs, ils avaient permis aux Anglais de remporter la bataille de Hastings, ce qui avait de fait empêché tout le pays d'avoir à parler ensuite français.

Il enfila la tunique brune, saisit une grosse canne en bois posée contre le tronc et se dirigea vers le petit hameau au pied des murailles du château.

En approchant du village, il sourit et salua de la tête les gens qui lui rendirent son salut.

Comme un moine sympathique venu présenter ses respects.

Comme l'avait dit Saji, une fois qu'il s'était mis à réviser son point de vue pour embrasser le problème dans son ensemble, il avait entrevu des ouvertures. Sitôt qu'il avait ourdi ce scénario virtuel avec le château pour jouer la banque, il avait relevé un détail intéressant. Vers le fond, tout contre l'enceinte fortifiée, s'élevait un petit édifice, une humble chapelle de village. Elle était très fréquentée par les habitants, le clergé, des chevaliers et des marchands. Ce qui signifiait que Jay pouvait bien sûr y pénétrer, lui aussi.

Il ne lui avait pas fallu longtemps pour identifier l'équivalent réel de l'édifice, et il se rendit compte qu'il faisait bel et bien partie de l'ordinateur qu'il cherchait à pénétrer.

Les banques s'efforçaient d'être pratiques pour leurs clients. De nos jours, cela équivalait à une facilité d'accès. Il n'était pas question bien sûr de trop faciliter l'accès à l'argent, ou sinon celui-ci n'aurait pas été en lieu sûr. C'était justement le problème sur lequel Jay avait buté. Elles pouvaient toutefois faciliter à leurs clients l'accès à des éléments comme les comptes bancaires et leur historique.

Cette chapelle abritait ces informations, derrière un pare-feu bien moins imposant.

S'il ne s'était pas trompé, cette chapelle lui donnerait accès à l'information qu'il recherchait. Pas obligatoirement sous la même forme, et sans doute n'en recueillerait-il pas autant qu'il l'aurait aimé, mais cela devrait suffire à son entreprise.

Enfin, il espérait.

Jay se dirigea vers la petite poterne au flanc de la muraille du château. Deux moines étaient assis à une table à l'extérieur, pour accueillir les fidèles. Alors qu'il approchait de la table, il entendit les gens donner aux frères leurs mots de passe. Celui de gauche, un homme aux cheveux argentés, hochait la tête quand le mot de passe était bon ; le fidèle avait alors le droit d'entrer dans la chapelle pour y prier – dans le monde réel, cela équivalait à accéder à son compte bancaire, sans retirer d'argent.

Toute cette procédure de recherche de la faille de sécurité avait été l'exemple parfait de la supériorité de la réalité virtuelle sur le simple examen d'un écran plat ou d'une holoprojection. Son instinct, ses yeux et ses oreilles, tous ses sens étaient plus efficaces dans un environnement tel que celui-ci plutôt qu'en simple mode texte.

Il s'approcha de la table.

Le vieux moine s'adressa à lui : « Et ton numéro de compte, mon frère ? »

Jay lui donna le numéro du compte qu'il pistait.

« Ton mot de passe ? »

Jay prononça le mot sanscrit *aom*, dans un souffle,

comme Saji lui avait appris. Elle lui avait dit un jour que certains maîtres zen croyaient que le mot contenait à lui seul tous les sons de l'univers.

Dans le monde réel, des dizaines de milliers de mots de passe venaient de déferler simultanément sur le programme de gestion bancaire.

En réalité virtuelle, le temps s'arrêta. Les moines se figèrent et tous les habitants du village s'étaient immobilisés. Près de la forge, un bûcheron s'arrêta en plein effort, des échardes de bois immobiles, suspendues dans les airs de part et d'autre de sa hache. Les flammes de la forge se détachaient en relief comme quelque statue de marbre tridimensionnelle.

Seul Jay pouvait regarder autour de lui. Seul Jay avait conservé la liberté de ses mouvements.

Et puis le temps se remit en route, le hoquet dans la réalité était passé.

Le moine aux cheveux argentés hocha la tête, comme si de rien n'était.

« Tu peux passer, mon frère. Dieu soit avec toi. »

Jay inclina la tête, un sourire sur le visage. « Et avec toi aussi, mon frère. » Il entra par la petite poterne dans la chapelle contre l'enceinte du château.

Il se dirigea vers une imposante série de niches creusées dans l'un des murs. De grands chiffres romains indiquaient les numéros de compte de chaque client de la banque.

Allons bon, se dit-il. *Tu t'es encore fait avoir toi-même, pas vrai ? Tu sais bien que tu détestes les chiffres romains.*

Il fit une brève pause dans le scénario pour opérer un ajustement.

Là, voilà qui est mieux.

Les numéros de compte étaient désormais indiqués

en chiffres arabes. Bien plus faciles à suivre. Il repéra la niche correspondant à son numéro. À l'intérieur était posée une simple feuille de parchemin qui contenait le résumé de toutes les opérations effectuées au cours des derniers mois.

Il saisit la feuille et la parcourut. Y était indiqué le nom du titulaire : Otis A. Censeur.

Le nom le fit sourire, puis il reporta son attention sur les détails. Il semblait manifeste que ce Monsieur Censeur avait touché de fortes sommes de CyberNation au cours des derniers mois.

Jay prit le parchemin et gagna la sortie. Il était temps de changer de scénario et de traquer ce vieil Otis. Il franchit le mur d'enceinte. Une fois de retour dans la forêt, il modifia le monde virtuel alentour.

L'un des plaisirs à être un demi-dieu du Net était cette capacité à changer la réalité d'un simple geste de la main. Dommage que ça ne marche que dans le virtuel.

Tuscaloosa, Alabama

Ce nouvel environnement était également une forêt, mais bien différente de celle de Sherwood avec ses vieux chênes majestueux. Jay avait également échangé sa tenue de Robin des Bois contre une chemise de flanelle élimée, une vieille salopette en jean et des rangers usées. Une meute de six limiers aboyait à côté de lui, tirant sur les laisses dont il tenait l'extrémité.

Jay sortit de sa poche un mouchoir qui ressemblait fort au parchemin du scénario précédent. Il l'agita sous le nez des chiens, pour qu'ils en flairent l'odeur.

Les limiers flairèrent le mouchoir, grognèrent et redoublèrent d'excitation.

« Attrapez-le, mes chiens », s'écria Jay et il les libéra.

La meute fila, suivant la piste, et Jay suivit leurs aboiements.

Ce scénario était un de ses préférés… Courir à travers les forêts inexploitées de l'Alabama, tel un trafiquant d'alcool pourchassant des voleurs de gnôle dans son alambic. L'image le fit sourire.

Au bout de quelques minutes, les aboiements des chiens changèrent de tonalité.

Il pressa le pas, repoussant hautes herbes et buissons bas. Devant lui, il découvrit ses limiers qui entouraient une petite cabane.

Il appela le programme d'identification pour examiner la cabane et fronça les sourcils.

Quelqu'un avait été plus malin que lui. Ce petit cabanon n'était pas du tout le domicile d'Otis A. Censeur. C'était une boîte postale de Postal Plus – l'un de ces minuscules bureaux de poste qu'on trouvait un peu partout à proximité des supérettes. Tous étaient stériles, avec un système d'irradiation intégré pour protéger votre courrier de tous les germes.

Encore une impasse.

« Merci bien, Otis. » Et pour les limiers : « OK, les petits, vous pouvez la boucler à présent. »

Les chiens obéirent.

Ne lui restait donc plus que ce pseudonyme trouvé par un petit futé : « Ascenseur ». L'indice d'un désir d'ascension sociale ou professionnelle ? Mais c'était tout ce qu'il avait.

Et maintenant ?

Jay laissa les chiens dehors et pénétra dans la cabane. Il opéra un changement de réalité virtuelle et...

Bureau d'expédition Postal Plus

Jay ne se fatigua pas à charger un de ses scénarios maison. Pas grand intérêt. Il était à peu près sûr de ne rien trouver d'intéressant. À la place, il fit tourner une banale visualisation virtuelle du site en mode web et s'introduisit dans le système de sécurité de l'ordinateur gérant celui-ci.

L'adresse laissée par le mystérieux Ascenseur était également celle d'un bureau de poste, mais cette fois-ci, il s'agissait de l'US Mail.

Eh bien, c'était le bouquet. Tous ces efforts pour contourner les arbres afin de voir la forêt, tout ce temps à pirater une banque pour arriver à ça...

Il leva les yeux et nota quelque chose. Coucou ?

Une caméra de sécurité était fixée au plafond. L'opérateur du service de courrier avait dû avoir des problèmes de vandalisme nocturne. C'était assez typique de ce genre d'endroit. Quoi qu'il en soit, on avait installé un système de vidéosurveillance.

Jay reconnut un équipement assez classique. La caméra capturait en résolution moyenne une vidéo de tous les clients qui entraient dans le hall où se trouvaient les boîtes. En général les fichiers vidéo étaient stockés une semaine avant d'être effacés ou archivés.

Ah, si seulement ces données étaient stockées sur ce disque dur…

Jay passa devant les boîtes postales et pénétra dans le bureau proprement dit. L'employé était occupé avec plusieurs clients. Jay vit la porte derrière la caméra vidéo et se coula dans cette direction. Quand l'homme derrière le comptoir passa derrière avec un paquet, Jay actionna la poignée. Elle s'ouvrit, et prestement, il se glissa dans le réduit où se trouvaient le moniteur et le disque dur relié à la caméra. Il referma la porte derrière lui et s'approcha de l'ordinateur.

Il ne fallut pianoter que deux commandes pour déclencher la lecture. À l'arrière-plan de la séquence vidéo, il repéra quelques espaces libres sur la droite du mur de boîtes. Il zooma dessus et localisa celle qu'il voulait. C'était là. Il accéléra ensuite le défilement des données, espérant que le propriétaire de la boîte postale 1147 était passé à un moment ou à un autre durant la semaine écoulée.

Un mouvement attira son œil et il ralentit le défilement.

Un grand jeune homme brun vêtu avec élégance – on aurait dit un complet Armani – ouvrit la boîte postale, en sortit un paquet et repartit.

Jay élargit le cadre. L'homme se dirigea vers une Porsche Boxter d'époque garée juste devant.

Jay fit un arrêt sur image, resserra de nouveau le plan pour cadrer sur la plaque d'immatriculation du véhicule. Il put tout juste distinguer celle-ci : LAWMAN9.

Jay fronça les sourcils. « Homme de loi 9 ». Un flic ? Ça ne tenait pas debout.

Il fit rapidement une copie de la vidéo, l'expédia à sa propre adresse électronique et quitta le scénario...

Washington, DC

Dans le bureau à son domicile, Jay regarda l'heure : presque minuit. Saji devait dormir ; c'était une lève-tôt.

Il effectua une rapide vérification auprès du service des Mines et trouva le nom du propriétaire du véhicule immatriculé LAWMAN9 : un certain Theodore A. Clements.

Gagné !

Après une recherche rapide, Jay récupéra quelques fichiers supplémentaires qu'il parcourut en diagonale.

Pas un flic. Un homme de loi. Clements travaillait pour la Cour suprême. Il était stagiaire.

Bien, bien, bien. Pourquoi CyberNation enverrait-elle de l'argent à un stagiaire à la Cour suprême ? Pas pour un motif légal, il était prêt à le parier.

Il avait hâte d'apprendre la nouvelle à Alex.

Bâtiment du Capitole
Washington, DC

Le commandant Alex Michaels n'était pas réjoui. Il n'était même pas encore huit heures du matin et il avait déjà envie d'une nouvelle tasse de café. Au lieu de cela, il devait assister à la session d'une commission du Congrès.

Le pire était qu'il n'avait rien à leur dire sur la sécurité d'Internet qu'ils n'aient déjà appris par com, par mail ou par le mémorandum d'un de leurs assistants. Mais bien entendu, ce n'était pas ainsi que ça fonctionnait dans cette ville. Quand le président d'une commission désirait être informé, il ne voulait pas l'entendre de la bouche d'un quelconque sous-fifre et il n'avait certainement pas envie de passer du temps à parcourir un document écrit. Non, il voulait l'entendre de la bouche même du responsable.

Ce n'était qu'un des détails du jeu politique qui se déroulait chaque jour ici. Savoir qui devait aller où pour dire quoi, tout cela faisait partie de la définition de l'influence dans les allées du pouvoir. Alex savait tout cela. Il savait également que le chef d'une petite agence comme la Net Force ne pouvait pas dire non à six membres du Congrès, si stupides fussent-ils.

Il était censé retrouver d'abord Tommy Bender. Aucun membre de la Net Force, voire du FBI, ne se présentait devant une commission sans un avocat sous le coude.

Il vérifia l'heure à sa montre et parcourut encore une fois du regard les alentours avant d'aviser enfin Tommy. L'avocat discutait avec une grande blonde en tailleur gris, talons plats, fichu de soie rouge. La jupe lui arrivait juste au-dessous du genou. Elle était superbe, pas de doute, et elle lui disait vaguement quelque chose mais sans qu'il parvienne à la situer.

Tommy nota son regard et lui fit signe de les rejoindre.

« Hé, commandant, dit-il quand Alex s'approcha.

– Maître, dit Alex avec un hochement de tête.

– Je vous présente Corinna Skye. C'est une lobbyiste. Cory, je vous présente Alex Michaels, de...

– La Net Force, termina la femme. Oui, je sais. Commandant, ravie de faire votre connaissance, même si je crois savoir que nous nous retrouvons à présent des deux côtés opposés de la barrière. » Elle lui adressa un petit sourire.

Il lui prit la main. Sa poigne était ferme. Il décela un subtil parfum musqué, juste une trace. Très sympa.

« De quelle barrière s'agirait-il, madame Skye ? demanda-t-il en lâchant sa main.

– Un de mes clients est CyberNation. J'espère que vous ne m'en voudrez pas ? »

Alex s'abstint de répondre.

Tommy consulta sa montre. « Désolé, Cory, il faut qu'on se dépêche. Nous devons être devant la commission Malloy à cinq heures. Je vous retrouve plus tard. »

Nouveau sourire. « Allez-y. Les membres du Congrès détestent qu'on soit en retard. Ravi de vous avoir rencontré, commandant. Peut-être que nous pourrons nous retrouver un peu plus tard dans la semaine ? J'aimerais essayer de rectifier certaines idées fausses concernant mon client, si vous n'y voyez pas d'objection ? »

Quelles idées fausses ? se demanda Michaels. *Qu'il s'agit d'une bande de malfrats nuisibles trop contents de se servir du terrorisme pour aboutir à leurs fins ? Qu'ils nous font un procès, mon service et moi, en nous réclamant deux millions de dollars ?*

Mais il ne dit rien de tout cela. Il se contenta de lui rendre son sourire en disant : « Mais bien sûr. Passez donc un coup de fil à mon bureau. »

Comme ils se dirigeaient vers la salle de réunion de la commission, il demanda à Tommy : « À quoi tout cela rime-t-il, selon vous ? Et pourquoi d'abord parliez-vous à une lobbyiste de CyberNation ? »

Tommy haussa les épaules. « Diantre, commandant. Je parle à tout le monde, même à l'ennemi – non, disons, tout spécialement à l'ennemi. Je ne vais pas laisser passer une chance de glaner des informations. »

Alex fronça les sourcils. « Vous n'avez pas peur qu'ils fassent pareil avec vous ? »

Rire de Tommy. « À quel sujet ? Notre stratégie n'est pas un secret : les types à bord de ce bateau étaient des criminels. Ils ont tiré les premiers, vos gars ont réagi en état de légitime défense. Nous n'avons pas de secret à révéler.

– Donc, vous pensez que je devrais aller à son rendez-vous si elle appelle ?

– Oh, elle appellera, commandant. Et oui, je pense que vous devriez la rencontrer. Une mise en garde, toutefois : Corinna Skye a la réputation de faire tout ce qui est en son pouvoir pour parvenir à ses fins. Et quand je dis tout, c'est bien tout. Alors, allez-y sur la pointe des pieds. »

Michaels se contenta de hocher la tête. Il avait le sentiment que la journée s'annonçait longue…

Son virgil se manifesta. *Super. Quoi encore ?*

« Excusez-moi une seconde, Tommy. » Il s'écarta d'un pas et regarda l'identification de l'appelant. « Jay ?

– Hé, patron. Je viens juste de trouver quelque chose de vraiment intéressant.

– Est-ce que ça peut attendre ? Je dois passer devant une commission dans deux minutes.

– J'imagine que oui. Pour faire vite, j'ai repéré un joli versement d'argent de CyberNation à un stagiaire à la Cour suprême.

– Quoi ? C'est incroyable ! dit Michaels.

– Ouais, je me disais bien que vous penseriez ça. Je vous tiens au courant dès que vous revenez au siège. Amusez-vous bien avec votre commission. Discom. »

Michaels coupa le virgil. CyberNation versait de l'argent à un stagiaire à la Cour suprême ? Si la Net Force pouvait le prouver et retrouver cette somme, ce serait pour eux une immense victoire. À supposer, bien sûr, que ce versement ait un motif illégal, mais il ne pouvait guère en être autrement. Jay avait travaillé la question. Si le transfert avait été légitime, le jeune homme n'aurait pas eu autant de mal à le repérer.

« Alex ? On n'a plus que trente secondes. »

Michaels acquiesça. « Pas un problème, la porte est juste à côté. »

Ils se dépêchèrent.

12.

Bailiff Hollow
Williamsport, Indiana

Junior n'aimait pas les petites villes. Il y avait grandi et il savait comment elles fonctionnaient. Si quelqu'un crachait par terre à dix heures du matin, on en parlait chez le coiffeur à midi. Tout le monde était au courant des affaires de tout le monde et l'on prêtait un surcroît d'attention aux étrangers de passage.

Cette petite ville-ci était précisément le genre d'endroit où un homme se faisait d'emblée remarquer s'il n'était pas autochtone. Perdue au beau milieu des terres à maïs, ses habitants étaient en majorité des fermiers, avec peut-être un pilote de ligne ou un ancien militaire à la retraite, voire quelques artistes loufoques taillant des vitraux. Ce genre-là.

Cette petite ville-ci était également le lieu de résidence d'un sénateur des États-Unis dont la famille avait ici des terres depuis l'époque où elle les avait dérobées aux Indiens. Ce sénateur n'allait pas tarder à apprendre une petite leçon.

Junior sourit. Le sénateur David Lawson Hawkins, républicain bon teint, était un veuf très strict avec trois enfants adultes et huit petits-enfants, mais rien de cela n'avait d'importance. Le sénateur Hawkins allait, soit marcher droit, soit se faire écraser.

Junior consulta l'écran du GPS monté sur le tableau de bord du camion de location. Il avait choisi un plateau-cabine, vieux de deux ans, pour ne pas trop se faire remarquer. Le véhicule était un gros Dodge Ram qui ressemblait à la douzaine d'autres qu'il avait doublés ou croisés sur la route entre ici et Indianapolis en faisant un crochet par Lafayette. Cela devrait lui laisser quelques minutes de plus avant que les autochtones ne remarquent sa présence, et il ne lui en fallait pas plus.

Il n'avait pas de rendez-vous et le garde du corps du sénateur ne serait pas ravi de le voir, mais il était à peu près certain que Hawkins lui parlerait. Junior avait un argument propre à garantir, à coup sûr, l'attention de son interlocuteur.

Junior sourit. Et si le gorille lui faisait des embrouilles ? Eh bien, peut-être qu'il pourrait flinguer le connard. Exactement comme ce flic.

Il fut pris d'une bouffée d'adrénaline en repensant à la scène. Tous les journaux écrits ou télévisés en avaient parlé pendant des jours. Ils pensaient que c'était lié à un gang, ce qui lui convenait parfaitement. Il avait changé les canons des Ruger et s'était servi d'une meule pour réduire les anciens en copeaux d'acier qu'il avait vidés dans un collecteur d'eaux pluviales. Il avait également acheté un nouveau pack de munitions, et jeté toutes les vieilles balles, au cas où ils auraient trouvé un moyen quelconque de les identifier grâce à la composition du plomb, par exemple.

Il avait une veine de cocu. Ils n'avaient pas le moindre indice. Il avait buté un flic et s'en était tiré. Un contre un, *mano a mano.* Et cette sensation qu'il avait éprouvée ? Il voulait la revivre. Bientôt.

Bien sûr, il ne s'agissait pas de continuer à descendre des flics. Une fois, passait encore, mais deux, ça commençait à faire… Si un autre flic se retrouvait avec deux balles de 22 dans la tête, ils renforceraient à coup sûr leur traque. Tant qu'ils penseraient que c'était une affaire de gang, ils interpelleraient les suspects habituels et il serait tranquille. Mais s'il éliminait un autre policier quelque part ailleurs avec le même mode opératoire, ils seraient prêts à remuer ciel et terre.

Tuer quelqu'un par ici serait même pire. Il n'y avait qu'une seule route d'accès, et même avec son pick-up passe-partout, un imbécile quelconque n'ayant rien de mieux à faire pourrait s'en souvenir, voire même relever le numéro : *Non, monsieur, ce n'était pas le pick-up de Bill, pas non plus celui de Tom, ni de Richard, c'était le Dodge d'un étranger, et oui monsieur, il se trouve que j'ai relevé le numéro, vu qu'ça m'a rendu curieux, et tout ça…*

Il avait prévu le coup, bien sûr. Il avait échangé les plaques avec un véhicule d'occasion garé dans un parking d'Indianapolis, pas loin de l'endroit où il avait loué le Dodge, et il les remettrait, une fois qu'il en aurait terminé. Malgré tout, il serait malavisé de sous-estimer les flics même ici en pleine cambrousse.

Junior connaissait un escroc qui avait piqué un jour un paquet de matériel informatique, puis placé une annonce dans le journal local pour revendre tout le fourbi. Junior trouvait ça dingue mais le gars ne s'était pas inquiété. Jamais les flics n'iraient imaginer que quelqu'un soit aussi stupide, lui avait-il expliqué. Ils n'auraient pas eu l'idée de regarder les petites annonces.

Il avait eu tort. Ils avaient regardé. Et ils l'avaient épinglé.

Il y avait quantité de types en cage qui se croyaient plus malins que la police, surtout dans des coins perdus comme celui-ci.

Junior n'était pas dupe, lui. Il savait comment les flics procédaient. S'ils recherchaient un certain type de camionnette, s'ils avaient ne serait-ce que ce seul renseignement, ils étaient capables de vérifier auprès de toutes les agences de location dans trois États en espérant avoir de la chance. Et même s'il avait utilisé un faux permis de conduire et une fausse carte de crédit qu'on ne pouvait relier à lui, ce vieux chapeau de cow-boy porté bas sur le front risquait de ne pas suffire comme déguisement.

Il hocha la tête, renonçant à son fantasme d'abattre le garde du corps. Il savait qu'il valait mieux ne pas énerver les enquêteurs. D'ailleurs, les gardes du corps étaient comme des chiens : ils faisaient ce qu'on leur avait dit de faire, et le patron du mec avait dû lui dire de se tenir à carreau. Junior en était quasiment sûr.

Un nouveau coup d'œil au GPS. Il y avait programmé les coordonnées de la ferme. Tout ce qu'il lui restait à faire, c'était suivre la carte. Ça ne devait plus être bien loin.

Dix minutes plus tard, Junior arriva devant la grille de la propriété, une large barrière battante à cadre d'acier destinée à empêcher le passage du bétail. Elle n'était même pas verrouillée. Il souleva le câble qui l'attachait au poteau, l'ouvrit, remonta dans le camion, entra, puis ressortit refermer la barrière. Inutile d'attirer l'attention sur lui. On n'oubliait pas les gens qui s'amusaient à laisser les barrières ouvertes alors qu'il y avait du bétail susceptible de s'enfuir.

La maison était une vieille bâtisse d'un étage, récemment repeinte et fort bien entretenue. Située à huit cents mètres de la barrière, elle se dressait au bout d'une route incurvée qui sinuait à travers un champ de maïs. Les épis faisaient un mètre quatre-vingts de haut et semblaient bientôt prêts à être moissonnés. Junior n'y connaissait pas grand-chose en matière agricole. Même s'ils avaient cultivé surtout de la canne à sucre et du soja sur l'exploitation de son oncle, en Louisiane, tout le monde avait un petit potager – pour le maïs, les tomates, les carottes, les haricots, les trucs comme ça.

Le temps qu'il gare le camion sous l'ombre bienvenue d'un cotonnier, près d'un plateau GMC plus récent que le sien, le chauffeur-garde du corps était déjà en train de traverser la cour.

C'était un homme de forte carrure, d'un mètre quatre vingt-cinq au moins. En short, T-shirt et baskets, révélant, constata Junior, une musculature imposante. Un haltérophile, à coup sûr, et sans doute boxeur ou pratiquant les arts martiaux à en juger par ses muscles.

Il portait son arme planquée dans une banane sous le T-shirt. Certains de ces étuis étaient pourvus d'attaches en Velcro, de sorte qu'il suffisait, pour dégainer, de détacher le rabat d'une main et de saisir l'arme de l'autre. Ce n'était pas aussi rapide qu'un étui de ceinture mais au milieu d'un été brûlant, il n'était pas facile de justifier le port d'une veste ou même d'un gilet sans manches.

Junior sourit. Il préférait sa méthode. Chemise en jean déboutonnée, manches remontées jusqu'aux biceps, les pans sortis du pantalon, le tout sur un T-shirt blanc. C'était un peu chaud mais ça restait supportable. Les petits revolvers étaient plaqués contre son corps, et la chemise suffisait à les dissimuler pour peu qu'il ne fasse pas de gestes brusques ou ne fasse pas voler les pans.

Le garde du corps était là avant que Junior n'ait pu ouvrir la portière. De près, il avisa un petit tatouage sur l'avant-bras de l'homme. Un tatouage de détenu, à l'encre bleue, sans doute de stylobille. Une petite toile d'araignée. Pas mal.

« Hé, fit Junior.

– Vous n'avez pas de rendez-vous », observa le gorille. Ce n'était pas une question.

« Non, mais votre patron voudra me parler.

– Qu'est-ce que vous en savez ?

– Donnez-lui ceci. »

Avec lenteur et précaution, Junior tendit la main pour aller pêcher sur le siège voisin une enveloppe kraft 24 × 32 cachetée.

Le garde du corps prit l'enveloppe sans la regarder. Ses yeux demeuraient rivés sur ceux de Junior.

Junior regarda le tatouage. « Vous avez été détenu où ? »

Le garde du corps fronça les sourcils. « J'ai passé mon temps à imprimer des autocollants à Wabash Valley. Six ans, mec. » Il mata l'enveloppe, juste un coup d'œil, puis revint à Junior, le regard dur. « Vous allez pas causer d'ennuis à mon patron, hein ? Le gars a toujours été très bon avec moi. »

Sourire de Junior qui secoua la tête. « Pas le moins du monde. Je suis juste ici pour causer affaires.

– Attendez là. Descendez pas du camion. »

Le gorille recula, lorgnant toujours Junior, puis il fit demi-tour et regagna la maison.

Je peux te descendre, songea Junior. *Tu n'es pas assez rapide à dégainer avec cette banane.*

Bien entendu, il lui faudrait viser la tête. Une balle de 22 dans le corps ne ralentirait même pas ce colosse. Il fantasma autour de cette idée en souriant. Ouais. Il pouvait le descendre.

Ce ne fut pas long. Au bout de cinq minutes, le garde du corps était de retour. « Laissez tout ce que vous avez comme artillerie dans le camion », lui dit-il.

Junior acquiesça. Il était inutile de tenter de faire comme s'il n'était pas armé, même s'il avait déjà sorti les deux Ruger pour les fourrer sous le siège.

Il descendit, se laissa palper par le gorille, puis le suivit à l'intérieur.

Ils franchirent la porte de service et gagnèrent directement un grand bureau à lambris – on aurait dit du bois de pécan – avec quantité de rayonnages. On entendait de la musique sortir de haut-parleurs dissimulés, un vieil air de music-hall. Il sourit.

Le sénateur était assis derrière un vaste bureau taillé dans la même essence que les lambris. Du pécan, il en était sûr, ou peut-être alors une sorte d'érable.

« Veuillez vous asseoir, monsieur…

– Appelez-moi simplement Junior, monsieur le sénateur. »

Hawkins avait la soixantaine, la peau tannée, le teint

bronzé, l'air en forme. Cheveux poivre et sel taillés en brosse. Il était vêtu d'une chemise à carreaux en coton, d'un jean, et chaussé de bottes de travail.

Brave vieux garçon que ce sénateur, songea Junior, mais cette fois, il ne put dissimuler un sourire.

« Attends dehors, Hal, dit le sénateur à son garde du corps. Et ferme la porte, veux-tu ? »

Hal acquiesça, sortit et referma doucement la porte derrière lui.

Dès que le battant fut refermé, le sénateur Hawkins se retourna vers Junior, affichant une expression mauvaise. « À présent, il va falloir que vous me donniez une bonne raison de ne pas vous faire chasser d'ici par Hal et piétiner comme un vieux reste de hamburger trop gras.

– Libre à vous, monsieur le sénateur, dit Junior. Mais vous savez que je ne suis pas assez stupide pour venir ici avec le seul exemplaire de cette photo. Vous pouvez être également certain que j'ai des amis qui savent où je suis, et qui ont d'autres clichés du même genre – et certains bien pires. Qu'il m'arrive quoi que ce soit, et vous savez ce qui se produira.

– Espèce de fils de pute. »

Junior fronça les sourcils. « Vous êtes un homme intelligent, monsieur le sénateur, et vous avez passé la moitié de votre existence en politique. Combien de temps selon vous pourrez-vous continuer à garder un tel secret ?

– Cela fait quarante ans jusqu'ici. »

Junior hocha la tête. « La femme, les enfants, les petits-enfants, tout cela forme une couverture parfaite, mais ça n'a plus d'importance, désormais, pas vrai ? Ce qui est fait est fait. »

Le sénateur soupira et Junior vit bien qu'il cédait. « Que voulez-vous ? demanda-t-il. De l'argent.

– Non, monsieur. »

Hawkins le regarda, ébahi.

« Je n'ai besoin que d'une chose. J'ai besoin d'un vote. En échange, vous aurez tous les exemplaires de toutes les photos, et nous n'échangerons plus un seul mot de toute notre vie. »

Le sénateur Hawkins le fusilla du regard. « Et je suis censé faire confiance à un maître chanteur ?

– Ce n'est pas comme si vous aviez des masses de choix, monsieur le sénateur. »

Hawkins réfléchit. « Et si je dis non ?

– Alors les photos – toutes les photos – apparaîtront sur le web et à la une dès demain. Vous voulez que vos petits-enfants découvrent que vous avez passé de longs week-ends en Pennsylvanie avec un autre homme ? Le frère d'un juge de cour d'appel ? Que vous marchiez à voile et à vapeur avant même de rencontrer grand-maman ? »

Hawkins secoua la tête. « Non, sûrement pas.

– Parfait, dit Junior. Alors, nous pouvons faire affaire. »

Il y eut une longue pause et Junior éprouva un bref accès de nervosité. On ne pouvait jamais être sûr dans des situations pareilles. Le gars pouvait perdre les pédales et s'emporter, et avec ses flingues laissés dans le camion, il ne se sentait pas vraiment à l'aise. Hal l'écrabouillerait comme un vulgaire cafard. Certes, le sénateur le paierait, mais ça n'aiderait guère Junior.

Finalement, Hawkins répondit : « J'ignore pour qui vous travaillez, Junior, mais laissez-moi vous dire ceci : si ces documents sortent, je suis ruiné. Si cela se produit, je n'aurai plus rien à perdre. Notre ami Hal a des amis, lui aussi. Ils vous retrouveront, et vous leur direz qui vous a envoyé, avant qu'ils vous épargnent d'autres souffrances, et vos commanditaires, quels qu'ils soient, subiront le même sort que vous. Me suis-je bien fait comprendre ? »

Junior sentit un frisson le parcourir. L'homme était parfaitement sérieux, il avait suffisamment entendu de gens parler vrai pour le reconnaître quand c'était le cas. Le sénateur était en train de lui dire qu'il lui était plus facile de faire ce que Junior voulait que de le tuer, mais que si les choses tournaient mal, c'est ce qu'il pourrait faire. Ce qu'il ferait.

Junior acquiesça. « Ouais, je vous ai compris.

– Très bien. Que voulez-vous ? »

Junior le lui dit.

« C'est tout ? » Il paraissait abasourdi. « Mon Dieu, vous n'aviez pas besoin de faire ça. Vous aviez déjà mon vote.

– L'homme pour qui je travaille ne prend aucun risque », dit Junior.

Et il sortit. Une fois remonté dans le camion et les flingues dans leur étui, il se sentit nettement mieux. Hawkins pouvait se montrer un ennemi retors et Junior n'était pas mécontent d'en avoir fini avec lui.

Washington, DC

Il y avait certains avantages à vivre à Washington, estima Toni. L'un d'eux était que les nouvelles étaient vite périmées. Le téléphone allait encore sonner de temps en temps avec des coups de fil des médias, mais au moins les journalistes avaient quitté leur trottoir. Ils étaient repartis maltraiter une autre victime, ce qui voulait dire que l'existence de Toni pouvait commencer à redevenir normale.

Elle envisageait même de se rendre au bureau aujourd'hui. Alex avait besoin d'aide, aucun doute. Entre le procès et les opérations normales de la Net Force, la situation devenait un rien empêtrée.

Elle avait perdu de son punch, elle en était consciente. Elle n'était plus aussi affûtée qu'avant son départ pour cause de grossesse. Comme le silat, le travail exigeait des aptitudes, et si on ne les exerçait pas, on se rouillait.

Cela ne la préoccupait pas, cependant. Elle savait qu'elle pouvait retrouver son niveau, si elle le voulait vraiment. La question était : le voulait-elle vraiment ? Et c'était cette question qui la préoccupait, du moins un peu.

Un an, deux ans plus tôt, jamais l'idée ne l'aurait effleurée qu'elle puisse ne plus avoir envie de reprendre le boulot. Avant Alex – et surtout avant Petit Alex –, son travail était sa vie. Elle n'avait jamais imaginé que quoi que ce soit – le silat, ses parents, sa famille présente ou future – puisse remplacer son boulot comme point focal de son existence.

Elle s'était trompée. Elle avait trouvé quelque chose de plus important. Et ça lui faisait voir les choses d'une tout autre manière, se poser des questions qui auraient été pour elle impensables rien que quelques mois plus tôt.

Ce n'était pas non plus une fatalité, bien sûr. Elle

avait connu quantité de femmes qui avaient mené les deux de front, élever une famille et poursuivre une carrière, mais il lui avait toujours semblé que l'un des deux en souffrait, même chez les meilleures et les plus brillantes. C'était une question de temps, plus que d'efforts ou de capacités. Les journées n'avaient que vingt-quatre heures, et l'on avait beau vouloir, on ne pouvait pas en faire plus que ce dont on était capable.

Et c'était la question à laquelle elle revenait sans cesse. Il y avait d'autres personnes capables de faire son boulot à la Net Force. D'autres capables d'apporter leur aide aux enquêtes et à l'administration du service. Mais qui pourrait la remplacer dans son rôle de mère pour son fils ?

Personne, bien sûr. Elle le savait. Même Gourou ne pouvait remplacer Toni. Pas quand il s'agissait de sa famille.

Le pire, c'est qu'il était impossible de le savoir. Pas à temps, en tout cas.

À la Net Force, au FBI, dans la plupart des boîtes, les résultats de vos décisions apparaissaient vite. Certes, certaines enquêtes s'étalaient sur des mois ou des années, mais la plupart du temps, quand vous preniez une décision, vous saviez assez rapidement si vous aviez eu raison ou tort.

Être parent, ça ne marchait pas ainsi. Vous preniez vos décisions sur la manière d'élever votre enfant. Vous déterminiez comment, quand et pourquoi le gronder ou l'encourager. Vous décidiez quand le guider par l'exemple, et quand lui donner une leçon. Mais chaque fois après chaque décision, il vous était impossible de savoir si vous aviez fait le bon choix. Vous ne le sauriez – ne pourriez le savoir – qu'un jour lointain, une fois votre fils devenu grand, quand vous pourriez voir les fruits de votre labeur.

Et même alors, comment le savoir réellement ? Si votre enfant se révélait être heureux, productif, brillant, amoureux et vivait tout ce que vous aviez espéré et souhaité pour lui, comment savoir en quelles proportions c'était dû à l'éducation parentale ou bien à la simple chance, à la génétique ou à d'autres influences ?

Impossible de le savoir. Et c'était ce qui rendait les décisions parentales – surtout les décisions majeures – si difficiles à prendre.

Elle soupira. Pourquoi personne ne lui avait-il parlé de tout cela avant ? Comment passer du stade où elle avait toutes les réponses dans sa vie, du stade où tout était planifié et simple à celui où elle avait l'impression d'être sur une piste menant vers un désert inconnu, près d'une pancarte : « Attention ! Ici vivent les dragons ! »

Être maman, c'était autrement plus dur qu'être agent fédéral. Ou que terrasser quelqu'un dans un combat. Bien plus dur.

13.

Stand de tir de la Net Force
Quantico

John Howard hocha la tête. Julio n'avait pas pu venir aujourd'hui. Il lui avait expliqué qu'il devait emmener son fils quelque part pour l'inscription en maternelle. Ce qui voulait dire que John était seul ici avec son propre fiston. C'était sans doute aussi bien, en fin de compte. Après tout, il était inutile qu'ils soient deux à être gênés.

Tyrone brandit le revolver à culasse K et lâcha une double détente. Il marqua une seconde, puis recommença, à deux reprises, avec seulement une demi-seconde entre la seconde et la troisième paire.

Howard regarda l'écran de l'ordinateur. Celui-ci affichait une image du « méchant ». Les coups au but apparaissaient sous la forme de points brillants sur un fond plus sombre.

Howard laissa échapper un sifflement grave. Six coups, tous parfaitement appariés, six coups au but. Deux dans la tête, deux au cœur, deux au bas-ventre.

Aucun doute là-dessus, le môme avait tiré vite, sans heurts et avec précision, en utilisant une arme de poing avec laquelle il n'avait tiré qu'une seule fois auparavant.

« C'est bien, fiston. »

Tyrone sourit. « Merci, p'pa. Ça me paraît tellement, comment dire… naturel. »

Howard hocha la tête. Incroyable. « Essaie le 22. »

Ouvrant le Medusa, Tyrone éjecta dans sa paume les douilles vides qu'il déposa dans la poubelle en plastique. Il déposa le revolver et prit le petit pistolet d'exercice calibre 22, un Browning semi-automatique. L'arme avait un guidon et un cran de mire en acier et elle était pesante de l'avant, mais elle restait relativement précise. Le cran de mire était monté sur la culasse, pas sur la glissière.

Tyrone introduisit le chargeur à demi rempli, fit monter une balle, et, du pouce, bascula le cran de sûreté. Il maintint l'index à l'extérieur du pontet, tout en pointant le canon vers le bas.

John acquiesça, notant également de manière positive le souci de sécurité du garçon.

« Je vais changer la cible pour t'en mettre une ronde, indiqua Howard. Prends ton temps, rappelle-toi ce que je t'ai dit sur la respiration, et tire cinq coups espacés. »

Tyrone acquiesça.

Howard pressa une touche sur l'ordinateur. L'image clignota pour présenter la cible classique à cercles concentriques noir et blanc, pour tir au pistolet à vingt-cinq mètres.

Tyrone prit deux profondes inspirations, leva le pistolet tenu d'une main et tendit le bras, comme un duelliste. La discipline du tir sur cible n'autorisait que la tenue d'une seule main. L'arme n'était pas aussi stable que tenue à deux mains comme en situation de combat, aussi ne devrait-il pas avoir d'aussi bons résultats, même avec le recul plus faible du projectile de 22.

Le petit *pap !* de la cartouche de 22 était très atténué par les protections acoustiques, même si Howard avait gardé sa prothèse.

Tyrone rabaissa l'arme, prit deux nouvelles inspirations, releva le pistolet.

Pap !

Howard regardait son fils, moins intéressé par le score que par sa façon de tirer. Il prêta une attention toute particulière à sa posture, sa prise en main, le contrôle de la détente, sa respiration, ses yeux. Sous les lunettes de tir, Howard put constater que Tyrone gardait les deux yeux ouverts.

Tyrone rabaissa une nouvelle fois l'arme, se relaxa, respira, puis la releva encore.

Après cinq balles, la glissière se déverrouilla. Tyrone éjecta le chargeur, inspecta la chambre, puis il déposa sur le banc le pistolet et le chargeur vide avant de se retourner vers l'ordinateur. À cette distance, les impacts de balle étaient trop petits pour être distingués à l'œil nu.

Howard regarda l'écran en même temps que son fils.

Les cinq trous étaient regroupés dans un seul, déchiqueté, à deux centimètres du mille, assez resserrés pour être masqués par une pièce de vingt-cinq cents. Cinq coups au but.

Un tir groupé dans un cercle de deux centimètres,

d'une main, à vingt-cinq mètres de distance, et la première fois qu'il tirait avec ce pistolet. Ça, c'était du tir !

Mais Tyrone fronça les sourcils. « J'ai raté le mille, constata-t-il. Et pourtant, je l'avais visé. »

Howard hocha la tête avec un rire. « Non, fiston. Ce cran de mire est réglé pour mes yeux. Ce qui est important, ce n'est pas que tu aies visé trop bas mais que tu aies en gros logé toutes tes balles dans le même trou. Tu peux toujours ajuster le viseur. Essaie voir. Tu n'as qu'à le déplacer d'un ou deux crans, ça remontera le point d'impact. »

Tyrone ajusta le cran de mire, rechargea et tira de nouveau cinq coups espacés. Ce second groupe était presque comme le premier, avec quatre impacts dans le cercle 10 et un légèrement en dehors.

John hocha de nouveau la tête, ébahi. Si vous éliminiez ce coup dévié, vous pouviez couvrir les quatre autres avec le pouce – et même en incluant le coup dévié, les cinq impacts étaient toujours à moins de deux centimètres et demi les uns des autres. Incroyable.

« J'ai raté le troisième coup, constata Tyrone. Il a dévié.

– Fils, il y a des hommes qui s'entraînent régulièrement depuis des années, qui ont tiré des dizaines de milliers de cartouches, et qui ne seraient pas capables de faire ce que tu as fait. Ce Browning est un très bon flingue, mais il est loin d'être une arme de classe internationale. Avec une arme de précision et des munitions de compétition, tu devrais faire encore mieux. » Il marqua un temps, puis conclut : « Ty, si tu peux faire ça de manière régulière, tu pourrais remporter une médaille olympique. Tu es un tireur-né. J'ai pratiqué les armes toute ma vie et je n'ai jamais vu quelqu'un avec si peu d'expérience faire aussi bien. »

Tyrone le regarda. « Vraiment ? »

Howard sourit. « Vraiment. Tu es doué. Je ne sais pas si c'est le talent que j'aurais souhaité pour toi, mais les voies du Seigneur sont impénétrables. Si ça t'intéresse de poursuivre dans cette voie, je veillerai à ce que tu disposes du matériel et de l'entraînement nécessaires.

– Mon général... » C'était la voix de la Mitraille amplifiée par la sono. « Est-ce que vous êtes en train de déconner avec mon ordinateur de tir, là ?

– Négatif, la Mitraille, s'écria Howard. C'est Tyrone.

– Dites-lui qu'il faut qu'il s'inscrive dans l'équipe de tir junior, mon général. S'il vous plaît. »

Howard regarda Tyrone. « Eh bien ?

– Oui. J'aimerais bien. »

Plus fort, Howard répondit : « Seulement si tu me promets de ne pas lui enseigner de mauvaises habitudes.

– Mon général, quand un homme peut tirer comme ça, je n'ai plus rien à lui apprendre. »

QG de la Net Force
Quantico

Corinna Skye était un petit peu plus radoucie que la dernière fois qu'Alex l'avait vue. Comme auparavant, son tailleur était parfaitement coupé mais aujourd'hui, elle avait choisi un gris pâle moins habillé, et sa veste déboutonnée laissait entrevoir le corsage rouge en dessous. Elle s'assit sur le canapé en face du bureau, jambes croisées, révélant quelques centimètres de bas au-dessus du genou.

« Merci de me recevoir, commandant. »

Il hocha la tête. « Avant que vous commenciez, il y a une chose que vous devriez savoir. »

Elle le regarda, dans l'expectative.

« Votre client, CyberNation, poursuit la Net Force en justice – et me poursuit personnellement – en nous réclamant une somme de deux cents millions de dollars. Pour couronner le tout, nous les avons pris par le passé à se livrer à toutes sortes de manigances illégales et une enquête est en cours depuis. »

Elle voulut intervenir mais il leva la main. « Je sais bien qu'à présent l'organisation a réussi à se débarrasser de quelques boucs émissaires, mais je ne crois pas que les vrais coupables aient été livrés à la justice. En fait, je suis convaincu que nous prendrons de nouveau CyberNation à se livrer à toutes sortes de manigances illégales à l'avenir. Je pense que les dirigeants de CyberNation devraient tous porter un bandeau, avoir un crochet et une jambe de bois, dire "Eh, moussaillon !" chaque fois qu'ils parlent, que tous ces types sont un ramassis de faux-jetons, et si ça ne tenait qu'à moi, je les enverrais moisir à l'ombre pour de longues, très longues années. »

Elle sourit, arborant toutes les apparences d'un ravissement sincère. « Oh, allons, commandant, assez de discours édulcoré, dites-moi réellement le fond de votre pensée. »

Il ne put que rire de sa remarque. « Je suis désolé.

J'imagine que j'ai dû vous paraître assez pompeux dans ma vertu outragée, n'est-ce pas ? »

Elle rit à son tour. « C'est très bien, commandant. J'apprécie l'honnêteté. Je n'ai que trop rarement l'occasion d'en profiter dans le cadre de mon travail. »

Il hocha la tête. « Dans ce cas, madame Skye, je dois vous prévenir que vous perdez votre temps à faire du lobbying avec moi. »

Encore un sourire accompagné d'un hochement de tête. « Je ne pense pas. Du reste, il n'y a aucun défi à tenter de convaincre quelqu'un qui est déjà d'accord avec vous. »

Eh bien, songea-t-il. Voilà qui devrait à tout le moins être intéressant.

« Laissez-moi vous énoncer quelques faits, commandant.

– C'est la troisième fois que vous m'appelez ainsi, remarqua-t-il. Nous ne sommes pas très portés sur les titres, par ici. Je vous en prie, appelez-moi Alex. »

Nouveau sourire. « Très bien, Alex. Mes amis m'appellent Cory. »

Il opina.

« Supposons, un instant, par hypothèse, que CyberNation soit débarrassée de sa mauvaise graine. Ou peut-être même qu'un ou deux de ces éléments vous aient échappé, mais que le reste de l'organisation ne soit pas intrinsèquement mauvais.

– C'est une hypothèse osée et, comme je l'ai dit, je ne la partage pas.

– Pour l'intérêt de la discussion. »

Il haussa les épaules. « D'accord.

– Si tel était le cas, si tous ceux qui ont agi illégalement étaient partis, quelle serait alors votre opinion sur cette organisation ?

– Vous voulez dire sur ces braves gens si probes qui me réclament tous ces sous en dommages et intérêts ? »

Elle sourit. « Enfin, puisque nous sommes dans les hypothèses, on va supposer que les poursuites n'existent pas. Qu'elles n'ont jamais eu lieu.

– Pas d'escrocs, pas d'action en justice. Dans ce cas, j'imagine que je ne penserais pas grand-chose de CyberNation. »

Elle fronça les sourcils. « Êtes-vous en train de me dire que vous n'avez aucune opinion précise concernant leurs prémisses ? »

Il se pencha un peu vers l'avant, les mains croisées, les coudes posés sur son bureau. « Pas du tout. Je pense que c'est une idée stupide. Un pays virtuel dont les citoyens vivent et travaillent dans le monde réel mais qui n'ont pas à payer d'impôts aux pays dans lesquels ils vivent réellement ? Un gouvernement fantôme qui peut malgré tout émettre des cartes d'identité, des cartes de crédit et même des permis de conduire ?

– Ce n'est pas un gouvernement fantôme et vous le savez. Ses dirigeants sont élus par le même processus démocratique que le président des États-Unis. »

Il haussa les épaules. « Il n'y a pas de Maison-Blanche, pas de Capitole, pas d'analogue matériel de tous les sièges traditionnels du pouvoir. Sans cela, ce ne sont que des pixels sur un écran. »

Elle sourit. « En fait, avec la réalité virtuelle, il n'y a ni pixels ni écran, mais ça, vous le savez, vous aussi.

Cela dit, je vois ce que vous voulez dire. Je ne suis pas d'accord avec cette vision, voilà tout.

– Et avec le reste de mes remarques ? »

Elle écarta l'objection d'un geste. « Vous pouvez déjà obtenir la plupart de vos papiers d'identité ainsi que vos cartes de crédit en ligne. À quand remonte la dernière fois que vous avez utilisé votre carte au lieu de pianoter simplement son numéro sur un site web ? Il n'y a pas de différence. Et j'ai entendu dire que plusieurs États envisagaient de faire passer les permis de conduire en ligne, pour l'obtention ou le renouvellement. Si nous pouvons le faire, pourquoi pas dans ce cas la CyberNation ?

– Ce n'est pas pareil.

– Pourquoi pas, commandant… Alex ? Pourquoi n'est-ce pas pareil ? »

Il hocha la tête. « Écoutez, je veux bien vous accorder qu'une partie de tout ce que vous dites, une bonne partie, même, se produit déjà ou est sur le point d'arriver. Mais pas simplement en ligne. Le monde virtuel dans lequel nous vivons n'est qu'un artifice pratique, un moyen de gagner du temps. Le service des Mines existe toujours. Il a toujours toutes ses agences pour immatriculer les véhicules. Et vous pouvez toujours y aller et vous adresser à quelqu'un si vous avez un problème. Il en va de même de tous les services gouvernementaux, de toutes les banques et de toutes les autres entreprises qui ont une présence sur le Net. Leurs bureaux virtuels n'ont pas remplacé les bureaux matériels et cela fait toute la différence.

– Pourquoi ? Quelle différence cela fait si j'ai la possibilité d'aller en ville faire la queue dans un vieil immeuble de bureaux ? Si je peux obtenir le même niveau de service – non, si je peux obtenir un service meilleur et plus rapide en ligne, avec le même niveau de fiabilité – alors, pourquoi cela ferait-il une différence ? »

Il fronça de nouveau les sourcils. Il savait qu'il avait raison mais il ne parvenait pas à trouver les mots pour le lui expliquer.

« Si, cela en fait une. »

Elle se contenta de sourire.

« Très bien, fit-elle. Mettons provisoirement de côté cette partie de la discussion. Pourquoi ne me dites-vous pas ce qui vous chagrine réellement avec CyberNation, Alex ? »

Il soupira. « Ça ne tient pas debout, pour commencer. Disons que la CyberNation existe aujourd'hui et que vous en soyez une citoyenne. Mais vous travaillez ici, dans le monde réel, aux États-Unis. Vous y passez tout votre temps, indépendamment du fait que vous travaillez ou non en ligne. Vous êtes ici, vous bénéficiez de tous les avantages du citoyen, de la protection des lois, de toutes les libertés qu'accorde notre pays, et pourtant, vous n'en faites toujours pas partie.

– Et je ne paie pas pour.

– Exactement. »

Elle sourit. « C'est cela, n'est-ce pas, le fait que je ne paie pas d'impôts et vous, si ? »

Il acquiesça. « En partie, certainement.

– Mais ne voyez-vous pas, Alex, que cela se produit tout le temps ? Si j'étais citoyenne de l'Arabie Saoudite ou de la France, par exemple, je pourrais vivre ici et travailler ici – une partie de l'année, du moins – et ne pas payer d'impôts au gouvernement américain.

– C'est différent. Ce sont des pays réels. Notre gouvernement a des accords mutuels avec eux pour permettre à nos citoyens de vivre et travailler là-bas selon les mêmes dispositions.

– Et ce sera vrai de la CyberNation, également. Nous aurons des arrangements avec tous les gouvernements de la planète. Il le faudra bien. Ce sera le seul moyen pour nos citoyens de vivre et de travailler où ils le désirent.

– Mais… » Il s'interrompit.

« Oui ? »

Il hocha la tête. CyberNation se trompait. Toute cette idée était ridicule et il le savait. Simplement, il semblait incapable de lui faire entendre raison.

« Et qu'advient-il dans ce cas des pays du monde réel ? reprit-il.

– Ah, répondit-elle, voilà la meilleure question que j'aie entendue jusqu'ici. Et je crois que c'est vraiment là le cœur de vos préoccupations, n'est-ce pas ? Le fait que des gens deviennent citoyens de la CyberNation, ne paient plus d'impôts au gouvernement américain, ce ne serait pas bon pour ce pays que vous aimez tant. »

Il acquiesça. Il n'avait pas vraiment envisagé la chose sous cet angle, mais elle avait raison. Ce ne serait pas bon pour les États-Unis, tout comme ce ne serait pas bon pour l'Arabie Saoudite, la France ou n'importe quel autre pays. Forcément.

« Mais peut-être, qui sait, peut-être que ce serait une bonne chose. Après tout, les États-Unis sont censés avoir un gouvernement “du peuple, par le peuple et pour le peuple”. Pouvez-vous dire, honnêtement, que le régime actuel de la fiscalité va dans ce sens ? Laissons de côté pour le moment le fait que moins de dix pour cent de la population paie plus de quatre-vingts pour cent des impôts. Laissons de côté pour le moment le fait que, pour des raisons fiscales, le seuil de pauvreté soit placé incroyablement bas, au point que des familles qui n'ont même pas assez pour nourrir, vêtir et loger leurs enfants paient néanmoins des impôts. Non, pour le moment, contentez-vous d'envisager où vont ces impôts. Dites-moi que vous êtes satisfait de toutes les magouilles qui se produisent, dites-moi que vous croyez que le gâchis monumental que vous constatez partout est "du peuple, par le peuple et pour le peuple". »

Elle marqua un temps et le regarda. « Peut-être, Alex, peut-être que ce n'est pas la CyberNation qui est mauvaise pour l'Amérique. Peut-être que l'Amérique est devenue mauvaise pour elle-même.

– Non, madame Skye, dit-il d'un ton sec. Nous avons des problèmes, je le reconnais. Nous en avons toujours eu et nous en aurons toujours. Mais c'est justement parce que nous faisons partie du peuple. Tout projet humain aura toujours ses failles. Cela fait partie de notre caractère. La CyberNation ne dérogerait pas à la règle. »

Il y eut un moment de silence durant lequel tous deux se dévisagèrent. Puis elle hocha la tête. « Eh bien, reprit-elle, je ne vais pas vous accaparer plus longtemps. J'ai été ravie d'avoir pu discuter avec vous. Si jamais je peux vous fournir de plus amples informations concernant CyberNation ou un autre sujet, je vous en prie, n'hésitez pas à m'appeler. »

Il opina, se leva, lui serra la main.

Elle observa une pause, serrant toujours légèrement sa main dans la sienne. « Et promettez-moi une chose,

Alex. Promettez-moi au moins de réfléchir à ce que je vous ai dit.

– Oh, je pense que vous pouvez y compter, madame Skye. »

Elle sortit et Alex se remit au travail. Un pays virtuel ? Sans impôts ? Ridicule.

N'est-ce pas ?

14.

QG de la Net Force
Quantico

Jay Gridley traversa le vaste laboratoire au sol recouvert de lino pour se diriger vers la chambre d'essais. Un bruit de froissement grave et sec, comme si des milliers de feuilles mortes étaient brassées dans une énorme machine à tirer les boules de loto, résonnait dans la salle. L'air était imprégné d'une odeur d'ozone. À l'autre bout de la salle, deux échelles de Jacob, summum du décor pour savant fou, bourdonnaient tandis que des étincelles bleues s'incurvaient au-dessus de leurs électrodes en forme de V. Plus près, une série de bobines Tesla émettaient des étincelles encore plus intenses, et des générateurs électrostatiques de Van de Graff ajoutaient aux crépitements ambiants. Une grosse lampe à lave était posée sur le côté et, sur une des paillasses, tout un bric-à-brac de bechers, cornues et becs Bunsen faisait circuler des fluides multicolores à travers tubes et serpentins pour recueillir leur distillat dans d'autres récipients. Au bout d'une autre paillasse, un antique oscilloscope affichait une onde sinusoïdale tournoyante. Le clou du spectacle était l'énorme ordinateur qui occupait un mur entier au bout de la salle. De grosses bobines de bande magnétique tournaient dans un sens, puis dans l'autre, séparées par des rangées de témoins clignotants. Le cliquetis des relais était une touche qu'il avait ajoutée lui-même.

Jay sourit. Ce scénario précis n'était à vrai dire pas entièrement de son cru mais comme il avait le dernier mot dans la plupart des entreprises de la Net Force, ses suggestions avaient eu un certain poids.

Le Dr Frankenstein aurait été fier de ce décor. Ou du moins les réalisateurs qui avaient tourné tous ces films sur le thème de la science devenue folle, dans les années trente, quarante et cinquante. Jay en était fier, lui aussi. Comme d'habitude, ses collaborateurs avaient fait un super-boulot.

Tout autour de lui, sur les trois autres murs, s'étageaient des centaines de casiers garnis de coton et remplis d'insectes à l'aspect bizarre. Au-dessus des paillasses, dans de grosses caisses en bois, on voyait des milliers d'autres bestioles : c'étaient leurs ailes, leurs pattes et leurs pinces qui engendraient ce froissement de feuilles mortes.

Il ne s'agissait pas d'un de ses scénarios habituels de réalité virtuelle. Il n'était pas conçu pour l'aider à forcer l'accès à d'autres sites. Il n'était même pas relié à la Toile. Non, il était isolé dans un ordinateur de la Net Force entièrement séparé du réseau, sans le moindre lien avec l'extérieur.

Ce scénario était une cellule de détention. C'était également un visualiseur et un synthétiseur. Il traduisait les vers, virus et chevaux de Troie en formes insectoïdes distinctes, agrémentées de tous les traits spécifiques à chacun de ces programmes. Quand arrivait le moment de voir comment fonctionnait une nouvelle attaque virale, le personnel de la Net Force venait ici, au labo d'essais, voir à quoi ils étaient confrontés.

Si le virus dévorait des données, par exemple, il pouvait avoir des mandibules surdimensionnées accompagnées d'un abdomen volumineux, avec des couleurs assorties aux données qu'il traquait. S'il se propageait en se dissimulant au sein d'autres données, ou en s'emparant de celles-ci, il pouvait avoir la faculté de changer de couleur comme un caméléon, ou être doté de filières pour piéger sa proie. Chaque mode opératoire, combiné avec le mode de propagation et l'objectif du virus, procurait au logiciel de la Net Force assez d'infos pour configurer un parasite à l'aspect bien caractéristique.

Naturellement, il leur fallait toujours examiner le code composant le cœur des virus, mais ces visualisations leur permettaient de mieux en appréhender le fonctionnement.

Comme en ce moment, par exemple.

La chambre d'essais des virus était placée derrière une épaisse paroi de Plexiglas et représentait l'analogue d'un transfert de données entre ordinateurs. Une antique imprimante à cartes perforées était disposée à l'extrémité d'un long tapis roulant. À l'autre extrémité se trouvaient une batterie de capteurs et un lecteur de cartes perforées, surmontés d'un large diagramme montrant le schéma d'un ordinateur qui ressemblait à une fourmilière.

Tout était d'un blanc brillant, telle une version

scientifique du paradis. Des loupes et des appareils photo entouraient l'appareillage en facilitant l'observation du déroulement du processus. Une longue section de la paroi en Plexiglas avait été moulée pour constituer une énorme lentille grossissant plusieurs fois un tronçon du tapis roulant.

Jay se dirigea vers la perforatrice à cartes et s'assit derrière le terminal. Il tapa sur quelques touches et la machine se mit à cracher des cartes. En réalité, elle était en train de télécharger un message électronique qui avait été infecté par le nouveau virus effaceur. Un logiciel de sécurité perfectionné l'avait intercepté mais le virus était passé au travers des anti-virus classiques et Jay voulait découvrir pourquoi.

Il se rapprocha d'une loupe disposée devant la perforatrice dont la moitié était découpée comme dans un diagramme éclaté et il jeta un œil. Là, près de la carte en cours de perforation, il repéra la petite silhouette d'un insecte. Il rabaissa une autre loupe audessus de la zone qu'il observait pour examiner cela de plus près.

La bestiole était assez grosse. Pâle, presque transparente, dépourvue de couleur, elle était segmentée en trois sections. Elle avait six pattes et six pinces, une paire de chaque par tronçon. La tête était étonnamment petite, avec de petites antennes duveteuses et de grands yeux.

Alors qu'il regardait, la section médiane – correspondant donc au thorax – devint entièrement transparente et il put voir au travers.

Malin. L'auteur de cette petite bestiole avait pondu pour ce tronçon médian une nouvelle routine d'invisibilité pour désorienter un observateur et rendre le code viral plus difficilement repérable.

Sous les yeux de Jay, la bestole se fraya un chemin vers une petite pile de cartes perforées.

Le premier lot de cartes tomba de la perforatrice sur le tapis roulant, qui progressa de quelques centimètres, juste assez pour permettre au lot suivant de ne pas toucher le premier, avant de s'arrêter. Toutefois, la bestiole ne bougea pas.

Elle attendit que la pile du deuxième ensemble de cartes – qui représentaient en fait un paquet de données – commence à monter. Puis elle se tourna vers la partie séparant la deuxième et la troisième section de son corps pour en détacher le dernier ensemble de pattes et de pinces. Ce segment se dirigea alors vers les cartes, devint transparent et se mit à les attaquer avec ses griffes. Quand il y eut découpé un espace suffisant, il s'y lova et ramena sur lui un tronçon de carte déchirée pour se cacher. Quelques secondes plus tard, le tas de cartes tomba sur la bande transporteuse tandis que le paquet numéro trois commençait d'être perforé.

Fasciné, Jay regarda la bestiole se diviser à nouveau plusieurs paquets plus loin, et le second segment s'enfouir dans une autre pile de cartes. Le paquet suivant recueillit le tout dernier tiers du virus.

Impressionnant. Un virus ternaire – et s'il avait vu juste, codé pour chevaucher des paquets différents.

La dernière pile de cartes tomba sur la bande transporteuse et le tapis accéléra, emportant les cartes vers le scanner à l'autre bout de la chambre d'essais.

Les cartes étaient les représentations en réalité virtuelle de paquets d'informations : le courrier électronique qu'il avait fait suivre, divisé et transmis en un certain nombre de petits paquets. Le premier avait une liste indiquant combien d'autres paquets allaient suivre, un peu comme la page de garde d'un fax. Le dernier paquet avait un petit index signifiant « fin ». Les paquets situés entre contenaient le mail proprement dit.

L'ordinateur ou le serveur qui recevait les données examinerait tous les paquets et confirmerait la délivrance de chacun avant de les faire suivre jusqu'au lien suivant dans la chaîne. S'il y avait des erreurs, le paquet à problème serait réexpédié.

Les premiers auteurs de virus avaient tiré parti du fait que chaque paquet affichait une taille définie. Cela signifiait que si votre message faisait, mettons, dix virgule deux paquets de long, onze paquets seraient transmis malgré tout. Les zéro virgule huit paquet d'espace inutilisé étaient en général remplis de zéros et c'était là que se nichait le virus pour voyager.

Les anti-virus s'en étaient aperçus, toutefois, et ils s'étaient mis à corréler soigneusement la taille des messages et le nombre de caractères envoyés.

Aussi les auteurs de virus innovants avaient-ils amélioré la procédure en amenant leurs créations à découper des sections de données légitimes au beau milieu du flux pour venir s'y planquer.

Tout cela modifiait la taille des paquets, bien sûr, ce qui révélait une erreur, mais pas une susceptible de déclencher une alarme. Les erreurs de transmission étaient monnaie courante. Bruit sur la ligne, mauvaises connexions, dépassements de délai, il y avait quantité de raisons pour que des erreurs surviennent. L'ordinateur à la réception signalait simplement celles-ci, tout le paquet de données était renvoyé et le destinataire recevait son message sans se douter qu'un autostoppeur l'avait accompagné.

Cela avait conduit aux virus binaires, lesquels se divisaient en deux tronçons d'aspect anodin qui restaient inactifs tant qu'ils n'étaient pas rassemblés à l'autre bout de la chaîne.

C'était cependant la toute première fois qu'il en voyait un ternaire. De surcroît, le fait que le virus n'ait pas espacé de manière égale les paquets qu'il chevauchait portait à croire qu'il sélectionnait ceux-ci de manière aléatoire, ce qui le rendrait plus difficile à appréhender.

À l'autre bout de la chambre d'essais, Jay regarda les paquets de données passer devant la batterie de capteurs qui représentait en fait un banal anti-virus du commerce. Il voulait voir comment la bestiole déjouait ceux-ci. Mettre à la place un de ses propres programmes perfectionnés et voir celui-ci écraser la bestiole ne lui aurait pas appris grand-chose.

Il fut toutefois déçu. Le virus ne fit rien de particulier pour déjouer le logiciel de sécurité. Le programme du commerce n'avait pas été prévu pour détecter les virus ternaires et il ne le détecta pas.

Jay vit le virus se réassembler, puis se diriger vers une large vitre transparente qui représentait le sous-système vidéo de l'ordinateur destinataire. Une fois arrivé, il projeta sur la vitre une sorte d'encre, noircissant celle-ci. Si l'on avait été dans le monde réel, le virus aurait simplement éteint le moniteur.

Jay répéta plusieurs fois le test pour confirmer que le virus sélectionnait bien au hasard les paquets pour s'y introduire, tandis que son esprit tournait et retournait la même question : pourquoi ?

Pourquoi quelqu'un prendrait-il tant de peine à développer un virus échappant à tous les programmes modernes, rien que pour éteindre un écran d'ordinateur ? Cela faisait beaucoup efforts pour pas grand-chose. Quelqu'un d'aussi astucieux pourrait gagner de l'argent à faire de la programmation.

Peut-être que c'était aussi le cas, bien sûr. Même si la question restait pendante : quel intérêt ?

Alors qu'il observait le virus lors du troisième test, il s'aperçut d'un autre détail. Il y avait quelque chose de familier dans sa façon d'évoluer, dans la forme de ses antennes.

Il s'approcha du casier au mur du labo contenant les exemplaires les plus courants et se mit à les examiner. Il y avait là des centaines de virus récents, des rouges, des verts, des gros, des petits, il y en avait de toutes sortes.

Là !

C'était le remplisseur, le tout dernier virus à avoir fait l'actualité quelques jours plus tôt, celui qui boulottait l'espace de stockage sur les disques durs.

Il regarda de plus près, en le sortant délicatement de sa cage.

Les antennes étaient identiques à celles de l'effaceur en cours de test. Il retourna la bestiole et la vit miroiter : encore une routine d'invisibilité.

Hmm.

Jay prit un échantillon vivant du remplisseur et le mit dans la chambre d'essais. Après quelques tests, il eut la certitude que l'auteur de ce dernier virus avait également créé l'effaceur. Une analyse du code écrit montrait des portions exactement identiques. Cela, plus le fait que les deux virus avaient été relâchés à seulement trois jours d'intervalle, lui indiquait qu'ils avaient été sans doute développés à peu près au même moment.

Ce qui conduisait à une pensée particulièrement désagréable et offrait une réponse possible à son « pourquoi ».

Il y en aura d'autres. Ce gars est en train de foutre sérieusement le bordel sur la Toile, et pas juste pour rigoler.

En plus de tous leurs problèmes, il semblait bien qu'ils avaient un pirate en série en train de déployer des virus perfectionnés sur le Net. Jay effaça le scénario de réalité virtuelle et prit son virgil pour appeler Alex.

Centre d'affaires et d'industrie Kim
Dover, Delaware

Junior avait quitté le district fédéral pour passer de l'autre côté de la baie, empruntant la route 301 au nord de la 300, puis s'orientant vers l'est pour franchir la frontière du Delaware. De là, il n'y avait qu'une petite vingtaine de kilomètres jusqu'à Dover.

Il était arrivé au crépuscule. Dover n'était pas une bien grosse agglomération, mais elle était assez grande pour avoir une filiale de la compagnie de sécurité Hopkins. Comme la Brink's, Pinkerton's, ou les autres grosses sociétés de ce secteur, Hopkins proposait des patrouilles de vigiles et l'installation d'alarmes électroniques pour les entreprises et les particuliers. Ils proposaient également des gardes armés.

Si vous étiez un de leurs clients et que votre alarme se déclenchait, ils ne se contentaient pas d'appeler les flics comme la plupart des autres sociétés de surveillance. Ils vous envoyaient leurs propres équipes d'intervention.

C'était un de leurs gros arguments de vente. Dans la plupart des endroits, les effectifs de police étaient très clairsemés. Répondre à l'alarme d'une maison vide, si riches qu'en soient les propriétaires, n'était pas vraiment une priorité par rapport aux incendies ou aux appels de détresse. Souvent, cela donnait le temps aux malfaiteurs de défoncer la porte et de voler la moitié du mobilier avant que la police ne se montre.

Hopkins prétendait que ses équipes d'intervention constituaient la meilleure force de sécurité privée sur le marché. Ils promettaient un personnel compétent, rapide, efficace et capable de tirer sur toutes les cibles. Chacun de leurs vigiles devait passer un examen trimestriel au stand de tir et les critères de Hopkins étaient supérieurs à ceux de soixante-quinze pour cent des forces de police municipale du pays.

Tout ce que recherchait précisément Junior.

De la façon dont il voyait les choses, descendre un nouveau flic serait trop risqué. Les meurtres de flic étaient suffisamment rares pour que quelqu'un n'ait pas l'idée de les relier, et c'est ce qu'il voulait à tout prix éviter. Un vigile armé tué avec un calibre 22 avait de quoi surprendre, même s'il avait tout fait pour brouiller les pistes. Il envisageait d'utiliser une arme unique, cette fois-ci, et les rapports balistiques indiqueraient que les balles venaient d'une arme différente. Agir dans un autre État devrait également limiter les risques.

Tout ça n'était malgré tout pas très malin. Il le savait mais cette idée l'excitait plus que tout au monde. Ouais, le sexe, c'était super, mais ce n'était rien comparé à dégainer et truffer de plomb un type qui tentait de vous tuer. Aucune des drogues auxquelles il avait goûté – et Junior en avait essayé pas mal pendant qu'il était en taule – ne rivalisait avec ça.

C'était le pied ultime. Tu perds : t'es mort. Tu gagnes et t'es comme un dieu. À toi de décider qui vit et qui meurt. Qu'est-ce qui pouvait se comparer à ça ?

Il aurait dû faire ce déplacement avant. Il aurait dû venir tâter le terrain à l'avance, mais Ames l'avait trop accaparé ces derniers temps en le faisant courir partout. De sorte qu'il devait à présent faire cette tournée de repérage – trouver un bon emplacement, régler les derniers détails, vérifier les temps de réponse et tout et tout.

C'était ce qu'il devrait faire. Ça aussi, il le savait. Mais ce n'était pas ce qu'il avait prévu. Il était accro, comme un junkie attendant son prochain shoot, et il était incapable d'attendre plus longtemps.

Il se dirigea vers les faubourgs de la ville, cherchant un endroit convenable. Pas besoin qu'il soit parfait, mais il en voulait un situé assez loin à l'extérieur des limites de la ville pour qu'ils aient à appeler le bureau du shérif ou même la police d'État. Il fallait également qu'il y ait une pancarte signalant une surveillance par Hopkins, bien sûr, et il fallait aussi que ce soit des bureaux ou un entrepôt qui, passé cinq heures du soir, soit à peu près vide. Un quartier résidentiel serait plus risqué. Trop de gens, trop d'yeux. Certes, il avait échangé ses plaques contre celles d'une vieille bagnole garée dans une rue latérale à Washington, mais il ne voulait pas de foule malgré tout. Les habitants d'un quartier avaient parfois un comportement bizarre, imprévisible.

Il se souvint d'un incident du côté de Mobile, dix ou onze ans plus tôt. Il faisait le chauffeur pour deux gars qui avaient dit savoir où se trouvait une planque d'armes pleine de blé. La maison n'avait pas d'alarme, lui avaient-ils dit, et elle était située dans un quartier bourgeois plein de mamans aux foyers et de papas au travail. Les deux gars – Lonnie et Leon – avaient attendu un soir où le propriétaire était parti au bowling. Tous trois étaient arrivés en voiture, Lonnie et Leon étaient entrés dans la maison, défonçant la porte à coups de pied. Junior, pendant ce temps, attendait dehors en faisant tourner le moteur. Dans leur idée, Lonnie et Leon devaient forcer le coffre-fort au pied-de-biche, l'ouvrir en cinq minutes, piquer l'argent et filer.

C'était le plan de Lonnie et Leon. Junior était juste le chauffeur.

Le coffre s'avéra être d'un modèle supérieur à celui qu'ils avaient envisagé. Au bout de cinq minutes, tout ce qu'ils avaient fait, c'était beaucoup de bruit à taper dessus comme des sourds. Junior les entendait depuis la voiture, malgré les portes fermées de la maison, les vitres remontées de la voiture et la clim qui marchait.

Les voisins devaient avoir l'ouïe fine, eux aussi, parce que des lumières s'allumèrent un peu partout tandis que des gens sortaient sur le pas de leur porte voir de quoi il retournait.

Les voisins savaient manifestement que le propriétaire était sorti au bowling, vu qu'il était huit heures du soir et qu'on était en semaine, car ils avisèrent Junior d'emblée et se dirigèrent dans sa direction. Ce seul fait aurait dû le rendre nerveux mais en plus il nota que plusieurs avaient des armes.

Déjà à l'époque, Junior était un bon tireur à l'arme de poing, mais il n'allait pas chercher à affronter cinq ou six bonshommes armés de fusils et de carabines déboulant sur lui par une chaude nuit d'été à Mobile. Les gens du Nord détestaient peut-être les flingues, mais ces gars de la cambrousse savaient s'en servir et il était hors de question qu'il descende de voiture pour faire le coup de feu contre eux. Il s'était engagé pour jouer les chauffeurs et faire le guet, pas pour assurer la sécurité.

Junior actionna l'avertisseur pour essayer de prévenir Lonnie et Leon, puis il démarra et fila sur les chapeaux de roues.

Par chance, les voisins ne lui tirèrent pas dessus. Un homme qui a passé sa jeunesse à dégommer les écureuils dans les chênes n'aurait eu aucun mal à atteindre une voiture qui s'éloigne.

Plus tard, il apprit d'une connaissance qui partageait son avocat avec Lonnie et Leon que ces derniers n'avaient pas entendu le klaxon et qu'ils étaient toujours en train de taper sur le coffre quand les voisins avaient débarqué dans leur dos et commencé à ôter leurs crans de sûreté. Il avait perdu la trace des deux zigues par la suite. Ce qui était aussi bien ; aucun des deux n'était vraiment une lumière.

Aussi, non, Junior n'avait pas envie de voir des voisins se porter au secours du vigile. Moins il y aurait de monde dans le quartier, mieux ce serait. Il n'avait pas besoin non plus d'un public. Il voulait que ce soit un duel, d'homme à homme, sans autre témoin que celui qui s'en tirerait. Et qui serait Junior.

Ce coup-ci serait plus dangereux que la dernière fois. Un type appelé par une alarme s'attendrait à des pépins. Et si la publicité de l'entreprise ne mentait pas, il serait meilleur tireur que la plupart des flics. Plus le fait que tout devrait se dérouler très vite parce que lesdits flics finiraient bien par débarquer.

Ce qui était parfait pour Junior. Il ne voulait pas non plus que ce soit trop facile. S'il n'y avait aucun risque que le vigile puisse le descendre, ça n'avait plus d'intérêt. Il pouvait aussi bien se pointer derrière n'importe quel pékin et l'abattre d'une balle dans le dos. Aucun défi là-dedans, aucune victoire, aucune gloire.

Il passa devant deux sites possibles avant de trouver celui qu'il cherchait. *Centre d'affaires et d'industrie Kim*, indiquait la pancarte. Il y avait un panonceau « surveillance armée » avertissant que la propriété, composée apparemment d'un petit groupe de bâtiments préfabriqués à usage d'ateliers et de bureaux, tous de plain-pied et disposés côte à côte, était protégée par Hopkins Security. Il avait dépassé le panneau de sortie de la commune, donc il était sur le territoire du comté. Exactement ce qu'il recherchait.

Il y avait toujours une chance infime que le shérif du coin ou un policier d'État arrive sur les lieux le premier. Si cela se produisait, Junior devrait décider de la conduite à tenir, mais il pariait sur la promptitude de la réaction du vigile de la société de surveillance.

Il gara la voiture à l'ombre d'un grand arbre à

l'angle du parking chichement éclairé, descendit et fit le tour des bâtiments. Il y avait un vieux camion à plateau garé devant un petit atelier, à l'extrémité orientale, mais la cabine était verrouillée et le capot moteur était froid. Pas d'autre véhicule en vue. Quelques fenêtres avaient des lumières mais il ne semblait pas qu'il y ait quelqu'un à l'intérieur.

Parfait.

Il trouva un interstice entre deux bâtiments d'où l'on ne pourrait pas le voir depuis une voiture traversant le parking. Après avoir par deux fois révisé mentalement son plan, il hocha la tête et se dirigea vers une porte pour la défoncer. La vitre arborait un autocollant Hopkins et un détecteur clignotant révélait que l'endroit était sous alarme.

Il donna un coup de pied dans la porte et celle-ci s'ouvrit du premier coup. Une sirène se mit à retentir, avec un pin-pon analogue à celui de ces voitures de pompiers européennes : *pin-pon, pin-pon !*

Ça y était.

Junior regagna sa cachette. Il s'entraîna à dégainer les Ruger de sous son gilet, les remit dans leur étui. Il sentit qu'il était déjà en nage, et que son cœur s'emballait. *C'est l'heure du crime, Junior.*

15.

QG de la Net Force
Quantico

La déposition avait tout juste commencé et déjà, Alex se sentait mal à l'aise. Mitchell Townsend Ames était adroit, aucun doute là-dessus, et Alex avait hâte d'en finir. Il voulait juste être de retour au boulot.

Ames faisait son petit effet : grand, bien bâti, indéniablement bel homme, avec des cheveux ondulés presque blonds et des traits finement ciselés. Il était vêtu d'un costume rayé bleu sombre qui devait aller chercher dans les cinq mille dollars au moins, et ses souliers étaient manifestement sur mesure.

« Veuillez décliner vos nom, adresse et profession pour le procès-verbal », dit Ames, d'une voix grave et égale.

Michaels s'exécuta.

« Merci, commandant Michaels. Je sais que vous êtes un homme occupé et j'essaierai de faire en sorte que tout ceci se déroule aussi vite et aussi aisément que possible. » Ames sourit.

Michaels lui retourna machinalement son sourire, malgré ce que lui avait dit Tommy : « Alex, Ames est un requin prêt à vous tailler en pièces. Cet homme n'est pas votre ami, quoi qu'il dise ou fasse, quand bien même il vous paraîtrait très poli. Ne l'oubliez jamais, pas une seule seconde. »

Ils se trouvaient dans la salle de conférences de la Net Force, près du bureau d'Alex. Ils étaient cinq : Mitchell Ames et son assistante, une jeune avocate prénommée Bridgette qui était d'une beauté sans défaut ; Tommy Bender ; une sténographe assermentée du nom de Becky ; et Michaels. Ce n'était pas la première fois que ce dernier déposait – on n'atteignait pas son poste dans la hiérarchie fédérale sans avoir dû affronter des hordes d'avocats – mais c'était la première fois qu'il se retrouvait en position de défendeur.

Un enregistreur de DVD engrangeait le tout et la sténographe en recopiait une transcription écrite. Quoi qu'il soit dit dans cette enceinte, ce serait préservé pour la postérité.

« Commandant Michaels, est-il exact que vous étiez responsable des opérations de la Net Force en janvier 2013 ?

– Oui.

– Et que l'assaut auquel ont procédé les agents armés de la Net Force, menés par le général John Howard, contre le navire *Bonne Chance*, propriété de CyberNation et voguant sous pavillon libyen, s'est déroulé sous vos ordres ?

– Oui. » Tommy l'avait averti : il ne devait répondre aux questions directes que par oui ou par non autant que possible, et ne pas s'appesantir sur ses réponses sauf absolue nécessité. Moins vous en disiez, moins vous en révéliez.

« Parce que vous pensiez que c'était un navire pirate ? Et comme tel, vous aviez le droit d'intervenir, même dans les eaux internationales ?

– Oui. »

Ames marqua un temps, regarda un calepin jaune devant lui et y consigna une note au stylo.

Jusqu'ici, pas de problème. Tommy lui avait dit à quel genre de questions s'attendre. Alex n'allait pas perdre son calme et trahir quoi que ce soit que l'homme pourrait ensuite retourner contre lui.

« Je crois savoir qu'avant cet assaut, vous avez envoyé l'agent Toni Fiorella Michaels en mission secrète sur le navire dans le but d'y collecter des informations. »

Il ne s'était pas attendu si tôt à ce genre de questions. « Oui, tout à fait. »

Ames leva les yeux de son calepin, arqua un sourcil. « Vous avez envoyé votre propre épouse à bord de ce que vous croyiez être un vaisseau truffé de pirates ? »

Le mépris coulait littéralement des lèvres de l'homme. *Quel genre d'homme ferait une chose pareille ? Livrer ainsi au danger la mère de son enfant ?*

Ou est-ce parce que vous ne pensiez pas qu'il y avait réellement du danger à bord de ce navire, hmm ? Qu'il n'y avait pas de pirate à bord ?

S'il avait eu le choix, Alex aurait expliqué ce point. Il aurait préféré dire à l'homme qu'il ne s'était pas attendu à ce que Toni puisse courir un risque quelconque à ce stade. Il aurait également aimé mentionner que Toni s'était trouvée coincée à bord uniquement à cause du passage d'un ouragan. Mais les instructions de Tommy avaient été claires.

« Elle était, et est, un agent parfaitement qualifié, répondit-il, tâchant de garder un ton égal.

– Je vois. Eh bien, monsieur, vous êtes un meilleur homme que moi. Je n'arrive pas à m'imaginer envoyer mon épouse dans une situation telle que celle-ci. » Il abaissa les yeux sur son calepin. « Oh, mais attendez. Je vois également que votre femme est experte dans un art martial indonésien répondant au nom de Pukulan Pentchak Silat Serak, est-ce exact ?

– Oui. »

Ames opina. « Je suppose donc que les aptitudes de votre femme ont pu quelque peu tempérer cette inquiétude – le fait qu'elle soit capable de massacrer un homme à main nue, sans compter ce qu'elle peut faire avec une arme... Et qu'elle a bel et bien estropié et tué des gens en recourant à cet art. Je vois ici divers incidents, dont un survenu le 8 octobre 2010, ici même au siège de la Net Force, où elle a battu un prétendu assassin avant que vous n'abattiez et tuiez cette personne ; encore un autre, le 15 juin 2011, à Port Townsend, État de Washington, où elle a rompu le cou d'un homme ; et voyons voir, encore une fois en octobre 2011, à votre domicile à Washington, DC – non, attendez, là, c'est vous qui l'avez tué, cette fois, n'est-ce pas ? Avec une paire de petites dagues, n'est-ce pas ? Dites-moi, commandant, est-ce là votre conception personnelle de l'esprit de famille ? »

Un an plus tôt, cela aurait pu le mettre en boule. Deux ans plus tôt, il aurait à coup sûr relevé le défi. Et rien que cinq ans auparavant, il se serait levé et aurait flanqué son poing dans la gueule de ce petit avocat plein de sous-entendus.

Mais le silat, comme n'importe quel autre art martial authentique, n'était pas qu'une technique de combat, c'était aussi une technique de maîtrise de soi, et même s'il avait encore du chemin à faire avant de se sentir à la hauteur, il était assez compétent pour savoir déjouer les petites moqueries d'Ames.

Tommy répondit pour lui. « Y a-t-il là une question, maître, ou essayez-vous de piéger le commandant Michaels ? »

Ames sourit. « Non, j'essaie simplement d'établir quel genre de personnes travaillent pour la Net Force, maître.

– Des personnes qui ont toujours répondu de leurs actes devant la loi, répondit Tommy. Poursuivons, voulez-vous ? Comme vous l'avez dit vous-même, mon client est un homme occupé – perdre son temps à contrer des tentatives de dénigrement n'est guère productif. »

Le sourire d'Ames s'élargit. « Loin de moi l'idée de dénigrer votre client, maître Bender. Je cherche seulement à découvrir la vérité, au nom de la justice. Que votre client ait une propension à la violence est au cœur de notre action en justice, n'est-ce pas ? Et c'est un trait de famille, en plus. »

Alex ne voyait que trop bien où tout cela allait déboucher. Ça risquait de faire du vilain, comme Tommy l'avait dit. Ça ne le gênait pas spécialement de se faire traîner dans la boue par ce type – ce ne serait pas agréable, bien sûr, mais c'était un grand garçon et il était prêt à assumer ses actes. Non, ce qui l'irriterait le plus, ce serait de voir sa femme mise en cause. Ça, ça risquait d'être dur à encaisser.

« Bien, à présent, commandant, revenons-en aux raisons qui vous ont porté à croire que le bateau de mon client, dûment immatriculé et vaquant à ses affaires dans les eaux internationales, était un repaire de pirates et de coupe-jarrets constituant une menace pour les États-Unis d'Amérique... »

Michaels réprima un soupir et se carra dans son siège. La matinée s'annonçait très longue.

Ames souriait intérieurement quand il quitta le bâtiment de la Net Force dans le complexe du FBI. Alex Michaels était fait d'une étoffe un peu plus rigide que la plupart des bureaucrates qu'il avait affrontés jusqu'ici. Il n'allait pas perdre son calme devant un jury sauf si Ames parvenait à l'ébranler un peu plus que lors de cette déposition. Attaquer sa femme était une possibilité – Ames avait cru le voir laisser paraître une certaine vulnérabilité de ce côté – mais il fallait se montrer prudent avec ce genre de tactique. Parfois, même si ça marchait, une allusion mal placée à l'épouse de quelqu'un pouvait vous aliéner un jury et devenir contre-productif. Ames ne voulait pas courir un tel risque. Il se présentait toujours lui-même comme un parangon de générosité, et quand il recourait à des attaques personnelles, il faisait mine d'en user avec réticence et seulement pour défendre la cause de la vérité, de la justice et de la démocratie américaine. Comme s'il était sincèrement désolé que le prévenu soit un salaud qui bat sa femme et que ce fût au jury de décider si cela avait une importance quelconque.

Bridgette, qui l'accompagnait, demanda ce qu'il en pensait.

Elle était intelligente – première de sa promotion

à Lewis et Clark, deux ans plus tôt, aussi brillante que la douzaine d'autres assistants et associés du cabinet. Adorable, en plus. Mais elle continuait à croire que loi et justice étaient synonymes, ce qui bien sûr était faux.

Il ne pouvait lui dire les véritables raisons qui l'avaient amené à demander cette déposition. Il avait voulu voir son adversaire face à face. Il voulait apprendre de la bouche même de Michaels l'adresse de son domicile, parce que toute cette affaire pouvait devenir très personnelle et qu'il désirait recueillir cette information sans laisser de piste trop évidente. Mais surtout, il voulait qu'il le voie pour avoir peur de lui.

Autant de petites choses, prises isolément, mais qui faisaient partie du travail d'un grand avocat. Dans ce métier, la présentation était tout aussi importante que la loi. Peu importait le nombre de textes que vous étiez capable de citer si le jury ne vous aimait pas.

Bridgette n'était pas encore prête à ces finesses, cependant. « Tout s'est passé aussi bien qu'on pouvait l'espérer, dit-il. Vous m'assisterez sur cette affaire, aussi je veux que vous sachiez tout ce qu'il y a à savoir sur le droit maritime, les traités des Nations unies et la piraterie avant que nous nous présentions devant le tribunal. Sans oublier le commandant Michaels et son épouse, Toni.

– Compris.

– Bien. » En vérité, toutefois, les résultats de cette action n'avaient pas vraiment d'importance. Bien sûr, si l'on en arrivait au procès, il voulait le gagner. Mitchell Townsend Ames ne perdait pas, point final, mais l'important, ici, était de noyer la Net Force sous les problèmes pour mieux lui permettre de l'achever légalement. Si le Congrès et le Sénat votaient un texte acceptable et que le président le signait, alors la Net Force serait liée par les résultats. Ils auraient beau détester ça, sauter, protester ou gueuler, une fois que le texte aurait force de loi, cela ne ferait plus aucune différence.

Ames se fichait bien des hommes tués à bord du *Bonne Chance.* Il se fichait bien de leurs parents survivants. Les morts avaient été des voyous, qui s'étaient fait descendre au lieu de descendre les autres. C'étaient des criminels qui ne méritaient pas sa sollicitude. Tout ce procès n'était qu'un écran de fumée et s'il servait ses objectifs, c'était tout ce qui comptait.

Une fois qu'il s'était fixé un but, Ames avait toujours trouvé les moyens d'y parvenir. S'il pouvait le faire par la menace ou par une action en justice, tant mieux. S'il fallait un procès, à la bonne heure. S'il fallait envoyer un homme de main comme Junior pour graisser la patte, faire chanter ou agresser quiconque s'interposait, pourquoi pas, là aussi. Tout était bon.

La limousine s'arrêta, le chauffeur en descendit et lui ouvrit la portière. Bridgette grimpa la première, Ames la suivit. Dès qu'il fut assis, il glissa la main dans le vide-poches de portière et en sortit son pistolet, le SIG P-210 avec son étui inversé qu'il raccrocha du côté gauche à sa ceinture en cuir de cheval taillé main. L'étui inversé était plus pratique en voiture. Il était moins inconfortable et permettait de dégainer plus facilement. Celui-ci avait été conçu pour protéger du car-jacking – ces vols de voiture avec agression du conducteur.

Bien que le permis soit difficile à obtenir, il avait un port d'arme valable dans le district fédéral, les États de Virginie, du Maryland et de New York ainsi que dans la plupart des autres États à la législation plus souple. Ce n'était qu'un des multiples avantages de la fortune et d'un besoin légitimement reconnu. Plus d'une fois, il s'était fait menacer de mort en public par des hommes en colère. Mais de tels permis ne s'étendaient pas aux cours fédérales ou aux palais de justice, aux bureaux de poste ou aux avions de ligne, entre autres.

Tout bien considéré, la visite avait été productive. Il appréhendait mieux à présent le commandant Alex Michaels. Il savait où trouver l'homme et sa famille. Au pire, il pourrait toujours demander à Junior de leur faire une petite visite nocturne. Un homme comme Michaels ne céderait pas aux pots-de-vin, au chantage ou même à l'intimidation physique, Ames le savait, mais il avait une famille. Et même si sa femme était un as des arts martiaux, ils avaient un petit garçon qui ne serait pas aussi doué.

Et un homme ferait à peu près n'importe quoi pour protéger ses enfants.

Chalus, Irak

Le groupe de Howard était largement en sous-effectifs. Pour couronner le tout, son groupe de reconnaissance de quatre hommes n'avait qu'un armement léger. Ils étaient là pour recueillir de l'information, pas pour se battre. D'un autre côté, la patrouille de fantassins irakiens était plus lourdement armée et ils étaient quatre fois plus nombreux que l'unité de Howard. Il devait y avoir entre seize et dix-huit soldats ennemis.

Howard et son groupe avaient déjà quitté la route. Il leur fit signe de se baisser. Dans le noir, ils seraient plus difficiles à repérer.

Le flot de la conversation en arabe des Irakiens discutant entre eux se déversa entre les rochers et les broussailles. Les hommes plaisantaient, riaient, ne s'attendant à aucun problème lors de cette patrouille de routine qui n'avait sans doute jusqu'ici jamais rencontré rien de plus dangereux qu'un lézard.

Ils étaient dans les monts Elbourz. Le point culminant le long de la route de Chalus à Karaj était de mille mètres, peut-être un peu plus, plus à l'ouest. Ils n'étaient pas très loin à l'intérieur des terres, à une trentaine de kilomètres seulement de la mer Caspienne, sur la frontière nord de l'Irak, mais c'était assez loin pour demander à un hélico d'extraction plusieurs minutes de vol. Raison supplémentaire pour rester discrets et laisser passer la patrouille.

Au contraire de ce que bien des gens pensaient, surtout après la guerre du Golfe, les soldats irakiens n'étaient pas tous des chameliers abrutis qui couraient partout en criant « *Allah ahkbar !* » et qui étaient incapables de tirer droit. Certaines des unités d'élite étaient composées de vétérans endurcis au combat capables de marcher toute la nuit puis de se battre toute la journée, des hommes aussi bien entraînés que dans n'importe quelle autre armée de par le monde. Certes, dans un affrontement contre des B1 larguant des bombes antipersonnel et des bâtiments de la Navy tirant des missiles depuis une distance de cent cinquante kilomètres, les

Irakiens se feraient battre à plate couture. Au XXIe siècle, on ne pouvait pas recourir aux tactiques de la Première Guerre mondiale et espérer gagner. Mais sur une route étroite, dans les montagnes, la nuit – dans leurs montagnes –, face à une force de reconnaissance sans tenue de protection et aux effectifs quatre fois moindres, ces AK-47 étaient toujours aussi efficaces.

Howard et ses hommes étaient venus découvrir ici s'il y avait une usine d'armes biologiques enfouie dans les collines, sans doute enterrée profondément dans une caverne où elle ne pourrait pas être repérée par des satellites-espions. Et ce n'était pas en tombant sur une force plus importante et mieux armée qu'on y parvenait.

Le fait que la patrouille se retrouve ici indiquait sans doute que les informations sur cette usine d'armes biologiques avaient un certain fondement. Jusqu'ici, les Gros Oiseaux n'avaient pas réussi à la localiser, mais l'intensité du trafic entrant et sortant d'un des canyons proches indiquait qu'il s'y passait quelque chose.

Quoi que ce puisse être, Howard avait besoin de le savoir. Une fois la patrouille passée, ils avanceraient.

L'un des soldats irakiens quitta la route pour se porter dans leur direction.

Aucun des membres de l'escouade de la Net Force ne bougea. Ils étaient figés comme des statues, respirant à peine.

L'homme se rapprocha. Il se dirigea vers une saillie rocheuse à moins de trois mètres devant Howard, la contourna pour se placer hors de vue de la route, puis défit sa braguette.

Il tournait le dos à Howard mais le bruit du jet d'urine résonna dans l'obscurité.

Parfait. Le gars avait envie de pisser et il avait choisi cet endroit.

Howard sortit son couteau. C'était un couteau de chasse avec une petite pointe courte recourbée, pas plus long que le majeur. Le genre de lame qu'on utilisait pour dépecer et vider le gibier, mais parfaite également pour égorger. L'acier avait été recouvert d'un revêtement noir mat qui ne réfléchissait pas la lumière.

Howard se prépara à agir. Le type en train de vider sa vessie n'avait qu'à tourner légèrement la tête pour voir un fantassin américain tapi dans la nuit derrière lui. Si cela devait se produire, Howard et son groupe seraient dans une mauvaise passe. Mais si Howard prenait les devants, il pouvait sauter sur l'homme avant que celui-ci ne se rende compte de ce qui arrivait. Un coup à la base du crâne ferait l'affaire. Il n'aimait pas ça, devoir tuer un pauvre bougre dont le seul crime était de répondre à l'appel de la nature, mais c'était trop risqué.

Mieux vaut l'un d'eux que nous quatre.

Trois pas réguliers, deux longues enjambées, moins d'une seconde pour saisir l'homme, plaquer une main sur sa bouche, enfoncer la lame avec l'autre main.

Howard se redressa avec précaution, se mit à quatre pattes, puis s'accroupit. Il se pencha en avant pour prendre son élan…

L'Irakien, averti par quelque chose, regarda par-dessus son épaule au moment où Howard bondissait. L'homme cria, s'emparant déjà de son fusil…

Ho-ho, ils étaient dans de beaux draps à présent…

« Général Howard ? dit l'ordinateur, interrompant

le scénario de réalité virtuelle. Vous avez un appel de priorité un. »

QG de la Net Force
Quantico

Howard sortit de la RV et ôta son casque. « Qui m'appelle ?

– Le commandant Michaels, répondit l'ordinateur.

– Je le prends, passez-le-moi. »

Même si ce n'était sans doute rien de bien grave, Howard avait depuis longtemps placé Michaels sur sa liste de priorité un. Il n'allait pas snober son patron sous prétexte qu'il jouait à des jeux de guerre en virtuel.

« Commandant.

– Allô, général. Nous avons un petit problème. Tommy Bender est dans mon bureau et il veut vous parler du fier vaisseau *Bonne Chance.*

– Le procès, dit Howard.

– Tout juste.

– J'ai déjà fait ma déposition, dit le général. Une jeune femme est passée vendredi.

– Je sais. Je l'ai rencontrée, de même que cet avocat célèbre, pour ma propre déposition. Apparemment, il semblerait qu'il y ait un supplément d'informations sur un des vigiles abattus et notre avocat estime devoir nous en informer.

– Je vois.

– Enfin, bien entendu, si vous n'êtes pas trop

occupé, poursuivit Alex. Je peux le décommander, si nécessaire.

– Non, du tout, commandant. J'ai le temps. L'activité est plutôt calme par ici, ces temps derniers. Je peux vous rejoindre dans une dizaine de minutes.

– Merci, John.

– De rien. »

Howard se pointa avec trois minutes d'avance et échangea des salutations avec Alex et Tommy.

« Très bien, dit Michaels, de quoi s'agit-il, Tommy ? »

L'avocat sourit. « Je sens que vous allez adorer, dit-il. Autant que nous puissions savoir, Richard A. Dunlop était l'homme que John a tué par balle durant le raid.

– L'homme qui m'a tiré dessus le premier », remarqua Howard. Il effleura son flanc. « Juste dans l'interstice non recouvert par le gilet pare-balles que j'avais emprunté.

– Oui, d'accord, nous pourrons certainement faire valoir cet argument. Connaissiez-vous M. Dunlop avant de lui tirer dessus, général ?

– Non, maître. Lorsqu'il m'a tiré dessus, c'était notre toute première rencontre.

– Ah.

– Pourquoi ? intervint Michaels. À quoi rime toute cette histoire, Tommy ?

– Ma foi, il semble que M. Dunlop faisait partie de la WAB.

– Qui est... ?

– La White Aryan Brotherhood – la Fraternité aryenne blanche, répondit Howard, devançant Tommy.

– Et alors ? dit Alex. J'ai entendu parler d'eux. C'est un groupuscule raciste. Quel rapport ?

– Eh bien, reprit Tommy, si le général Howard – qui, dois-je le faire remarquer, est noir – savait que M. Dunlop était raciste, cela aurait pu lui fournir un prétexte à lui tirer dessus, en dehors de la simple légitime défense. »

Michaels hocha la tête. « Vous savez, Tommy, que c'est peut-être le truc le plus stupide que j'aie jamais entendu. »

L'avocat haussa les épaules. « Êtes-vous déjà allé à Las Vegas, général ?

– Oui, bien sûr.

– Et étiez-vous à Las Vegas le 3 avril 2011 ? »

Howard réfléchit quelques instants. « Oui, je crois bien. Autant que je me souvienne, c'était juste avant que nous montions une opération dans le désert à proximité. Notre unité était en stand-by, attendant la résolution d'une panne d'ordinateur sur les satellites de surveillance. Nous nous sommes retrouvés coincés à Vegas en entendant l'ordre de reprendre les opérations. »

Tommy acquiesça. « Et avez-vous eu une altercation avec M. Dunlop pendant que vous étiez à Las Vegas, général ?

– Bien sûr que non. Comme je vous ai dit, je n'avais jamais rencontré cet homme.

– Mais l'avocat du plaignant peut produire des éléments prouvant que M. Dunlop se trouvait bien à Las Vegas ce même jour. »

Howard fronça les sourcils. « Et alors ? Un million d'autres personnes également. »

Tommy se carra dans son fauteuil et sourit. « Mais

vous n'avez pas tiré sur un million d'autres personnes, John. Vous avez tiré sur Dunlop. Et voilà comment Ames va procéder : il montrera que vous vous trouviez en même temps à Vegas. Il postulera une hypothétique rencontre, au cours de laquelle vous auriez eu une altercation au sujet de son comportement raciste. Il vous aurait bousculé sur le trottoir, vous auriez eu des mots et vous auriez failli en venir aux mains. Puis il fera le lien avec la fusillade sur le bateau, en laissant sous-entendre que vous avez tué Dunlop à cause de cette rencontre précédente. »

Howard secoua la tête. « C'est incroyable. Rien de tout cela ne s'est produit.

– Peu importe, John. Il n'a pas besoin de le prouver. Il n'a qu'à amener un jury à croire que les choses auraient pu se dérouler ainsi.

– Que voulez-vous dire ?

– Écoutez, vous et moi savons fort bien qu'il n'aura aucun mal à trouver à Las Vegas un quelconque ivrogne qui, pour le prix d'une bouteille de mauvais bourbon, jurera qu'il vous a vu avec Dunlop. Le jury pourra fort bien reconnaître que l'homme est un menteur. Ils pourront fort bien ne pas croire un mot de sa déposition. Mais ils ne pourront pas oublier non plus ce qu'il aura dit. Le juge pourra bien sûr leur enjoindre de ne pas tenir compte de ce témoignage, bien sûr, mais ce sera peine perdue.

– Je ne saisis toujours pas », dit Howard.

Tommy se massa les paupières. « Avec un écran de fumée suffisamment épais et quelques tours de passe-passe, vous pouvez embobiner un auditoire. Ames est passé maître dans ce genre d'illusion. C'est un magicien. Il est capable d'amener des gens à penser qu'ils ont vu une chose qu'ils n'auraient en toute logique pas pu voir. Faites-moi confiance, Ames fabriquera un tombereau de boue et vous traînera tout le monde dedans. Même si ça ne tient pas debout, ça pourra laisser des traces. Rappelez-vous, c'est une affaire au civil, pas au pénal. Il lui suffit juste d'amener le jury à douter, rien qu'un peu. »

Howard fronça de nouveau les sourcils.

Soupir de Tommy. « Vous avez déjà descendu plusieurs personnes dans le cadre de votre service, n'est-ce pas, John ?

– Oui, mais chaque fois, c'était justifié. »

Tommy hocha la tête. « Pas sûr. Notamment pas aux yeux d'un jury civil. Toute opération de la Net Force au cours de laquelle une personne a été sérieusement blessée ou tuée sera pain bénit pour Ames. Il les citera toutes, établira un bilan. Il montrera des clichés pris à la morgue, présentera les témoignages des familles, tout ce que pourra laisser passer le juge.

« Ames dépeindra un tableau où tous les agents de la Net Force qui ont pu intervenir sur le terrain apparaîtront comme des tueurs assoiffés de sang pressés d'abattre, poignarder ou tabasser leurs malheureuses victimes. Pis encore, il va montrer que ces agents n'étaient pas seulement dirigés mais bel et bien menés par un commandant et un général qui adorent faire le coup de poing et avoir du sang sur les mains. Il nous fera passer pour les hordes mongoles, assassinant et pillant pour le plaisir.

– Mon Dieu, fit Howard. Il est vraiment capable de faire une chose pareille ?

– S'il arrive à convaincre un juge que de tels éléments permettent d'établir un schéma de comportement, ou qu'un incident particulier peut être directement lié à son affaire, oui, tout à fait. Comme je l'ai dit, le droit civil diffère du droit pénal, les critères n'y sont pas aussi stricts. Et pour Ames, rien n'est trop bas. Quand il est lancé, l'homme est capable de ramper plus bas que terre.

– Mon Dieu, répéta Howard.

– Si vous êtes en bons termes avec Lui, à votre place, je prierais pour qu'Il intervienne, reprit l'avocat. Genre Ames qui tombe dans une bouche d'égout ou qui s'effondre, victime d'un infarctus. Il faudrait au moins ça pour le ralentir. Il inventera un tel tissu de calembredaines que vous aurez l'impression d'être pris entre la Forêt enchantée et le château de la Belle au Bois dormant… »

Michaels hochait la tête, lui aussi. Comment pouvait-on faire des choses pareilles et s'en tirer impunément ?

« Il y a encore un point que vous devez savoir, ajouta Tommy au bout d'un moment.

– Et qui est ? s'enquit Michaels.

– Vous devez redoubler de prudence dans votre enquête en cours sur CyberNation. Tout vérifier et cocher point par point.

– C'est ce que nous faisons pour toutes nos enquêtes », rétorqua Michaels.

Tommy acquiesça. « Je sais, mais comprenez bien : le plus infime écart de procédure risque de vous coûter cher. Ames est à l'évidence au courant de cette enquête et vous pouvez être sûr qu'il va la brandir comme un étendard le jour de la fête nationale. Il prétendra que la Net Force harcèle ses clients à cause du procès, qu'il n'y a aucune autre raison de se livrer à une telle procédure puisque tous sont de braves citoyens respectueux des lois qui cherchent simplement à gagner honnêtement leur vie.

– Mais notre enquête est antérieure à ces poursuites.

– Peu importe, rétorqua Tommy. Souvenez-vous, Ames joue sur la perception des choses, pas sur la réalité. Et pour en revenir à vos enquêtes habituelles, pouvez-vous honnêtement dire que vous ou l'un de vos hommes ne s'est pas écarté de la ligne jaune, ne serait-ce qu'un chouia, pour résoudre une affaire ou mettre à l'ombre un malfaiteur ? Car Ames aura sous la main des copies de tous vos dossiers – tous ceux qui ne sont pas confidentiels, en tout cas – et il les épluchera en détail, en quête du moindre signe, du moindre indice qu'il puisse agiter sous le nez du jury. »

Il se tourna vers Howard. « Par exemple, général, chaque fois que, lassé de jouer les ronds-de-cuir, vous êtes allé sur le terrain, Ames en tirera prétexte pour prouver que vous aimez vous impliquer personnellement. Que vous adorez brandir des flingues et descendre des gens.

– Mais c'est mon boulot », objecta Howard.

Tommy hocha la tête. « Les généraux ne mènent plus les charges depuis longtemps. Ils restent en retrait et dirigent les opérations de loin. » Puis, se tournant vers Alex : « Et c'est encore pire pour vous. Vous n'êtes même pas un militaire. En vous impliquant comme vous le faites, vous démontrez un certain zèle qu'on peut aisément gonfler et faire passer pour du fanatisme à tout crin. »

Michaels se pencha en avant. « Êtes-vous en train de suggérer que nous laissions tomber cette enquête sur CyberNation ? Et vous est-il venu à l'idée que ce procès pourrait bien n'être rien de plus qu'une tentative pour nous y amener ? À cesser notre enquête ? Ou nous forcer à reculer à tel point que CyberNation pourra se livrer à toutes les activités illégales qu'elle voudra sans se soucier d'être surveillée ?

– Bien sûr que ça m'est venu à l'idée, et ce n'est pas ce que je suggère. Mais je ne verrais pas d'objection à ce que vous suspendiez votre enquête jusqu'à ce que cette affaire soit réglée, mais ce n'est même pas la peine. Ce qu'il vous faut, c'est faire exactement ce que j'ai dit : redoubler de prudence et prêter un surcroît d'attention aux moindres détails. »

Michaels regarda Howard. Aucun des deux hommes n'avait rien à répondre.

« Je vous ai dit qu'on allait tomber sur un sac d'embrouilles, reprit Tommy. Et ce n'est que le début. »

Soupir de Michaels qui opina. « Je dirai à mon personnel de redoubler de prudence.

– Bien. Bon, il faut que j'y aille. Bonne journée. »

Après le départ de Tommy, Michaels regarda Howard. « Je crois qu'il nous faut organiser une réunion d'état-major.

– Affirmatif, monsieur, dit Howard. Je pense que ce serait une excellente idée. »

16.

QG de la Net Force
Quantico

Ils étaient quatre dans la salle de conférences : le général Howard, Jay, Toni et Michaels.

C'est Alex qui avait la parole. « Bref, telle est la situation concernant la procédure légale en cours. Il est évident que nous n'allons pas laisser tomber notre enquête sur CyberNation, ou même la suspendre, surtout à la lumière de ce que Jay a découvert. Nous devons toutefois prendre au mot le conseil de Tommy Bender et nous assurer de procéder rigoureusement dans les règles. » Ce disant, il regarda Jay.

Il y eut un moment de silence. Toni le rompit en demandant : « Quelle certitude a-t-on concernant ce stagiaire, Jay ?

– Je suis positif pour ce qui concerne le transfert de fonds. Je n'ai pas réussi à trouver un motif valable pour qu'un stagiaire à la Cour suprême touche de l'argent de CyberNation. J'ai également parcouru le dossier de ce gars pour voir s'il ne pourrait pas s'agir d'un cas particulier – il aurait pu, par exemple, avoir exercé une activité légitime pour CyberNation et continuer à en recevoir des émoluments –, or, je n'ai absolument rien trouvé de ce genre. Je suis convaincu que c'est un pot-de-vin.

– Nous avons intérêt à être absolument sûrs de notre coup avant de rendre la chose publique, intervint Howard. Le juge nous taillera en pièces si nous nous trompons. Ils ne toléreront pas le moindre écart.

– Amen », dit Toni.

Michaels regarda Jay. « Trouve-nous un truc à l'épreuve des balles, Jay.

– D'accord.

– Autre chose sur les affaires en cours ? »

Jay haussa les épaules. « Juste un détail concernant ces vers et virus qui ont touché le web récemment. Je suis convaincu que c'est le même type qui en est à l'origine, et ils deviennent de plus en plus sérieux – ce qui veut dire qu'il faut s'attendre à d'autres. Vous ne pouvez pas y faire grand-chose, cela concerne uniquement le Net, mais j'ai pensé que vous deviez le savoir. »

Michaels acquiesça. « Écoutez, je sais que ce procès est une vraie plaie et que nous avons mieux à faire. Je sais aussi qu'il y a de grandes chances que ce soit un énorme écran de fumée lancé par CyberNation pour nous empêcher de nous concentrer sur notre enquête. Néanmoins, nous devons y prêter attention. Nous sommes observés de près, plus encore que d'habitude. Ne faisons rien qui puisse nous retomber dessus. »

Un murmure d'assentiment accueillit ses paroles.

Alex parcourut d'un regard circulaire son équipe, les gens à qui il se fiait le plus au monde. C'était le moment choisi pour dire une parole inspirée mais il se rendit compte que les mots lui manquaient.

Du reste, il se rendit compte également d'autre chose : il y avait une raison pour laquelle il leur faisait une telle confiance. Chacun d'eux était un professionnel confirmé, le meilleur dans sa branche. Ils n'avaient pas besoin de son inspiration. Juste de sa confiance et de son soutien.

« Très bien, dit-il. Remettons-nous en chasse. »

Jay était en rage. Saji l'avait appelé alors que la réunion se terminait et, à présent, il avait envie de tuer quelqu'un.

Il regagna son bureau, s'assit devant son ordinateur, encore furibond.

Tout avait commencé avec les photos. Saji avait téléchargé les photos de leur lune de miel sur son ordinateur dans le séjour. Normal, bien sûr, puisqu'elle voulait les partager avec la famille. Il pouvait le comprendre. Mais elle avait désactivé la protection virale durant leur installation.

Ce n'était pas toutefois ce qui préoccupait Jay. Il savait comment cela c'était produit et comprenait même pourquoi. Saji avait passé un certain temps à travailler sur les photos qu'elle avait téléchargées et en général, on désactivait son anti-virus quand on travaillait avec un logiciel de traitement graphique gourmand en ressources. Même avec une machine puissante comme la leur, il y avait trop de risques de conflits.

Mais Saji n'avait pas remis l'anti-virus.

Les systèmes de Jay étaient protégés par un double

pare-feu – dont un qu'il avait codé lui-même – mais ceux-ci ne protégeaient ses machines que des pirates cherchant à s'y introduire depuis le Net. Les pare-feu n'agissaient pas contre les virus ou les autres programmes téléchargés – accidentellement ou non – via la messagerie électronique, raison pour laquelle il faisait tourner en permanence un anti-virus haut de gamme qui remettait constamment à jour son code et ses fichiers de signatures.

Tout cela ne servait à rien si quelqu'un le fermait !

Le logiciel était même programmé pour se lancer dès que le système était redémarré, mais Saji n'avait pas fermé l'ordinateur. Elle avait terminé son téléchargement et procédé à ses traitements d'images sans aucun problème, sans aucun signe d'instabilité, aussi n'avait-elle pas songé à faire redémarrer la machine.

Le pire était que Jay avait programmé son anti-virus pour qu'il se relance automatiquement chaque fois qu'il avait été interrompu plus d'une demi-heure. Il l'avait fait parce qu'il savait combien il était facile d'oublier ce genre de détail. Saji avait passé toutefois un bon bout de temps à travailler sur ses photos – bien plus d'une demi-heure en tout cas –, aussi avait-elle également désactivé cette fonction, ce qui voulait dire que son ordinateur – et par conséquent l'ensemble du réseau domestique – était vulnérable aux virus.

Et ils en avaient chopé un.

Jay n'avait pas encore remonté sa trace, aussi ignorait-il s'il venait de quelqu'un de la famille de Saji, d'un de ses amis ou d'une des listes de diffusion auxquelles elle s'était inscrite. Il pouvait aussi s'agir d'un mail aléatoire généré par un système infecté. Peu importait en fait sa provenance. L'important était l'emplacement où il avait été activé.

Le virus qui les avait frappés était le tout dernier, le crasher, celui qui reformatait les disques durs. Il avait détruit leurs photos, ainsi que le carnet d'adresses de Saji – après avoir envoyé des copies de lui-même à tous ses contacts, dont Toni, Alex et plusieurs autres de leurs amis de la Net Force. Et il avait infecté sa propre machine également, transitant par leur réseau local pour venir effacer son disque dur.

Bon, d'accord, ils avaient des copies de sauvegarde de tous les fichiers, y compris les photos, mais là n'était pas l'essentiel. L'essentiel était qu'ils avaient été frappés. L'essentiel était que la machine de Jay, ainsi que celle de son épouse, avaient envoyé des copies d'un virus à tous les contacts de leurs carnets d'adresses. Jay Gridley en personne, technicien de pointe et gourou de la sécurité informatique de la Net Force, s'était fait avoir par un vulgaire petit virus !

Il n'était pas ravi.

Si Saji n'avait pas désactivé l'anti-virus, rien de cela ne serait arrivé, mais elle l'avait fait et c'était arrivé, et elle était absolument désolée.

Stupide. Il ne le dit pas, ayant appris deux ou trois choses d'elle depuis qu'il la connaissait, mais il l'avait pensé. Même un collégien savait qu'il ne devait pas toucher au Net sans protection virale. Même des écoliers de maternelle le savaient...

Mais ce n'était pas après Saji qu'il en avait. Elle ne vivait pas dans un univers où tous les mouvements électroniques étaient automatiquement pistés. Elle ne pensait pas à ces problèmes en permanence comme lui.

C'était le pirate que Jay avait envie d'écrabouiller, l'auteur du virus, le connard qui avait abusé de la confiance de Saji. C'était contre lui qu'il en avait.

Jay allait l'épingler, ce pirate. Ce gars allait apprendre qu'on ne faisait pas le con avec Jay Gridley, et surtout qu'on ne le ridiculisait pas en se servant de sa femme.

Il continua de fixer son ordinateur, toujours furibond, puis il pianota au clavier et configura son système pour n'accepter aucune intrusion inférieure à la priorité un. Il était temps de se mettre au boulot. Dans des circonstances normales, il adorait déjà son boulot et brûlait toujours de se mettre en chasse. Cette fois, cependant, ce serait encore plus jouissif. Cette fois, c'était une affaire personnelle.

Jay avait écrit et lâché sur la Toile son content de virus quand il était lycéen – le genre de petits programmes « J't'ai bien eu » destinés à montrer qu'il en était capable. Il n'avait jamais écrit de code vraiment malicieux, bien sûr. Il avait également traqué pas mal d'auteurs de virus en tant que chef des safaris de la Net Force, aussi les mesures initiales étaient-elles devenues pour lui de la routine. Le tout était de retracer la chronologie exacte des faits, de voir quand les ordinateurs avaient été infectés pour cerner le point d'origine. Une fois que vous l'aviez, vous repreniez la piste à partir de là afin de remonter à la source.

Naturellement, de nos jours, les pirates pouvaient expédier des trucs dans le monde entier, mais il fallait bien qu'ils commencent quelque part.

Hélas, le temps qu'il se rende compte que les deux premières attaques étaient liées, une bonne partie de l'information avait été perdue. Les deux premiers virus avaient été relativement inoffensifs ; ils n'avaient pas provoqué de réels dégâts, de sorte qu'ils n'avaient pas été suivis de trop près. Cela allait lui compliquer la tâche de collecte de données les concernant.

Tout cela allait réclamer pas mal de tests, qui exigeaient beaucoup de temps.

S'il procédait de la manière habituelle.

Jay coiffa son équipement de réalité virtuelle et chargea un scénario qu'il n'avait plus employé depuis le lycée.

L'atelier du magicien

Jay se tenait dans une vaste salle circulaire, chichement éclairée par quelques chandelles éparses. Tout autour de lui, on devinait un assortiment d'objets mystérieux, des pots d'herbes rares, des appareils bizarres et de vieux grimoires poussiéreux, reliés en peaux de toutes sortes, du lézard à l'autruche en passant par ce qui ressemblait à de la peau humaine…

Une boule de cristal et une cage en bois, petite mais robuste, étaient posées sur une partie dégagée de la paillasse. Juste à côté, une baguette longue et fine, minutieusement gravée de runes dorées qui chatoyaient légèrement de l'intérieur.

Une vague odeur de moisi régnait dans la pièce, qui sentait le renfermé. On avait l'impression qu'elle n'avait pas été aérée depuis des siècles. Jay était impressionné. Cela faisait des années qu'il n'était plus retourné dans l'atelier et la précision du détail était parfaite.

Je suis vraiment bon.

Pas vraiment une nouveauté, bien sûr, mais c'était toujours agréable de se le voir rappeler, surtout par son propre travail.

Il saisit la baguette magique. Elle était tiède au toucher, exactement comme dans son souvenir. Elle vibrait dans sa main, instrument de création n'attendant que d'être libéré.

Il y avait une raison au fait qu'il n'avait plus joué avec l'atelier depuis plusieurs années. C'était là qu'il avait concocté ses propres virus. Cette époque était révolue, bien sûr. Il avait emprunté la grand-route, choisi le camp des bons et depuis qu'il avait pris cette décision, il s'était retenu de jouer avec ce genre de choses – hormis quand c'était nécessaire pour trouver le moyen de vaincre les méchants.

Parfois, seul un voleur peut en attraper un autre.

Ce n'était pas précisément le cas mais il allait profiter de la latitude dont il disposait au titre de chef hacker de la Net Force et en profiter. Le pirate qui avait détruit le disque dur de son épouse et, par son truchement, avait atteint sa propre machine à son domicile, allait s'en mordre les doigts.

Ce n'était pas une décision facile. Il ne se souvenait que trop bien de l'avertissement d'Alex leur enjoignant de suivre les règles, mais il ne se faisait pas trop de souci. Pour commencer, cette histoire n'avait rien à voir avec CyberNation. Par ailleurs, ce qu'il s'apprêtait à faire n'avait rien de vraiment illégal. Oh, certes, il violait les règles interdisant l'écriture de code autoréplicateur – il le savait : il avait servi de consultant pour la rédaction de certaines de ces règles – mais le code qu'il s'apprêtait à écrire était totalement inoffensif... hormis pour certain pirate...

Pour l'essentiel, toutefois, cela se résumait au fait que c'était la seule façon pour lui d'empêcher rapidement ce gars de nuire, et pour l'heure, cela seul comptait.

Il prit une profonde inspiration et commença.

Il agita la baguette magique, décrivant dans les airs un motif en forme d'étoile, et aussitôt, un pentagramme éblouissant apparut sur le plancher de la petite cage en bois. Il donna trois petits coups de baguette dans le vide et une série de points alternativement sombres et lumineux apparut autour des sommets de l'étoile.

Il marqua un temps d'arrêt, essayant de se remémorer l'incantation. Durant plusieurs années, il s'était sérieusement intéressé à l'univers des jeux de fantasy ; à l'époque du lycée, il avait endossé le rôle d'un sorcier, et fait toutes sortes de recherches dans le domaine de la magie.

Ah, voilà, ça lui revenait...

Jay énonça l'incantation et, dans le même temps, le bruit de ses mots éclata dans la salle comme autant de boules de feu colorées, illuminant la chambre d'éclats d'or et de rouge profond. Des détails de la pièce ressortirent, d'autres objets et d'autres vieux grimoires devinrent visibles, jetant des ombres nettes tandis que les globes évoluaient pour converger vers la cage.

Une fois à l'intérieur de celle-ci, les boules de lumière scintillante qui représentaient ses paroles se conbinèrent au-dessus du pentagramme. Il entendit un bruit de bouchon tandis qu'un truc informe apparaissait à l'intérieur du périmètre qu'il avait défini. La chose prit peu à peu consistance et couleur, fusionnant pour former un petit démon.

« QUI OSE FAIRE APPEL À MES SERVICES ? » Le petit bonhomme avait une voix sacrément grave.

Jay sourit de ce trait de son jeune moi. Plutôt mélodramatique, non ?

« C'est moi, Jay Gridley. » Quand il prononça son nom, le petit démon se ratatina comme s'il avait été programmé tout exprès. Même s'il savait que c'était infantile, il ne put s'empêcher de trouver que c'était quand même vachement cool.

Enfin, il y avait des trucs qui ne changeaient jamais.

Il s'adressa au démon, exposant ce qu'il devait faire. À mesure qu'il énonçait ses instructions, l'être changea graduellement de forme pour se conformer à ses objectifs.

Il cessa de luire et se ratatina un peu plus, devenant plus transparent, comme les virus que Jay avait analysés. Il ressemblait à présent à un minuscule diable avec ses cornes et sa queue, mais en plus trapu, un peu comme un nain. Ses yeux devinrent énormes pour qu'il puisse voir mieux, son nez s'allongea pour mieux flairer les traces des virus, et il lui poussa des ailes, de minuscules ailes de chauve-souris qui battaient rapidement, comme celles d'un colibri.

Jay glissa la main dans la poche de sa robe de magicien et en retira les trois formes insectoïdes des trois virus ciblés. Il les jeta par un interstice au sommet de la cage. La créature s'en empara, reniflant et tâtant chaque bestiole avant de la déchiqueter pour se repaître de ses entrailles.

« JE SUIS PRÊT, MAÎTRE.

– Pas trop tôt, dit Jay. Vas-y. » Il donna un coup de baguette magique. La cage s'évanouit dans un poudroiement d'étincelles dorées, le noir emplit la salle et la créature s'envola pour s'échapper par une haute fenêtre près de la bibliothèque.

Jay laissa échapper le soupir qu'il retenait. Enfin. Il l'avait fait. Tous les vieux adages lui revinrent : *seul un voleur peut en attraper un autre, le pouvoir absolu corrompt absolument, c'est une pente glissante.*

Même s'il disposait de certains pouvoirs et de certains droits en tant que chef du département réalité virtuelle de la Net Force, relâcher un virus dans le domaine public n'était pas dans ses attributions. D'un autre côté, s'il le baptisait programmeur traqueur, ça aiderait à faire passer la pilule.

Non qu'il ait l'intention de lui donner un nom – à moins que quelqu'un le lui demande. Comme il était la principale autorité dans le secteur pour ce qui était des virus, il était bien peu probable que cela se produise.

Par ailleurs, il avait sérieusement travaillé la question. Même s'il ne l'avait pas utilisé depuis des années, il avait mis à niveau le « programme atelier » en y intégrant les dernières techniques de construction virale. Cela faisait partie des choses qui vous permettaient de rester en pointe : mettre à jour des logiciels qu'on pouvait fort bien ne jamais utiliser.

C'était du boulot, d'être le roi de la montagne.

Le virus n'allait causer aucun dégât, on ne remarquerait même pas sa présence. Il se contenterait de se raccrocher au trafic entrant et sortant, et ne signalerait qu'à lui seul des informations sur les heures et les sites où les trois premiers virus avaient frappé. Il effacerait ensuite toute trace de sa présence, ni vu ni connu.

Enfin, il espérait.

Jay brandit à nouveau la baguette magique et la boule de cristal sur la table grossit pour atteindre la taille d'un ballon de volley. Il prononça un mot et un minuscule simulacre de la carte des États-Unis apparut à l'intérieur. Sous ses yeux, de minuscules points rouges, bleus et jaunes se mirent à piqueter la carte, chacun d'eux correspondant à un ordinateur infesté par un des trois virus.

Les points se multiplièrent en progression géométrique, toujours plus vite, à mesure que son propre virus-lutin se multipliait en étendant à son tour son propre périmètre de propagation.

D'ici peu, il aurait une idée de ce qu'il devrait rechercher ensuite. Le pirate qui était venu lui chercher noise avait intérêt à profiter de ses dernières heures tranquilles derrière un ordinateur.

Qui joue avec les meilleurs finit au trou comme les autres.

17.

Centre d'affaires et d'industrie Kim
Dover, Delaware

Le vigile s'avéra bien meilleur que ne l'avait été le flic.

Le gars arriva dans le noir. Il avait éteint les feux de sa voiture assez loin pour que Jay ne les remarque même pas. Il n'entendit pas non plus le moteur, ce qui voulait dire que le vigile avait dû parcourir les deux cents derniers mètres au point mort, peut-être même après avoir coupé le contact. La première fois que Junior le vit, l'homme était à pied et se dirigeait vers le bureau dont la porte avait été défoncée.

Il portait un uniforme gris foncé et noir et il était coiffé d'une espèce de casquette de base-ball de couleur sombre. Il progressait en tirant parti de l'ombre et avait déjà dégainé son arme. Il la tenait de la main droite, une torche dans la gauche, pointée devant lui mais éteinte.

D'après la position de ses mains, Junior déduisit que la lampe devait avoir un interrupteur à son extrémité.

C'était sans doute une de ces grosses torches trapues utilisées par la police, probablement une Sure-Fire M6. Si c'était le cas, elle allait éclairer comme un projo de cinéma quand le vigile l'allumerait. Ces trucs avaient une intensité de cinq cent mille lumens et allaient chercher dans les deux cent cinquante, trois cents billets.

Junior en avait récupéré une comme ça par un trafiquant de drogue. Il l'avait perdue peu après, mais c'était un chouette objet. Quelqu'un qui se trimbalait avec une telle lampe-torche – sans doute payée de sa poche – devait prendre son boulot au sérieux, à coup sûr.

Quant à savoir s'il s'agissait d'un type aguerri ou d'un débutant, c'était une autre paire de manches. C'est ce qu'il allait bientôt découvrir.

Ce gars voulait pincer quelqu'un, aucun doute là-dessus. S'il avait simplement voulu flanquer la trouille à un cambrioleur, il aurait déboulé en alerte maximale, sirène hurlante et rampe orange clignotante, pour avertir de son arrivée.

Mais non, pas là. Il s'était pointé discret, silencieux, le flingue à la main, GuardMan à la rescousse ! Il espérait réellement que quelqu'un serait encore là, espérait que l'auteur de l'effraction serait armé, espérait qu'il résiste. Alors il l'aveuglerait avec ce canon à lumière et si le gars ne levait pas les mains en l'air assez vite, il comptait bien le descendre.

Junior le sentait rien qu'à l'observer. Il aurait parié là-dessus.

Cela faisait apparaître les choses sous un jour différent. GuardMan avait déjà dégainé son flingue, donc il n'allait pas s'agir d'un concours à qui dégaine le plus vite. Junior n'avait pas trop bien distingué son matos, mais du peu qu'il avait vu, c'était un semi-automatique et son impression était qu'il s'agissait d'un SIG ; ça aurait pu être un 9 mm, un calibre 40 ou 45 – de loin, ils se ressemblaient tous plus ou moins, et c'étaient tous de superbes armes de combat qui ne risquaient pas de s'enrayer quand le gars commencerait à faire feu. Sans doute un 45 – les tireurs sérieux optaient toujours pour ce qui se faisait de mieux.

Quel était son niveau ? Impossible à dire avec certitude, mais il se déplaçait comme il faut, gardait les mains baissées, prêtes à viser et tirer, et il fallait supposer que le gars devait avoir certaines aptitudes, si l'on se fiait à la publicité de son employeur.

Aussi l'idée première de Junior – jaillir de l'ombre et lui crier dessus – passa rapidement à la trappe. S'il faisait ça, et si le gars était vraiment bon, il pivoterait, allumerait sa torche, illuminerait Junior comme un sapin de Noël, et, dans la foulée, GuardMan le cramerait plus vite qu'un hot-dog dans un micro-ondes, *ka-blam !*

Non, décida Junior, il ne pouvait pas procéder ainsi.

Mais il ne pouvait pas non plus traîner dans le secteur. Il était à peu près sûr que le répartiteur au standard de la boîte avait appelé les flics en même temps qu'il avait envoyé le vigile sur place. Si oui, les forces de police n'allaient pas tarder à débarquer.

Junior était prêt à parier que Dover, Delaware, n'était pas vraiment un foyer de criminalité les jours de semaine. Un flic, un policier monté ou un garde forestier chercherait sans doute quelque chose d'intéressant pour tromper l'ennui et passer le temps. Donc, laisser le vigile moisir dans le bureau pendant plusieurs minutes en attendant qu'il ressorte, détendu, convaincu qu'il n'y avait rien de spécial, n'était pas non plus une si bonne idée. Il n'avait aucune envie de faire le coup de feu avec un vigile armé et un policier d'État, plus peut-être en prime un ou deux shérifs du coin venus aux nouvelles en même temps, histoire de se distraire.

Alors que GuardMan se dirigeait vers la porte, prêt à intervenir, Junior décida de la conduite à tenir. Il s'accroupit et, de la main gauche, saisit une poignée de gravier au pied du mur du bâtiment. De l'autre, il dégaina son Ruger.

Sortant de l'ombre, il s'approcha du garde, toujours accroupi, marchant en canard. Il dévia légèrement sur sa gauche, pour que la silhouette de l'homme se découpe devant les lumières du bureau. Il était encore à une dizaine de mètres de lui quand le vigile atteignit la porte et, après l'avoir inspectée, s'apprêta à l'ouvrir d'un coup de pied.

Junior lança doucement le gravier contre le mur sur la gauche du type et dans le même temps il se redressa, en position jambes écartées.

Le gravillon crépita sur le revêtement métallique comme une averse soudaine, faisant un boucan de tous les diables dans le silence de la nuit.

GuardMan était sur les dents. Il pivota aussitôt, illumina le mur avec sa torche – et elle était éblouissante, même sans être pointée sur Junior qui avait plissé les yeux pour protéger sa vision nocturne. L'autre type avait dû s'en prendre plein les yeux. Il tenait l'arme et la lampe à l'horizontale, à hauteur de poitrine, exactement comme dans le manuel d'instruction.

Le gars se mit à balayer les alentours avec le faisceau de sa torche…

Junior avait déjà ramené la main gauche au-dessus de la droite ; il brandit le revolver, le redressant vers le haut comme s'il lançait un uppercut, et hurla : « Et ta sœur ? »

Le vigile était un bon : il n'hésita pas une seconde, mais pivota, précédé par le faisceau de sa torche, mais Junior avait commencé à presser la détente au moment même où il criait, visant juste au-dessus de la lampe et remontant ensuite. Trois coups doubles, pan-pan dans le haut du torse, pan-pan au cou, pan-pan à l'emplacement supposé de la tête…

… Le pistolet du vigile gronda, ajoutant sa traînée jaune orangée à la lueur éblouissante. Un 45 sans doute.

Entre la torche et l'éclat du canon, la vision nocturne de Junior en avait pris un coup mais il n'était pas touché – il n'était pas touché ! Un instant après, la lumière tomba, le gars aussi. Junior entendit un choc sourd sur le béton. Le coup du vigile était parti sans le toucher !

Junior se redressa, rengaina l'arme vide, de la main droite, tout en dégainant l'arme chargée avec la gauche, dans un mouvement rapide et coulé, comme il l'avait répété un millier de fois. Il s'avança en hâte, prêt à tirer de nouveau si le type bougeait, mais quand il arriva, il put constater à la lueur de la torche tactique qui traînait par terre, toujours allumée, que le gars avait eu son compte. Il avait certes un gilet pare-balles, d'aussi bonne qualité que le reste de son équipement, qui avait arrêté les deux premiers projectiles, mais les suivants l'avaient eu. Junior vit trois impacts, un au cou juste sous le menton, un autre dans la pommette droite, le dernier à la racine des cheveux, du même côté. Trois-quatre centimètres plus haut, et ce dernier aurait manqué son but. Une de ses six balles avait raté sa cible, mais après ? Dans le noir, cinq sur six, c'était suffisant, surtout avec trois dans le mille. Il était preneur.

Il haletait comme un train express dévalant une pente. Il se força à ralentir le rythme de sa respiration, mais son cœur continuait à cogner. Ce qu'il avait entendu dire était vrai. Il n'était rien au monde d'aussi bon que de se faire tirer dessus sans être atteint, non, rien au monde !

Surtout quand vous chopiez le gars qui vous tirait dessus.

Il salua le cadavre, lui lançant en français : « Bonsoir, l'ami. On se reverra en enfer. »

Junior tourna les talons et regagna prestement sa voiture.

Washington, DC

Mitchell Ames décida de profiter de sa présence dans la capitale pour faire quelques visites. Il avait toujours des affaires à régler quand il était là. On ne pouvait pas se lancer dans de grands projets sans avoir tout un tas de relations. Il y avait plusieurs avocats, deux médecins et pas mal de sénateurs et de membres du Congrès avec qui il désirait renouer contact, et il y consacra le reste de la journée et une partie de la soirée.

Il avait renvoyé son assistante à New York, donc il était libre pour le dîner. Sur un coup de tête, il appela le numéro de Cory Skye. Elle répondit à la deuxième sonnerie.

« Mitchell ? Comment allez-vous ?

– Très bien, répondit-il. En fait, je suis dans la capitale pour affaires.

– Pas possible ? Êtes-vous libre à dîner ?

– Il se trouve que oui.

– Laissez-moi vous inviter chez Mel. On y sert de la cuisine du Nord-Ouest, crabe frais, saumon, ce genre de choses. Je crois que vous apprécierez.

– Super. Quelle heure ?

– Disons dix heures ? C'est toujours bondé avant. Vous avez une voiture ?

– Oui.

– Bien. J'ai quelques rendez-vous d'affaires en début de soirée. Que diriez-vous de nous retrouver sur place ?

– Ça me va. Dix heures, donc. »

Après qu'elle eut raccroché, il regarda son téléphone en souriant avant de le remettre dans sa poche de veston. Elle aurait son propre moyen de transport, donc les options restaient toujours ouvertes. Ça ne lui déplaisait pas. Pas de raison de précipiter le mouvement. Il avait déjà eu un compte rendu préliminaire de ses enquêteurs et jusqu'ici, ce qu'il avait appris sur elle l'avait satisfait.

Corinna Louise Skye, fille de Holland George Skye et Gwendolyn Marie Sherman, vivait toute l'année à Aspen, Colorado. Son père était un chef d'entreprise à la retraite, sa mère était prof de lycée, également retraitée. Pas de frères ni de sœurs. Elle avait fréquenté l'université de Columbia et en était ressortie major de sa promotion avec un diplôme de sciences politiques. Après avoir travaillé pour la campagne sénatoriale victorieuse de Marty Spencer, deux mandats auparavant, elle s'était consacrée au lobbying et elle y avait connu un succès immédiat. C'était une femme superbe, bien de sa personne, intelligente, cultivée, et, pour autant qu'il puisse en juger, elle s'était toujours débrouillée seule – elle n'avait jamais couché avec un de ses clients, ni avec aucun des candidats pour qui elle faisait pression. Membre du groupe Mensa[1], excellente joueuse d'échecs, bonne golfeuse, et monitrice d'aérobic diplômée, elle avait également fait du parachutisme, un peu de deltaplane, et elle aimait bien skier.

Sa vie amoureuse était plutôt discrète et elle semblait avoir un faible pour les hommes actifs. Elle avait eu une brève relation avec un pompier quand elle était étudiante ; avec un skieur de fond de niveau olympique à Aspen ; et tout récemment – cela ne datait que d'un an environ – avec un inspecteur de police adjoint à Washington. Rien depuis. Bref, que des athlètes et des figures d'autorité.

Ames avait déjà constaté cela. Parfois, chez les intellectuelles, on notait un penchant pour les hommes bien bâtis, exerçant une autre sorte de pouvoir, comme si, quelque part, cela rééquilibrait les choses. Enfin bon, il n'était pas en si mauvaise forme, il pou-

1. Association internationale qui regroupe les personnes au QI élevé.

vait certainement rivaliser avec elle pour ce qui était des facultés intellectuelles, et elle semblait apprécier sa compagnie.

Il la désirait, et il avait l'habitude d'obtenir ce qu'il désirait. La détermination comptait beaucoup. En fait, la plupart du temps, la détermination pour parvenir à un objectif était primordiale. Prenez deux hommes qui chassent le même lapin, celui qui le désire le plus aura toujours l'avantage.

Le prochain rapport qu'il devait recevoir sur cette chère Cody devrait inclure des détails sur le genre de loisirs qu'elle appréciait – les DVD qu'elle louait, les films qu'elle téléchargeait, les pièces, les opéras, les concerts auxquels elle assistait et ainsi de suite. Il lui indiquerait aussi ce qu'elle achetait, les marques qu'elle aimait et jusqu'à son dentifrice favori. Tous ces petits détails, il les ferait siens. Le diable était dans les détails, et nul autre qu'Ames ne le savait mieux.

Cory Skye allait se retrouver elle-même soumise à des pressions comme jamais elle n'en avait connu. Lorsque quelqu'un savait tout ce qu'il y avait à découvrir sur vous, il pouvait devenir un formidable adversaire, surtout quand cet homme était expert à organiser des campagnes victorieuses pour gagner le cœur et l'esprit de jurés censés être indépendants.

Ames savait comment les gens fonctionnaient, du point de vue mental, social, psychologique et physique. Il traquait ce qu'il désirait et il ne manquait pas de l'obtenir.

Il n'avait pas l'intention de changer ces bonnes habitudes.

18.

Washington, DC

Alex Michaels était dans le garage pour entamer une nouvelle séance d'entraînement léger. Il était presque huit heures du soir. Toni donnait son bain au bébé et Gourou préparait le dîner. Alex devait reconnaître que les recettes indonésiennes de la vieille dame étaient assez succulentes, du moins jusqu'ici.

Il en était encore aux étirements quand Gourou passa la tête et dit : « Téléphone pour vous. » Elle lui passa le portable.

« Alex Michaels.

– Alex ? Cory Skye. »

Pourquoi diable l'appelait-elle chez lui ? « Que puis-je pour vous ?

– Je suis tombée sur des informations qui pourraient vous intéresser. Rien d'illégal, d'immoral ou quoi que ce soit, mais ça pourrait vous servir.

– Eh bien, je vous en suis reconnaissant. Vous pouvez les télécharger sur mon ordinateur.

– Hum, non, rien par écrit. J'ai bien peur de ne

pouvoir vous les transmettre que de vive voix, et même encore, vous n'aurez rien entendu. Pourquoi ne pas nous rencontrer autour d'un verre ? Ce ne sera pas long. »

Michaels sentit un frisson le parcourir. Était-ce juste son imagination ou bien la coïncidence était-elle trop belle ? Une belle lobbyiste qui l'appelait chez lui pour lui fixer un rendez-vous discret – pour ne pas dire clandestin.

Et c'est vrai qu'elle était belle, aucun doute là-dessus.

« J'ai un dîner à dix heures, hélas, ajouta-t-elle, donc, il faudra que ce soit… entre deux portes. »

Son frisson se transforma en chair de poule, et il eut l'impression que Toni – ou peut-être Gourou – venait de lui expédier un coup de pied dans le ventre.

Il pouvait se tromper, bien sûr. Tout cela pouvait être parfaitement innocent. L'expression « entre deux portes » pouvait ne sous-entendre qu'une rencontre en coup de vent, en tout bien tout honneur, les gens l'utilisaient tout le temps. Mais quelque chose dans le ton de sa voix lui avait laissé entendre que lorsque Cory Skye vous proposait de boire un verre entre deux portes, il ne s'agissait pas que de boire un coup…

Il n'était pas tenté. Il avait déjà donné, et même s'il n'avait jamais vraiment trompé Toni – ou Megan avant elle –, il avait frôlé la tentation d'assez près pour savoir que ça ne l'intéressait pas.

D'ailleurs, il n'était pas assez crédule pour imaginer, ne serait-ce qu'un instant, que la belle Corinna Skye pût s'intéresser à lui. Si les signaux qu'il captait ne le trompaient pas – et Alex était tout à fait conscient d'avoir pu se méprendre sur ses paroles –, alors il était certain que tout cela n'avait rien à voir avec son magnétisme personnel, mais bien plutôt avec le fait qu'il était le chef de la Net Force et le principal inculpé dans le procès avec CyberNation. Compte tenu de ce que Tommy Bender avait dit sur Mitchell Townsend Ames, Alex imaginait sans peine ce qu'un tel avocat pourrait faire de photos de lui en compagnie de Corinna Skye.

Aussi répondit-il : « Ah, écoutez, je suis désolé, mais je suis vraiment bloqué ce soir. Peut-être que vous pourriez passer me voir demain au bureau ? »

Il y eut une brève pause.

« Ah, ma foi, bien sûr que vous êtes occupé, ce ne sera que l'affaire d'une minute, pas de problème. J'espérais que je pourrais vous avoir, mais je comprends. Je passerai à votre bureau.

– Ce sera parfait. Quand vous voudrez.

– Je vous prends au mot. Bonne nuit, Alex. On se revoit bientôt. »

Sa voix avait descendu d'une octave pour prononcer cette dernière phrase.

Alex pressa sur le bouton de déconnexion et posa le téléphone sur son établi. Puis il sortit son virgil – il le gardait agrafé à sa ceinture, même durant l'entraînement – et envoya un bref message pour consigner le coup de fil à ses archives au bureau. Le relevé téléphonique de Corinna Skye indiquerait qu'elle l'avait appelé chez lui ; il voulait avoir en archive un accusé de réception au cas où Mitchell Ames essaierait d'exploiter la chose.

Corinna Skye. Durant quelques secondes, son portrait emplit son esprit. Puis l'image changea, se fondant dans celle de Toni au travail et Alex se sentit sourire.

Non, Corinna Skye n'avait rien pour le tenter. Il avait fait un mariage heureux et il avait tout ce qu'il voulait, tout ce dont il avait besoin ici. Tout.

Alex lisait au garçon un conte – une histoire de belettes – et Toni le regardait du seuil de la chambre en souriant. Le petit riait quand son père imitait les voix des personnages du livre.

« Encore, papa, encore !

– Bon, d'accord, mais c'est la dernière fois. »

Gourou apparut derrière elle, comme un fantôme.

« Le bébé est heureux avec son père.

– Ouais, moi aussi », dit Toni en se retournant pour regarder sa vieille maîtresse.

Gourou avait un drôle d'air : « Quelque chose ne va pas ? » demanda Toni.

Gourou hocha la tête. « Mon second petit-fils a appelé d'Arizona. David, mon arrière-petit-fils – il a douze ans cette année –, est malade. La grippe.

– Désolée. »

Gourou hocha la tête. « Il n'a jamais été très vigoureux, le David. Il a les poumons fragiles. Même là-bas dans le désert, il attrape tout ce qui passe. Pas comme notre bébé qui est plus vigoureux qu'un buffle.

– Remercions-en le Ciel, dit Toni.

– Oui. »

Toutes deux regardèrent Alex poursuivre sa lecture. Car Gourou était autant son arrière-grand-mère que la vraie grand-mère de Toni. Aucun doute là-dessus.

Restaurant Chez Mel
Washington, DC

Ames pénétra dans le restaurant à vingt-deux heures, franchissant le seuil à l'instant même où la trotteuse de sa montre atteignait le chiffre douze. Parfait.

Il vit Cory installée debout au bar, sur sa gauche. Elle l'aperçut et lui fit signe.

Il s'approcha. « Vous êtes là depuis longtemps ?

– Non, je venais d'arriver. Ils n'ont même pas encore eu le temps de me servir. »

Au moment même où elle disait ces mots, le barman s'approcha avec une bouteille de champagne et deux verres.

« Veuve Clicquot, réserve privée, c'est bien cela ? demanda-t-il. 2007 ? »

Ames sourit. 2007 était une excellente année pour le champagne. La bouteille allait chercher dans les combien ? Cent, cent cinquante si on l'achetait par caisses. Probablement le double au restaurant. Si ce n'était pas le meilleur dans l'absolu, ce n'était sûrement pas un champagne avec lequel on préparait des cocktails.

Le serveur déposa les verres, servit Cory pour qu'elle goûte, et quand elle eut acquiescé, il emplit les deux verres. Il repartit, emportant la bouteille.

L'hôtesse vint les chercher avant qu'ils n'entament la seconde gorgée du vin qui était sec, vif, avec un soupçon d'arôme de pommes... Le reste de la bouteille les attendait sur la table, dans un seau à glace.

Il parcourut du regard la salle. Rien de bien folichon dans le décor, mais le service jusqu'ici était bon, et l'endroit encore rempli de clients à cette heure tardive de la soirée. Une femme superbe, un chouette restaurant, de l'excellent champagne. Pas de doute, un début de soirée prometteur.

« Alors, racontez-moi votre journée. »

Il haussa les épaules. « La routine. Vadrouiller, recueillir des dépositions, parler à des clients, caresser quelques politiciens dans le sens du poil...

– Comment se passe l'action contre la Net Force ? »

Il sirota une gorgée de champagne. « Ça suit son cours. Les bureaucrates sont des gens faciles. Ils ont un bon avocat, sorti de Harvard, intelligent, mais ils laissent toujours de telles traces – papier ou électrons – qu'on pourrait les suivre les yeux bandés dans le noir. C'est du tout cuit. »

Elle sourit par-dessus le rebord de son verre. « Est-ce qu'être médecin vous aide dans votre profession d'avocat ou être avocat vous aide plus dans votre profession de médecin ?

– C'est à peu près pareil. Cela m'évite d'avoir à faire appel aux services de l'un ou l'autre sans avoir une petite idée de ce qu'ils savent. Mais assez parlé de moi. Comment s'est passée votre journée ? »

Elle plongea le bout du doigt dans le champagne puis le frotta doucement sur le bord du verre. Le verre à pied émit un tintement cristallin. Elle cessa. « Pardon. Une mauvaise habitude. C'est comme ça qu'on reconnaît un cristal de bonne qualité, à l'oreille. Celui-ci est très bon.

– Nous avons tous nos petites manies, dit-il. Vous connaissez le truc des couvercles de WC ? »

Elle arqua un sourcil.

« Il est d'usage d'inscrire la date de fabrication au revers du couvercle des réservoirs de chasse en céramique. Alors, si jamais vous êtes dans une maison et que vous voulez rapidement savoir de quand elle date, vous n'avez qu'à regarder sous le couvercle du réservoir.

– Et s'il a été remplacé ?

– Le système n'est pas parfait, mais si la date sous le couvercle indique, mettons, "1er novembre 1969", vous savez alors que la maison date au moins de cette époque. Elle pourrait être plus ancienne, mais à moins qu'elle ne date d'avant l'usage de toilettes intérieures, elle est sans doute plus récente…

– Ah, toujours bon à savoir.

– C'est un agent immobilier qui m'a montré le truc. Si quelqu'un essaie de vous vendre une maison qu'il prétend remonter à vingt-cinq ans, et que les toilettes ont été installées il y a trente ans, il y a des chances qu'il mente. »

Elle rit, but une nouvelle gorgée de champagne.

« Est-ce que quelque chose m'aurait échappé ?

– Pas du tout. Nous sommes assis ici depuis deux minutes et nous avons déjà une profonde discussion philosophique sur les installations sanitaires. »

Il rit. Et le sens de l'humour, en plus. Ah, il sentait qu'il allait apprécier cette conquête. « Mais revenons à votre journée », reprit-il.

19.

QG de la Net Force, Quantico

Alex Michaels leva les yeux et vit Tommy Bender au seuil de sa porte. « Vous ne vous lassez pas, hein ? Vous revenez continuellement à la charge. »

Tommy ne souriait pas, toutefois. « Je pensais qu'il vaudrait mieux que je vous avertisse, Alex. Vous allez recevoir un peu plus tard dans la journée copie des demandes de documents, en rapport avec le procès. »

Michaels plissa le front et hocha la tête. « Oh, bien, fit-il. Comme si on avait besoin de ça, mettre un agent sur la brèche et dépenser une partie de notre budget à sortir des fichiers pour qu'on puisse les retourner contre nous. »

Tommy acquiesça. « C'est la règle du jeu, commandant. Et un mot d'avertissement, même si je sais qu'il est parfaitement inutile : il y aura un contrôle judiciaire, avec avis des diverses agences fédérales pour savoir si les éléments requis sont ou non vitaux pour la sécurité nationale. Si quelque chose doit être tenu secret pour ces raisons-là, on procédera à l'effacement des éléments requis. Ne décidez pas par vous-même de ce qu'il faut supprimer de la liste. S'ils vous demandent quelque chose, fournissez-le.

– Évidemment, dit Michaels. Nous n'irions jamais faire quoi que ce soit d'illégal, n'est-ce pas ?

– Exactement ce qu'on est censé vous entendre dire. Je passerai un peu plus tard dans la journée voir comment les choses avancent.

– Ça risque de prendre des jours, objecta Michaels. Pour ne pas dire des semaines. »

Ce coup-ci, Tommy eut un sourire. « Bien sûr. L'injonction initiale ne stipulera pas de date limite, elle se contentera de spécifier que les documents demandés devront être remis "dans un délai raisonnable". Ils ne s'attendent pas à vous voir suspendre vos opérations pour ça. Mais s'il apparaît que vous traînez délibérément les pieds, le juge ne sera pas ravi. »

Alex acquiesça. « Je comprends, Tommy. Vous pouvez être certain qu'on sourira, qu'on acquiescera et qu'on racontera à tout le monde que l'on fait du plus vite qu'on peut. Et encore merci pour les tuyaux. »

Tommy repartit et Michaels se carra dans son siège. Encore une journée au paradis. Il lorgna le petit tiroir du haut, celui qu'il réservait à ses affaires personnelles. Il y avait à l'intérieur une enveloppe arrivée quelques jours plus tôt qui contenait une offre d'emploi pour diriger le service de sécurité informatique d'une grosse boîte installée dans le Colorado.

Il recevait deux ou trois propositions similaires chaque semaine. Il les lisait toutes mais la plupart finissaient à la corbeille. Celle-ci, il l'avait gardée, même s'il n'était pas trop sûr de savoir pourquoi. Et à présent, dans la foulée de ce que venait de lui dire Tommy Bender, il la trouvait diablement attrayante.

Le Colorado était à coup sûr un endroit superbe et le boulot serait bien moins prenant. Il avait tout pour plaire : bien plus d'argent, bien moins de stress et plus de temps pour sa famille. Pour couronner le tout, le Colorado était l'endroit idéal pour élever un enfant, et il était situé plus près de son ex-femme et de sa fille, ce qui faciliterait ses visites. Ils pourraient apprendre à skier. L'été, faire de la randonnée. Profiter de l'air pur, s'ils pouvaient se retrouver assez loin de Denver.

Peut-être qu'il devrait s'en ouvrir à Toni. Son boulot actuel n'avait rien de facile, et il lui semblait que ça avait encore empiré ces temps derniers. Il y avait des avantages indéniables à bosser dans le privé...

« Monsieur ? » C'était la voix de sa secrétaire à l'interphone.

« Oui ?

– Mlle Skye est ici. »

Michaels soupira. Il avait totalement oublié Cory. Elle avait pourtant bien dit qu'elle passerait.

« Envoyez-la-moi. »

Et laissez également la porte ouverte...

John Howard se dirigeait vers son bureau avec Julio, ils discutaient de la dernière révision des formulaires officiels de réquisition, quand il entendit quelque chose. Cela lui parut bizarre, comme un bourdonnement de moteur électrique.

« Qu'est-ce que c'est que ça ? » demanda-t-il.

Junior le regarda. « Quoi donc ?

– Ce bruit, comme un ronronnement sourd.

– Je n'entends rien... attendez. Oh, ça ? C'est un des scooters dont je vous ai parlé. »

Comme pour ponctuer cette remarque, le caporal-chef Franklin Kenny déboucha à l'angle du hall, se dirigeant dans leur direction. Il chevauchait un truc ressemblant à une antique tondeuse à main.

Oh oui, le Segway, songea Howard. Il en avait déjà vu à l'extérieur et Julio avait effectivement mentionné qu'ils testaient de nouveaux modèles.

Le caporal-chef Kenny passa devant eux à bonne allure.

Julio fronça les sourcils et dit : « Vous savez, mon général, je n'avais pas entendu ce scooter avant que vous en parliez. Peut-être que je devrais envisager d'adopter une de ces petites oreillettes, comme la vôtre. »

Howard sourit. Il n'avait parlé de son nouveau jouet à personne. Il ne l'avait certainement pas signalé à Julio. D'un autre côté, il n'avait fait non plus aucun effort pour le dissimuler. Il avait juste attendu voir qui dirait – ou remarquerait – quelque chose et qui ne remarquerait rien. Que Julio l'ait noté n'était pas une surprise. La surprise aurait été au contraire qu'il n'ait rien remarqué.

« C'est juste histoire de vous faire savoir que je garde l'œil ouvert, reprit Julio.

– Même une pendule arrêtée marque deux fois par jour l'heure exacte, nota Howard. Alors si tu as des blagues sur les sourds, c'est le moment.

– Oh non, mon général, je ne ferais pas une chose pareille. Maintenant, si vous me demandez si j'ai des blagues sur les sourds particulièrement idiotes, alors là, c'est une autre paire de manches. Celles-là, j'en ai des centaines. Des milliers.

– C'est que vous devenez un rigolo sur le tard, lieutenant.

– Affirmatif, mon général. Je le confesse. Je suis surpris que vous ne vous soyez pas occupé plus tôt de cette histoire d'oreille. De ce côté, ça fait bien deux ans que vous êtes sourd comme un pot.

– Pourquoi ne pas l'avoir mentionné plus tôt ? »

Sourire de Julio. « Hé, je l'ai fait, mon général. Mais vous ne m'avez pas entendu.

– Est-ce que ta femme sait que t'es drôle, Julio ?

– Elle pense que je suis à pisser de rire. C'est pour ça qu'elle m'a épousé. Enfin, ça et ma belle gueule, ma courtoisie et mes bonnes manières, bien entendu. »

Howard éclata de rire.

« J'ai vu la Mitraille au parcours d'obstacles, aujourd'hui, reprit Julio.

– La Mitraille ? Notre Mitraille est vraiment allé sur le parcours d'obstacles ?

– Je crois qu'il tenait une des barrières en s'appuyant dessus. Je ne l'ai pas vu vraiment courir. Quoi qu'il en soit, il a laissé entendre que Tyrone s'était pointé aux séances d'entraînement au pistolet.

– Ça a l'air en effet de bien lui plaire, concéda Howard.

– La Mitraille dit que ça lui donne envie de chialer de voir à quel point ce gamin est doué. Il dit que s'il peut l'avoir encore trois mois, vous pouvez vous mettre à fabriquer une vitrine pour exposer ses médailles. Il a toutes les qualités d'un tireur de classe internationale. N'importe quelle arme voudrait le récupérer pour le mettre dans son peloton de tir. Lui payer ses études avec une bourse militaire. Est-ce qu'il a déjà envisagé les troupes de la Net Force ? La Mitraille dit que si ça ne tenait qu'à lui, il pourrait à plein temps, sans jamais avoir à se salir les bottes.

– Sa mère préférerait le voir embrasser une carrière médicale, nota Howard. Je crois que son opinion concernant la carrière éventuelle de son fils sous l'uniforme pourrait commencer par la formule : "Il faudra me passer sur le corps."

– Marrant, Joanna dit la même chose pour notre petit Hoo.

– Et c'est un officier et une femme d'honneur », remarqua Howard.

Julio hocha la tête. « Ah, les femmes. »

Los Angeles, Californie

L'appareil entama sa descente finale et Junior reposa son magazine pour regarder par le hublot. L'avion était à moitié plein et, bien qu'en classe touriste, il avait trois fauteuils pour lui.

Junior n'aimait pas trop prendre l'avion, mais pour se rendre de la côte Est à la côte Ouest, on était bien obligé. La seule autre solution était de passer près d'une semaine au volant ou à bord d'un train. La voiture, c'était mortel, mais le voyage en train n'était pas un mauvais choix. On avait l'occasion de voir des trucs intéressants, on demeurait injoignable tant qu'on laissait son téléphone coupé, et le mouvement de balancement vous aidait à dormir. Vous pouviez vous installer devant la grande vitre panoramique de la voiture-club et regarder défiler le paysage en dégustant une bière. Et on n'avait pas à craindre qu'un type vienne détourner le convoi sur Cuba ou l'expédie dans un immeuble.

Mais consacrer deux semaines à un aller-retour n'était pas dans son agenda ce coup-ci. Il devait se rendre sur place, faire ses affaires et revenir, et il avait exactement deux jours pour ça, donc c'était l'avion ou rien.

L'avion était une corvée avec toutes ces queues et ces contrôles de sécurité, mais on n'avait pas le choix. Il portait toujours son arsenal chez FedEx dans une grosse boîte marquée « Équipement d'analyse », en assurant le colis pour dix mille dollars et en inscrivant qu'il contenait du matériel électronique. Quand un colis était assuré pour une telle somme, la FedEx ne le perdait pas. Il choisissait l'expédition le jour même, pour récupérer le tout au bureau FedEx le plus proche de l'aéroport, et ses flingues l'attendaient ainsi où qu'il aille puiqu'ils n'avaient pas à être placés dans un camion de livraison.

Certains tireurs se contentaient d'emballer leurs armes dans leurs bagages déclarés. Certains avaient trouvé le moyen de contourner les mesures de sécurité et les emportaient même à bord de l'avion. Junior ne faisait pas ça. Ayant été déjà condamné, il ne pouvait pas se permettre une nouvelle arrestation, et comme les compagnies aériennes procédaient de temps en temps à des contrôles aléatoires des bagages embarqués, il ne voulait pas prendre de risques, si minimes soient-ils.

Il n'aimait pas trop être sans revolvers à bord d'un avion – on ne savait jamais si on n'allait pas tomber sur un cinglé désireux de rééditer un 11 Septembre – mais il n'était pas non plus totalement désarmé. Il avait une paire de couteaux à lame courte qu'il transportait toujours planqués dans ses chaussettes. Fabriqués en plastique rigide – on les appelait des coupe-papier de la CIA –, ils restaient invisibles des détecteurs de métaux. Il pouvait ainsi franchir sans problème les portiques de sécurité.

Il avait également envisagé de se doter d'un de ces pistolets de poche à canon double de fabrication israélienne. Composés pour l'essentiel de fines couches de fibres de carbone collées à la Superglu, avec des chemises de canon en scandium, des ressorts et des percuteurs en titane, ils tiraient des projectiles faits d'un mélange de bore et de résine époxy. Le canon tenait lieu esssentiellement de carcasse, comme dans les antiques armes à poudre noire.

Comme les couteaux, les détecteurs de métaux ne les remarquaient pas, mais il fallait les démonter pour les recharger. Ils n'étaient pas rayés mais à canon lisse, de sorte qu'ils n'étaient précis que de près. Et ces petits joujoux coûtaient la peau des fesses, en plus. Il fallait compter trois mille pièce, si on arrivait à en trouver, ce qui n'était pas non plus évident.

Malgré tout, n'importe quel flingue valait mieux que pas de flingue du tout quand ça commençait à tirer. Il aurait bien besoin de ça, voir son avion détourné par un type qui se croirait chargé d'une mission divine. Si jamais ça se produisait et que le gars n'avait pas d'arme à feu, Junior comptait bien le découper en tranches, cet idiot, comme une vulgaire pastèque.

Un bon truc qu'on pouvait apprendre en prison, c'était à faire du vilain avec un surin, même en plastique. Quand il était à Angola, le pénitencier d'État de Louisiane, il avait rencontré des Sud-Africains qui étaient capables de faire à peu près n'importe quoi avec un couteau, et, à moins que le terroriste fasse partie du lot, il allait se retrouver mort vite fait, si jamais il prenait le même avion que Junior.

Junior savait qu'il pourrait éventrer le bonhomme et devenir malgré tout un héros. Si on le questionnait sur l'origine du couteau en plastique, il répondrait qu'il l'avait trouvé aux toilettes – le terroriste avait pu le faire tomber alors qu'il était en train de se motiver pour accomplir sa mission suicide. Il pourrait planquer le second sur le cadavre pour renforcer ses dires. Comme il voyait les choses, si un gars sauvait un avion rempli de passagers, personne n'allait trop l'embêter à lui demander comment il avait procédé.

Ils atterrirent et Junior récupéra son bagage à main. Vite fait, bien fait, ni vu ni connu, telle était la méthode. Il allait louer une voiture, récupérer ses flingues, puis il passerait voir un membre du Congrès qui commençait à se prendre la grosse tête. Il lui donnerait quelques conseils que le bonhomme aurait du mal à refuser, compte tenu des photos qu'avait Junior de lui en compagnie d'une femme autre que son épouse légitime, prises dans un motel du Maryland.

Encore un jour, encore un dollar.

Il sourit. *Je me demande ce que font les pauvres, un jour comme aujourd'hui.*

20.

Monastère d'Avalokiteshvara, Himalaya, Tibet

Seul, Jay Gridley méditait dans le Séjour des Morts.

Ou plutôt, il essayait de méditer. Il frissonna en expirant. Ses yeux étaient fermés mais il savait que s'il les ouvrait, il verrait son haleine se condenser en nuage devant lui. Il faisait toujours froid ici, sur le toit du monde, où les neiges étaient épaisses et éternelles. L'été, les couches supérieures devenaient sales et craquantes, incrustées de cônes de glace, et les journées étaient plus longues – mais le froid ne disparaissait jamais. Même à l'intérieur, à l'abri du vent, malgré les feux et les lampes à huile, la chaleur était bien plus illusoire que réelle.

Jay sourit tristement. Tout cela n'était qu'illusion, bien sûr, mais cela faisait plaisir à Saji, et il était heureux d'avoir créé ce scénario pour elle. Il aurait juste voulu que cet endroit arrive à marcher avec lui aussi bien qu'avec elle.

Assis sur un tapis de fibre usé par des générations

de moines étudiants, Jay sentit le sol de roche lisse absorber le peu de chaleur que son corps générait : c'est qu'il faisait vraiment froid.

Un gros pavé d'encens parfumé au patchouli se consumait sur l'autel devant lui. S'ajoutant à la graisse de yak des lampes à huile, il faisait monter des filaments de fumée graisseuse qui recouvraient d'une couche supplémentaire de suie le plafond déjà couleur goudron, douze mètres plus haut. La couche de carbone devait déjà faire un centimètre d'épaisseur, estima Jay.

La plupart des lampes du monastère consommaient du kérosène ou du pétrole lampant. Le carburant devait être monté sur des dizaines de kilomètres dans les montagnes, en bidons plastique de dix litres. Ici toutefois, dans les salles de méditation traditionnelle, on continuait d'utiliser les antiques lampes à huile, fumantes et odorantes. L'odeur combinée de l'encens et de la graisse brûlée composait une fragrance huileuse, métallique, puissante mais pas désagréable.

De chouettes touches, dut-il convenir.

Jay inspira de nouveau profondément avant d'expirer avec lenteur. Il était censé être calme. Il était également censé s'informer sur le stagiaire de la Cour suprême, et ne pas se polariser sur les virus informatiques sans importance de quelque programmeur à la petite semaine. Mais c'était devenu une affaire personnelle, après que son propre ordinateur eut été infecté…

Il n'arriverait jamais à avoir l'esprit détaché en continuant de la sorte. Il rouvrit les yeux.

Les légions des morts l'entourèrent.

Les quatre murs étaient bordés d'étagères faites de

planches allongées tachées de vert sombre, qui dataient du temps où le bois n'était pas aussi rare dans la région. Et sur ces étagères étaient disposés... des objets manufacturés, songea Jay en réprimant un nouveau frisson. Des objets manufacturés, une expression à l'ambiguïté rassurante.

Des objets manufacturés... qui avaient été jadis des êtres humains.

Le bouddhisme tibétain enseignait qu'un cadavre n'avait aucune valeur en soi, hormis celle de l'usage que voulaient bien en faire ceux laissés derrière pour en disposer. Un cadavre était comme une maison dévastée par une tempête : une fois que l'esprit l'avait abandonné, un corps ne devait pas être plus révéré que le serait une bâtisse vide et en ruine. Et si quelqu'un avait besoin des poutres, des bardeaux ou des vitres de cette bâtisse ? Eh bien, autant qu'il s'en serve.

C'était précisément ce qu'avaient fait les moines du monastère d'Avalokiteshvara. Tout là-haut sur l'étagère supérieure, visible dans la lumière jaune vacillante de la plus grosse des lampes en laiton, on distinguait un moulin à prières. C'était un objet ingénieusement construit, un cylindre sur lequel étaient inscrites des prières et des litanies, destiné à tourner pendant les dévotions.

L'axe du moulin avait été confectionné avec le fémur du premier maître de l'ordre d'Avalokiteshvara. La roue proprement dite avait été habilement taillée dans des parties du crâne du même saint homme. L'un et l'autre avaient ensuite été recouverts de fines couches de feuille d'or martelée, mais on ne pouvait se méprendre sur leur origine. Près du moulin à prières, il y avait un gobelet fait avec le sommet trépané du crâne d'un moine. Et à côté de celui-ci, un rouleau en peau humaine, un chapelet confectionné avec des os de doigts, un collier composé de dents jaunies...

Toutes les étagères autour de lui étaient surchargées de tels *memento mori*, par dizaines, tous dépoussiérés et rangés avec soin.

Brrr. Jay eut un nouveau frisson mais cette fois, le mouvement réflexe n'était pas dû qu'au froid. Il était seul physiquement mais pas spirituellement. Les morts tournoyaient autour de lui, invisibles, des traces de leur essence s'accrochaient encore à ce qui jadis avait été une part d'eux-mêmes.

Bien entendu, avant qu'il ne rencontre Saji, son esprit occidental, rationnel, scientifique se serait amusé de telles choses, il se serait gaussé à l'idée de spectres et de revenants. Mais ici, dans les profondeurs du monastère, la science atteignait ses limites. Ici, dans cet antre creusé à même la pierre au cœur du mont Changjunga, ici, dans le tréfonds de ces chambres et le labyrinthe de ces tunnels, ici, dans le Séjour des Morts, Jay avait plus d'une fois cru entendre les esprits l'appeler quand, en de rares occasions, il avait réussi à calmer ses pensées assez longtemps pour entrer en méditation.

De quoi vous donner froid dans le dos.

Certains de ceux qui avaient laissé ici des fragments d'eux-mêmes n'avaient pas mené une vie aussi sainte que l'avaient imaginé leurs contemporains. Certains n'avaient pas progressé autant qu'ils le prétendaient sur la Voie. Leur essence demeurait forte et sinistre, murmurait-on, toute pleine encore de querelles inachevées, de désirs, de haines et de peurs, et malheur à l'initié qui s'asseyait parmi eux sans être préparé. La légende voulait qu'ils viennent marteler les murailles de l'esprit de l'étudiant, avides d'y pénétrer, avides de connaître une fois encore la rouge pulsation de la vie, de sucer la chaleur de son esprit comme le sol aspirait celle de son corps.

Saji lui avait parlé de la peur que Jay avait ressentie en de telles occasions, surtout dans la période où il se remettait de son attaque.

« Mais bien sûr que tu auras peur, avait-elle dit. La peur est chose naturelle. Affronte-la assez souvent et elle perdra de son emprise sur toi. Viendra un jour où tu pourras embrasser la peur comme tu embrasserais une femme, et elle te servira tout autant que l'amour le plus chaleureux. »

Ouais, c'est ça, d'accord.

Jay se rendit compte qu'il respirait plus vite, moins profondément. Il sentait la peur monter en lui comme le mercure dans un thermomètre. Il se força à respirer à fond, avec lenteur, se concentrant sur son souffle.

Il lui sembla que la lumière était devenue encore plus pâle et blême, que les ténèbres l'enserraient avidement. Il avisa le crâne d'un vieux moine d'antan, posé sur une étagère à hauteur des yeux. Un artisan anonyme – peut-être contemporain du moine, peut-être des siècles plus tard, impossible à dire – avait souligné les orbites d'un insert d'argent et placé à l'intérieur une paire de rubis taillés à facettes. Les gemmes, qui valaient une fortune, scintillaient dans la faible lumière et donnaient l'impression de fixer Jay avec une intensité malveillante…

Bon Dieu, fallait quand même être bon pour

concocter un scénario où l'on pouvait se faire peur avec ses propres créations...

Jay détourna son regard du crâne, essaya de se calmer mentalement, de se concentrer sur le flux de l'air qui entrait et sortait de ses poumons.

Il soupira. C'était indéniable, l'esprit du moine avait désormais entièrement pris le contrôle du sien. Ses pensées bondissaient d'un sujet à l'autre comme des primates sautant d'arbre en arbre. Devant son œil mental, apparut l'image de son propre ordinateur infecté, et de la colère qu'il en avait éprouvé. Il avait envie de faire mal à quelqu'un. Oh, comme il en avait envie...

Il voulait également surtout arriver à être calme, ne pas se laisser emporter par ses émotions, aussi essayait-il de ne pas divaguer. Et s'il fallait pour cela demeurer assis sur un sol de pierre glacée au milieu de restes humains, à méditer et repousser les attaques d'esprits agités, eh bien, à Dieu vat. Saji pouvait le faire. Il pouvait bien apprendre à le faire lui aussi.

Jay referma les yeux. Il expira par la narine gauche, inhala lentement par la droite. Une fois encore, du mieux qu'il put, il essaya de faire le vide dans son esprit et chercha le *aum*, le son de tous les sons, le bourdonnement de l'univers entier tel qu'exprimé d'une seule voix.

On disait que dans l'étreinte du *aum*, toutes choses étaient possibles.

Même retrouver la trace du sale petit pirate qui avait créé ce virus...

Il hocha la tête. Voilà que ça recommençait. Il n'y arriverait donc jamais. Jamais. Peut-être qu'il devrait...

Son alarme prioritaire sonna, l'éjectant brusquement de son scénario méditatif...

QG de la Net Force
Quantico

« Quoi ?

– ON A RETROUVÉ LE NUISIBLE », annonça son lutin pisteur.

Jay sourit. Il pourrait se livrer à la méditation plus tard. Pour l'heure, il avait un criminel à attraper et un compte bien personnel à régler.

21.

Été 1973
Club de danse Disco Beat,
San Francisco, Californie

Jay Gridley, alias « le Jet », était calé dans les coussins capitonnés en skaï bleu électrique dans une alcôve tout au fond de la discothèque ; il faisait son possible pour contempler d'un air détendu le revendeur de drogue et ses potes installés à trois ou quatre mètres de lui. Une épaisse fumée traînait dans l'air – une bonne partie de la brume bleue provenait d'une marijuana de mauvaise qualité, à en juger par l'odeur.

Le dealer était gras comme un porc. Il devait bien faire ses cent cinquante kilos, au moins. Sa tête chauve en forme de balle de fusil luisait sous les projecteurs clignotants de la piste de danse. Trois rangs de grosses chaînes d'or scintillaient sur son torse dans la large ouverture de la chemise en polyester couleur citron vert qu'il portait échancrée jusqu'au nombril. Il agita les mains, dessinant dans les airs les contours d'une bouteille de Coca et se mit à rire.

Ses deux amis, qui auraient pu fort bien jouer dans un film de la série *Supercopter*, hurlèrent de rire de ses commentaires apparemment obscènes. Un des gars était coiffé d'un chapeau noir avec une grande plume de paon sous le ruban, une vraie affiche pour « le maquereau de la semaine », l'autre arborait pantalon et blouson de cuir noir, tous deux piqués de boutons chromés. Quelques épingles à nourrice dans la joue, plus une coupe à l'iroquoise et il aurait pu passer pour un punk. Dieu merci, il n'y en avait pas encore à cette époque.

Quelques danseurs se trémoussaient sur la piste avec une grâce discutable, compte tenu de leurs chaussures à talonnettes. Le poum-tcha poum-tcha poum-tcha de la disco était souligné à grand renfort de percussions et de coups de cymbales, accompagnant une voix masculine nasillarde.

Quelle horrible musique.

Jay parcourut du regard la salle et s'aperçut dans une des colonnes recouvertes de miroirs qui encadraient la piste de danse. Il portait des lunettes à montures d'écaille couleur ambre et il était vêtu d'un blouson de cuir marron. Un épais médaillon doré en forme de poing dressé décorait sa poitrine, encadré par un décolleté presque aussi large que celui du gros type, et son jean pattes d'eph bleu marine cachait presque entièrement sa paire de bottes en peau de serpent.

Sa coiffure arborait une énorme banane qui devait bien dépasser de trois centimètres en surplomb de son front, maintenue par la laque la plus forte disponible en 1973 – quasiment de la gomme laque. On aurait pu faire rebondir dessus des pièces de monnaie, il l'aurait parié.

Jay Gridley, caméléon fait homme.

Une salve de parasites crépita dans son oreille droite. Il portait un écouteur qui était la version 1973 d'un récepteur hi-tech.

Jay appuya sur le poing au centre du médaillon – le micro – et parla : « Ouais ?

– Hé-hé, Jay le Jet, on dirait bien que le contact est sur le point d'arriver. »

C'était le flic en planque à l'extérieur. Jay savait qu'il avait besoin d'aide sur un coup fumant comme celui-ci – non pas parce qu'il était incapable de réaliser tout seul une banale interpellation. Non, c'était une question plus politique. Chaque fois que possible, la Net Force tâchait de faire intervenir les forces locales, histoire de les associer à la réussite de l'opération, surtout dans le cas de coups de filet importants.

Une équipe de flics en civil était en outre installée sur le pourtour de la salle. Le gars à l'imposante coiffure afro au bord de la piste de danse et la poule sexy en minijupe orange vif étaient eux aussi des policiers municipaux.

« Bien reçu. Gardez l'œil sur sa tire, et laissez-moi m'occuper du reste.

– Sans problème, le Jet… et au fait, euh… laisse-nous-en un peu, d'accord ? »

Gridley sourit et pressa de nouveau sur le poing.

« On verra ce qui tombe. »

Naturellement, ce qui se produisait ici n'était pas vraiment un coup de filet au sens traditionnel du terme mais l'analogie restait assez pertinente.

Ce qu'ils guettaient, en fait, c'était le pirate qui avait créé les virus.

Après avoir fait tourner son lutin durant une journée environ, Jay avait recueilli des données sur le point de départ des trois virus, mais sans pouvoir conclure. Ce gars était rusé. Il les avait lancés de trois points géographiques différents, tous à partir de comptes AOL ouverts avec une carte de paiement, et réglés un an à l'avance. La piste avait vite refroidi.

Pas prêt toutefois à renoncer, Jay avait entrepris d'analyser la trace virale. Et avec sa curiosité et sa discrétion habituelles – en remerciant au passage M. Sherlock Holmes –, il avait découvert une faille.

Bien enfouis au milieu de la concentration la plus dense de virus, il avait découvert un petit groupe d'ordinateurs qui n'avaient pas été affectés. Ces machines n'avaient pas simplement échappé à l'un ou l'autre des virus : non, elles avaient échappé aux trois, ce qui pour Jay était plus qu'une coïncidence.

On pouvait expliquer de telles anomalies, bien sûr. Ces machines pouvaient toutes être dotées de pare-feu et d'anti-virus performants. Il se pouvait qu'elles aient été déconnectées du réseau au moment de l'attaque. Il pouvait s'agir de systèmes neufs qui n'étaient en ligne que depuis la veille. Il pouvait y avoir quantité de raisons, et certaines étaient même logiques.

Bien, s'était-il dit, voyons voir laquelle est la bonne.

Jay avait alors confectionné un autre pisteur, encore plus subtil, celui-ci, et s'en était servi pour attaquer les systèmes restés indemnes.

Il trouva qu'alors que la plupart des systèmes immunisés étaient pourvus de bons logiciels pare-feu et antivirus, plusieurs n'étaient dotés que de banals programmes du commerce qui auraient dû laisser passer au moins une des attaques, ce qui éliminait du coup la première théorie.

En outre, tous étaient en ligne au moment de l'infection générale, ce qui faisait litière de la seconde.

Mais le plus intéressant, c'est qu'il existait un trafic notable entre les machines non affectées.

Tiens, tiens. Cela lui donnait une raison bien meilleure pour expliquer leur immunité : ces machines faisaient partie d'un réseau de pirates.

Oh, rien de manifeste d'emblée. Ce n'était pas comme un site web intitulé « Les fondus de virus informatiques » mais en visitant certains salons de discussions virtuels où traînaient ces opérateurs-système, il n'était pas difficile de lire entre les lignes. Ces gars étaient des fans de virus.

Ce qui ne pouvait signifier qu'une chose. Quelqu'un sur le réseau de sites web non infectés, ou quelqu'un de proche avait fabriqué les virus que Jay pistait. Et comme avec bien des réseaux de pirates, ces petits malins envoyaient des routines d'immunisation à tous les autres membres de leur petite communauté.

Jay avait intercepté un de ces ensembles de parades logicielles et il avait découvert des rustines et des fichiers de définitions virales ajoutés quelques heures à peine avant la diffusion de chacun des trois virus.

De l'honneur entre les voleurs, mais qui allait leur coûter cher…

Un rayon de soleil illumina l'obscurité de la discothèque quand la porte s'ouvrit.

Le contact arrivait.

Il portait un costume sport blanc, col pelle à tarte et chapeau rabattu sur une paire de lunettes noires, et il arborait une grosse moustache de Mongol flanquée de favoris broussailleux. Disco à fond.

Le pirate avançait d'une démarche chaloupée, portant une mallette de plastique blanc assortie à sa tenue. Il se dirigea vers le gros bonhomme et tous deux échangèrent un signe de la main.

Costume sport s'assit près du dealer et ouvrit sa mallette de telle sorte qu'eux seuls pouvaient en voir le contenu. Le gros bonhomme y plongea la main et la ressortit avec quelque chose sur le doigt, une poudre blanchâtre qu'il goûta du bout de la langue. Il sourit, opina.

Jay tapota le médaillon.

« Toutes les unités en approche. On a une livraison. »

Il y eut un bruit de pieds hors tempo de la musique quand les faux danseurs chargèrent, dégainant leurs revolvers planqués jusqu'ici.

Mais Costume sport n'allait pas se laisser avoir si facilement.

« Pas question, salauds ! »

Il jaillit d'un bond de l'alcôve en dégainant à son tour un 45 chromé.

Le dealer cria lui aussi : « C'est les flics ! Sonny... Randy... Occupez-vous d'eux ! »

Les deux sbires défouraillèrent, et les plombs crépitèrent.

Jay dégaina lui aussi – un Smith & Wesson 45 modèle 29, réglé spécialement, l'une des armes de poing les plus puissantes au monde – et fit feu.

BOUM !

Il eut un nouveau sourire. Putain, ce bruit !

Cuir noir fut projeté en arrière quand l'énorme projectile le cueillit en pleine poitrine.

Galure de maquereau tira sur les danseurs tandis que le pirate renversait une des tables. Jay le vit ramper en direction de la sortie de service.

« Stop ! Police ! » s'écria-t-il en se mettant à ramper à son tour.

D'autres flics se joignirent à la bagarre, se déversant dans le club, vêtus de gilets pare-balles. En l'espace de quelques secondes, le dealer était maîtrisé et Galure de maquereau ne jouerait plus les hommes de main.

Jay gagna l'entrée de service et entendit un coup de feu avant de voir le pirate plonger dans une grosse Cadillac. Le flic en planque était à terre.

« Vous ne m'aurez jamais ! » hurla le pirate et sa voiture démarra sur les chapeaux de roues, dans un crissement de pneus.

« Un homme blessé ! » s'écria Jay tout en se précipitant vers sa propre voiture, un gros 4 × 4 Dodge Charger modifié, équipé d'un moteur sept litres survitaminé. Il bondit dans l'habitacle et mit le contact. Le moteur rugit, le carburateur Holley pompant goulûment l'essence, et il se mit en chasse du pirate en fuite…

… qui venait d'atteindre le sommet de la pente juste devant lui. Jay écrasa le champignon, goûtant l'ivresse de l'accélération et du vent s'engouffrant par la vitre ouverte.

Il s'élança par-dessus le sommet de la colline, comme dans toute poursuite automobile qui se respecte, et s'arc-bouta quand la voiture entra en contact avec la chaussée et que le châssis toucha momentanément le bitume, le temps que les amortisseurs encaissent la charge dynamique du Dodge retombant au sol.

C'était super-cool.

La Cad tourna à un coin et Jay fonça dans l'intersection, virant sec après avoir passé le point médian, comme on l'avait entraîné à le faire. Sa voiture dérapa sur la droite, gardant le minimum d'adhérence pour rester sur la route et il appuya de nouveau sur l'accélérateur.

« Ha-Ho, Silver ! » s'écria-t-il.

Dans le même temps, il bascula un interrupteur sur le médaillon : « Julio, t'es prêt ?

– Un peu, tiens. Mon équipe est prête à intervenir. Tu n'as qu'à nous donner la position. On a un mandat au chaud. »

Jay lui donna l'adresse.

Sur la portion rectiligne, le Dodge se mit à grignoter sur la Cad et Jay mit le pied au plancher.

Plus près… plus près…

Le suspect jeta de la voiture un petit paquet et Jay fit un écart sur la droite pour l'éviter. Encore heureux, car l'objet explosa quand il passa à sa hauteur.

Il sourit. « Faudra que tu fasses mieux que ça, vieux ! »

Oh, comme il s'amusait…

Et le meilleur était encore à venir.

Parce que Jay savait déjà ce que le gars allait faire. Il avait prévu que le bonhomme lâcherait sans doute d'autres saletés sur le Net et sans doute d'autres immunisations pour ses petits copains pirates, aussi avait-il placé un chien de garde sur son forum de discussion personnel, réglé pour l'alerter dès l'apparition de nouveaux patchs.

Le chien aboya deux fois juste avant le déjeuner. Jay

avait jeté un œil et découvert que quelque chose de nouveau arrivait. Aussi avait-il alerté Julio avant de se plonger dans son scénario du coup de filet.

Comme il avait déjà remonté la piste des vaccinations anti-virales précédentes, tout ce qu'il avait à faire était de suivre la trace des dernières étapes, ce qu'il avait fait après que le gars eut été repéré à l'extérieur de la boîte de nuit.

Il avait déjà l'adresse avant le début de la fusillade.

La poursuite était un moyen de temporiser. Ils auraient certes pu intercepter le pirate dans la discothèque – Jay s'était creusé la tête pour monter la scène de telle façon que le pirate s'imagine qu'il s'en était vraiment tiré de lui-même – mais Jay avait besoin de le pister jusqu'à sa planque, et ils devaient l'y rejoindre avant qu'il ne lance le nouveau virus ou bien le détruise.

Jay aurait pu arranger cela autrement mais il avait eu l'impression que c'était à la fois le meilleur moyen de préserver l'enchaînement des preuves et d'impliquer les policiers locaux de manière significative.

Et puis d'ailleurs, songea-t-il, retrouvant le sourire, c'était plus amusant ainsi.

Imagine la surprise de ce pirate quand il décrochera de RV et trouvera Julio et son équipe prêts à le cueillir, des mitraillettes pointées sur lui.

Aussi, quand le pirate balança une nouvelle bombe et que Jay, en faisant un écart pour l'éviter, alla percuter un réverbère, ce qui mit une fin brutale à la poursuite, il ne s'en inquiéta pas trop.

Il espérait juste que Julio penserait à prendre une photo.

C'est qu'il avait vraiment envie de voir la tronche du bonhomme quand ils lui mettraient la main dessus.

22.

Désert de Mojave
Entre Joshua Tree et Twenty-Nine Palms, Californie

Tout se passa au début sans problème.

Le membre du Congrès, un représentant de Californie du nom de Wentworth, avait voulu que la rencontre se déroule dans un lieu retiré plutôt qu'à son bureau ou à son domicile. Junior avait accepté – peu lui importait où ils se rencontraient, du moment qu'ils réglaient leurs petites affaires. Wentworth lui indiqua un petit chemin de terre qui s'enfonçait dans le parc national de Joshua Tree. Junior n'était pas trop sûr, mais il avait l'impression que la circonscription du parlementaire incluait ce monument national et peut-être même aussi la base des Marines située juste au nord. Cela n'avait pas grande importance non plus. Un parc dans le désert, ça lui allait très bien.

Wentworth avait été facile à faire chanter. Comme avec le sénateur Bretcher, il s'était servi de Joan pour le piéger. Ils avaient juste un peu moins poussé leur petit numéro, pas de confrontation, pas de menace d'appeler les flics, pas de mensonge sur l'âge de Joan. Au lieu de cela, Junior s'était simplement caché dans la penderie avec un appareil photo numérique. Il avait pris quelques clichés détaillés dont il avait envoyé une sélection par mail au brave député, accompagnés d'une demande de rendez-vous. L'homme avait accepté, comme s'y attendait Junior, et ce dernier avait pris l'avion pour se rendre en Californie et conclure l'affaire.

Au volant de sa voiture de location, il quitta l'aéroport de Los Angeles pour emprunter l'autoroute I-10 et, passé San Bernardino et Banning, coupa au nord sur la route d'État 62 à Palm Springs. Il dépassa plusieurs petites villes – Morongo Valley, Yucca Valley, Joshua Tree –, puis se mit en quête de la piste en terre qui, selon les indications de Wentworth, s'embranchait sur la droite entre Park Boulevard et Boy Scout Trail. S'il tombait sur la route d'Indian Cove, avait précisé le parlementaire, c'est qu'il serait allé trop loin.

Il passa devant le panneau à l'entrée du parc et faillit bien louper le fameux chemin de terre. Il s'y engagea et sinua bientôt dans un paysage poussiéreux et desséché, cherchant son bonhomme. Il faisait torride par ici, sans doute plus de trente-cinq degrés. Si jamais la voiture tombait en panne, il aurait une longue trotte inconfortable à faire avant de rejoindre la civilisation. Junior n'était pas un béotien en matière de traversée du désert, même les déserts arides, et il ne serait pas parti sans prendre une gourde d'eau, au cas où, mais l'idée de devoir marcher vingt ou trente kilomètres sous le soleil d'été n'avait rien d'attirant.

Pourquoi d'abord quelqu'un avait-il décidé de faire de ce site un parc national ? Il n'y avait rien à voir qui n'était déjà de l'autre côté de la route, c'est-à-dire rien de bien folichon. Malgré tout, Junior était toujours prudent et scrupuleux, chaque fois qu'il en avait le temps, et il avait effectué quelques recherches. L'essentiel de ses informations étaient venues du service des parcs qui lui avait indiqué que le parc national couvrait quatre cent mille hectares. Jusqu'ici, il n'avait vu que rocaille et armoises. Sans compter les abeilles tueuses d'Afrique, lui avait-on précisé, qu'il valait mieux éviter.

Un monument national ? Un gâchis d'argent pour le contribuable, oui.

Après trois kilomètres de cette piste sinueuse, il avisa un bosquet d'arbres rabougris et d'autres buissons de créosote. Il devait y avoir de l'eau dans le coin, une source ou une mare. Une Lincoln noire était garée dans l'ombre, moteur au ralenti, et la plaque d'immatriculation correspondait à celle de la voiture du parlementaire.

Junior vint se garer à l'ombre et coupa le contact. Le moteur chaud cliqueta et même sous l'abri des arbres et derrière les vitres teintées, le soleil réfléchi demeurait ardent. Il pouvait sentir l'habitacle se réchauffer alors même qu'il venait seulement de couper la clim.

Eh bien, autant y aller sans traîner.

Junior ouvrit la portière. Un souffle de vent aride le fouetta comme un drap sorti d'une armoire sèche-linge. Il fut aussitôt en nage. Mais il avait l'habitude de la chaleur associée à une humidité élevée, et ce n'était pas aussi intenable que La Nouvelle-Orléans en septembre.

Il se dirigea vers la voiture du parlementaire. La

vitre descendit et l'homme leva les yeux vers lui. Ne prenant aucun risque, Junior lorgna dans l'habitacle, inspectant avec soin le véhicule. À moins que quelqu'un ne soit caché dans la malle, auquel cas il devait être cuit à point à l'heure qu'il était, le représentant du grand État de Californie était seul.

C'était un homme mince, pâle, quarante-cinq ans environ, les cheveux trop longs et apprêtés. Il était vêtu d'une chemise à manches courtes et d'un pantalon kaki. Ses mains étaient bien visibles, une sur le volant, l'autre négligemment posée sur la portière près du rétroviseur latéral.

« Hé, comment va ? lança Junior.

– Allez vous faire foutre, répondit le membre du Congrès.

– Monsieur le député Wentworth, votre langage me surprend, vous qui êtes un gentleman, un démocrate et tout ça... »

Le parlementaire le fusilla du regard. « Je ne suis pas un gibier de potence comme ceux avec qui vous avez l'habitude de traiter. Contentez-moi de me dire ce que vous avez à me dire.

– Très bien, vous voulez du sérieux, on y va. Nous avons ici une chouette collection de photos classées X de vous et cette jeune et jolie chérie dans ce petit motel du Maryland. Je pense que vous n'avez sans doute pas envie de voir ces photos diffusées sur Internet, n'est-ce pas ? »

Wentworth ne dit mot.

« Donc, le marché est celui-ci : vous nous donnez un petit coup de main, on vous donne un petit coup de main.

– Que les choses soient claires. Vous voulez que je

vous rende un service. Quelque chose d'illégal, c'est ça ? Ou bien quoi ? Vous allez me faire chanter avec ces photos ? »

Junior fronça les sourcils. Il n'aimait pas du tout le tour que ça prenait. Cela faisait songer aux paroles que dirait un homme si quelqu'un l'écoutait et cherchait à obtenir la preuve d'une intention criminelle. Jusqu'ici, Junior s'en était abstenu, il s'était contenté de mentionner l'existence des photos, et il ne comptait pas aller plus loin tant qu'il n'aurait pas vérifié certains trucs.

Junior passa la tête à l'intérieur pour regarder dans la voiture. Le parlementaire se recula.

« Vous ne porteriez pas un micro-émetteur, quand même, monsieur le député ?

– Un micro-émetteur ? Non ! »

Trop vite et trop fort, nota Junior.

Il ressortit la tête, se redressa, jeta un coup d'œil circulaire. Il se pouvait fort bien qu'une centaine de fédéraux soient planqués dans les rochers alentour, attendant le moment de lui sauter dessus, et il ne s'en rendrait compte que trop tard. Tout d'un coup, la transpiration se mit à le gêner.

La vitre électrique commença à remonter et il vit dans le même temps le parlementaire saisir le levier de vitesses. Putain, c'était quoi, ce truc ?

Junior réagit sans réfléchir. Il donna un violent coup avec le plat de la main, brisant la vitre. Le verre de sécurité explosa en une pluie de minuscules éclats tranchants qui s'abattirent sur le parlementaire.

Junior glissa la main à l'intérieur, saisit la poignée et ouvrit la porte – Wentworth se tortilla sur l'autre siège vers la portière côté passager. Cherchait-il à s'échapper ?

Non, pas du tout. Il essayait d'atteindre la boîte à gants. Le couvercle se rabattit et Wentworth y plongea la main…

Cela aurait pu être un téléphone mobile. Ou une enveloppe pleine de billets. Mais là d'où venait Junior, un homme effrayé qui se précipitait vers la boîte à gants ?

Il cherchait une arme.

Junior dégaina son revolver du côté droit. Bonne pioche, parce que, quand le parlementaire se redressa, il tenait un petit pistolet argenté, qu'il chercha à lever pour viser Junior…

Junior fit feu le premier, *pap-pap !* et à un mètre vingt, il aurait fallu qu'il se force pour rater sa cible.

Il ne la rata pas.

Junior s'aperçut qu'il respirait plus vite et transpirait encore plus.

Pourquoi a-t-il fait ça ? Fallait être cinglé !

Bien sûr, Junior était à présent dans le pétrin. Si l'homme avait un micro sur lui, il était dans de sales draps. Il n'y avait qu'une issue pour sortir de ce trou perdu en voiture, et il n'allait sûrement pas tenter de fuir à pied.

D'une seconde à l'autre, ils seraient sur lui comme des canards sur un hanneton – si le parlementaire portait bien un micro – et s'il y avait une chose que Junior ne voulait surtout pas, c'était avoir un flingue à la main quand ils chargeraient depuis le haut de la colline. Un bon avocat pourrait éventuellement le tirer de ce pétrin, mais agiter un flingue sous le nez d'une bande de fédéraux énervés était le plus sûr moyen d'économiser au gouvernement les frais d'un procès.

Il rengaina son revolver, se redressa, regarda les alentours.

Personne pour beugler « Attrapez-le, les gars ! » Pas de mégaphone depuis un hélicoptère pour lui crier « Halte ! » Non, rien que le vent brûlant et une buse tout là-haut, tournant autour d'un truc sans doute mort bien longtemps avant que le parlementaire le rejoigne.

Junior attendit encore une minute. Deux minutes. S'ils devaient venir, c'était maintenant.

Une autre minute s'écoula. Peut-être n'allaient-ils pas venir. Peut-être qu'il devrait voir pourquoi le parlementaire avait essayé de l'amener à parler. Ou même s'il avait vraiment eu cette intention.

Il passa du côté du passager et ouvrit la portière. Il y avait pas mal de sang mais il avait l'habitude et il ne lui fallut pas plus de dix secondes pour trouver ce qu'il cherchait : un petit bidule électronique, de la taille d'un stylo, agrafé à l'intérieur de la chemise de Wentworth. Et qui était en train d'enregistrer. Junior pressa la touche lecture, et comme de juste, leur conversation précédente était bien là, ainsi que les deux coups de feu.

Junior effaça l'enregistrement et fourra le stylo dans sa poche. Il comptait le détruire à la première occasion, mais il ne voulait pas le laisser traîner dans les parages.

Il hocha la tête. Quel idiot, quand même, ce type ! Il comptait enregistrer la conversation tout seul comme un grand, sans assurer ses arrières ? Mais pour qui se prenait-il ? Pour James Bond ou quoi ? Il n'avait pas dû s'attendre à du vilain, sinon il aurait eu sous la main ce petit pistolet – qui ressemblait à un Beretta 25 chromé, un choix merdique.

Le parlementaire ignorait de toute évidence comment ce genre de chose se passait. Il ne pouvait pas faire chanter Junior, comme ça, histoire d'équilibrer la menace. Wentworth avait bien plus à perdre. À moins peut-être qu'il ne soit en instance de divorce, par exemple, et qu'il se contrefiche que quelqu'un ait vent de ses petits écarts de conduite ?

Junior soupira. Enfin bon, ça n'avait plus grande importance à présent. Le parlementaire était mort, et son plan avec lui.

Mieux valait nettoyer un peu les dégâts, dans la mesure du possible, puis se casser.

Junior se servit d'un mouchoir pour saisir la main de Wentworth qui tenait toujours le Beretta. Il pointa le canon vers l'ouverture, côté conducteur, et tira deux balles. Il trempa le mouchoir dans le sang du défunt jusqu'à ce qu'il soit bien imbibé, puis, mettant l'autre main dessous pour éviter qu'il ne s'égoutte, il contourna la voiture et passa du côté conducteur, s'écarta d'un peu plus d'un mètre et pressa le mouchoir trempé.

Du sang en tomba et fit une petite flaque dans la poussière.

Junior s'éloigna d'une quinzaine de mètres, en direction du désert, et fit tomber encore un peu de sang.

Une troisième fois, quinze mètres plus loin, et le reste du sang forma une autre petite flaque dans la poussière.

Il racla un peu le sol, mais il était surtout rocailleux et l'on ne voyait guère d'empreintes.

Donc le parlementaire s'était fait tuer, mais il avait riposté, peut-être même avait-il tiré le premier et avait-il touché quelqu'un. Quelqu'un du même groupe sanguin, aussi fallait-il espérer qu'il ne soit pas d'un groupe rare. Mais au moins, quand ils découvriraient le corps de Wentworth, les enquêteurs se figureraient-ils qu'ils devaient chercher un blessé par balles, et les hôpitaux devaient signaler ce genre de blessure.

Il ne pouvait pas faire grand-chose pour les traces de pneus de la voiture de location. Il n'allait pas pleuvoir de sitôt, les traces allaient donc rester, et il pouvait compter sur le FBI pour s'y atteler. Ils sauraient très vite de quelle marque et de quel type de pneus il s'agissait, et sans doute aussi de quel type de voiture. Au moins avait-il loué le véhicule sous une fausse identité, et à Los Angeles, aussi leur faudrait-il du temps pour remonter la piste, s'ils y parvenaient.

Il avait son sac de voyage dans la voiture de location et il se débarrasserait dès que possible des souliers et des vêtements. Il n'avait pas à refaire le plein tout de suite, il monterait à San Francisco restituer le véhicule. De cette façon, les flics ne récupéreraient pas une voiture louée à l'aéroport de Los Angeles avec le même nombre de kilomètres à l'aller et au retour.

Ce qui le tracassait le plus, en dehors du fait qu'il lui faudrait dire à Ames qu'il avait été contraint de tuer un membre du Congrès des États-Unis, c'est qu'il allait devoir se débarrasser du Ruger. Il n'avait pas de canon de rechange sur lui – il n'avait pas envisagé de descendre quelqu'un – et il n'était pas assez stupide pour empaqueter un flingue susceptible de le relier au meurtre d'une personnalité et l'envoyer par FedEx, UPS ou simplement la poste. Si quelqu'un ouvrait le colis et trouvait l'arme, il préviendrait illico les flics. Les gars du service balistique du FBI sacrifieraient un bouc à leurs dieux quand ils apprendraient cette nouvelle. Ils mettraient la moitié des bourres du pays à faire le guet pour cueillir Junior au moment où celui-ci viendrait récupérer le colis.

Il allait devoir se débrouiller avec une seule arme en attendant d'avoir remplacé la seconde. Et ça, il détestait.

Mais ce qui était fait était fait. Mieux valait qu'il se tire avant qu'un randonneur ou un amoureux de la nature se pointe et découvre la scène. D'ici le coucher du soleil, Junior voulait être loin, très loin.

Et il n'était certainement pas pressé d'informer Ames. Le bonhomme en piquerait une crise. À coup sûr. Quelle chierie, et même pas sa faute.

23.

Dutch Mall
Long Island, New York

Mitchell Ames était furieux. Junior avait fait foirer le plan et il ne savait même pas comment. C'était pourtant un boulot simple, un truc que Junior avait fait des dizaines de fois. Comment les choses avaient-elles pu tourner aussi mal ?

« Écoutez, poursuivit Junior, le gars était cinglé. Quand il a ressorti la main de la boîte à gants, il tenait un flingue. Qu'est-ce que j'étais censé faire ? Me laisser descendre ? C'était lui ou moi.

– Tu as tué un membre du Congrès des États-Unis, Junior. As-tu la moindre idée du grabuge que ça va provoquer ?

– Ouais, je sais. Comme j'ai dit, je n'avais pas le choix, hormis de me faire tuer. »

Soupir d'Ames. « Très bien, c'est fait. D'accord, ça ne me réjouit pas, mais on n'y peut plus grand-chose. La question est de savoir jusqu'à quel point tu es mouillé.

– Personne ne m'a vu. La voiture est à six cents kilomètres de l'endroit où je l'ai louée. Mes vêtements, mes souliers, mes chaussettes, tout a été brûlé. J'ai nettoyé le flingue, je l'ai démonté et j'ai jeté les pièces dans la baie de San Francisco. J'ai pris l'avion sous une fausse identité, pour gagner et quitter Atlanta, et là-bas, j'ai changé à la fois d'avion et de papiers.

– Et les photos ?

– Je les ai brûlées également, les disques et tout, et j'ai supprimé les fichiers de l'ordinateur. Je ne me suis pas contenté de les effacer, j'ai pris soin de récrire sur les secteurs utilisés : aucun utilitaire au monde ne pourra les récupérer. Pas même ceux de la Net Force. Tout a disparu. Je vous le dis, tout ce qui aurait pu me lier à cet homme a disparu.

– Et la femme ? »

Junior plissa le front. « Quoi, la femme ?

– Où est-elle ?

– À Biloxi, couchée sur la plage, d'après ce que je sais. Pas de problème de ce côté. Elle était dans le coup mais elle ne pourra rien dire à personne. Sinon, elle irait en taule. »

Ames fronça les sourcils. « Junior, ne sois pas idiot. Tu connais la prison. Tu sais comment ça se passe. »

Junior baissa le menton et hocha la tête, l'air entêté. « Jamais Joan ne me balancerait. Jamais. »

Soupir d'Ames. « Tôt ou tard, ton amie va se faire arrêter pour une raison ou pour une autre. C'est une fille de mauvaise vie. Si c'est juste pour racolage, ce ne sera pas un problème, elle passera juste la nuit au poste, mais si elle se fait prendre avec de la came sur elle ? Ou pour chantage avec un gars au casier chargé ? Elle sait comment procéder, à présent. Tu lui as enseigné la règle du jeu. Tu ignores si l'envie ne lui a pas pris de monter sa propre affaire. Le jour où ils la pinceront – et cela se produira fatalement –, si elle risque de purger une longue peine, pas dans une geôle de comté mais dans une prison fédérale, et qu'elle a quelque chose à leur fournir pour éviter ça, crois-tu qu'elle hésitera ?

– Pas avec moi. D'ailleurs, elle sait ce qu'il lui arriverait si elle le faisait.

– Et tu crois qu'un flic ou un fédéral ne réussira pas à la convaincre, avec ses beaux discours, que tu ne pourras rien lui faire parce que tu seras bouclé ? Elle a couché avec le parlementaire et elle sait que t'étais planqué dans la penderie à faire des photos, Junior. Quand se répandra la nouvelle de la mort du bonhomme, elle va le remarquer, parce que ce sera à la une de tous les journaux du pays et que ce sera partout à la radio, la télé, sur Internet. CNN le martèlera toutes les demi-heures pendant des jours. Elle va savoir qu'un des gars qu'elle a piégé pour le faire chanter est mort, et à moins qu'elle ait de la guimauve à la place de la cervelle, elle va se douter que t'as quelque chose à y voir. »

Junior resta sans mot dire, l'air toujours aussi buté.

« Junior. C'est peut-être un bon coup. C'est peut-être une nana qui te fait tilter, mais des bonnes femmes, il y en a d'autres, des femmes qui ne risquent pas de nous envoyer dans le couloir de la mort. Ce truc-là, c'est un joker pour sortir de taule, et tu viens de le lui refiler. Le meurtre d'un parlementaire ? C'est l'avancement garanti pour n'importe quel flic du pays qui résoudra cette énigme.

– C'était pas un meurtre. C'était de la légitime défense.

– Tu l'as tué en commettant un délit. De chantage. C'est comme ça qu'ils présenteront les choses. C'est comme ça en tout cas que je le ferais.

– Joan ne vous connaît pas.

– Mais toi, tu me connais. Et si tu as le choix entre me balancer et finir dans la chambre à gaz ? Je ne te fais pas tant que ça confiance.

– Alors, qu'est-ce que vous êtes en train de dire ?

– Tu sais fort bien ce que je suis en train de dire. Et agis vite, avant qu'elle ait une chance de réfléchir un peu trop longtemps. Je ne veux pas que cette menace reste en suspens au-dessus de nous. »

Junior ne dit rien. Il resta quelques secondes encore immobile, silencieux. Ames voyait bien qu'il réfléchissait, cherchait à trouver une solution de rechange, mais il n'y en avait pas. Tous deux le savaient.

Au bout d'une ou deux minutes, Junior acquiesça d'un bref signe de tête et sortit. Quand il fut parti, Ames resta encore assis une vingtaine de minutes à réfléchir à la situation. Elle n'était dans aucun des scénarios qu'il avait imaginés.

Junior, au même titre que la femme qu'il avait engagée pour tendre ses pièges amoureux, était devenu un risque. Il allait devoir l'écarter et Ames allait devoir se débrouiller seul – il ne pouvait pas se permettre de mouiller quelqu'un d'autre à ce stade.

Peut-être qu'il allait devoir demander à Junior de le retrouver dans la planque souterraine au Texas, et lui régler son compte là-bas. Il pourrait le réduire en bouillie et l'évacuer comme un déchet… non, mieux encore, une fois que Junior ne serait plus de ce monde, il pourrait l'abandonner quelque part avec suffisamment de preuves qu'il avait tué la femme et le parlementaire, quelque chose de subtil mais que les enquêteurs ne pourraient pas manquer. Une fois qu'ils auraient examiné le cas, ils déboucheraient sur une impasse. Bien sûr, ils soupçonneraient que Junior avait travaillé pour le compte de quelqu'un, mais une fois qu'ils auraient trouvé le véritable tireur, la pression retomberait : c'était ainsi que ça marchait avec tous les flics du monde. « C'est lui qui l'a fait » était une conclusion bien plus définitive que : « Peut-être qu'il travaillait pour quelqu'un d'autre qui lui a dit de le faire. »

Ames branla du chef. Oui. Une fois Junior disparu, il n'y aurait plus de liens démontrables avec lui. Bien sûr, la législation sur CyberNation n'était pas encore passée, il restait des points à régler et Junior devait encore être là pour s'en charger, mais sitôt les derniers éléments mis en place, ce qui ne devrait plus trop tarder, Junior pourrait quitter la scène pour sa destination finale.

Champ de tir
Quantico

John Howard regarda Julio et fronça les sourcils : « Qu'est-ce qu'il y a de si important pour justifier que vous irritiez les Marines, lieutenant ? »

Large sourire de Julio. « Eh bien, mon général, je

crois que tout ce qu'on peut faire pour les irriter est important. »

Howard ne lui rendit pas son sourire. Il se contenta de secouer la tête. Ils se trouvaient sur le stand de tir à l'extérieur des Marines ; destiné au tir au pistolet et au fusil, il était plus vaste que l'installation de taille plus modeste, réservée exclusivement à la Net Force. La raison en était que Julio avait demandé au général de l'y retrouver.

Voyant l'expression de son supérieur, le lieutenant retrouva son sérieux. « La Mitraille ne nous laisserait pas jouer avec le gel balistique sur son domaine. À l'entendre, ça saloperait trop, alors j'ai dû trouver un autre endroit. C'est ici que c'est le plus proche et le plus pratique. Et à propos de la Mitraille, il dit qu'il pourrait avoir un Hammerli SP20, un pistolet de tir sur cible en 22 Long Rifle convertible en 32 Smith & Wesson. Il est doté d'un amortisseur réglable, d'une crosse et d'une détente anatomique, et il est censé être en très bon état. Une chouette petite arme pour permettre à Tyrone d'apprendre. »

Howard le lorgna en haussant le sourcil : « Combien ?

– La Mitraille dit qu'il pourrait l'avoir pour trois cents. »

Le général haussa l'autre sourcil. « Tu plaisantes. Même pourri, un tel flingue doit bien valoir plus du double. En TBE, il devrait aller chercher dans les quinze cents, dix-huit cents minimum. »

Nouveau sourire de Julio. « Vous avez vérifié les prix.

– Je veux que mon garçon ait un outil correct pour travailler.

– Eh bien, vous savez comment procède la Mitraille. C'est un vrai maquignon. Il échangera un truc contre un autre, en fera intervenir un troisième pour finir par un marché qui satisfait tout le monde. Dois-je lui dire que vous êtes intéressé ?

– Trois cents billets pour un pistolet de classe internationale qui vaut cinq fois plus dans cet état ? Oui, je suis intéressé.

– Je m'en doutais. Mais vous savez, si vous êtes ferme, je parie que la Mitraille arrivera encore à faire descendre le prix – il voit en Tyrone le fils qu'il n'a jamais eu. Le regarder tirer embue de larmes ses yeux de vieux cynique. »

Howard acquiesça puis changea de sujet. « OK, bien, à part le fait que Tyrone va avoir du nouveau matos, qu'est-ce qu'on vient fiche ici ?

– Vous vous souvenez de ces fusils de concours BMG Wind Runner XM 109-A ?

– Il me semble bien, oui », dit Howard, sur un ton aussi sec que le Sahara. Il s'en souviendrait aussi longtemps que fonctionnerait sa mémoire : un de ces BMG – pour *Browning Machine Gun* – lui avait sauvé la vie quand cet agent fédéral qui avait mal tourné s'était mis à le canarder durant une interpellation dans une affaire de drogue, en Californie, l'année précédente [1]. De surcroît, ce flingue de calibre 50 avait permis aux tireurs de la Net Force de remporter le dernier concours de tir à mille mètres pour services spéciaux des armées des États-Unis, à Camp Perry. Leur première victoire dans cette catégorie. Une arme exceptionnelle.

1. Cf. *Net Force 5 : Zone d'impact*, Albin Michel, 2003.

« Eh bien, les munitions de calibre 50 utilisées par nos tireurs pour remporter le concours étaient fabriquées par RBCD, au Texas. Elles recourent à la BMT – *Blended Metal Technology*, une conception hi-tech – avec un mélange de poudre, l'idéal pour les compétitions, John.

– Et si l'on parle de ça, maintenant, c'est parce que…

– Parce que RBCD fait aussi des munitions pour les armes de poing. Je ne sais pas comment ça a pu m'échapper, mais c'est le cas.

– Et… ?

– Et elles ne surpassent pas seulement tout ce qui existe en matière de précision, elles ont également certains avantages tactiques. Regardez plutôt les cibles. »

Howard suivit Julio. À vingt-cinq mètres de là se trouvait une large table à cibles en acier déflecteur, sur laquelle étaient disposés six gros blocs rectangulaires.

« Les deux cibles sur la gauche sont composées de gélatine à dix pour cent enveloppée dans quatre couches de nylon balistique. Les deux suivantes ont une composition identique, mais avec une feuille de verre trempé disposée à une trentaine de centimètres devant. Les deux sur la droite sont de simples blocs d'argile.

– Je vois ça, lieutenant.

– Eh bien, mon général, si vous voulez bien loger une balle dans le gel du côté gauche avec votre Medusa. »

Howard sortit son arme de service. Le Medusa était un revolver doté d'une chambre au dessin breveté qui lui permettait de tirer des munitions de divers calibres, du 380 automatique au 357 Magnum. Il avait un canon de sept centimètres et demi, un peu plus court que celui de la plupart des armes de service de dotation classique, mais il était de niveau concours et sa précision de tir était supérieure. Howard le chargeait avec des 357 Magnum à pointe creuse chemisées en cuivre, et ainsi doté, il était supérieur à quatre-vingt-quinze pour cent des autres armes lors d'un impact au corps.

Howard prit la posture les jambes écartées, puis après deux profondes inspirations, il leva le revolver en le tenant à deux mains. Il aligna guidon et cran de mire et pressa la détente. Le recul du 357 était relativement violent, mais ses protections acoustiques atténuèrent le bruit. Il rabaissa l'arme.

« Et maintenant, la troisième cible, mon général, derrière la vitre. »

Howard la visa et tira la deuxième balle.

« Et enfin, mon général, le premier bloc d'argile. »

Howard releva le revolver et tira à nouveau, rapidement. Il n'avait pas besoin de se presser mais cela ne faisait jamais de mal de rappeler à son vieil ami qu'il restait toujours capable de tirer vite et avec précision quand la situation l'exigeait.

« Merci, dit Julio. À présent, videz-le et rechargez-le avec celles-ci, je vous prie. »

Julio lui tendit une demi-douzaine de cartouches. À première vue, elles ressemblaient à la 357 de dotation standard. Étui en laiton, pointe en plomb, chemise en cuivre.

Tandis qu'il rechargeait, Julio expliqua : « Alors qu'elles ressemblent en gros à des balles pleines, elles sont en fait confectionnées à partir de plusieurs couches de métal fritté noyées dans un polymère similaire au plastique utilisé pour les carcasses de Glock. »

Howard hocha la tête tout en continuant de charger le Medusa.

« La chemise est un alliage à revêtement de molybdène. Pas préfragmentée, mais d'un seul bloc. Et conçue également pour une pression normale. Si vous voulez bien tirer sur les deuxième, quatrième et sixième cibles. »

Howard ayant déjà fait sa démonstration, il prit cette fois son temps, dix secondes environ pour tirer sur les trois cibles.

Julio opina. « À présent, attendons que les Marines aient fini de tirer pour aller constater les résultats. »

Quand le responsable du tir ordonna halte au feu, Howard et Julio parcoururent la brève distance jusqu'aux six cibles. Julio retira le nylon de sur les blocs de gel balistique, une substance conçue pour reproduire la consistance des tissus musculaires, révélant les cavités creusées par les projectiles.

Celle sur la droite, due à la nouvelle balle, était bien plus large que celle immédiatement sur sa gauche.

« La munition que vous utilisez est une balle creuse chemisée d'un grain vingt-cinq – huit grammes dix. Elle sort du canon à environ 425 mètres/seconde. L'énergie est d'environ 280 mètres/kilogramme. La balle de 357 Magnum RBCD ne pèse que soixante grains – trois grammes huit – mais elle quitte le canon de sept centimètres et demi à près de 550 mètres/seconde et avec une énergie d'environ 350 mètres/kilogramme. Comme vous le voyez, elle se dilate comme un ballon lors de l'impact. Cela provoque une cavité permanente, de vingt centimètres sur vingt-sept.

Elle transfère toute l'énergie dans la cible au détriment de l'excès de pouvoir de pénétration.

– Impressionnant, dit Howard et il était sincère.

– Le mieux est encore à venir, mon général. Regardez plutôt les blocs protégés par la vitre. »

Ce qu'ils firent. L'impact de son projectile habituel contre le verre avait partiellement déformé la balle. Elle avait brisé la vitre puis l'avait traversée pour atteindre la gélatine qu'elle avait malgré tout pénétrée en y laissant un gros trou, mais celui-ci était moins profond et plus petit que dans le bloc non protégé. Ce qui était à prévoir. Le verre était un sérieux handicap.

Toutefois, la cavité avec le second tir, celui avec la nouvelle munition, était virtuellement identique à celle dépourvue de vitre protectrice.

« Vous voyez, la RBCD est conçue pour transpercer un obstacle solide, presque comme une munition militaire, mais quand elle touche une substance hydraulique, l'expansion se produit. La poudre est à combustion progressive, de sorte que vous gardez une pression normale sur toute la longueur du canon. De cette façon, vous n'avez pas à vous inquiéter de l'endommager. »

Howard acquiesça. La munition semblait incontestablement supérieure.

« Et maintenant, le plus beau. » Julio ôta la protection qui couvrait les blocs d'argile. Celui de gauche présentait le petit trou d'entrée habituel et il était dilaté par une vaste cavité.

Celui de droite ? Tout le bloc avait été fendu, pulvérisé.

« Plus précise, plus puissante, meilleur pouvoir de pénétration à travers une couverture, meilleure expansion sur des cibles molles. Même si vous ne pouvez pas vous en rendre compte avec votre vieux tromblon, elle se charge comme une fleur sur un semi-automatique et ils ont une 9 millimètres qui glisse comme de l'huile dans un automatique. Que demande le peuple ?

– Je te connais assez bien pour savoir qu'il y a un loup. Dites-moi tout, lieutenant. »

Sourire de Julio. « Eh bien, mon général, elle est un poil plus cher que les munitions classiques.

– Pourquoi ne suis-je pas surpris ?

– Quand votre vie est en jeu, vous n'allez pas pinailler sur quelques cents, non ? »

L'argument se tenait.

« Je ne dis pas que nous devrions en acheter des cargaisons entières pour s'entraîner ou faire joujou, mais comme munition de service, c'est ce qui se fait de mieux. Je m'en vais les utiliser dans mon Beretta même si je dois les payer de ma poche. Et vous devriez faire de même avec votre sulfateuse. Vous pourriez à tout le moins en commander quelques caisses pour évaluation. Voyez les choses ainsi : si vous devez tirer sur quelqu'un, vous économiserez des sous parce que vous n'aurez qu'à tirer une seule fois...

– Compte tenu de nos expériences récentes avec la justice, lieutenant, il se pourrait que vous deviez expliquer devant un jury pourquoi vous vous promenez avec ces balles pour rhinocéros dans votre arme de service si jamais vous êtes amené à tirer sur quelqu'un.

– Je préfère encore être jugé par douze hommes que porté en terre par six », observa Julio.

Howard opina. Oui. On ne se sentait obligé de tirer sur quelqu'un que lorsque c'était une question de vie ou de mort, mais s'il fallait en arriver là, mieux valait pouvoir faire cesser immédiatement ces tentatives d'homicide.

« Très bien, dit finalement Howard. Commandez-en quelques caisses. En neuf, en 45, en 38 Spécial, et deux boîtes de 357 Magnum.

– Oui, mon général !

– J'ai dit quelques caisses, lieutenant. Pas un entrepôt entier.

– Vous me blessez, mon général.

– Je ne pense pas, Julio. À supposer que ces joujoux vous rebondissent dessus, vous êtes littéralement blindé contre ce genre de chose.

– J'essaie, mon général, j'essaie. »

24.

QG de la Net Force
Quantico

« Ils ne peuvent pas être sérieux », s'exclama Michaels en regardant la liste de documents requis. Elle lui était venue à la fois par courrier électronique et par lettre recommandée. Il venait d'ouvrir le mail sur son ordinateur.

« Ils le sont, commandant, dit Tommy. Tout ce qu'il y a de plus sérieux. »

Mitchell secoua la tête. « Ils veulent des copies de tous les mails envoyés par tous les agents de ce service entre ces deux dates ? Ça va chercher dans les huit à dix mille messages, peut-être plus.

– Exact. »

Alex indiqua une ligne à l'écran. « Et tous ces fichiers, ces notes personnelles, ces rapports officiels ? Si on les imprimait, il faudrait louer un camion de déménagement pour les trimbaler !

– Les copies électroniques sont acceptées, commandant, pourvu qu'elles soient certifiées par un fonctionnaire des finances ou de la justice.

– Est-ce que vous vous rendez compte du temps qu'on va perdre à rassembler tout ça ? Un temps qui pourrait être consacré à élucider des crimes – ou à en empêcher de nouveaux ?

– La seule autre solution serait d'autoriser Ames ou ses représentants à accéder à vos systèmes informatiques, ce qui, bien sûr, est exclu, pour des raisons de sécurité nationale – à moins qu'ils n'engagent une personne dotée de l'habilitation voulue, ce qui ne risque pas de se produire puisque quasiment tous les personnels disposant de ce niveau d'habilitation travaillent déjà pour nous. Vous allez devoir leur envoyer tout ça, commandant, c'est le règlement.

– Mais c'est stupide, contra Alex. Stupide, inefficace, et c'est du gaspillage.

– Je comprends. Et je suis sûr qu'ils en feront des confettis. »

Alex lui lança un regard noir. « Ouais, eh bien, vous savez quoi ? Je vais attendre jusqu'à ce que j'en ai un tas assez gros pour qu'ils s'étouffent avec. Et vous savez quoi encore ? Je m'en vais leur imprimer tout le fourbi, en plus.

– Et quid de ce camion de déménagement ?

– Je le paierai de ma poche. Si on leur envoie les documents sous forme de copie papier, alors il faudra qu'ils lisent tout. Il ne leur sera pas possible de faire une simple recherche par mots clés. Je n'ai pas non plus besoin de leur faciliter la tâche, pas vrai ? »

Sourire de l'avocat. « Je crois que vous commencez à saisir l'esprit de la chose, commandant. Non, vous n'avez pas besoin de leur faciliter la tâche. Vous pouvez, dans le cadre de la loi, la leur compliquer autant que vous voulez. » Il eut un nouveau sourire. « Bien sûr, nous sommes tous à la recherche de la vérité, mais là, c'est à un juge et à un jury d'en décider. Ames réquisitionnera des gens pour éplucher tout cela, et je ne crois pas qu'il leur échappera grand-chose, mais si ça leur prend plus de temps que prévu pour trouver ce qu'ils cherchent, c'est leur problème. Le temps que l'on en vienne au procès, et il peut s'écouler des mois d'ici là, des témoins clés pourraient décider de se libérer la conscience et de tout avouer. Ou bien ils pourraient se faire la belle et partir sans laisser d'adresse. Ou encore mourir d'un infarctus. Des tas de choses peuvent survenir et on ne peut jamais être sûr à l'avance. Ça ne fait pas de mal de prendre le maximum de temps quand on est l'objet d'une de ces poursuites en justice.

« Officiellement, en tant qu'avocat et officier judiciaire, je dois vous donner instruction de répondre avec toute la célérité voulue aux sommations de la justice. Mais vous serez seul juge de la célérité et de la méthode avec lesquelles vous déciderez d'agir. Si vous pouvez le justifier devant un juge – je veux dire, si je peux, et je le pourrai –, alors vous pouvez les ensevelir sous une montagne de papier. Ils n'apprécieront pas, le juge n'appréciera pas, mais il connaît la règle du jeu, lui aussi. Le temps est l'allié du plaignant quand il s'agit de recueillir des preuves, mais pas nécessairement quand il s'agit d'être en mesure de les utiliser.

– Merci, Tommy.

– Je ne fais que mon boulot. »

Tommy repartit et au même moment, la sonnerie de la ligne privée de Michaels pépia. Il décrocha.

« Alex ? C'est Cory. Comment allons-nous ? »

Il plissa les paupières, pris de court par son coup de fil. Comment avait-elle obtenu son numéro ?

« Cory. Que puis-je pour vous ? » Sa voix était circonspecte, il ne voulait rien laisser paraître.

Quelque part, il ne pouvait s'empêcher de se sentir flatté par l'intérêt de cette femme pour lui, même s'il savait que cet intérêt n'était qu'apparent. Elle ne faisait que son boulot et si ledit boulot impliquait qu'elle fasse mine de s'intéresser à lui – voire même, comme il le subodorait, qu'elle aille un peu plus loin –, il la soupçonnait de savoir fort bien s'y prendre, là aussi.

Mais il n'était pas intéressé, point final, et son propre boulot n'exigeait pas de lui qu'il joue la comédie. D'ailleurs, l'« information » qu'elle lui avait donnée un peu plus tôt concernant CyberNation s'était avérée sans objet, il la connaissait déjà.

Après une brève pause, elle reprit : « Je pense que j'ai quelque chose de plus utile pour vous, cette fois.

– Hon-hon, fit-il.

– J'ai dîné récemment avec Mitchell Ames. »

Il dressa l'oreille malgré lui. « Vraiment ?

– Oui. Il avait deux ou trois choses à me dire qui, j'en suis sûre, devraient vous intéresser.

– J'en suis certain. Pourquoi ne passez-vous pas… ?

– Impossible, coupa-t-elle. Je dois prendre l'avion ce soir pour la côte Ouest, je ne serai pas de retour avant après-demain, et j'ai des rendez-vous toute la journée. Mais je peux me libérer un moment pour boire un verre. Retrouvez-moi dans le hall de l'hôtel Roosevelt à dix-neuf heures. À plus. »

Méfiant, il inspira avant de lui répondre qu'il ne pouvait pas, mais elle avait déjà raccroché.

Il fronça les sourcils puis réfléchit une seconde. Quel mal pouvait-il y avoir à la retrouver dans un bar ? Il ne risquait rien. Et peut-être qu'elle pourrait lui fournir un élément qu'il pourrait utiliser contre Ames, comme qui dirait un piège à requin.

OK, il irait. Boire un verre avec elle. Mais ce serait à sa manière.

Il effleura le bouton de l'interphone.

« Monsieur ? dit sa secrétaire.

– Voyez si vous pouvez me retrouver Toni, je vous prie, Becky. Je crois qu'elle est dans le bâtiment. Demandez-lui de passer me voir. »

Sa nouvelle secrétaire de direction, une jeune femme de l'Oregon qui avait apparemment des racines indiennes, répondit : « Oui, monsieur. »

Jay se pointa avant Toni.

Appuyé au mur près de la porte, les bras croisés, Jay arborait un sourire de chat. « Son pseudo sur le Net est "Cogneur" mais son vrai nom est Robert Harvey Newman. Le rapport de Julio Fernandez ne devrait pas tarder, avec tous les détails de l'interpellation, mais je peux vous faire un résumé de ce qu'on tient jusqu'ici.

– Vas-y.

– Nous l'avons coincé en remontant la piste, ce qui nous a permis de découvrir qu'il existait un groupe de pirates épargné par les attaques. On en a retrouvé un qu'on a coincé, et il nous a donné Cogneur. Il s'est couché plus vite qu'un palmier sous un ouragan.

– Continue.

– Alors, une fois que nous avons défoncé sa porte – j'utilise ici le *nous* de majesté, car c'est Julio et son équipe qui se sont chargés en fait de l'opération –, Cogneur s'est fait cueillir. Il est en cours d'"interrogatoire" au moment même où je vous parle.

– Qui s'en charge ?

– Toni.

– Bien, dit Michaels. Et merci, Jay. Beau travail. »

« Et un avocat, alors ? J'ai pas droit à un avocat ? »

Toni hocha la tête. Elle était seule avec le pirate, mais un caméscope numérique enregistrait chaque mot et chaque geste des deux interlocuteurs.

« Non, monsieur Newman, vous n'avez pas d'avocat, répondit-elle. Vous êtes un terroriste, et nous avons des règles différentes pour les individus comme vous. »

Elle était assise de l'autre côté de la table, dans la salle de conférences à l'arrière du bâtiment. Ici, ils n'avaient pas de salle d'interrogatoire proprement dite. La Net Force traquait et trouvait quantité de criminels, mais, en temps normal, elle ne se chargeait pas vraiment de leur arrestation. En général, elle pistait un pirate lorsqu'il commettait ses forfaits sur le Net et contactait alors le FBI ou bien, quand il s'avérait que la législation locale était plus appropriée, elle prévenait les flics locaux pour qu'ils procèdent à l'interpellation du délinquant.

Malgré tout, ils savaient improviser. La salle de conférences à l'arrière avait été conçue comme une zone protégée. Si jamais un individu dangereux s'introduisait dans le bâtiment, un gars armé et tirant sur tout ce qui bouge dans les autres bureaux, on pouvait venir se réfugier ici et verrouiller derrière soi la porte blindée. La porte était en acier et les cloisons étaient doublées de feuilles de Lexan capables de stopper la plupart des projectiles. La salle s'avérait idéale pour interroger un délinquant en col blanc comme Newman.

« Mais... je ne suis pas un terroriste, moi ! Je suis programmeur informatique !

– Pas d'après la loi, rectifia Toni. Vous avez libéré une série de virus malicieux sur la Toile, provoquant des millions de dollars de dégâts en immobilisant les machines. C'était une attaque contre l'Amérique, contre le monde entier, de toute évidence un acte terroriste, et qui, en tant que tel, vous vaut de plein droit cette qualification.

– Mais c'est absurde ! »

Toni lui adressa un large sourire. « Un homme qui se qualifie lui-même de "Cogneur" a besoin de guetter avec soin les prédateurs. Vous êtes un lapin parmi les loups, monsieur Newman. Ce que vous êtes, c'est un succulent repas.

– Je vous intenterai un procès ! »

Toni laissa poindre dans sa voix un ton de menace : « Quoi, vous voulez dire si on vous laisse revoir la lumière du jour ? Écoutez, mon vieux, je peux vous expédier dans une cellule si profondément enfouie qu'il faudra jusqu'au vendredi midi pour que le soleil du lundi matin y parvienne. Le temps que s'ouvre votre procès – et je crois pouvoir vous garantir un tribunal militaire – vous ressemblerez à un clone de Rip Van Winkle. Tout seul. Sans contact avec qui que ce soit, et sans ordinateur pour faire joujou, rien que vous entre quatre murs. Pendant dix, quinze ans. Enfin, s'ils ne décident pas de vous exécuter. »

C'était faux, bien sûr, presque entièrement, mais ce gars n'en savait rien. Et pour l'heure, le boulot de Toni était de lui soutirer le maximum d'informations, pas d'être son meilleur ami ou de se comporter comme son avocat ou son défenseur des droits civiques.

« Vous, vous ne pouvez pas faire une chose pareille ! C'est… c'est pas juste ! »

Toni lui servit à nouveau son sourire félin de gros chat prêt à se repaître. « Bienvenue dans le monde réel, monsieur Réalité Virtuelle. L'horloge tourne. Si je n'entends pas ce que j'ai envie d'entendre dans les soixante secondes qui viennent, je demande à ce gros méchant bonhomme bardé d'armes qui vous a arrêté de vous emmener faire une petite balade jusqu'à l'ascenseur du sous-sol. »

Elle le laissa ruminer quelques instants la menace, sans dire un mot.

Cogneur poussa un soupir et se tassa sur son siège. « Que voulez-vous ? »

Toni le regarda. « Je veux savoir pourquoi vous avez fait ça.

– J'étais payé ! Un gars m'a engagé pour le faire. Ce n'était pas mon idée !

– Son nom ?

– Je… je… j'ignore son nom. »

Toni se leva et fit mine de regarder sa montre.

« Non, c'est vrai, je le jure ! Il m'a appelé, je l'ai rencontré dans un bureau, tout s'est passé en tête à tête. Il m'a payé en liquide. Je n'ai jamais su son nom.

– À quel endroit a eu lieu la rencontre ?

– Dans un immeuble de bureaux, sur Long Island. »

Toni fit glisser une petite tablette-écran depuis l'autre côté de la table. « Inscrivez les détails, le nom de l'immeuble, l'adresse, etc. »

Il prit la tablette-écran.

« Je veux aussi une description de l'homme qui vous a engagé. Taille, poids, cheveux, yeux, tout ce dont vous pouvez vous souvenir. Et quand vous aurez terminé, j'enverrai un technicien descendre travailler avec vous sur un Identi-kit pour nous sortir un portrait-robot de ce type. »

Cogneur acquiesça, tapant déjà.

« Êtes-vous censé le revoir bientôt ?

– Oui, oui, pour un autre paiement, dès qu'il aura la preuve des effets du virus.

– Comment établirez-vous le contact ?

– J'ai un téléphone sécurisé, sans écran, avec brouillage du signal à l'émission et à la réception. C'est lui qui m'appelle.

– Où est ce téléphone ?

– Vos gars me l'ont pris.

– Vous utilisez un truqueur de voix quand vous parlez ?

– Oui. »

Elle hocha la tête. « Bien. Peut-être que vous n'aurez pas à vous transformer en animal cavernicole, après tout, monsieur Newman. »

Toni se dirigea vers la porte, elle envisageait déjà l'étape suivante : elle allait demander à Jay de diffuser un communiqué de presse annonçant que le nouveau virus du pirate faisait déjà des dégâts. Quand le commanditaire qui payait ce clown l'appellerait, ils conviendraient d'un rendez-vous, l'épingleraient, et hop, emballé c'est pesé. Ce n'était pas bien sorcier.

25.

Dallas, Texas

Dallas ressemble à tout un tas d'autres villes du sud des États-Unis, il y fait très chaud et humide en été, et l'endroit devient vite très inconfortable quand on n'a pas la climatisation. Il y faisait trente degrés aujourd'hui avec un taux d'humidité de quatre-vingt-onze pour cent. Presque aussi pénible que chez lui.

Enfin, se dit Junior, peu importait. Il serait reparti d'ici un jour ou deux.

Il avait loué par Internet une maison pour un mois, dans un quartier estudiantin, près de l'université du Texas, à Arlington, à peu près à mi-chemin entre Dallas et Fort Worth, usant pour ce faire d'une carte de crédit authentique prise sous un faux nom avec pour adresse une boîte postale. Il avait dû cracher mille dollars de plus en frais de « nettoyage », qu'il n'allait certainement pas pouvoir récupérer. Entre le loyer, les faux frais, les billets d'avion et la voiture de location, cette affaire allait lui coûter cinq mille dollars et des brouettes, mais cela entrait dans le coût du bizness. Il fallait dépenser des sous si l'on voulait en gagner et il ne fallait pas lésiner quand il s'agissait de se couvrir.

Durant le trajet de l'aéroport de Dallas-Fort Worth à Arlington – l'autoroute I-30, obliquer à l'ouest et ensuite plein sud par la nationale 360 –, il se repassa mentalement la fusillade avec le vigile. Cela s'était nettement mieux déroulé qu'avec le flic. Comme les choses s'étaient goupillées, il aurait fort bien pu attendre l'arrivée de la police montée pour les liquider tous.

Il était invincible.

Joan ne lui procurerait pas un tel pied. Il n'y aurait là aucun défi, aucun risque véritable. C'était une petite maigrichonne.

Il savait déjà qu'il n'allait pas la tuer par balle. Pas vraiment nécessaire. Juste lui refiler un ou deux verres, passer peut-être un petit moment agréable avec elle, histoire de bien la fatiguer, puis, une fois qu'elle serait endormie, il lui plaquerait un oreiller sur la figure et elle se réveillerait morte, point barre. Propre, sans effusion de sang, et il ferait gaffe à ne pas laisser traîner la moindre trace d'ADN derrière lui.

Une fois qu'il aurait tout nettoyé, récuré tout ce qu'il avait touché, passé l'aspirateur et récupéré le sac, il quitterait les lieux et Joan ne serait plus un problème. Il s'écoulerait un mois avant que l'agence ne vienne réclamer le loyer. Il laisserait la climatisation à fond, mettrait peut-être le corps dans la baignoire avec quelques sacs de glace par-dessus. Elle ne se mettrait pas tout de suite à chlinguer, et puis, merde, de toute façon, toutes ces jeunes étudiantes étaient loin de sentir la rose. Il s'écoulerait bien une semaine ou deux avant qu'elle soit assez mûre pour que les voisins commencent à se plaindre de l'odeur. Et il ne lui fallait qu'une journée.

Dans les villes universitaires, Junior le savait, les gens allaient et venaient à toute heure, à pied, à vélo, à scooter ou en voiture, et personne n'y prêtait attention. Le taux de rotation était élevé dans ces quartiers, entre les inscriptions, les départs, les transferts, les diplômes, de sorte qu'il n'était pas évident de garder la trace de qui vivait où. Il avait coiffé un chapeau de cow-boy, chaussé une paire de santiags et enfilé un jean assorti, avec un bon gros ceinturon à boucle d'argent. Il avait mis des lunettes d'aviateur et portait même une moustache postiche. Il avait l'air d'un Texan comme un autre. Ce que verraient les témoins, c'était juste ses habits et s'il était un peu plus âgé que la plupart des étudiants – la belle affaire. Il n'avait pas l'intention de discuter avec les voisins.

D'ici demain, il serait parti depuis longtemps. Et quand les flics se pointeraient enfin pour découvrir le corps d'une femme connue de la police et interpellée pour prostitution dans au moins quatre États à sa connaissance – Texas, Louisiane, Mississippi et Floride –, il était peu probable qu'ils mobilisent les Rangers pour traquer le tueur. Une pute morte à mi-chemin entre Dallas, avec ses centaines de prostituées, et Fort Worth, avec presque autant ? Les flics concluraient qu'elle devait venir d'une de ces deux métropoles et qu'elle avait simplement dû irriter quelqu'un.

Ils concluraient sans doute au meurtre d'un professionnel, une fois qu'ils auraient fouillé du côté de l'agence immobilière pour retrouver la trace du loueur et se seraient heurtés à un mur, mais même ainsi, trouver le mobile et l'auteur ne serait pas une mince affaire.

Il y avait de bonnes chances qu'arrivés à ce point,

ils laissent tomber, suspendant l'enquête, sans faire de réels efforts pour la clore. Et si c'était le cas ? Eh bien, il serait prudent. Il n'y avait absolument rien pour le relier avec cette maison, rien pour le trahir ou même offrir l'ombre d'une piste à suivre.

Il était peut-être invincible mais il était aussi très, très prudent.

Il trouva la maison, passa une fois devant, évalua la situation. Il ne serait pas de retour ici avant tard dans la soirée – il devait récupérer Joan à dix-neuf heures à l'aéroport ; ils feraient halte au retour pour manger un morceau, prendraient une bouteille de bourbon – elle avait un faible pour le Southern Comfort, il le savait – donc il serait neuf heures, peut-être dix heures du soir quand ils reviendraient.

C'était pas de veine parce qu'il l'aimait vraiment bien. Elle lui était utile et elle était super au lit, en plus, mais c'était le bizness. Ames avait raison. Il y avait quantité d'autres morues dans l'océan, qui, elles, ne connaissaient pas Junior. Mieux valait nager avec elles et s'assurer que celle-ci se retrouve le ventre en l'air. Les femmes mortes étaient muettes.

QG de la Net Force,
Quantico

« Tu voulais me voir ? » demanda Toni au seuil de la porte.

Alex sourit. « Je veux toujours te voir. »

Toni lui rendit son sourire. Il aimait ça, la faire sourire.

Il constata qu'elle avait sous le bras un dossier à couverture kraft. « C'est quoi, ça ? » demanda-t-il.

Elle haussa les épaules. « Mon rapport sur ce pirate, Cogneur, celui qui a lâché les derniers virus. J'en ai envoyé une copie à Jay, bien sûr, mais je me suis dit que t'aimerais peut-être le voir toi aussi. »

Alex acquiesça. « Merci, chou. J'y jette un coup d'œil dès que j'ai une minute. Mais d'abord, il y a un truc dont on doit discuter. »

Toni entra s'asseoir, prenant une chaise de l'autre côté du bureau. « Quoi donc ? »

Alex fit pivoter vers elle son écran. S'y affichait une photo et un bref dossier sur Corinna Skye.

« Il s'agit d'elle, dit Alex avec un signe de tête vers l'écran. Elle fait du lobbying pour CyberNation et elle ne ménage pas ses efforts pour me travailler au corps. »

Il lui laissa le temps de lire le bref résumé. Quand elle eut terminé, son regard se reporta sur lui et il vit qu'il y avait de l'acier dans ses yeux.

« Te travailler au corps ? » demanda-t-elle. Sa voix était douce mais avec une touche de nervosité.

Michaels haussa les épaules. « Rien de bien concret, expliqua-t-il. Elle est venue par deux fois au bureau pour argumenter et fournir quelques informations. Elle m'a même appelé à la maison l'autre jour.

– Quand tu t'entraînais au garage ? »

Il acquiesça.

« Gourou m'a dit que quelqu'un avait appelé. Mais elle n'a pas dit qui.

– Elle a encore rappelé un peu plus tôt dans la

journée. Elle a dit qu'elle avait rendez-vous avec Mitchell Ames et qu'elle avait des informations intéressantes à me passer. Elle veut que je la retrouve à son hôtel à sept heures ce soir pour un verre. »

Les yeux de Toni glissèrent vers l'écran plat puis revinrent à Toni. « Et ?

– Et je le sens mal, ce truc.

– Qu'a-t-elle fait ? » demanda Toni, la voix toujours aussi grave et basse, mais toujours avec cette pointe de nervosité.

« Rien. Rien de bien précis en tout cas. C'est juste qu'elle est un peu trop... suggestive, j'imagine. Mais entre ses insinuations et le déroulement des poursuites avec cette CyberNation, j'ai comme m'impression qu'on essaie de me piéger. Et je n'ai pas envie de prendre le moindre risque.

– Donc, tu comptes la rencontrer ? » reprit Toni.

Alex hocha la tête. « Il le faut. Mais je veux que tu m'accompagnes. Enfin, si ça ne dérange pas Gourou de surveiller Petit Alex un peu plus longtemps. »

Toni sourit à cette dernière remarque. « Je l'appelle tout de suite. Et je serai prête à partir à six heures. »

Elle se leva pour sortir, mais s'arrêta sur le seuil et se retourna pour le regarder. « Au fait... je t'aime. Et merci. »

Et elle disparut.

Alex resta quelques instants assis, goûtant encore la chaleur de sa présence, puis il saisit le dossier kraft contenant le rapport sur le pirate.

Malgré lui, il ne pouvait s'empêcher de penser que ce nouveau pirate semeur de virus n'était pas le plus gros problème de la Net Force. CyberNation et son procès, les pots-de-vin qu'ils avaient versés à ce stagiaire à la Cour suprême, leurs méthodes biaisées pour parvenir à mettre en œuvre leur programme, c'était cela, le gros problème. Cette affaire, ce n'était rien. Ils avaient mis la main sur le gars. Fin des soucis.

Il contempla le dossier. Mieux valait qu'il le lise, malgré tout, et soit prêt à féliciter Toni pour ce beau boulot.

Il ne lui fallut pas longtemps. C'était effectivement du beau boulot, tant de la part de Toni que de Jay, même s'ils n'avaient pas encore tous les éléments. D'après ce qu'elle avait écrit, il restait toujours l'homme qui agissait en coulisse, mais ce ne devrait pas être trop sorcier de le coincer : attendre qu'il appelle, convenir d'un rendez-vous, aller le récupérer.

En lisant la description du supposé commanditaire, Alex eut l'impression que l'homme, quelque part, lui était familier. Comme s'il le connaissait.

Il n'arrivait pas à le situer. Enfin bon. Ça lui reviendrait sans doute au milieu de la nuit. D'ailleurs, des tas de gens se ressemblaient. Parfois, quand le présentateur décrivait un criminel aux infos du soir, il avait du mal à se retenir d'éclater de rire. « La police décrit le suspect comme un Blanc âgé de vingt-cinq à trente-cinq ans, entre un mètre soixante-dix-sept et un mètre quatre-vingt-cinq, soixante-dix à quatre-vingt-cinq kilos, cheveux châtains modérément longs. La dernière fois qu'il a été vu, il portait un T-shirt, un short et des baskets. »

Cela pourrait correspondre au signalement d'un million de personnes un jour donné dans une grande cité. Voire d'un type sur deux... Qui espéraient-ils interpeller avec une telle description ?

Enfin bon, il n'avait pas à s'en préoccuper pour

l'instant. Il devait d'abord discuter avec le secrétariat et les agents chargés d'amasser la paperasse afin de satisfaire ce requin de Mitchell Ames pour le compte de CyberNation.

Juste ce qu'il lui fallait.

Arlington, Texas

Comme ils sortaient du restaurant indien, Junior remarqua : « J'ai repéré un marchand de liqueurs pas très loin en bas de la route. Tu veux qu'on ramène une petite bouteille de Southern Comfort ?

– Bien sûr, pourquoi pas ? » répondit Joan.

Elle portait un déguisement assorti à celui de Junior, comme il le lui avait demandé – bottes de cow-boy sous une longue jupe de jean bleu et chemise à boutons de nacre sous un chapeau blanc à large bord.

Même ainsi, le serveur du restaurant l'avait lorgné comme s'il était une espèce de pervers car Joan avait l'air assez jeune pour être sa fille.

« Bon alors, dis-m'en plus sur ce rencard », dit-elle après qu'ils eurent récupéré la bouteille et réintégré la voiture de location.

Il haussa les épaules. « C'est comme le dernier couple, dit-il. Celui-ci est un riche et gras pétrolier texan qui est entré en politique. Tu travailleras comme secrétaire intérimaire à son bureau, un doux sentiment s'épanouira, et nous arrangerons une séance photos dans un motel, comme d'habitude.

– Ma rétribution ?

– La même que la dernière fois. »

Elle resta un moment sans rien dire, seul le ronronnement sourd de la climatisation meublait le silence.

« Quoi ?

– Je réfléchissais, peut-être que j'aurais besoin d'une augmentation. »

Il eut l'impression qu'un vent froid lui caressait la nuque. Cela ne ressemblait pas à Joan. « Pourquoi ? demanda-t-il. Tu gagnes bien ta vie sans trop te fatiguer.

– Eh bien, j'ai entendu parler aux infos de ce gars en Californie. Tu sais, le démocrate ? Retrouvé mort dans un parc, il y a deux jours ? »

Il réussit à ne pas réagir. Ames avait eu raison, au bout du compte. « Quel rapport avec une augmentation, ma chère ?

– Allons, Junior, est-ce que j'ai "stupide" tatoué sur le front ? On l'a surpris le pantalon sur les chevilles. Tu es allé discuter avec lui, il a flippé, et tu l'as descendu. En tout cas, c'est ainsi que je vois les choses, à moins que ce soit juste une coïncidence incroyable, et je n'y crois pas vraiment. »

Il fit mine d'y réfléchir. Au bout d'un moment, il répondit :

« Je ne sais pas de quoi tu veux parler mais d'accord, peut-être que je pourrais t'offrir un petit bonus. »

Elle lui sourit, un grand sourire heureux. « Combien ?

– Qu'est-ce qui te paraîtrait juste ?

– Dix mille. Puisque des gens se retrouvent morts, et tout ça.

– Pas question. Je pourrais éventuellement aller jusqu'à trois mille.

– Huit.

– Cinq.

– Sept mille cinq. »

Junior fit mine de réfléchir. Peu importait la somme convenue, elle n'allait pas la toucher de toute manière mais ça devait faire illusion. S'il avait obtempéré et accepté d'emblée les dix mille, ça aurait pu paraître louche.

Il soupira, hocha la tête. « D'accord, sept mille cinq cents. »

Elle se pencha pour lui poser la main sur la cuisse. « Toujours un plaisir de faire affaire avec toi, chou. »

26.

À quelques encablures de la côte de Kona, Grande Île, Hawaï

Jay inspira et la bouteille attachée sur son dos l'alimenta en air au goût froid et métallique. Le régulateur cliqueta et il expira, de grosses bulles de gaz carbonique se formèrent et se dirigèrent vers la surface de l'océan, dix mètres plus haut.

Devant lui, une anguille gris-vert le lorgnait depuis une petite ouverture dans le récif de corail mourant. Elle était presque aussi grosse et aussi longue que son bras. Rond comme une perle, un œil le fixait au-dessus d'une mâchoire aux dents acérées comme des aiguilles. Elle ne semblait toutefois pas décidée à s'aventurer à l'extérieur et Jay, prudent, passa devant à cinq bons mètres de distance. Il avait un lance-harpon à air comprimé, mais il préférait ne pas perdre un de ses deux tridents. Il y avait des prédateurs plus dangereux tapis dans les eaux chaudes des mers hawaïennes.

Il y avait un peu d'eau au bas de son masque, pas assez toutefois pour être gênante, d'ailleurs la glace était dépourvue de buée. Jay avait appris le truc qui consiste à cracher à l'intérieur du masque pour l'empêcher de s'embuer. C'était rudement efficace.

Il nageait lentement, battant des jambes, se propulsant à l'aide de ses palmes en caoutchouc, les mains seulement occupées à tenir le lance-harpon. L'eau était assez chaude pour permettre de se passer de combinaison. Il portait un simple maillot de bain et avait un couteau de plongée attaché à la cheville droite. L'outil était doté d'une lame en inox crénelée, longue et épaisse, avec un manche caoutchouté noir. Il portait également une montre avec jauge de profondeur, un harpon supplémentaire fixé par Velcro sous le canon du fusil et, autour de la taille, une ceinture de nylon à laquelle étaient fixés des lests en plomb. À mesure que s'épuiserait l'air de la bouteille, sa flottabilité s'accroîtrait et les lests aideraient à compenser.

L'eau était d'un bleu superbe, limpide, la visibilité était de trente mètres, facile, et toutes sortes de poissons tropicaux passaient par bancs dans son champ visuel panoramique. Le soleil mouchetait le fond en taches ondoyant au gré des courants, et le sable propre n'était ici qu'à une quinzaine de mètres de la surface, mais la pente s'enfonçait à mesure qu'il se dirigeait vers le large. Les poissons arboraient, éclatantes, toutes les couleurs de l'arc-en-ciel, des vairons plus petits que son petit doigt aux scalaires, raies et mérous gros comme sa jambe.

Jay toutefois ne cherchait pas des poissons. Il traquait une autre sorte de proie.

Devant lui, à peine visible dans le lointain et sous un surplomb de corail, se trouvait l'épave du cruiser pirate *Elise Matilda*, un bâtiment du milieu du XXe siècle qui s'était rendu tristement célèbre en attaquant les bateaux de touristes dans les îles entre la fin des années cinquante et le début des années soixante. Armé par un groupe de coupe-jarrets australiens accompagnés de deux Maoris néo-zélandais, l'*Elise Matilda* était un navire diesel de vingt-deux mètres qui avait, deux ans durant, réussi à échapper aux autorités tandis que son équipage abordait et pillait plus d'une douzaine de bâtiments dans les eaux tropicales, accumulant un butin estimé à quatre millions de dollars en liquide et en bijoux.

À la fin de l'été 1961, durant une tempête imprévue, les gardes-côtes américains avaient repéré l'*Elise Matilda*, de retour de l'abordage d'un vapeur qui cherchait à regagner terre pour se mettre à l'abri. Les vents soufflaient déjà en rafales, la pluie obscurcissant le ciel, quand la vedette s'était mise en chasse. Alors qu'elle approchait, elle essuya le feu d'une mitrailleuse de calibre 30 montée sur le pont arrière du cruiser.

Ce fut une erreur tactique de la part des pirates car le mitrailleur des gardes-côtes était un tireur émérite. À mille mètres de distance, il toucha le vaisseau pirate du premier coup de son canon de 12,5, perforant la coque. Son second coup pulvérisa la barre et, par la même occasion, l'homme qui la tenait. Privé de pilote, le croiseur vira par le côté et fut retourné par une lame.

L'*Elise Matilda* se mit rapidement à faire eau. Une partie de l'équipage aurait pu en réchapper mais il faisait sombre et personne à bord de la vedette ne repéra d'éventuels survivants dans ces eaux agitées.

Dans cette mer démontée, le vaisseau pirate ne flotta que cinq minutes après s'être retourné, puis il sombra. La vedette resta le plus longtemps possible avant de rentrer au port.

Il se trouva que la vedette des gardes-côtes s'était en fin de compte attardée trop longtemps à rechercher des survivants et ne devait jamais regagner terre. Sous les assauts de la tempête, le bâtiment perdit de la puissance et bientôt se mit à sombrer. Par miracle, l'avarie survint assez près des côtes pour que la plupart des hommes d'équipage parviennent à rejoindre le rivage malgré les vagues énormes. La position du bateau pirate avait toutefois été perdue. Aucun des survivants ne semblait capable de se souvenir, entre l'obscurité et cette mer démontée, de l'endroit où ils étaient allés, et le navigateur et le commandant faisaient partie des six hommes disparus avec la vedette.

Toutefois, Jay « Sherlock » Gridley avait réussi à retrouver un des survivants du naufrage et, grâce à ses dons d'investigation, il avait pu sonder suffisamment les souvenirs du vieil homme pour localiser l'emplacement où le vaisseau pirate avait sombré.

Jay ne put s'empêcher de sourire. Traquer un trésor englouti pouvait être une métaphore un rien fleurie, mais ça marchait pour lui et quand il s'agissait de traque virtuelle, il était le premier – et le seul – intéressé.

À bord de l'épave, en dehors des ossements laissés par les crabes et les poissons, se trouvait un coffre rempli d'argent et de bijoux. Le coffre représentait un compte bancaire secret appartenant au stagiaire de la Cour suprême. Une fois que Jay l'aurait localisé avec précision et qu'il en aurait déterminé la valeur, le stagiaire serait cuit.

S'il contenait autant d'argent que le supposait Jay, il était impossible que l'homme ait honnêtement gagné une telle somme. Sa famille n'était pas spécialement fortunée, il avait fait ses études grâce à une bourse, et il aurait pas mal d'explications à fournir. Et ce serait par le truchement des services fiscaux. Le fisc avait fait tomber plus d'un criminel.

Jay sourit derrière son embout et se dirigea vers l'épave.

Il entrevit un mouvement sur sa gauche.

Un requin, qui lui fonçait droit dessus. Un grand requin blanc, d'une bonne dizaine de mètres de long.

Là, c'était la métaphore d'un pare-feu. Ne lui manquait plus maintenant que d'entendre le thème des *Dents de la mer*.

Il fit pivoter son lance-harpon et le pointa vers le requin...

Arlington

Junior était étendu, nu, sur le lit à côté de Joan. Elle portait un long T-shirt à l'effigie d'Albert Einstein. Elle dormait sur le dos, et son maillot lui descendait juste au ras des cuisses.

Tout s'était passé en gros comme il l'avait prévu. Ils étaient revenus à la maison et ils avaient bu quelques verres, en discutant du bon vieux temps, abordant également son pseudo-plan. Au bout d'un moment, ils s'étaient déshabillés et couchés. Après, Joan avait pris une douche rapide, elle était revenue avec le T-shirt et s'était assoupie.

À présent qu'elle était endormie, Junior n'avait plus qu'une chose à faire : saisir l'oreiller, le plaquer sur son visage et, bye-bye, Joan, au revoir, désolé que ça doive finir ainsi, fillette.

Seulement voilà : il ne pouvait pas. Pas tout de suite, en tout cas. Il s'était blotti contre elle, avec la seule intention de s'assurer qu'elle respirait régulièrement et profondément, preuve qu'elle était bien endormie. Il ne voulait pas qu'elle se réveille trop vite. Il savait d'expérience combien elle était résistante.

Le problème, c'est qu'il s'était endormi lui aussi, allongé, détendu, plein de douces pensées pour la femme qu'il s'apprêtait pourtant à tuer.

Il s'éveilla à six heures du matin, se maudissant pour sa bêtise.

Il ne pouvait plus tergiverser. Joan allait se réveiller d'un instant à l'autre, et il aurait perdu toute chance de régler ça tranquillement – et pour elle, il voulait que ça se passe ainsi.

Saisissant l'oreiller, il se prépara à l'enfourcher. Il avait l'intention de s'asseoir sur ses hanches pour l'empêcher de bouger, de s'appuyer sur l'oreiller et de laisser faire les choses. Deux, trois minutes, et elle étoufferait, puis, une fois qu'elle aurait cessé de se débattre, il continuerait de garder l'oreiller plaqué sur elle cinq minutes encore, pour être sûr.

Mais alors qu'il levait le genou et le passait par-dessus la hanche de Joan, celle-ci s'éveilla. Ses yeux s'agrandirent quand elle vit l'oreiller et, quelque part, elle dut se rendre compte de ce qu'il s'apprêtait à faire. Avant qu'il ait pu réagir, elle se mit à hurler comme une sirène de pompier et lui balança un coup de genou dans l'entrecuisse.

La douleur fut si cuisante et si vive qu'elle lui donna envie de dégueuler. Il n'arrivait même pas à respirer tant ça faisait mal.

Joan roula hors d'atteinte avant qu'il ait pu l'attraper. Elle tomba du lit, heurta le sol sans ménagement mais elle était debout en moins d'une seconde.

Il voulut se jeter après elle, mais il fut ralenti par la douleur fulgurante. Avant qu'il ait pu gagner le bord du lit, elle avait saisi la lampe de chevet et la fracassait sur son crâne.

Des bouts de faïence tombèrent en pluie autour de lui.

Sa vision se brouilla de rouge, puis s'emplit d'étoiles scintillantes.

Assommé, il retomba en arrière, mais sans perdre connaissance. Pas question de battre en retraite, elle le tuerait sinon.

Ses flingues étaient sous le matelas. Il se précipita mais Joan prit le poste de télévision, un petit portable posé sur la commode au pied du lit, et le lança sur lui.

La télé lui arriva dessus comme au ralenti et Junior leva un bras pour essayer de l'intercepter. Il n'avait pas le choix, s'il ne voulait pas qu'elle lui fracasse le crâne. Son bras entra en contact, mais il était plié et c'est le coude qui toucha la vitre. L'écran explosa et cracha des fragments de verre en tout sens.

Il sentit une écharde acérée lui entailler le bras au-dessus du coude et, pire, son coude se retrouva coincé dans le tube cassé.

Le temps qu'il se dégage en se coupant encore plus, Joan s'était volatilisée. Il finit par se redresser d'un bond, arrosant copieusement de sang toute la chambre, pour se ruer à sa poursuite. Au moment de quitter la pièce, il entendit la porte d'entrée s'ouvrir, puis la porte-moustiquaire se refermer derrière. Il courut dehors et s'aperçut soudain qu'il était tout nu.

Il s'immobilisa d'un coup. Un type à poil, ensanglanté, qui court après une femme à demi nue ? Cela ne manquerait pas d'attirer l'attention du voisinage, même dans ce quartier. Il ne voulait pas que quelqu'un appelle les flics avant d'avoir cloué le bec à Joan une bonne fois pour toutes.

Il retourna en vitesse chercher son falzar. Il n'était pas à une seconde près. Elle n'irait pas bien loin à pied.

Il entra dans la chambre en trombe, enfila son jean, chercha son blouson… Il avait disparu… avec ses clés de voiture et une partie de ses papiers dont deux fausses cartes de crédit…

Joan avait dû s'en emparer en filant.

Il poussa un juron, puis saisit une serviette et l'enveloppa autour de son bras ensanglanté. Puis il se précipita de nouveau vers la porte d'entrée.

La voiture de location avait bel et bien disparu, elle aussi.

Il resta planté là. Il saignait comme un porc, il ne pouvait pas sortir dans cet état.

Oh, nom de Dieu. Il n'était pas dans la merde, à présent. Qu'est-ce qu'il allait bien pouvoir faire ? Il fallait qu'il la retrouve !

Oui, mais comment ?

Hôtel Roosevelt,
Washington, DC

Ce n'était pas le premier hôtel dans le secteur à porter le nom de Roosevelt. Mais celui-ci était récent – en fait, c'était un ancien hôtel qui s'appelait autrement et qui avait été réaménagé deux ans auparavant ; il avait gardé son élégance d'antan, mais avec du mobilier tout neuf.

Toni et Alex entrèrent et se dirigèrent vers le bar. Il ne vit pas Cory Skye mais ils n'étaient pas arrivés depuis vingt secondes qu'un chasseur, grand et maigre, apparut et s'approcha d'eux. « Êtes-vous le commandant Michaels ?

– Oui.

– Mme Skye vous prie de l'excuser mais elle doit faire ses bagages et partir plus vite que prévu. Elle vous demande si vous voulez bien la retrouver dans sa chambre. »

Coup d'œil d'Alex à Toni. Le chasseur n'avait pas semblé remarquer sa présence, ou du moins ne s'en était-il pas formalisé.

« Chambre 316 », précisa le chasseur.

Alex se tourna vers Toni. « Qu'est-ce que t'en penses ?

– Je pense que tes soupçons étaient fondés », répondit-elle.

Alex opina. « Rentrons à la maison. »

Toni fronça les sourcils. « Quoi ? Pourquoi ? Je veux

dire, sérieusement, Alex, en quoi cela change-t-il quelque chose ? »

Alex regarda le chasseur, qui était toujours là, attendant apparemment un pourboire : « Voulez-vous, je vous prie, transmettre mes regrets à Mme Skye. Dites-lui que j'ai été appelé pour une urgence et demandez-lui de me recontacter à son retour en ville. »

Le chasseur, qui devait avoir une vingtaine d'années, répondit : « En êtes-vous sûr, monsieur ? J'ai... euh... eu l'impression que la dame s'attendait vraiment à vous voir.

– J'en suis sûr et certain. » Alex sortit de son portefeuille un billet de vingt qu'il tendit au chasseur.

« Bien, monsieur. Passez une bonne soirée. »

Alex se retourna vers Toni. « Chérie, j'ai réfléchi à ce que Tommy Bender disait à propos de ce gars, Mitchell Ames. Le problème, c'est qu'il manie les allusions et les insinuations tout autant et même plus que les faits concrets. Avec toi à mes côtés, il n'y avait aucun problème à la rencontrer dans un bar. Personne, pas même ce requin, ne pourrait déformer les faits pour les retourner contre nous.

– Je sais, Alex. C'est pourquoi je t'ai accompagné. Ce que je ne comprends pas, c'est en quoi c'est différent à présent.

– Parce que ce n'est plus un bar. C'est sa chambre. Suppose qu'il la fasse venir à la barre et lui demande : "Je crois savoir, madame Skye, qu'Alex Michaels, le commandant de la Net Force, vous a rejointe dans votre chambre d'hôtel." T'imagines le doute dans l'esprit des jurés ?

– Mais nous aurions la possibilité de rectifier le tir.

– Oui, mais à ce moment, il serait déjà trop tard.

Tommy n'aurait pas le droit d'objecter à la question, si bien qu'il n'aurait pas l'occasion de clarifier les choses avant le contre-interrogatoire, et dans l'intervalle, l'idée serait restée trop longtemps implantée dans l'esprit des jurés. C'est un peu comme quand le juge leur demande d'ignorer une chose qu'ils ont entendue. Ils ne peuvent pas. On ne peut pas "désentendre" une chose et on ne peut pas en oublier une simplement parce que le juge vous le demande.

– Allusions et insinuations, dit Toni.

– Exactement. Si j'étais venu seul, rien ne se serait passé. Tu le sais. Mais il lui aurait suffi de dire que nous nous étions retrouvés pour boire un verre ensemble. Cela m'aurait nui vis-à-vis du jury, car ils auraient pu plus facilement croire à toutes ses autres insinuations nous concernant. Monter dans sa chambre, même en y allant tous les deux, aurait eu le même résultat. »

Elle acquiesça. « Tu as raison. »

Alex soupira, il se sentait soudain bien las de toutes ces manœuvres politiciennes. « Rentrons », dit-il.

27.

Étang de Long Meadow, Connecticut

Ames roulait tranquillement à bord de sa nouvelle Mercedes couleur chocolat, la poussant gentiment. Il faisait du cent dix et était encore à une vingtaine de kilomètres au sud de Waterbury, sur l'autoroute 84, en direction du nord.

Il avait quitté la ville pour se rendre à une vente aux enchères à Wolcott, juste au nord de Waterbury. Une riche vieille dame qu'il avait rencontrée à deux reprises, Marsha Weston, était récemment décédée, en laissant derrière elle une assez jolie fortune et quelques antiquités de valeur. Elle avait possédé une horloge ancienne venue d'Europe deux siècles plus tôt, qui irait parfaitement dans son hall d'entrée, et il n'avait pas l'impression que quelqu'un viendrait renchérir sur lui. Les Weston étaient une vieille fortune, même si les jeunes descendants s'étaient lancés dans l'informatique et avaient amassé un joli portefeuille dans plusieurs des plus grosses sociétés de matériel électronique. Son espoir était qu'ils ne s'intéressent pas au vieux mobilier moisi de leur grand-mère. Mais s'ils s'y étaient intéressés, jamais l'horloge ne se serait retrouvée mise en vente.

À propos d'ordinateurs, cela lui rappela qu'il devait rappeler aujourd'hui son pirate favori pour prendre des dispositions en vue d'un nouveau règlement.

Ames tendit la main vers la console centrale et en sortit un des quatre téléphones mobiles jetables qu'il avait là. Il se servit d'un moyen mnémotechnique appris en fac de médecine pour se remémorer le numéro du pirate, le composa tout en doublant un semi-remorque frigorifique transportant des croquettes de poisson surgelé, et attendit que la connexion s'établisse.

« Cogneur », fit la voix grave.

Il hocha la tête. Le pirate utilisait un truqueur de voix, précaution qu'Ames considérait comme une perte de temps. Ils ne disaient jamais rien qui permette de les identifier, et les téléphones cellulaires qu'utilisait Ames ne servaient jamais plus d'une fois. Nul doute que le pirate n'était pas assez stupide pour utiliser son téléphone personnel.

« Je vois que notre plan a bien marché, dit Ames.

– C'était l'idée, répondit Cogneur.

– Certes. Si cela te convient, retrouve-moi à l'endroit habituel, demain, à treize heures, pour ta rétribution.

– Je pense que c'est jouable », dit le pirate.

Ames sourit. Bien sûr que ça l'était. Le gars passait quatre-vingt-dix pour cent de son temps planté devant un ordinateur, il n'avait pas d'autre activité. Se rendre à la cuisine chercher une autre barre chocolatée était sans doute son seul exercice lyrique.

Ames pressa la touche de déconnexion et jeta le téléphone sur le siège de droite. Il le prendrait à son prochain arrêt et l'écraserait sous son talon, avant de répartir les fragments dans deux ou trois poubelles à des endroits différents, et ce serait réglé.

Il plissa le front et serra un peu plus fort la jante du volant. Il était contrarié de ne pas encore avoir eu de nouvelles de Junior. L'homme était censé avoir réglé ce dernier petit détail avant de le rappeler. Jusqu'ici, toutefois, Junior n'avait pas renoué le contact.

Alors il soupira et essaya de se relaxer. Junior finirait bien par appeler. Dans l'intervalle, Ames se serait trouvé une chouette vieille pendule, et il ferait une petite virée tranquille jusqu'à sa maison de campagne pour déjeuner avant de regagner la ville.

Tout se déroulait comme prévu.

QG de la Net Force
Quantico

Toni sourit en regardant le téléphone appartenant au pirate qui se faisait appeler « Cogneur ».

« Je t'ai eu », dit-elle.

Jay Gridley, qui passait devant la porte de son bureau, s'arrêta : « Hein ? Qu'est-ce que j'ai fait ? »

Elle secoua la tête. « Pas toi. Le patron de Cogneur vient juste d'appeler.

– Ah.

– Notre pirate doit le retrouver demain matin à une heure de l'après-midi – enfin, c'est ce qu'il pense. On le cueillera à ce moment-là.

– Tu vas le faire interpeller par les flics locaux ?

– Oui. Inutile d'aller marcher sur les plates-bandes des autres si on peut l'éviter. D'ailleurs, un homme d'affaires de Long Island n'est pas vraiment un gibier pour les troupes de la Net Force. »

Jay acquiesça. « Ce sera intéressant de découvrir pourquoi il faisait ça. Je pense qu'il doit travailler dans les équipements de sécurité ou quelque chose comme ça. La Net Force se fait attaquer, du coup ses produits se vendent d'autant mieux. Trouver un besoin et le satisfaire. Et s'il n'y en a pas, le créer. »

Toni acquiesça à son tour. Elle demanderait au service liaison de prévenir le FBI qui appellerait à son tour la police locale – elle ne savait pas trop de quel service de police dépendait Long Island – et ce serait une affaire réglée. Une fois qu'ils auraient cueilli le gars, elle monterait là-haut, peut-être en train, pour l'interroger, et son rôle s'achèverait là. Encore un point de gagné pour la Vérité et la Justice.

Atlanta, Georgie

Junior s'était, tant bien que mal, rendu aux urgences. Trois des entailles les plus profondes à son bras avaient besoin d'être recousues et, quand le médecin eut terminé, il se retrouva avec quarante-sept points de suture d'un côté du bras, et presque autant de l'autre. Bonjour les démangeaisons. Il raconta plus ou moins la vérité au toubib qui donnait l'impression de ne pas avoir plus de seize ans : en gros, il avait fichu son coude dans un écran de télé, même s'il lui dit bien sûr que c'était un accident. Il avait beau être jeune, le toubib avait déjà dû en entendre de drôles.

Ainsi bandé, son bras n'était pas vraiment discret, aussi s'acheta-t-il une chemise sport bon marché pour planquer les pansements. Personne ne se souviendrait d'un type mal fagoté, mais un type avec un bras comme celui de la Momie ne risquait pas de passer inaperçu.

Cependant son bras était le cadet de ses soucis. Quelque part, Joan était en fuite. Si elle se servait de sa propre carte de crédit ou de celle de Junior pour s'acheter des billets, il serait en mesure de retrouver sa trace. Le problème, c'est qu'elle était assez maligne pour le savoir. En fait, elle connaissait la plupart des moyens dont il disposait pour la localiser, et elle éviterait de lui faciliter la tâche. La question était : où allait-elle se rendre ?

Junior avait bonne mémoire. À un moment donné, un ou deux ans plus tôt, Joan avait laissé échapper qu'elle avait une sœur, sa seule parente encore en vie, qui résidait à Atlanta. Elle lui avait dit qu'elle travaillait comme serveuse dans un bar pour motards des faubourgs de la ville. Joan était pas mal bourrée quand elle lui avait fait cette confidence, aussi y avait-il de bonnes chances qu'elle ne se souvienne pas de le lui avoir dit.

Quand une femme comme Joan voulait se planquer, elle allait là où elle avait de la famille ou des amis. Pour autant qu'il sache, Joan n'avait pas d'amis. Elle n'allait sûrement pas retourner à Biloxi parce qu'elle savait que ce serait le premier endroit qu'il vérifierait. Et il ne pensait pas qu'elle irait voir les flics – du moins, pas tout de suite. Il connaissait Joan et il savait que sa première idée serait de voir si elle ne pourrait pas négocier quelque chose.

Elle savait que Junior avait essayé de la liquider, pas de doute là-dessus, et c'était moche. Elle serait désormais constamment sur ses gardes, sachant que s'il avait tenté de la tuer une fois, il recommencerait. Mais elle savait également qu'il avait dû avoir une rudement bonne raison de chercher à la tuer, ce qui la rendait précieuse.

Joan était intelligente mais elle était aussi avide d'argent. Elle verrait dans cet incident une chance de lui soutirer une somme rondelette, et, songea Junior, c'était son unique espoir désormais.

Une autre que Joan aurait fui à l'autre bout du pays, peut-être au Canada, aurait changé de nom, se serait faite discrète. Mais pas Joan. Pas en voyant une occasion comme celle-ci. Et cela lui permettait de gagner un peu de temps, mais pas trop. Il devait lui remettre la main dessus avant qu'elle n'avise de monter son propre coup pour se couvrir. Une fois qu'elle en aurait parlé à plusieurs personnes, qu'elle aurait peut-être déposé un dossier chez un avocat au cas où elle se ferait écraser en traversant la rue, l'affaire serait entendue.

Donc, il devait la retrouver au plus vite. Et c'était par sa sœur qu'il fallait commencer.

Il ignorait son nom ou l'endroit où elle travaillait. Il se dit cependant qu'il ne devait pas y avoir tant de bars à motards avec des serveuses, et moins encore avec des serveuses qui ressemblaient à Joan. Il était à peu près sûr de la reconnaître s'il la voyait. Une fois qu'il aurait la frangine, si elle avait une idée de l'endroit où se trouvait Joan, il lui extorquerait l'information.

Ce n'était pas grand-chose, mais c'était tout ce qu'il avait.

En attendant, Ames devait suer sang et eau à force de se demander de quoi il retournait, mais ce n'était pas une très bonne idée de le mettre au courant tout de suite. Pas tant que Junior n'avait pas une meilleure nouvelle à lui annoncer. Il faudrait qu'il patiente. Il valait mieux qu'Ames soit en rogne après lui parce qu'il avait tardé à téléphoner plutôt qu'en apprenant que Joan avait pris la poudre d'escampette et savait que Junior avait essayé de la tuer.

Junior avait cependant un autre avantage. En prison, les Blancs se serraient les coudes, et il avait fait la connaissance de quelques motards quand il était incarcéré. Deux d'entre eux zonaient du côté d'Atlanta, donc ils devraient connaître les bars. Il leur passerait un coup de fil. On avait intérêt à avoir quelques relations quand on se pointait dans un bar à motards.

Il finirait bien par retrouver la frangine. Et alors, elle le mènerait droit à Joan et il finirait le boulot.

Washington, DC

Michaels était dans la cuisine et cherchait quelque chose de bien gras à se mettre sous la dent après son entraînement quand le téléphone sonna. Il décrocha et une voix masculine demanda à parler à Mme DeBeer. Il faillit dire à l'interlocuteur qu'il avait fait un faux numéro puis se souvint que DeBeers était le nom de Gourou. Ils ne l'appelaient jamais autrement que « Gourou » qui voulait dire « Maîtresse ».

« Une seconde, ne quittez pas. »

Gourou était dans le séjour, elle racontait une histoire à Petit Alex.

« ... Et alors le Garuda s'empara du petit singe et l'arracha aux griffes des tigres ! »

Petit Alex rit, sans doute un des sons les plus agréables qu'il soit donné d'entendre sur terre, et dit : « Encore, Gourou, encore ! »

Il s'en voulut de les interrompre. « Gourou, téléphone pour vous. »

La vieille dame acquiesça et vint dans la cuisine prendre la communication.

Michaels s'accroupit et cueillit son fils, il le souleva et le fit virevolter, provoquant de nouveaux éclats de rire. Après la naissance de sa fille, il avait cru que jamais plus il n'éprouverait cette sorte d'amour. Quand Megan et lui s'étaient séparés et avaient divorcé, les moments qu'il pouvait passer avec Susie étaient devenus bien trop courts. Elle était presque une adolescente aujourd'hui. Mais Petit Alex était une autre joie et Michaels se sentait à présent un meilleur père que lorsqu'il était sur la pente ascendante de sa carrière. C'est du moins ce qu'il espérait.

Gourou revint dans le séjour.

« Tout va bien ?

– Mon arrière-petit-fils est toujours malade, dit-elle. Il est à présent à l'hôpital avec une pneumonie. Mon petit-fils et sa femme sont inquiets. Les médecins ont beau leur dire que leur garçon s'en sortira très bien, ils se font du souci. Je pense que je devrais peut-être me rendre en Arizona auprès d'eux.

– Oui, bien sûr, dit Michaels.

– Je peux emmener *laki-laki* », dit-elle avec un signe de tête vers Alex.

Laki-laki signifiait « petit homme ». Michaels hocha la tête. « Vous pourriez, dit Alex, qui appréciait l'offre. Mais vous aurez besoin de pouvoir vous concentrer sur votre petit-fils. »

Qu'il puisse même envisager de confier son jeune fils à une vieille dame de quatre-vingt-cinq ans pour un voyage en avion jusqu'à l'autre bout du pays pourrait sembler étrange à quiconque ne les connaissait pas, mais Toni avait une confiance aveugle en Gourou. Elle était comme l'arrière-grand-mère du bébé et elle était avec eux chaque jour. Elle connaissait le garçon aussi bien que Toni ou lui, et Petit Alex l'adorait. Et même à son âge, c'était une nounou formidable. Elle était encore capable d'assommer la plupart des bonshommes avant même qu'ils aient pu se rendre compte qu'elle était dangereuse.

Elle hocha la tête. « Cela vaut peut-être mieux, si vous êtes sûr. »

Gourou prenait ses responsabilités très au sérieux, aussi Michaels acquiesça-t-il : « Vous n'avez pas qu'une famille.

– Oui, vous avez raison, je vais faire mes préparatifs.

– Toni rentre dans un petit moment. Et elle peut appeler notre agence de voyages pour prendre les dispositions. »

Gourou opina gravement.

Après qu'elle eut regagné sa chambre, emmenant Petit Alex avec elle, Michaels se demanda quel effet ça devait faire d'être aussi âgé qu'elle et de continuer à porter la responsabilité de toute sa famille. Et qu'un petit-fils ait appelé sa grand-mère parce que son propre fils était malade, en sachant sans doute qu'elle sauterait dans un avion et se rendrait à son chevet… Est-ce qu'ils croyaient qu'elle pouvait soigner le petit, peut-être avec quelque formule magique de ses ancêtres ?

Il secoua la tête. Sans doute pas. Mais c'était quand même incroyable qu'ils l'appellent, et qu'elle vienne, comme ça.

Toni allait devoir prendre sur son temps de travail pour garder le petit babouin. Il marqua un temps. Non, rectifia-t-il. Peut-être que ce serait à lui de se prendre deux jours, pour rester à la maison avec Petit Alex.

Il songea à l'affaire en cours et à Corinna Skye. Il songea aux réunions de commissions au Capitole, et aux mille autres sujets de perte de temps et de frustration qui composaient l'ordinaire de la direction de la Net Force – ou de tout autre service gouvernemental.

Il songea à tout cela, et puis il songea de nouveau à la dernière proposition d'emploi qu'il avait reçue quelques jours plus tôt.

Ouais, peut-être qu'il devrait se prendre deux jours de congé. Il réfléchirait à tête reposée et en discuterait avec Toni à son retour.

Tout d'un coup, il lui sembla avoir pas mal de sujets de réflexion.

28.

Long Island

Ames avait fait ses visites à l'hôpital, puis il s'était rendu à son cabinet d'avocat. Son personnel s'occupait de tout. La pendule qu'il avait achetée lors de la vente aux enchères devait être livrée aujourd'hui. Le soleil brillait et il était chaud, mais grâce à la climatisation, l'habitacle demeurait confortable. Il avait déjeuné tôt, et excellemment.

Somme toute, il se sentait plutôt bien, tandis que la Mercedes suivait le trafic dense pour le conduire vers son bureau « officieux » en vue de la rencontre avec le pirate.

Et puis il vit les deux hommes installés dans une voiture anonyme, garée le long du trottoir devant le petit immeuble de bureaux. Costume et lunettes noires, assis en plein soleil. Des flics. Forcément.

Ames ne ralentit pas. Il passa devant. Un pâté de maisons plus loin, il avisa une seconde voiture banalisée, et son estomac se noua.

Peut-être qu'ils n'avaient pas mis sous surveillance

les bureaux de l'immeuble pour le pincer. Il était possible qu'ils soient à la recherche de quelqu'un d'autre, mais quand on se lançait dans des activités illégales, la parano était toujours payante.

Qu'il soit censé rencontrer Cogneur d'ici quelques minutes et que l'endroit soit sous la surveillance de quatre hommes ? Il y avait de quoi s'inquiéter.

Il fronça les sourcils, évaluant la situation avec la célérité et l'efficacité avec lesquelles il soupesait une nouvelle affaire.

Il allait devoir abandonner ce bureau. Cela s'imposait mais ce n'était pas si grave. Une des raisons qui lui avaient fait choisir cet emplacement, toutefois, était l'absence de caméras de surveillance dans le bâtiment, du moins dans les parties communes. Ils allaient bien finir par en installer, lui avaient-ils dit, mais d'ici là, il aurait quitté les lieux pour se trouver un autre bureau officieux.

Pas pratique, mais au moins n'y avait-il rien pour le relier à cet endroit. Il l'avait loué sous un faux nom, et chaque fois qu'il s'en allait, il essuyait toutes les surfaces où il aurait pu laisser des empreintes. Même le mobilier avait été acheté au nom d'une société bidon. De ce côté, il était blindé.

Mais comment les flics avaient-ils été renseignés ? Cogneur avait dû déconner et se faire épingler. Et tout naturellement, il avait dû balancer son employeur.

Il coupa la climatisation, pris d'un frisson soudain. Même si le pirate ne pouvait rien contre lui, Ames se rendit compte qu'il avait lui-même manqué de prudence. Il avait péché par excès de confiance. Il fut un temps où il aurait envoyé son homme de main inspecter les lieux à l'avance. Il l'avait fait les premières fois où il y avait rencontré des gens. Au bout d'un moment, toutefois, cela lui avait paru un effort inutile et il avait arrêté.

S'il avait pénétré dans le bâtiment, gagné le bureau, ils l'auraient coincé. Certes, ils ne pourraient rien relever contre lui, c'était juste la parole de Cogneur contre la sienne, mais la seule perspective d'être emmené et interrogé était inquiétante. Dans le meilleur des cas, il se retrouverait fiché comme un individu à surveiller, ce qui lui compliquerait notablement la tâche.

Il soupira. Il avait eu du pot ce coup-ci, mais il n'était pas question de se reposer sur la chance. Il allait devoir désormais redoubler de précautions pour ses déplacements.

Il tourna au carrefour suivant. Il allait rentrer chez lui pendant quelques heures, récapituler la situation jusqu'à être certain d'avoir envisagé toutes les hypothèses.

Bar du Commandant
Atlanta, Géorgie

Junior fit signe à la serveuse, une quadragénaire dont les bras nus et une bonne partie du torse – révélé par son haut de bikini – étaient recouverts de tatouages. Il attira son attention, dessina un cercle horizontal avec son doigt, puis pointa celui-ci vers sa table.

La serveuse, qui portait un plateau avec dessus huit bouteilles de bière, lui répondit d'un signe de tête.

C'était Junior qui régalait. Jusqu'ici, il avait payé

quatre tournées et il était prêt à y passer la nuit s'il le fallait.

Il ne connaissait qu'un des trois hommes attablés avec lui. Buck était un ancien passeur clandestin qui avait eu des problèmes à cause d'une sacoche pleine de cristaux de méthédine ; il s'était retrouvé bouclé dans le même pénitencier que Junior. Buck était un gros type baraqué, méchant, stupide, et qui aimait la bagarre.

Un jour, aux douches, en se frottant seul à quatre Noirs, Buck avait eu le dessous. Il s'était défendu comme un beau diable, mais les autres étaient méchants et baraqués, eux aussi, et ils n'avaient pas tardé à le coincer. C'est à ce moment que Junior était arrivé et lui avait porté assistance. Buck était du genre à ne pas l'oublier et quand Junior l'appela, il se montra ravi de lui filer ce petit coup de main.

La fumée était si épaisse dans ce rade qu'on aurait pu faire rebondir dessus des pièces de monnaie, et le disque de « Born to Be Wild » des Doors que jouait le juke-box devait être complètement usé, vu que quelqu'un le passait à peu près une fois tous les trois titres.

Les deux autres gars avec lui autour de la table étaient des copains de Buck : Dawg et Spawn.

« Alors, redis-moi déjà pourquoi tu la veux ? » demanda Dawg.

Junior qui avait réfléchi à une histoire pour ne pas risquer de problème avec un éventuel copain de la sœur de Joan, répondit : « Pas elle ; je cherche sa sœur. Elle a piqué ma tire, ma montre, ma carte de crédit, et elle s'est taillée. »

Il valait toujours mieux mettre une once de vérité

dans ce qu'on racontait. Si les choses se compliquaient, cette partie au moins était claire, et en prime, ça évitait de devoir se rappeler quels mensonges on avait inventés.

Spawn – un culturiste visiblement dopé aux stéroïdes – haussa les épaules, lesquelles ressemblaient à deux demi-boulets de canon sous son débardeur en jean. « La belle affaire. Et ça vaut le coup de venir la pourchasser depuis le Texas ? »

Junior soutint le regard de Spawn et, prenant un air un rien macho, précisa : « Non, mais elle a renversé ma Soft Tail en partant. Elle l'a balancée sur la chaussée et elle s'est fait rétamer par un fourgon d'UPS. Y en avait pour vingt-six mille dollars d'accessoires, dont un réservoir peint de dix-huit couches de Candy Apple rouge avec des flammes vert fluo, dix-huit couches polies à la main une par une…

– Oh, merde, fit Dawg. Ça craint. »

Même Spawn dut hocher la tête devant cette infortune.

Junior acquiesça. Le meilleur moyen d'aller droit au cœur d'un motard était de lui dire qu'on avait endommagé votre meule. C'était plus douloureux qu'un coup de pied dans les couilles… Pire, fallait que son propriétaire meure avec.

« Laisse-moi voir sa photo », dit Dawg.

Junior la présenta – récupérée d'une de leurs vidéos de chantage.

L'autre regarda mais il hocha la tête : « J'l'ai jamais vue. »

Il passa la photo à Spawn, qui la lorgna en plissant les yeux à travers la fumée de sa cigarette. « Tu sais, elle ressemble un peu à Darla, au Noyau de Pêche. »

Dawg restitua le cliché. « Ouais, maintenant que tu le dis, elle a un faux air, c'est vrai.

– Bon, je pourrais aller vérifier, dit Junior.

– Mieux vaudrait que t'aies de la compagnie, observa Spawn. C'est le terrain des Gray Ghostriders. On a conclu une trêve avec eux, mais ils fricotent pas trop avec les étrangers. »

Junior regarda les trois hommes. « Ça vous dirait de me tenir compagnie encore un peu ?

– Tant que c'est toi qui régales, y a pas de problème », dit Buck. Il sourit.

Washington, DC

La Mitraille était venu avec le pistolet, comme promis, et Howard l'avait récupéré pour le ramener à la maison et le confier à Tyrone. Il se dit que son fils serait ravi – il avait vraiment l'air d'apprécier l'entraînement.

Quand Howard frappa à la porte du fiston, il l'entendit crier : « Entre ! »

Assis devant son ordinateur, le garçon regardait une projection holographique. L'image était celle d'un haut bâtiment rectangulaire, vu légèrement de biais, surmonté d'une espèce d'énorme tigre de néon orangé, figé en train de bondir. Il fallut une seconde à Howard pour faire le point.

« Salut, p'pa.

– Salut, fils. Tu bosses sur quoi ?

– Mon boulot. De l'anglais. Peut-être que prendre

des cours de vacances n'était pas une si bonne idée. Ça me gave. » Il regarda son père et sourit. « Hé, peut-être que tu pourras m'aider. Tu t'y connais en dinosaures, hein ? T'en avais pas un quand t'étais petit ?

– Bien sûr. Soixante bornes aller-retour chaque jour sur son dos pour aller à l'école. Dans la neige. Et en côte dans les deux sens.

– C'est bien ce que je me disais. Tiens, regarde plutôt. »

Il toucha un bouton et le tigre s'éteignit peu à peu pour laisser place, en superposition, à un pavé de texte.

Howard se déplaça pour mieux voir. C'était un poème intitulé « Dinosaures » mais manifestement, il ne parlait ni de fossiles ni de lézards. Il y avait en bas le nom de l'auteur, mais il ne lui dit rien.

Howard hocha la tête. « Ouais. Et alors ?

– Alors, qu'est-ce qu'il peut bien signifier ? Je suis censé l'analyser mais je n'ai pas la moindre idée de ce qu'il raconte. »

Howard relut le poème. Hocha la tête. « T'arrives pas à deviner ?

– Tu vois, p'pa, tu sais pas.

– Bien sûr que si, je sais. »

Tyrone lui adressa un regard torve. « Tu veux m'éclairer ?

– Fastoche, dit son père. Retourne en arrière et regarde l'image. »

Tyrone bougea la main et agita un doigt, et le texte s'assombrit, révélant l'arrière bâtiment.

« Ce que tu es en train de contempler est l'arrière d'un écran de drive-in, expliqua Howard.

– Un quoi ?

– Il doit sans doute en subsister encore quelques-uns. Ils avaient déjà presque tous disparu de mon temps, un produit typique de la fin des années quarante et du début des années cinquante. Tes grands-parents y allaient quand ils étaient ados. C'étaient des cinémas en plein air. On s'y rendait en voiture le soir. On payait pour entrer et venir se garer devant l'écran. Il y avait de petites stries sur le sol pour bien se positionner. Le film était projeté sur l'écran géant et tu le regardais, assis dans ta voiture, avec un haut-parleur branché pour avoir le son. C'était un lieu de rendez-vous bon marché et les couples pouvaient… hum… se câliner dans la voiture sans être dérangés ni déranger personne.

– Se câliner ?

– Un terme de vieux », dit Howard.

Tyrone afficha un large sourire.

Howard reprit : « Des gens vivaient parfois à l'intérieur de certains de ces bâtiments, comme celui-ci. Tu vois cette fenêtre, là, sur le côté ? En général, c'était là que logeait le patron ou le gérant.

– Sans blague ?

– Sans blague. Ta grand-mère m'y a emmené un jour, quand j'étais petit, au temps où ils vivaient en Floride. Je m'en souviens encore. Si tu ne voulais pas rester assis dans ta voiture, il y avait des bancs près du snack où l'on pouvait s'installer pour regarder le spectacle dehors. Les drive-in n'étaient ouverts qu'entre la fin du printemps et le début de l'automne. Après, avec le froid, ils fermaient pour l'hiver, même en Floride. C'étaient des trucs gigantesques, qui occupaient un espace énorme. Je crois que c'est la télévision qui les a tués.

– Euh. »

Tyrone regarda de nouveau le poème. « Donc, d'accord, c'est un cinéma. Mais quel rapport avec les vampires cure-dents, les Kool, le Pik et tout ça ? »

Howard rassembla ses souvenirs, cherchant à se remémorer le passé. Il était resté avec ses grands-parents un été, quand ils vivaient encore en Floride. Il était jeune à l'époque, six ou sept ans, et ils étaient allés cinq ou six fois au drive-in. Et peut-être encore une ou deux fois, en Californie, quand il était ado.

« Eh bien, les vampires, ça doit être les moustiques. Les Kool, c'était une marque de cigarettes – c'est ce que faisaient les plus grands : les piquer à leurs parents pour fumer. Quant au Pik ? Je crois que c'était un ruban chasse-insectes qu'on faisait brûler un peu comme de l'encens, pour éloigner les moustiques. »

Tyrone acquiesça. Il tapa quelque chose au clavier. Une sub-image s'illumina, des mots défilèrent. « Oh, OK, c'est bon. "Le manège s'est cassé". C'est le titre du morceau qu'ils jouent sur les dessins animés des *Merry Melodies* !

– Réellement ? »

Tyrone se prenait au jeu à présent. « Je suppose que cette partie doit évoquer les pelles qu'on se roule en voiture. »

Howard sourit. Le gamin avait quinze ans. Il n'en était plus depuis longtemps aux enfants qui naissent dans les choux. Même s'il ne se voyait pas étudier ce genre de poème en classe. Les temps changent.

« Et cette partie-là, ici, c'est fastoche. J'ai pigé, p'pa.

– Ah ouais ?

– Bon, je comprends de quoi l'auteur voulait parler.

Il regrette la disparition des cinémas en plein air, c'est ça ?

– Vois-tu, l'explication de texte n'a jamais été mon fort mais je crois bien qu'il ne parle pas que de ça. À mon avis, il se penche avec nostalgie sur son innocence passée. C'est cela qu'il regrette : le bon vieux temps où il avait encore toute la vie devant lui. Les drive-in n'en étaient qu'une part, ils représentent quelque chose de plus vaste.

– Tu crois ?

– Ouais. Et les jeunes ne savent pas profiter de cette jeunesse. Elle ne te manque que lorsque tu es devenu trop vieux pour y changer quoi que ce soit.

– Euh. Tu crois que c'est vrai ?

– Comment veux-tu que je sache ? Je suis encore un jeune homme. Demande à ta grand-mère la prochaine fois que tu la verras. »

Ils rirent tous les deux.

Tyrone reprit : « Cet idiot de prof fait ça tout le temps. Nous refiler des trucs à analyser qui n'ont rien à voir avec notre vie d'aujourd'hui. Pourquoi ne nous donne-t-il pas des poèmes qu'on pourrait comprendre avec notre propre expérience ?

– Parce que vous n'auriez pas besoin d'extrapoler, répondit Howard. Si tu travailles en restant à ton petit niveau de confort, si tu n'as pas à transpirer un peu, tu n'apprendras rien de nouveau. Peut-être que ton prof n'est pas si idiot.

– Permets-moi de réserver mon jugement.

– Oh, j'ai failli oublier… La Mitraille t'a trouvé quelque chose. »

Il tendit la boîte. Et fut récompensé par le large sourire de son fils quand celui-ci l'ouvrit.

Peut-être que les jeunes savaient quand même profiter de la jeunesse, après tout. Et peut-être que les vieux en profitaient un peu eux aussi, de temps en temps…

29.

QG de la Net Force, Quantico

Michaels parcourut un certain nombre de fichiers sur sa tablette-écran tout en traversant le hall pour aller manger un morceau. Une autre fois, il se serait changé pour enfiler cuissard et maillot, avant de prendre son tricycle allongé pour se rendre au chinois ou au thaï, en brûlant quelques calories au passage. Mais pas aujourd'hui. La météo prévoyait des températures dépassant les trente-cinq degrés avec un taux d'humidité tout aussi élevé. Une journée comme celle-ci, la cafétéria climatisée ne semblait pas un si mauvais choix. De toute manière, le tricycle était à la maison pour Toni, si elle voulait s'en servir.

Et puis, on n'y mangeait pas si mal.

Il vit John Howard juste devant lui, qui se dirigeait également vers la cafét'.

« John, l'appela Michaels.

– Commandant. » Howard ralentit pour qu'il le rattrape.

« Vous avez vu le nouvel EHPA/HEL de la DARPA ? »

Howard hocha la tête. « Non, j'avoue… »

Michaels lui passa sa tablette-écran. « Tenez, jetez-y un coup d'œil. »

EHPA signifiait *Exoskeletons for Human Performance Augmentation* ; HEL était le Human Engineering Laboratory – laboratoire d'ingénierie humaine – de l'université de Californie à Berkeley. Quant à la DARPA, c'était le *Defense Advanced Research Projects Agency*, l'Agence de projets et de recherche avancée pour la défense, qui finançait la bête. Le projet était en gestation depuis dix ou douze ans, et il avait enfin atteint le stade où ils avaient obtenu un prototype grandeur nature qu'ils envisageaient de tester sur le terrain.

Howard regarda l'écran. Il montrait un soldat en tenue camouflée équipé de l'exosquelette expérimental. L'homme tenait au-dessus de la tête une barre d'haltères lestée de plusieurs disques.

Michaels n'avait eu que le temps de parcourir l'article, mais il connaissait déjà un peu le projet. L'unité de base était un composite de fibres de carbone finement tressées, de soie d'araignée et de métaux légers, solidement harnaché aux membres du soldat. La tenue était dotée d'articulations à joints de titane et d'aluminium aviation aux épaules, aux coudes, aux poignets, aux mains, à la taille, aux hanches, aux genoux et aux chevilles. Le tout était accompagné de bottes spéciales et de demi-« gants » métalliques.

Une série de pistons hydrauliques à double effet étaient fixés aux articulations. L'essentiel du travail était effectué par les révolutionnaires actuateurs en métal à mémoire de forme produits par Nanomuscle, comme ceux qu'on trouvait désormais dans les voitures et les bateaux. Ces « muscles » à mémoire de forme étaient complétés par de classiques moteurs électriques fixés à l'armature. Le tout était alimenté par un petit réservoir dorsal d'hydrogène fournissant une pile à combustible et les manœuvres étaient coordonnées par une puce informatique embarquée dotée d'un système de sécurité intégré.

Grâce à des capteurs qui détectaient les mouvements musculaires normaux, capteurs développés à l'origine par des prothésistes pour les membres artificiels destinés aux amputés, l'exosquelette accroissait énormément les capacités de son opérateur. Un fantassin capable de lever cent kilos en développé couché sans l'appareillage en lèverait deux cent cinquante avec. Tous les mouvements permis par l'armature étaient amplifiés dans les mêmes proportions. Un homme qui se tenait l'instant d'avant au repos pouvait l'instant d'après s'accroupir et soulever l'arrière d'une voiture, l'exosquelette se chargeant de l'essentiel du travail. L'équipement n'était pas adapté pour courir plus vite, mais il permettait de grimper plus haut, de travailler plus dur ; on pouvait même le verrouiller pour rester debout immobile pendant des heures ; il vous permettait même de dormir debout.

Avec l'exosquelette, une frêle jeune femme devenait plus costaud que n'importe quel homme. Un homme serait presque aussi fort qu'un gorille.

« On peut en obtenir un pour des tests, si vous voulez l'essayer, dit Michaels. La Garde nationale en a six à sa disposition, et j'ai assez d'influence pour nous en procurer un. »

Le général arbora un grand sourire étincelant. « Ce serait intéressant. Sans compter que ça serait sympa d'avoir un truc pour surprendre le lieutenant Fernandez. Pour changer. » Il rendit la tablette-écran à Michaels.

« Je vais déposer une demande, dit Alex.

– Merci, commandant. »

Michaels hocha la tête. « Toni me fait vous dire qu'elle travaille toujours sur vos plaques de crosse », indiqua-t-il, changeant de sujet.

Toni, qui faisait du scrimshaw – de la gravure sur ivoire par poinçonnage –, avait décidé de réaliser un jeu de plaques de crosse en faux ivoire pour l'arme de poing du général : le logo de la Net Force d'un côté et – sans qu'il le sache – un portrait de sa femme, de l'autre.

« Elle n'a pas besoin de faire ça, protesta Howard.

– Elle en a envie. Elle aura un petit peu de temps pour s'y consacrer, comme elle va devoir rester à la maison quelques jours.

– Des problèmes ? »

Ils avaient atteint la cafétéria, pris plateaux et couverts, et faisaient maintenant la queue.

« Pas pour nous, dit Michaels. Mais l'arrière-petit-fils de Gourou est malade, à Phoenix ou je ne sais où, et elle est partie lui rendre visite.

– Rien de grave, j'espère ?

– Une pneumonie, quand même, mais, d'après elle, les toubibs ne sont pas trop inquiets. Toujours est-il qu'on se retrouve sans baby-sitter jusqu'à son retour.

– Vous en cherchez un ? Un baby-sitter ? »

Michaels arriva devant le poulet frit. Il en prit deux morceaux, puis, réflexion faite, en ajouta un troisième.

« Vous avez quelqu'un en tête ?

– Eh bien, mon fils Tyrone pourrait s'employer utilement. Il n'a pas pu prendre un boulot régulier parce qu'il y avait des cours qu'il voulait suivre cet été. Il essaie de décrocher son diplôme au plus vite. Mais je suis à peu près sûr qu'il ne verrait pas d'inconvénient à garder Alex. Il fait du baby-sitting depuis un an à peu près, en général chez des voisins, et puis aussi pour le petit Hoo, le fils du lieutenant Fernandez.

– Vraiment ?

– Bien sûr. Dieu seul sait pourquoi, mais il aime bien les mômes. Si Toni voulait travailler à mi-temps, par exemple, je suis sûr qu'il serait partant. Il y a plein de nouveau matériel informatique qui lui fait envie et je lui ai dit que je lui en paierais la moitié mais qu'il devait se financer le reste… »

Howard dédaigna le poulet frit pour se choisir un hamburger.

« Eh bien, ça nous aiderait bien. Je m'en vais demander à Toni. Je vous tiens au courant. »

30.

Le Noyau de Pêche, Atlanta, Georgie

Junior était assis autour d'une table avec les trois motards, Buck, Dawg et Spawn. Il semblait que la moitié des commerces de Georgie avaient « pêche » dans leur nom.

Même armé comme il l'était avec deux flingues, Junior n'aurait pas voulu se retrouver seul ici. Dans le meilleur des cas, il n'aurait pu tirer que douze coups avant que le reste des membres du gang ne lui tombent dessus à bras raccourcis. Le code de base du motard, tel que l'avaient édicté les Hell's Angels il y avait quelques lustres, était simple : « Un pour tous, tous pour un. » La plupart des autres clubs avaient fait leur cet adage. Si vous regardiez d'un drôle d'air un autre motard, vous regardiez d'un drôle d'air toute la bande.

Il pourrait bien en descendre, six, huit ou dix, à la longue, ils finiraient bien par l'avoir. Et c'était en supposant qu'aucun ne dégaine sa propre artillerie dès le premier coup de feu, ce qui serait une supposition idiote. Il aurait parié n'importe quoi que chaque client du bar – hommes et femmes à égalité – était muni d'une arme fatale.

Tant qu'il avait une garde d'honneur, toutefois, il était sans doute à l'abri.

Le Noyau de Pêche ressemblait à la douzaine d'autres bars à motards que Junior avait déjà visités : de la musique à donf, beaucoup de fumée – mélange de tabac et de shit –, des danseuses et des serveuses au bout du rouleau. Il y avait également le mélange habituel parmi les motards : des petits genre fouine, des grands comme des montagnes ; des jeunes, des vieux, des gras, des maigres, des chevelus, des rasés, des chauves ; tous arborant leurs couleurs. Ils étaient installés aux tables ou au comptoir, jouaient au billard ou au flipper et buvaient de la bière en bouteille ou à la pression. L'effigie arborée sur leur blouson – leur emblème – était un squelette vêtu d'un uniforme sudiste et coiffé d'une casquette, une main levée, adressant un doigt osseux au reste du monde. Au-dessus, « Gray Ghostriders » – les « cavaliers fantômes gris » – et au-dessous les initiales « MC ».

Les femmes dans ce rade avaient l'air farouche, on notait parmi elles beaucoup de teintures blondes ou rousses, les yeux soulignés d'ombre à paupières bleue ou violette. La plupart étaient en jean et débardeur, sans soutif. Il y avait suffisamment de tatouages sur tout ce beau monde pour faire un panneau mural qui aurait quasiment recouvert toute la devanture du bistrot. La rangée de motos garée devant le bar devait coûter autant qu'une flotte de Cadillac. Vous pouviez bien ne pas avoir de quoi payer le loyer, avoir votre nana en taule sans que vous puissiez verser la caution, mais il n'était pas question de lésiner quand il s'agissait de votre meule. Un homme avait ses priorités et dans le monde des motards, c'était son engin.

Qu'elle soit ou non la sœur de Joan, Darla n'était pas encore arrivée, mais elle était censée prendre son travail d'ici une demi-heure.

Junior estima que Dieu lui devait bien une faveur ce coup-ci, et si Darla se pointait, il était prêt à admettre qu'ils seraient quittes.

Il entamait sa troisième bière quand Darla entra, sans doute par la porte de derrière, parce qu'il ne l'avait pas vue avant qu'elle se retrouve derrière le comptoir.

Et, miracle, juste derrière elle, il y avait… Joan !

Dieu l'avait remboursé, et largement. Il était peut-être temps.

Cela dit, la phase suivante risquait d'être un brin épineuse, puisque Darla était connue des motards du coin, mais pas Junior. Il voulait arranger le coup, se rapprocher suffisamment de Joan pour pouvoir lui mettre la main dessus et filer avant qu'il y ait du grabuge.

Mais avant même qu'il ait pu réfléchir à la meilleure façon de procéder, Joan le fixa droit dans les yeux. Il la vit le regarder.

Son corps se glaça.

Joan se pencha pour dire quelque chose à sa sœur – il ne faisait aucun doute qu'elles étaient parentes : elles se ressemblaient comme deux gouttes d'eau ; Darla acquiesça. Puis d'une voix qui aurait pu briser le verre et qui dut porter à cinq cents mètres, Darla hurla :

« Yankee MC ! »

Tout le monde s'arrêta pour regarder. Darla le désignait du doigt.

Junior ne connaissait pas le nom, mais il n'était pas ramolli du bulbe. Être membre du Yankee Motorcycle Club n'était certainement pas bien vu dans ce bar. Ça pouvait être fatal.

Toute idée de s'en tirer par de vagues explications s'évanouit quand Buck, son pote, le regarda et dit : « Junior ? Tu roules avec les Yankees ?

– T'es ouf, dit Junior. Elle ment ! »

Mais il n'était plus temps de discuter. Junior se leva d'un bond. Il obliqua vers le bar et, sans perdre une seconde, saisit ses armes. Il fallait s'attendre à ce que les motards réagissent et il devait dégager en vitesse.

Il dégaina ses revolvers et se mit à tirer dès que les canons furent sortis des étuis. Peu importait sur qui ou quoi, il voulait surtout faire un maximum de bruit tout de suite, forcer les gens à se mettre à l'abri. Quand la poudre se mettait à parler dans un bar, quel qu'il soit, tout le monde se jetait à terre. Ce n'est qu'après être sûrs d'être à l'abri et de pouvoir aligner le tireur que certains pouvaient être tentés de dégainer.

Il leva la main droite et la pointa vers l'endroit où se trouvaient Darla et Joan un instant auparavant, espérant éventuellement dégommer cette dernière avant de sortir, mais elles s'étaient déjà planquées et il ne put les apercevoir.

Puis la porte de service apparut soudain devant lui. Junior pivota pour la heurter de biais, l'épaule en avant. Elle s'ouvrit à la volée. Il la franchit, se rendit compte que ses deux barillets cliquetaient à vide, et se mit à tricoter des gambettes. La voiture de location était sur le côté, à cinquante mètres, et s'il pouvait la rejoindre et démarrer avant que les motards relèvent la tête et déboulent du bar, il serait OK. Ils chercheraient un type sur une meule ; les motards dignes de ce nom ne roulaient pas en bagnole de location. Peut-être qu'ils ne le remarqueraient même pas, mais, au cas où, il rechargerait dès qu'il aurait démarré.

Il était bien plus facile de tirer depuis une voiture en mouvement que depuis un deux-roues, surtout ceux dotés d'une fourche allongée : il fallait tenir le guidon à deux mains jusqu'à ce que l'engin roule assez vite pour se stabiliser. Il ne pouvait pas les semer avec cette bagnole, mais il pourrait toujours faire chuter deux ou trois de ses poursuivants. Le reste de la bande devrait ralentir pour les contourner.

Et avec un peu de chance, certains seraient assez paranos pour s'inquiéter d'avoir été attirés dans un piège. Après tout, ils devaient bien se douter qu'aucun motard du Yankee MC ne serait assez con pour s'aventurer, seul, en territoire ennemi. S'ils avaient le temps de réfléchir un brin, ils se diraient qu'un petit groupe devait faire le guet pour leur tomber sur le râble. Les motards ne détestaient pas la castagne, ils se bagarraient pour un oui ou pour un non, parfois même juste pour le plaisir, mais ils n'aimaient pas se faire avoir.

Junior atteignit la voiture de location qu'il n'avait pas fermée à clé, s'engouffra dedans, introduisit la clé de contact. Dès que le moteur tourna, il enclencha la boîte de vitesses et décolla. Il ouvrit le barillet de son revolver droit, donna un coup sec sur l'éjecteur à l'aide de la crosse de son autre flingue. Les douilles se répandirent sur le siège. Il lâcha le second flingue, sortit de sa poche un chargeur rapide, le glissa dans le barillet, le verrouilla. Puis il descendit la vitre et tira deux balles dans la devanture du bar, avant d'écraser l'accélérateur pour rejoindre la rue.

Il était déjà un demi-pâté de maisons plus loin quand il aperçut enfin quelqu'un sur le parking. Dans l'intervalle, il avait rechargé son flingue gauche. Sur la route, il avait une chance, même s'ils se lançaient à ses trousses. Il faudrait qu'ils arrivent par la droite derrière lui, et il était assez bon tireur pour les dégommer s'ils approchaient trop près.

Il hocha la tête. Bon, c'était vraiment le merdier. À présent, Joan savait qu'il était à ses basques et, après cette chaude alerte, elle allait se planquer sérieusement. C'était embêtant. C'était même un désastre.

Pendant quinze cents mètres, Junior ne vit rien dans son rétro et en conclut que les Gray Ghostriders avaient peut-être renoncé à le poursuivre. Bien sûr, Buck, Dawg et Spawn allaient avoir à donner quelques explications, et même si les autres les gobaient – et ils les goberaient sans doute –, ça n'arrangerait pas spécialement ses affaires. Il était dans de sales draps, quoi qu'il arrive.

Washington, DC

« Voilà ses couches, au cas où tu voudrais le sortir, ou quoi, dit Toni. La poussette est sous le porche, et il peut marcher jusqu'au bout de la rue sans problème, mais après, il se fatigue et il te demandera à être porté ou transporté.

– Oui, m'dame », dit Tyrone. C'était un jeune homme bien poli. Sa mère l'avait déposé et reviendrait le prendre un peu plus tard. Toni aimait bien Nadine Howard ; elle donnait l'impression d'avoir les pieds sur terre et d'être une maman super, à en juger par sa progéniture.

« Il aime bien le beurre de cacahuète et les sandwiches à la gelée, mais il va manger des petits pots, du jambon et du fromage ou des croquettes de poisson. Tout est dans le frigo et le congélateur. » D'un signe, elle indiqua la cuisine.

« Oui, m'dame.

– Il a droit à deux bonbons à la menthe s'il a bien pris son déjeuner. Il essaiera de t'en extorquer d'autres. »

Et il réussit à en soutirer trois à sa mère, parfois même quatre.

« Oui, m'dame.

– Il se peut qu'il demande un biberon de lait s'il devient somnolent. Parfois, il fait une petite sieste après une sortie. Pas de problème, tu peux lui donner son biberon. »

Tyrone sourit.

« Voici mon numéro de téléphone au bureau, et là, celui de mon virgil. Au moindre problème, n'hésite pas, appelle-moi.

– Oui, m'dame, dit Tyrone. Je suis sûr que tout se passera bien. »

Toni se moquait un peu d'elle-même, de son inquiétude, mais elle était bel et bien inquiète. Allons, ma fille, le fils de John Howard est quand même capable de garder un bébé de deux ans pendant quelques heures.

Quand vint l'heure de partir, Toni craignit que Petit Alex ait les larmes aux yeux ou s'accroche à elle, mais il était trop occupé à empiler ses briques de Lego avec Tyrone. « Au revoir, mon bébé. Maman doit aller au boulot un petit moment.

– Au revoir, maman », répondit-il. Il leva les yeux, puis revint à son jeu de construction. « 'Ega'de, I-rone,' ega'de ! » Il indiqua les briques, tout excité. Il avait encore des difficultés avec les « r » et les « t ». Mais tout le monde trouvait ça incroyablement mignon.

Ça la contrariait qu'il semble aussi indifférent à son départ. Non pas qu'elle eût voulu qu'il ait de la peine et se mette à pleurer... enfin, bon, si, peut-être, un peu.

Ça t'apprendra à te croire indispensable.

Elle était encore un brin inquiète, au volant de la voiture, mais elle savait qu'à long terme, cela valait mieux. Le petit devait s'habituer à être avec d'autres gens. Il était timide avec les étrangers, même s'il ne lui avait fallu que quarante secondes pour s'habituer à Tyrone, un point nettement en faveur de ce dernier. Toni ne voulait surtout pas qu'il se mue en petit reclus qui ne voit jamais la lumière du jour.

À mi-chemin du bureau, elle passa en mode travail. Elle avait été déçue que le commanditaire du pirate cracheur de virus ne se soit pas pointé au rendez-vous convenu. Il se pouvait que ce ne soit qu'une coïncidence, mais il n'avait pas rappelé et Toni avait dans l'idée que l'homme avait dû flairer le piège. Ce qui, en y réfléchissant, n'était sans doute pas bien sorcier.

Quand ils le voulaient, les agents du FBI savaient devenir invisibles – ils connaissaient les techniques de surveillance discrète aussi bien que n'importe qui. Mais ils n'avaient sans doute pas adopté le mode cent pour cent furtif pour ce genre d'arrestation. Un homme d'affaires, dans un complexe de bureaux, à Long Island ? Ils n'avaient pas dû trop s'inquiéter des risques de se faire repérer. Sans parler du comportement éventuel des flics locaux.

La recherche de routine sur le loueur des bureaux n'avait rien donné. Les références étaient bidon, le loyer payé via un transfert électronique anonyme. Le gars avait dû planquer quelque chose, aucun doute là-dessus, et il était assez malin pour ne laisser aucune trace visible.

Enfin, bon. Elle demanderait à Jay de continuer à fouiner encore un peu. Peut-être qu'il trouverait une piste. Non pas que ce soit une attaque majeure contre la sûreté de l'État, mais elle en faisait désormais son affaire, et elle voulait la résoudre.

Elle avait reçu un appel de Gourou, un peu plus tôt dans la matinée. Son arrière-petit-fils, dont l'état avait semblait-il empiré juste avant qu'elle arrive, se remettait apparemment. Quelques jours encore et il serait sorti de l'hôpital. Gourou rentrerait alors à la maison, ce qui était tant mieux parce que Toni s'ennuyait de la vieille dame. Alex et le bébé aussi, même si Alex Senior ne l'aurait jamais admis.

Le soleil carbonisait la ville, une nouvelle journée torride s'annonçait, mais l'un dans l'autre, Toni n'avait pas à se plaindre. Elle avait un mari merveilleux, un petit garçon superbe et bien éveillé, et un boulot qui lui permettait de décompresser de temps en temps. Son professeur de silat, qui avait fait partie de sa vie depuis l'âge de treize ans, reviendrait d'ici quelques jours réoccuper la chambre d'amis, pour jouer les nourrices et les arrière-grands-mères de substitution. Tout le monde était en bonne santé. La vie aurait pu être bien pire.

Elle avait amplement de quoi remercier le ciel. Amplement.

31.

Clinique Ames, New York

Ames ruminait dans son bureau de la clinique.

Un truc clochait. Junior n'avait pas appelé et toutes ses tentatives pour le contacter s'étaient soldées par un échec. Or, jamais encore Junior ne s'était abstenu de le tenir au courant.

Et puis, il y avait eu ce petit incident à son bureau officieux, avec les flics en planque. Se pouvait-il qu'il y ait un rapport ?

Sans doute pas, décida-t-il. Plus probablement était-ce ce à quoi il avait pensé : le pirate s'était fait pincer et avait décidé de monnayer sa liberté. Ce n'était peut-être même pas lui, à l'autre bout du fil, la veille du rendez-vous. Avec ce truqueur de voix qu'utilisait Cogneur, ç'aurait pu être n'importe qui. Un flic, par exemple. La seule chose que Cogneur aurait pu balancer était l'adresse de ce bureau, rien d'autre, donc, c'est ce qu'il avait dû leur donner.

Il ne voyait pas toutefois en quoi Junior pouvait être

lié à tout cela. Il n'envisageait certainement pas son arrestation. Junior était plus malin que le pirate, du moins pour ce qui était de la débrouille dans la rue. S'il s'était fait choper, il allait rester bouche cousue, faire savoir à Ames qu'il avait été arrêté, et attendre que ce dernier lui envoie un avocat et des sous pour la caution.

Il ne manquait pas de moyens pour ça. Junior savait qu'il ferait son possible pour le faire libérer. Le savoir aux mains de la police n'avait en effet rien d'avantageux pour Ames. Mort, à la rigueur. En taule, non. Une fois dehors, il pourrait toujours filer sans se retourner si jamais il jugeait que ça risquait de sentir le roussi pour lui. Et nul doute qu'il espérait un joli pactole de la part d'Ames pour sa fuite, s'il en avait besoin.

Donc, Junior n'était pas sous les verrous. Alors, où était-il donc, et pourquoi ne s'était-il pas manifesté ?

Ames soupira. Il pouvait y avoir des tas de raisons, certaines innocentes, d'autres moins. Junior avait pu avoir un accident de voiture, s'être fait percuter par un chauffeur ivre quelque part au fin fond du Mississippi ou ailleurs, et être en ce moment même entre la vie et la mort dans l'hôpital du coin, truffé de perfusions et de cathéters, encéphalogramme plat, en coma dépassé. Tout simplement.

Ou l'accident, s'il y en avait eu un, pouvait avoir été mortel, et Junior se retrouvait à la morgue, tandis qu'on cherchait à localiser ses parents en s'appuyant sur son identité bidon. À moins qu'ils attendent que la police leur retransmette ses empreintes digitales, ce qui donnerait un tout autre tour à l'identification de la victime.

Il était également possible que Junior ait changé d'avis et décidé que ce petit bout de femme méritait de courir le risque de se faire dénoncer. Il avait pu choisir de s'enfuir avec elle au Mexique plutôt que de la tuer. À l'heure qu'il était, peut-être qu'ils se doraient tous les deux sur une plage dans une station balnéaire, à siroter des tequilas, tout en réfléchissant au moyen de faire cracher Ames.

Il n'avait pas l'impression que Junior soit sentimental à ce point, mais sait-on jamais...

Ou peut-être que Junior avait décidé de poursuivre son plan mais qu'il avait fait le con et s'était fait tuer par la bonne femme, à la place. Improbable, mais pas exclu.

Ou bien encore qu'il avait brûlé un feu rouge, s'était fait pincer par les flics, qui l'avaient trouvé en possession d'une arme à feu, et que maintenant, il croupissait dans un poste de police quelconque, où l'on avait décrété qu'il ne méritait pas de passer un coup de fil – à moins que le téléphone soit en panne.

Ames pouvait imaginer une douzaine d'autres scénarios, embêtants pour la plupart. Sans information précise, il pouvait continuer à spéculer ainsi toute la journée.

Le seul fait concret était que Junior avait dit à Ames qu'il allait se débarrasser de la femme, et qu'il n'avait pas appelé pour confirmer que c'était fait. Il était censément parti pour ça, et il s'était écoulé assez de temps pour que le boulot soit fini.

Quoi qu'il en soit, Junior n'avait pas rappelé. C'était tout ce qu'Ames savait.

Il se cala dans son fauteuil, joignit le bout des doigts et récapitula de nouveau la situation. Il pouvait entrevoir d'autres possibilités mais le fond de l'affaire demeurait inchangé.

Alors, qu'est-ce que cela signifiait ? Plus important, que pouvait-il y faire ?

En l'état, avait-il vraiment à faire quelque chose ? Certes, ne pas avoir de nouvelles de Junior n'était pas pratique. Il restait encore deux ou trois trucs à terminer. Mais un Junior en taule, ou en fuite, ne représentait pas un véritable danger pour lui.

Après tout, c'était Junior le tireur. C'était lui qui avait tué un membre du Congrès des États-Unis, et certainement pas sur instruction d'Ames. Si Junior devait se retrouver lié à ce meurtre, il ne serait pas en mesure de monnayer sa libération. À la rigueur, il pourrait écoper de perpète au lieu d'une condamnation à mort s'il balançait Ames. Sans preuve, toutefois, ce serait sa parole contre celle d'un avocat respecté. Et il n'y avait aucune preuve, rien de tangible pour relier Junior à Ames.

Absolument rien.

Et si Junior parvenait à convaincre la police, il n'y avait rien non plus qui puisse le relier à ce meurtre. À moins qu'il ne soit impliqué dans un autre mauvais coup ignoré d'Ames, le plus grand risque pour Junior restait cette femme, or il était censé chercher à s'en débarrasser.

Le seul autre risque envisageable pour Ames était qu'un des hommes politiques piégés par Junior et cette femme vienne à se manifester, ce qui était improbable. Le seul qui s'était montré prêt à parler était mort, et c'était sans doute un spécimen rare. Les politiciens qui font des écarts ne sont pas réputés pour leur courage.

En résumé, il ne croyait pas que Junior ait des ennuis avec la police. Et quand bien même il en aurait, Ames ne se faisait pas trop de souci. Pourtant, ce silence le tracassait.

Junior aurait dû se manifester, même s'il avait échoué dans sa mission. S'il n'était pas en taule, il restait une myriade de possibilités. Oui, mais laquelle était la bonne ?

Et comment pourrait-il le savoir ?

Atlanta

La moto qui rattrapa finalement Junior n'appartenait pas à la bande des Gray Ghostriders. Non, celle-ci avait des feux clignotants et une sirène, et un flic municipal juché sur la selle qui faisait signe à Junior de se garer.

Comme s'il avait eu besoin de ça !

Junior trouva une rue latérale et s'y engagea, puis il alla se garer trois maisons plus loin et mit ses feux de détresse. Il avait une vague idée de l'endroit où il se trouvait, mais Atlanta n'était pas son genre de ville. Le quartier était plutôt huppé.

Le flic immobilisa sa moto dix mètres derrière lui. Il attendit une minute ou deux, sans doute vérifiait-il les plaques d'immatriculation, puis il descendit et s'approcha de la voiture d'un pas chaloupé.

Junior avait déjà baissé sa vitre et l'air frais de l'intérieur fut rapidement aspiré dans la chaleur moite de la nuit.

« B'soir, dit le flic avec cet accent traînant et sucré des habitants de Georgie. Est-ce que je peux voir votre permis et la carte grise, je vous prie ? »

Junior avait son dernier faux permis, celui d'Alabama, déjà sous la main, accompagné du contrat de location de la voiture, et il présenta le tout au flic. « Quel est le problème, monsieur l'agent ? Qu'est-ce que j'ai fait ? » Il pouvait se montrer poli, lui aussi.

« Vous avez changé de file sans le signaler. »

Junior plissa les sourcils. Ce mec était-il sérieux ?

« J'en suis vraiment désolé, monsieur l'agent, répondit-il. J'étais persuadé d'avoir mis mon clignotant. Je n'ai pas dû appuyer assez fort. » C'est ce que ferait un citoyen lambda : essayer de se tirer d'affaire. Non pas qu'il se soucie d'écoper d'un PV. Il serait loin quand il faudrait le payer. Mais il ne voulait pas rendre le flic méfiant.

Le policier hocha la tête, l'air absent, tout en détaillant le permis d'Alabama.

« Attendez un instant », dit le flic. Il retourna à sa moto pour procéder à une vérification par radio et par ordinateur.

Il n'aurait pas de réponse pour le permis parce que Junior ne s'en était pas encore servi en Georgie ; quant au contrat de location, il correspondait au permis, si jamais ils avaient un moyen de vérifier. Il était matériellement impossible d'avoir accès rapidement par informatique au service des Mines d'Alabama et quand bien même ils le pourraient, le faux était censé être assez bon pour valider nom, numéro d'immatriculation, certificat de non-gage et d'absence de recherche.

Il accepterait l'amende, sourirait, et repartirait vaquer à ses affaires.

Le flic revint au bout d'une minute et, en effet, il avait son carnet à souche dans la main, le faux permis de conduire de Junior accroché dessus.

Mais quand il arriva à sa hauteur, il demanda : « Vous ne transportez rien d'illégal dans votre voiture, n'est-ce pas, monsieur ? Pas d'armes ou d'explosifs ?

– Moi ? Non. Pourquoi dites-vous ça ? »

Le flic répondit : « On n'est jamais trop prudent, de nos jours. Vous, euh, vous êtes originaire du Moyen-Orient, monsieur… euh… Green ? »

Junior se sentit insulté. « Vous trouvez que j'ai l'air arabe ?

– Eh bien, ma foi oui, monsieur, un peu. »

Junior faillit laisser échapper qu'il était cajun, mais ça n'aurait pas été malin puisqu'il était censé être un plouc de Tuscaloosa, Alabama.

« Eh bien non, je suis un Américain comme vous, mon vieux.

– Je ne cherchais pas à vous insulter, monsieur.

– Ouais, eh bien vous l'avez fait. Est-ce que vous allez me donner cette putain de contredanse et me laisser vaquer à mes affaires, oui ou non ? »

C'était une erreur. Il le sut à la seconde même où les mots quittèrent ses lèvres. Cela prit le flic à rebrousse-poil. Ne jamais dire à un policier ce qu'il doit faire, surtout si à ses yeux, vous avez l'air vaguement louche.

« Descendez de voiture, monsieur.

– Quoi ?

– J'ai dit : descendez de voiture. »

C'était mal barré. Junior portait le gilet de pêcheur

par-dessus son T-shirt. Si le gars le palpait, et c'était sûr, il trouverait ses flingues. Même s'ils étaient propres – un canon neuf sur celui de gauche, et une arme entièrement nouvelle pour celui de droite depuis qu'il avait descendu quelqu'un – enfin, sauf si entre-temps, il avait touché quelqu'un dans le bar. Mais même ainsi, ce serait forcément un aller obligatoire vers la case prison, et une fois qu'ils auraient pris ses empreintes et commencé à fouiner un peu, ils auraient vite fait de se rendre compte que Junior ne s'appelait pas « Green » et de découvrir sa véritable identité. Crime, armes à feu, faux papiers. Ce serait mal barré de bout en bout.

« OK, OK, vous froissez pas, je suis désolé. Je vais descendre tout de suite. »

Le flic avait la main sur la crosse de son pistolet mais celui-ci était encore dans son étui, aussi Junior garda-t-il les mains levées et éloignées du corps tandis qu'avec lenteur et précaution, il descendait sur le bitume surchauffé.

Le flic le jaugea un peu mieux et hocha la tête. « Restez comme vous êtes. Vous avez l'air de connaître la chanson.

– Vous vous méprenez sur mon compte, monsieur l'agent. Au fait, comment va votre sœur ? »

Le flic eut le temps de froncer les sourcils et quand il vit Junior bouger, il dégaina, mais Junior avait l'avantage et il le devança. Le gars était à moins de trois mètres, il ne pouvait pas le louper.

Deux balles dans la tronche – pan ! pan ! – et le flic s'écroula.

Des lumières apparurent dans les maisons voisines, des gens se mirent à ouvrir les rideaux et les portes.

C'était un quartier plutôt chic, ils ne devaient sans doute pas entendre souvent des coups de feu. Certains des résidents avaient probablement repéré les feux clignotants de la moto quand elle s'était engagée dans la ruelle.

File, Junior, tout de suite !

Il remonta en voiture, mit le pied au plancher.

Tout en s'éloignant, il ne cessait de hocher la tête. Jusqu'où allait-il encore s'enfoncer ?

32.

Washington, DC

Jay était embêté. Il avait passé plusieurs heures à décortiquer le code du scénario de superhéros qu'il avait écrit – celui dont il s'était servi pour localiser l'entrée des fonds de CyberNation dans le pays – et il n'arrivait toujours pas à trouver ce qui clochait dedans. Il s'y était certes plus ou moins attendu, excepté qu'il n'arrivait toujours pas à comprendre ce brouillard à la consistance bizarre qu'il avait rencontré, et Jay avait horreur des trucs qu'il ne pouvait pas expliquer – surtout quand c'était dans un code qu'il avait lui-même écrit.

Le problème était qu'il avait à peu près épuisé toutes les options. Le seul autre coup à tenter, à la rigueur, maintenant qu'il avait épluché la partie logicielle, restait le remplacement d'une partie de son matos. Il avait à peu près tout en double – il ne pouvait pas se permettre d'expliquer à Alex Michaels qu'un nuisible s'était évaporé parce que son lecteur de DVD l'avait lâché. Il tâchait en outre de rester au fait des nouveautés, à la fois parce que c'était son boulot mais aussi parce que c'était sa passion, et, en général, il commandait les nouveaux modèles dès qu'il en avait entendu parler. Avec certaines boîtes, celles pour lesquelles il avait travaillé pendant des années et en qui il avait toute confiance, il se faisait envoyer automatiquement au moins un exemplaire de toutes leurs productions.

Et il y avait plusieurs entreprises pour qui il servait de bêta-testeur, ce qui lui fournissait l'occasion d'essayer certains appareils avant leur mise sur le marché.

Cela aidait toujours de rester à la pointe de la technique, surtout dans ce métier.

Il venait de toucher ces jours-ci un autre fumeur, un générateur de présence olfactive Intellisense 5400, garanti pour une précision de 500 ppm, qu'il voulait essayer. C'était le moment ou jamais.

Il ouvrit le carton. Le nouveau fumeur était un peu plus mince que celui qu'il avait, avec un boîtier en aluminium brossé doté de minuscules prises d'air et de petites buses où les produits chimiques étaient mélangés pour générer les odeurs.

Il sourit en regardant l'appareil flambant neuf, moderne, étincelant. Il aurait parié que presque toute cette quincaillerie aurait disparu d'ici cinq ans, remplacée par la stimulation directe du cerveau par induction. D'ici là, toutefois, on faisait avec ce qui était disponible.

Jay revint à son ordinateur, débrancha l'ancien appareil de son équipement de RV et brancha le nouveau. Puis après avoir coiffé ses capteurs, il lança son scénario de salle de configuration.

Instantanément, il se retrouva dans un vaste espace, chichement éclairé par des centaines de sources lumineuses – vieux cadrans analogiques, projections à diodes, écrans à cristaux liquides rétroéclairés et divers moniteurs. Dans l'angle, sous une large icône en néon bleu dessinée en forme de nez, une lumière rouge clignotait. Une voix artificielle donna l'alerte.

« Attention. Nouveau matériel détecté. Initialisation de la vérification de virus matériel. Attention. Nouveau matériel détecté… »

Jay claqua du doigt et la voix se tut. Quelques secondes plus tard, les pilotes du nouveau fumeur se chargèrent et il était prêt à désormais calibrer le périphérique.

Un témoin vert s'illumina près du nez.

« Essayons voir un… bonbon », lança Jay.

Un moment plus tard, il se retrouva dans une confiserie d'antan, remplie de centaines de pots en verre contenant toutes sortes de délicieuses sucreries prêtes à vous pourrir les dents. Il se dirigea vers d'appétissants berlingots à la menthe poivrée, rayés blanc et rouge et souleva le couvercle. L'odeur caractéristique de la menthe s'épanouit quand il inhala. *Ah, sympa !*

Il inspira un peu plus fort et nota avec satisfaction que l'odeur s'intensifiait.

Il doit y avoir un capteur de flux d'air.

Il essaya plusieurs autres pots à l'odeur alléchante, notant chaque fois que le parfum était aussi proche que possible de la sensation réelle.

Au bout de cinq minutes, il décida qu'il était temps d'essayer d'autres gammes d'odeur.

« Extérieur, marécage », dit-il.

Il se retrouva dans un marais, contemplant une rangée de cyprès couverts de mousse. Les arbres n'étaient pas aussi bien rendus qu'ils auraient pu l'être – il aurait fait mieux si c'était lui qui avait écrit la projection de calibrage – mais il était là pour les odeurs, pas pour les visuels.

L'air avait juste la bonne combinaison d'opacité suffocante dont il avait gardé le souvenir après son unique visite dans un véritable marais. Jay était plutôt branché RV, pas très MR, mais lors d'une convention de programmeurs de RV à laquelle il avait assisté dans le monde réel, à La Nouvelle-Orléans – au tout début de cette technologie – il y avait au menu une visite des bayous environnants dans le cadre du programme de travail « capter le réalisme en virtuel ». Il s'était fait sans doute piquer dix ou vingt fois par des moustiques tandis qu'il reniflait, touchait et contemplait son environnement, et il avait même envisagé un moment de se lancer dans une vie de codage moins portée sur la nature.

Mais non. La RV était la bonne piste – recourir aux sens humains pour interpréter des données numériques. Elle exploitait ce que la nature avait donné à l'homme, en l'étendant. Jay avait toujours voulu être à la pointe du progrès et la RV était la réponse. Alors il s'était tartiné de crème anti-moustique et il était retourné à la convention ; et depuis, chaque fois, il s'était inscrit à toutes les visites disponibles, où que se déroule la manifestation annuelle.

Il inhala légèrement et perçut une odeur de bois brûlé. Une faible brise lui caressa le visage et l'odeur s'intensifia.

Bien. Bonne résolution, ce matos.

« Vidage scénario. Recharger Superhéros. »

La scène clignota une seconde, et soudain il se

retrouva dans les docks du New Jersey, vêtu comme il l'était lorsqu'il avait remonté la piste du versement de CyberNation au stagiaire dès l'entrée des fonds aux États-Unis.

Voyons voir… il devrait être par là…

Jay avança sur le toit, le vent froid lui soufflait au visage tandis qu'il se dirigeait vers le point en surplomb où il avait rencontré ce pépin avec le brouillard collant.

J'ai amené du savon pour faire le ménage.

SOAP – savon en anglais – était un acronyme qu'adorait utiliser un de ses profs de lycée. Il l'avait répété si souvent que c'était à peu près la seule chose que Jay se rappelait de lui. Ce cher vieux doc Savon. Les lettres représentaient, en anglais, les diverses étapes nécessaires pour régler un problème : Subjectif, Objectif, Évaluation, Plan. Jay avait découvert par la suite que son enseignant avait emprunté la méthode à la profession médicale, où il était employé pour évaluer l'état mental d'un patient, mais il servait également dans l'activité délicate de traque des bogues matériels et logiciels.

Subjectif : qu'était-il arrivé ? Il se tenait à cet endroit précis et plusieurs filaments de brume étaient passés devant lui. Il avait tendu la main pour les toucher et il avait pu les tâter, ce qui n'était pas censé se produire. Puis il avait senti une odeur qui lui avait évoqué les égouts. Sensation erronée, odeur erronée, pas censés être là.

OK, autant pour le subjectif. Objectif : il avait procédé à une vérification complète des pilotes après la session de réalité virtuelle et tout avait été nominal. Il venait également de terminer la vérification de son propre code et il avait la certitude que le problème ne venait pas de lui. Les propriétés de l'objet brouillard n'avaient pas été réglées pour qu'il pue, du moins pas de cette façon.

Temps de passer à l'évaluation. Ce n'étaient pas les pilotes, ce n'était pas le logiciel, mais il y avait eu manifestement un problème. Donc essayer un nouveau fumeur, ce qui tombait pile dans la rubrique Plan.

Et c'est parti.

Un mince filament de brouillard s'enroula devant lui et, comme auparavant, Jay tendit la main pour le toucher. Cette fois, il n'y eut pas d'autre sensation qu'un léger froid au bout de ses doigts. Le brouillard avait une vague odeur d'océan. Parfait.

Donc, ça provenait bien du fumeur. Encore un problème résolu.

Il sortit de RV et débrancha son équipement, puis il décida qu'à tout prendre, puisqu'il travaillait sur son système, il pouvait en profiter pour charger un autre petit bidule récupéré récemment sur son mail. Il lui avait été envoyé par Cyrus Blackwell, un artiste sensoriel et l'un des meilleurs.

Cyrus prenait des paysages du monde réel et il les rassemblait en virtuel : odeurs, goûts, visuels, tactiles… tout. Même s'il était vrai que Jay s'échinait toujours à peaufiner les moindres détails pour ses scénars virtuels, cela aidait de temps en temps de se faire mâcher une partie du travail. Il avait donc demandé à Blackwell de lui composer un ensemble de scans sur une série de chambres fortes bancaires pour un scénario de braquage qu'il avait en projet.

Jay sortit les cubes de données de leur étui protecteur et les introduisit dans le terminal informatique qu'il utilisait. Il coiffa de nouveau son équipement de RV et pénétra dans un espace de travail vierge.

C'était censé être l'analogue de sa prochaine brèche de pare-feu, une banque qu'il s'apprêtait à « braquer ».

Il afficha le répertoire, et de grandes lettres rouges se matérialisèrent devant lui. Il les fit défiler jusqu'à ce qu'il trouve ce qu'il désirait.

Intérieurs.

Une infobulle lui expliqua que les coffres et l'intérieur de la banque avaient été inspirés de plusieurs grands établissements urbains situés aux États-Unis et en Europe. Il se pencha et pressa sur les onglets virtuels – ces modèles minuscules étaient légèrement transparents et lui permettaient de voir au travers.

Il y en avait une avec une superbe colonnade néoclassique en façade et de hauts plafonds à l'intérieur. Jay la déposa dans l'espace vide devant lui et l'activa. Le minuscule modèle grandit rapidement, les murs translucides laissant place à des textures réelles, et Jay goûta ce changement de perspective qui lui donnait l'impression que c'était lui qui rapetissait.

Bientôt, il se retrouva dans la banque. Il entendait le bruit de la climatisation, et il régnait distinctement une odeur de propre. Les plafonds étaient hauts – on aurait dit un décor de cinéma – et une longue rangée de guichets s'étendait d'un côté à l'autre de la vaste salle.

Parfait.

Jay parcourut le bâtiment pour rejoindre la salle des coffres. Un escalier débouchant sur une porte blindée y menait.

Non, je veux quelque chose de plus grand.

Jay afficha une liste d'éléments individuels et y chercha les portes de chambres fortes. Il en sélectionna un certain nombre qui paraissaient prometteuses avant de trouver celle qui lui plaisait. C'était un immense cercle, épais peut-être de cinquante centimètres en son centre, doté d'énormes rouages qui devaient être actionnés par un grand volant. La porte elle-même était en acier chromé étincelant : c'était le barrage anti-crime ultramoderne qu'il recherchait.

Il la greffa sur l'ouverture dans la chambre forte et sauvegarda le fichier. Il avait désormais ses éléments de base ; il travaillerait un peu plus tard sur certains des éléments fonctionnels.

Michaels décida de sauter le déjeuner et de se rendre plutôt au gymnase. Il avait un peu trop tendance à grignoter ces derniers temps. Il s'était aperçu qu'il se mettait à manger quand il était tendu et avait décidé qu'il valait encore mieux être malheureux qu'être malheureux et trop gras.

Tout en se changeant pour enfiler un ample short en coton et un T-shirt, il réfléchit à sa matinée. Ce n'était pas comme s'il n'avait que le procès à se mettre sous la dent, mais chaque fois qu'il voyait passer un nouveau chariot rempli de papiers, cela lui rappelait que cette action en justice représentait déjà un gros morceau.

Il ne s'était pas consacré à l'application des lois fédérales pour perdre son temps à jouer au chat et à la souris avec des avocats. C'était un gâchis de temps et d'énergie qu'il trouvait de plus en plus frustrant.

Au temps des premiers agents du FBI, les méchants encaissaient les coups quand ils se faisaient pincer, ils allaient en prison et purgeaient leur peine. Jamais il ne leur serait venu à l'idée de poursuivre les flics qui les avaient surpris en flagrant délit. Pas de doute, les criminels de ce temps-là étaient d'une autre trempe ; c'étaient des gars qui savaient ce qu'ils voulaient.

Il referma la porte du vestiaire, tourna le verrou à combinaison et prit sa serviette. Toni devait venir à midi. Le fils de John Howard gardait Alex à la demi-journée, et cela semblait bien se passer. Gourou était censée revenir bientôt – l'état de son arrière-petit-fils avait empiré, s'était amélioré, puis il avait rechuté, et il était toujours à l'hôpital. Apparemment, les médecins redoutaient une infection secondaire, peut-être due à un virus.

Tout en se dirigeant vers le tapis d'exercice, Michaels se demanda pour la centième fois si le moment n'était pas venu de raccrocher. Il était allé à peu près aussi loin qu'il pouvait, estimait-il – plus loin en tout cas qu'il ne l'avait espéré, pour être honnête. Il avait même, en deux occasions, prodigué ses conseils au président – il se retrouvait certes dans des cercles relativement élevés mais ses chances de promotion dans le système fédéral demeuraient néanmoins assez minces. Le poste de directeur du FBI était un poste politique, tout comme celui de chef de la CIA. La NSA était en général dirigée par un agent en exercice ou par un officier de l'armée, mais il fallait avoir parcouru sa hiérarchie propre pour briguer le poste. Alex Michaels n'avait aucune influence auprès de quiconque, aucune relation susceptible de le pousser à prendre la responsabilité d'une agence d'échelon supérieur. Et à la vérité, il n'avait pas envie de se coltiner les migraines qui accompagnaient ce genre de boulot ; celui-ci était déjà bien assez pénible.

Du reste, Alex ne s'était jamais trop préoccupé de promotion. Il n'avait pas pris ce boulot comme un tremplin ; il l'avait accepté parce que Steve Day le lui avait demandé, et parce qu'il estimait pouvoir faire une différence.

Mais aujourd'hui, lorsqu'il voyait passer les chariots remplis de papier, lorsqu'il sentait l'influence de Mitchell Ames, il avait surtout l'impression de marquer le pas.

Il commença ses étirements, par les jambes, tout en se regardant dans la glace. Il y avait une poignée de personnes autour de lui qui faisaient de la gymnastique au lieu de manger, même si la plupart avaient déjà l'air en pleine forme.

Avait-il même envie de rester à Washington ? Oui, c'était un boulot important, même s'il n'avait pas toujours l'air de lui plaire, et il fallait bien que quelqu'un le fasse. Et puis, il devait bien l'admettre, il travaillait plutôt bien, même s'il y avait nombre d'aspects de son travail qui ne lui plaisaient pas. La politique. Les marchandages pour les crédits. Des trucs comme ce procès, qui remettait en question presque tout ce qu'il avait pu faire durant sa période à la direction du service.

Qui avait besoin de ça ? Cela ne faisait que le stresser. Quand il vivait seul, il arrivait à peu près à assumer. Mais il était marié à présent, avec un enfant en bas âge, et il y avait dans la vie des choses qui semblaient plus importantes que veiller la nuit à se tracasser pour un procès qui ne le méritait pas.

Il hocha la tête. Il n'arrivait toujours pas à comprendre comment cette action en justice avait pu aller aussi loin. Comment, au nom du ciel, pouvait-on s'apitoyer sur le sort d'un brigand meurtrier qui avait tiré sur ses hommes ? Comment le fait qu'il se soit fait descendre pouvait-il justifier un procès, justifier toutes ces dépenses et tout ce déballage ?

Sans doute qu'un jury accorderait à sa femme dix millions de dollars. Où était la justice là-dedans ?

Alex pouvait se trouver un autre boulot. Il le savait. Il s'était fait proposer des emplois intéressants, qui rapportaient plus pour moins d'efforts, et dans des endroits tranquilles où vous pouviez vous entendre penser. Est-ce que ce ne serait pas chouette d'avoir une maison quelque part à la campagne, avec des arbres et de l'air pur, un toit pour que son fils grandisse au milieu de gens normaux ? Est-ce que ce ne serait pas super de ne plus être à la merci des caprices du Congrès, de ne pas avoir à passer devant une commission pendant qu'un rigolo avec 2 de QI, venu d'un trou perdu de l'Ohio, lui posait des questions auxquelles aurait pu répondre un élève de CM1 ?

Ouais, ça avait l'air prometteur. Un peu comme un rêve.

Bien sûr, il devait tenir compte de Toni, de ce qu'elle désirait. Était-elle prête à renoncer à son boulot, à aller s'enterrer au fin fond de la cambrousse, pour rester assise à la maison, faire de la pâtisserie ou passer son temps à des réunions de parents d'élèves ? Elle pourrait continuer à travailler, elle aussi, bien sûr, le Net offrait une grande liberté de nos jours. Si elle en avait envie, elle pourrait même bosser à peu près pour n'importe quelle entreprise qui l'embaucherait.

Mais il faudrait qu'il en discute avec elle avant de se décider lui-même à franchir le pas, qu'il sache ce qu'elle voulait vraiment.

Toni lui avait dit, au temps où les choses allaient mal et où il s'était mis à se plaindre de son travail, qu'elle irait où il voudrait. Tout ce qu'il avait à faire, c'était indiquer un endroit et elle se mettrait en quête d'une maison. Mais cela avait suffi à évacuer son stress, et elle ne lui avait dit que ce qu'il voulait entendre sur le moment. Éprouverait-elle la même chose si cela se produisait réellement ?

Il se releva en position assise, étira les jambes devant lui et se pencha pour saisir le bout de ses pieds, faisant travailler les jarrets et les chevilles. Peut-être que le temps était venu de déménager. Il fallait absolument qu'il y réfléchisse.

33.

Richmond, Virginie

Installé dans un motel correct, à deux pas de l'autoroute I-95, au nord de la ville, Junior regarda le téléphone jetable bon marché, uniquement audio, en poussant un grand soupir. Autant se débarrasser de la corvée.

Il composa le numéro, un numéro à usage unique qui devait le connecter à l'un des jetables d'Ames. Peut-être qu'il aurait du bol et qu'Ames ne répondrait pas…

« Où étais-tu passé ? dit Ames d'une voix irritée.

– J'étais occupé », répliqua Junior, aussitôt sur la défensive. Ouais, d'accord, il aurait déjà dû l'appeler et, ouais, il avait sérieusement merdé, mais il n'aimait pas qu'on lui parle comme s'il était un mioche. Ames ignorait tout. Junior avait tué des hommes avec des armes à feu, en duel, face à face. Il était devenu un homme sur qui il fallait compter. Il n'avait pas à recevoir des leçons d'un vulgaire avocaillon, quand bien même il bossait pour lui.

« Que s'est-il passé ? »

Junior inspira un grand coup et dévida sa version des choses.

Il mentit.

« Tout est réglé. Ça a été un peu plus coton que prévu, raison pour laquelle je n'ai pas appelé plus tôt, mais je me suis débarrassé de la vieille machine.

– Définitivement ?

– Bien sûr. »

Comment Ames saurait-il qu'il ne disait pas la vérité ? Et cela lui donnait du temps pour bien réfléchir. Concocter un plan.

« Bon, c'est bien.

– Vous voulez que je trouve, euh, un… modèle de remplacement ?

– Non, je ne pense pas que nous continuerons à travailler dans ce domaine précis. Tu es loin d'ici ?

– Un jour ou deux.

– Reviens tout de suite. Rappelle dès que tu seras en ville. Nous… euh, déménageons le siège. »

Junior fronça les sourcils. Il fallait que quelque chose ait effrayé Ames pour qu'il laisse tomber son bureau officieux. Est-ce que cela pouvait avoir un rapport avec Joan ?

Nân, décida-t-il. Impossible. Elle ignorait totalement pour qui ils travaillaient. Son seul contact avait été Junior. Ce devait être autre chose.

Junior coupa la communication, se laissa choir sur le grand lit et fixa le téléphone. Joan était quelque part en vadrouille, mais certainement plus à Atlanta, il y aurait mis sa tête à couper. Et même si elle était restée dans le coin, lui ne le pouvait pas. Il fallait qu'il retourne chez lui, change le canon de son Ruger droit, et qu'il se débarrasse du précédent. Il était peu probable que quelqu'un relie la mort d'un flic à Baltimore avec celle d'un collègue à Atlanta, mais il n'allait pas courir le moindre risque. Les prisons étaient peuplées de mecs qui avaient eu le tort de se cramponner à leur flingue préféré après avoir descendu quelqu'un avec.

Non, il allait rentrer chez lui et sortir du coffre un canon neuf. Son stock d'armes commençait à s'épuiser. Il allait devoir en racheter d'autres – mais pas tout de suite, il valait mieux laisser s'écouler assez de temps pour que les fédéraux n'aient pas l'idée de vérifier de ce côté également. Il serait peut-être même plus judicieux d'acheter une arme entièrement neuve et d'en récupérer le canon pour l'échange. C'était plus coûteux et comme il devait déjà changer l'autre flingue, il allait devoir revoir ses ambitions à la baisse. Il ne lui restait plus que deux flingues, mais face à l'éventualité de se retrouver dans la chambre à gaz ou sur une civière à attendre l'injection mortelle, on ne lésinait pas...

Il persistait à croire que Joan n'allait pas de sitôt se confesser aux flics. Oh, ça allait sans doute la détourner de la prostitution et du chantage, peut-être même la pousser à vendre sa camelote à une revue à scandale comme le *National Enquirer*, mais elle devait bien savoir que tant que Junior était en vie, elle serait en danger. Et que si elle le balançait, il trouverait le moyen de lui régler son compte, même en prison. Elle allait devoir rester planquée toute sa vie et ce n'était pas le genre de Joan. Elle aimait sortir et faire la fête. Donc, il n'y avait pas à s'inquiéter de ce côté-là, même après ce qui s'était passé au bar. Elle devait être encore en train de se demander comment monnayer tout ça. Mais jusqu'à ce qu'elle se décide, et qu'elle réussisse à le contacter tout en assurant ses arrières, il était peinard.

Pour l'instant. Et pour un petit moment.

Il ne pouvait pas faire grand-chose, de toute façon.

QG de la Net Force,
Quantico

Toni fixa les documents qui avaient été scannés sur son ordinateur, des copies des rapports de la police et des agents du FBI sur l'échec de la surveillance du complexe de bureaux de Long Island. Ils ne pouvaient se permettre de laisser des hommes sur place, mais ils avaient mis sous surveillance le gérant de l'immeuble. L'homme qui lui avait loué les bureaux n'était jamais revenu.

Il a dû avoir la trouille, estima Toni.

Tandis qu'elle regardait les images projetées au-dessus de son bureau, un flash d'annonce de NewsAlert clignota et courut au bas de l'holoprojection. Un policier d'Atlanta avait été assassiné durant un contrôle de police. Tué de deux balles dans la tête par un homme qui s'était échappé à bord d'un véhicule de location. Le suspect était toujours en fuite.

Toni hocha la tête. La vie dans une grande métropole... Elle se demanda si le policier décédé avait de la famille. Une femme, des enfants qui jamais ne connaîtraient leur père ? C'était si terrible. Elle avait beau être parfaitement entraînée au combat, elle savait que ça ne vous rendait pas invulnérable aux balles. N'importe quel cinglé muni d'une arme à feu pouvait tout saccager en un instant.

Elle se souvint de Steve Day. Et de l'époque où Alex et elle avaient bien failli se faire tuer. Ils avaient à présent un enfant. Ils ne devraient plus se mettre dans de telles situations.

Quelque chose fit soudain tilt dans son esprit. Un truc en rapport avec ce policier mort…

Elle relut l'info mais il y avait peu de détails. Des témoins avaient entendu des coups de feu, vu un homme sauter dans une voiture et s'enfuir, mais il n'y avait pas de description précise de l'individu. Il faisait nuit et tout s'était passé si vite…

Toni était sur le point de passer à un autre sujet de son emploi du temps quand elle remarqua une référence au calibre de l'arme employée pour tuer le flic. Il s'agissait d'un 22 Long Rifle et les enquêteurs pensaient que le projectile était issu d'une arme de poing à canon court.

Hmm. N'y avait-il pas eu un autre flic abattu récemment avec un 22, quelque part pas très loin d'ici ?

Son circuit d'accès vocal était ouvert. Toni articula : « Recherche : fusillades barre calibre vingt-deux barre période de temps barre deux semaines. »

Alors qu'apparaissait l'écran du robot de recherche, elle se rendit compte qu'elle aurait dû réduire le champ des paramètres pour y inclure « agents de police ». Enfin, elle verrait ce qui allait en sortir, et déciderait si nécessaire de resserrer ses investigations.

Apparemment, il y avait eu plus de deux douzaines

de morts correspondant aux critères au cours des quinze derniers jours, y compris celle d'Arlo Wentworth, représentant démocrate au Congrès pour la Californie. Il y avait eu en outre trois incidents sur la côte Est, dont l'un était effectivement celui dont elle se souvenait, l'assassinat d'un policier de Baltimore. Et il y avait aussi un vigile armé, à Dover...

Et quelqu'un s'était également fait descendre dans un bar d'Atlanta, la nuit même où le dernier flic avait été abattu.

Hmm.

Toni fronça les sourcils. Sûr que s'il y avait eu un rapport entre les morts des deux flics, les gars de la balistique l'auraient relevé.

Curieuse, Toni passa tout de même un coup de fil au stand de tir de la Net Force.

« Stand de tir, fit la voix de la Mitraille.

– Sergent, Toni Michaels à l'appareil.

– Oui, m'dame. Qu'est-ce que je peux faire pour vous ?

– Répondre à une ou deux questions.

– Dégainez. Enfin, c'est façon de parler.

– J'étais en train de parcourir les bulletins d'infos de la police et j'ai remarqué que plusieurs fusillades impliquant des policiers avaient eu lieu récemment sur la côte Est.

– Affirmatif, madame. À Baltimore et Atlanta.

– Vous êtes au courant.

– Oui, m'dame. Je relève tous les homicides impliquant des représentants de l'ordre, ainsi que l'arme qui a été utilisée. Curiosité professionnelle.

– Ma question est : en quoi ces incidents étaient inhabituels ?

– Que des flics se fassent tuer ou qu'ils se fassent tuer avec des flingues de petit calibre ?

– Les deux, j'imagine.

– Ils ne sont pas si nombreux chaque année à se faire tuer dans l'exercice de leurs fonctions, mais ça arrive. Et le 22 est le calibre le plus répandu pour les armes à feu civiles. Sans doute suivi par le calibre 12, ou les fusils de calibre 410, les armes de chasse, les 38 Spécial, les 25 automatiques, ce genre. Un 22 n'est pas idéal pour arrêter un adversaire, même tiré au fusil et là, c'était avec une arme de poing.

– Comment le savez-vous ?

– L'autopsie peut en général le déduire de la pénétration. Une balle de 22 tirée d'un fusil se déplace cent mètres/seconde plus vite que la même tirée d'une arme à canon court. Tirées d'un fusil, elles arrivent parfois même à traverser.

– Donc, vous me dites que ce genre de meurtre par arme à feu n'est pas si rare ?

– Non, m'dame, ce n'est pas exactement ce que je dis. Mais ces meurtres en particulier ? Ils ne sont pas ordinaires. Le flic de Baltimore, le vigile dans le Delaware, ce député en Californie et le policier à moto d'Atlanta ? Tous ont été tués de plusieurs balles dans la tête.

– Ah. Et ça, c'est inhabituel ?

– Oui, m'dame. Si vous devez tuer quelqu'un avec un calibre 22, il faut viser la tête, et tirer plus d'une balle. Sauf erreur de ma part, tous ces gars ont été touchés au moins deux fois. Vous voulez mon avis ? C'est le même gars. »

Toni plissa les paupières, accusant le coup. « Vraiment ?

– Oui, m'dame. J'ai un ami à la balistique au FBI. Le flic de Baltimore ? Il a été touché deux fois par deux armes différentes. D'après l'angle de tir déduit de l'autopsie, ils sont à peu près sûrs que les deux l'ont atteint à peu près en même temps, tirées de la même hauteur et de la même distance. Ce qui veut dire, soit qu'il y avait deux tireurs côte à côte et visant le même point, soit un seul gars muni de deux flingues. »

Toni acquiesça. « Continuez, je vous prie.

– Oui, m'dame. L'expertise balistique sur le député indique que les deux balles venaient de la même arme, deux coups à la tête, tirés à moins d'un mètre cinquante – il y avait des traces de poudre sur la voiture et sur la victime. Le vigile dans le Delaware en a pris une tripotée, dans le corps et au cou, une seule dans la tête, mais c'est probablement parce que le tireur avançait en même temps en ajustant son tir vers le haut. Sans doute était-il trop loin pour être certain de le descendre du premier coup en visant la tête. Toutes ces blessures provenaient de la même arme.

– Et le policier d'Atlanta ?

– Je n'ai encore rien sur lui, mais si le tireur est bien le même gars que celui qui a ouvert le feu dans un bar trois quarts d'heure plus tôt, et ça en a tout l'air, alors il utilisait un revolver à canon court.

– Il y avait des témoins ? »

Rire de la Mitraille. « Un bar rempli de motards, mais pas un n'a pipé mot. Heureusement il y avait une caméra de sécurité à l'intérieur de la salle. La police d'Atlanta est en train d'éplucher l'enregistrement au microscope.

– Alors, qu'est-ce que vous en pensez ?

– Ma foi, le revolver cadre avec les autres meurtres. Le gars n'a pas laissé de douilles, déjà, ce qui implique qu'il s'agissait bien d'un revolver. Bien sûr, il aurait pu les chercher et les ramasser s'il avait utilisé un semi-automatique, mais les deux flics et le vigile ont été abattus de nuit. Des douilles de 22 sautent au loin et ce serait plutôt coton de les retrouver dans le noir. Pour la fusillade d'Atlanta, des gens ont vu une voiture démarrer aussitôt après que les coups de feu ont été tirés. Guère de chance que le gars se soit arrêté pour aller repêcher des douilles. Un revolver paraît plus logique.

– Hmm.

– Encore une chose. Je crois qu'on a affaire à un sportif.

– Pardon ?

– Toutes ces victimes étaient armées. Et toutes avaient dégainé au moment de se faire descendre. Toutes avaient la main sur leur arme. Je crois qu'on à affaire à un chasseur. Il ne tire que sur des gens qui peuvent riposter. Ce genre de type, c'est le gibier le plus dangereux qui soit.

– Seigneur. Le FBI pense-t-il la même chose ?

– Je suis prêt à parier gros qu'ils l'ont envisagé, m'dame. Ils ont des gars plutôt malins dans leur boutique.

– Merci, la Mitraille. »

Après avoir raccroché, Toni resta à contempler son écran d'ordinateur. Ce n'était pas son boulot de retrouver le ou les tireurs. Mais cela aiguillonnait son intérêt. Elle connaissait plusieurs personnes à la maison mère. Qui sait si elle ne pourrait pas obtenir une copie de la bande vidéo montrant le tireur ?

Ça valait toujours la peine d'essayer.

34.

QG de la Net Force,
Quantico

Jay était installé derrière son bureau quand Toni passa la tête par la porte.

« Hé, Jay. T'as une minute ?

– Toujours, répondit l'intéressé. Quoi de neuf ? »

Toni entra dans le bureau. Elle tenait dans la main un mini-disque qu'elle lui tendit. « Ceci. C'est une vidéo de surveillance d'un gars qui a descendu quelqu'un dans un bar à motards d'Atlanta. »

Il lui prit le disque de la taille d'un dollar d'argent et l'introduisit dans le lecteur de sa station de travail. « C'est quoi, le problème ?

– Eh bien, ce n'est pas vraiment de notre ressort. Du moins, personne ne nous a demandé d'intervenir. En fait, je suis tombée dessus alors que je cherchais autre chose. »

L'holoprojecteur s'alluma et Jay vit que l'image provenait d'un magnétoscope bon marché, enregistrant l'image d'une caméra murale à faible résolution disposée en hauteur. Il s'agissait bien d'un de ces bars un peu louches, pleins de types en blouson de cuir, de femmes aux yeux barbouillés d'ombre à paupières criarde, et, pour les deux sexes, arborant des tatouages à foison. L'objectif grand angulaire dévoilait une bonne partie de la salle. À l'écart sur la droite, on distinguait quatre hommes, trois attifés en motards, mais pas le quatrième. Le civil se leva soudain d'un bond. Il se mit à courir, dans le même temps il dégaina deux petits pistolets de sous ce qui ressemblait à un gilet de pêcheur et se mit à tirer. Il n'y avait pas de son. Le tireur sortit brusquement du champ et disparut une ou deux secondes. Il y eut un saut dans l'enregistrement et une nouvelle scène apparut, un parking rempli de motos avec quelques voitures.

Sous les yeux de Jay, l'homme qui avait tiré apparut de la droite, courut vers une voiture, s'y engouffra et démarra.

L'enregistrement s'arrêta.

Jay leva les yeux vers Toni. « D'accord…

– Ces séquences ont été prises par les deux caméras de vidéosurveillance du Noyau de Pêche, précisa Toni, un bar de la banlieue d'Atlanta. Moins d'une heure après leur enregistrement, un policier de cette même ville se faisait tuer par balles lors d'un banal contrôle de police. Des témoins ont vu partir la voiture du tueur, et il semblerait qu'elle soit de la même marque. Je viens de parler à un contact dans la maison mère, qui dit que les études balistiques préliminaires indiquent que l'arme qui a tué le flic est la même que celle utilisée par le tireur dans le bar.

– Donc, à moins qu'il ait réussi à fourguer son flingue rudement vite, c'est le même gars qui a descendu le flic.

– Ouaip.

– Et qu'est-ce qu'on a au juste à voir avec cette histoire ?

– J'en ai parlé à la Mitraille, au stand de tir. Il pense que ce gars a descendu récemment d'autres bonshommes. Y compris le député Wentworth, là-bas en Californie.

– Vraiment ? Et les gars du FBI sont au courant ?

– Sans doute. Mais eux, ils n'ont pas un Jay Gridley, alias "le Jet", qui travaille dessus. Ce serait sympa de leur livrer ça sur un plateau. Ils nous devraient une fière chandelle. »

Jay sourit. « Ah ouais. Ça c'est sûr. Qu'est-ce que tu veux que je fasse ?

– Je t'ai envoyé un fichier avec les autres victimes possibles de ce type. Agrandis l'image autant que tu peux, puis mets-toi en quête des enregistrements de surveillance des agences de location de voitures qui correspondent plus ou moins aux moments et aux lieux où sont survenus ces autres meurtres. Vois si tu peux retrouver quelqu'un qui ressemble à ce gars en train de louer un véhicule à peu près à ce moment-là. »

Jay opina. « Je peux le faire. Je peux également étudier les enregistrements des motels et des hôtels du secteur, tant que j'y suis. Est-ce que tu pourrais m'avoir une heure de calcul sur le Super-Cray si j'arrive à définir huit points de comparaison faciale sur ton suspect ? »

Elle acquiesça. « Ouais. Si on le chope, personne ne s'en plaindra. Sinon, il sera toujours temps de s'en soucier à la prochaine réunion budgétaire, le mois prochain.

– Je m'y mets », promit Jay.

Toni acquiesça et partit. Jay se mit aussitôt à l'ouvrage. Bidouillant avec son programme d'amélioration d'images, il zooma tout en accentuant les traits du tireur. L'homme avait le teint mat, presque basané, il était brun et, assez bizarrement, il avait les yeux bleus.

Jay calcula les statistiques anthropométriques, le rapport de la distance du front au nez avec l'espacement des yeux, les proportions des oreilles, et ainsi de suite, cherchant à déterminer un type ethnique, mais ce ne fut pas concluant. Malgré tout, il avait défini à peu près sûrement neuf points sur la matrice de structure faciale Segura – la SFSG –, or il ne lui en fallait que huit pour obtenir une concordance avec une fiabilité supérieure à soixante-dix pour cent – s'il parvenait à trouver d'autres images de la même qualité. La SFSG avait été développée pour les caméras de surveillance des aéroports et des banques, afin de permettre d'attraper les voleurs et les terroristes potentiels. Elle n'était pas précise à cent pour cent, mais une fiabilité de sept sur dix était plus que suffisante pour amener un agent à vérifier l'alibi d'un suspect.

Le programme SFSG installé sur le Super-Cray recevait et cataloguait régulièrement chaque jour les données de milliers de caméras de surveillance installées sur tout le territoire américain. Ce qui correspondait à des centaines de milliers, voire des millions d'images. L'ordinateur pouvait comparer les matrices faciales d'un suspect avec les résultats d'une journée de capture des caméras et vous sortir une concordance éventuelle en moins de dix minutes. Bien entendu, la facture de temps de calcul pour la Net Force serait supérieure à ce qu'il gagnait en un mois, mais s'il attrapait un gars qui avait tué un élu fédéral ? C'étaient les membres du Congrès qui approuvaient leur budget, et ils n'iraient pas tiquer sur quelques billets s'ils avaient servi à coincer le gars qui avait descendu un des leurs.

Si Jay se limitait à la veille et au lendemain des meurtres, il pourrait en vérifier trois. S'il se cantonnait, mettons, juste à la veille, il pourrait en vérifier six. Or, il n'en avait besoin que de quatre, d'après le fichier que Toni lui avait transmis par mail. Pas de problème.

Son système était en mode accès vocal. « Appeler Super-Cray », dit-il à l'ordinateur. Bon Dieu, ce qu'il adorait dire ça – c'était cela le vrai pouvoir.

Michaels était littéralement enfoncé jusqu'au cou dans les tractations juridiques, et ça ne lui plaisait guère. Aussi quand Toni passa le voir, il accueillit cette diversion avec un certain soulagement.

« Hé, fit-il en lui brandissant sous le nez des tirages papier. Tu ne crois pas qu'on aurait vraiment besoin de vacances ?

– Je suis bien d'accord avec toi, répondit Toni. Mais d'ici là, j'ai quelque chose d'intéressant. Tu veux m'accompagner à la salle de conférences ? Jay s'y trouve déjà.

– Volontiers. »

Jay était en effet installé à la table de la salle de

réunion, arborant le sourire d'un chat qui venait d'avaler toute une volière de canaris.

« Alors ? fit Alex, sitôt entré.

– Toni ? demanda Jay, en la regardant.

– Vas-y, dit-elle. Brille. »

Le sourire de Jay s'élargit. « Toni est tombé sur des informations concernant ce parlementaire qui s'est fait tuer récemment, commença-t-il. Pas vraiment de notre ressort, puisque les flics locaux ou la maison mère ne nous ont pas encore demandé d'intervenir, mais ça m'a paru néanmoins une bonne idée d'étudier l'affaire. »

Michaels opina. « Et… ?

– Et on a chopé le tireur », dit Jay, tâchant d'avoir l'air dégagé sans trop y réussir.

Michaels arqua un sourcil. « Chopé ?

– Enfin, pas exactement, mais on sait qui c'est. »

Toni comme Jay parurent aussitôt très contents d'eux.

Jay reprit : « Toni m'a donné l'enregistrement de vidéosurveillance d'un gars qui avait tiré sur des clients dans un bar d'Atlanta, puis abattu un flic. J'ai introduit dans le Super-Cray ses caractéristiques anthropométriques et je les ai passées à la moulinette du SFSG. J'ai alors obtenu une concordance avec un gars qui a loué une voiture en Californie le jour même où le député s'est fait descendre. Ainsi qu'une concordance avec une agence de location de la capitale, le jour même où un flic de Baltimore se faisait buter. »

Jay fit passer trois photos tirées sur papier. Sur l'un des clichés, un homme coiffé d'un chapeau de cowboy et portant des lunettes noires se tenait devant un comptoir. Sur la seconde, un type coiffé d'une casquette de base-ball et arborant une grosse moustache occupait l'image sous un angle identique. Le dernier, pris dans le bar d'Atlanta, montrait enfin un homme tenant une arme dans chaque main, avec des gens dans le fond qui essayaient de se planquer.

« Le même gars sur les trois images, indiqua Jay. Neuf points de concordance sur deux d'entre elles, huit sur la dernière – la moustache postiche masque la lèvre supérieure. Bien sûr, il s'est servi d'un nom et de papiers différents dans les deux agences de location.

– Donc, tu as un gars qui loue des voitures et qui porte une fausse moustache. Ça ne prouve rien.

– Eh bien, si on n'avait que ça, le fait qu'il se trouve dans le secteur, ça serait en effet assez mince, comme preuve. Mais on n'a pas que ça. »

Et de faire glisser sur la table un quatrième cliché. Michaels vit sans peine qu'il s'agissait du même homme, or l'image semblait provenir d'une photo d'identité. Elle avait ce côté moche des photos de permis de conduire.

« Marcus "Junior" Boudreaux, indiqua Jay. On a une concordance visuelle avec les archives pénales de Louisiane – il a purgé une peine dans la prison d'État d'Angola. C'est un casseur, un voyou, et un délinquant professionnel. Il s'est déjà fait arrêter une fois pour meurtre, mais il s'en est tiré. Il correspond au profil.

– Eh bien, je suis impressionné. Je suis sûr que nos frères et sœurs de la maison mère apprécieront.

– Oh, mais ce n'est pas tout, dit Jay. Vous devez bien vous imaginer qu'un type comme Junior n'irait pas de lui-même se mettre à descendre des membres du

Congrès sans avoir une bonne raison. Il doit travailler pour quelqu'un.

– Et… ?

– Et donc, nous sommes allés voir ailleurs pour corréler la photo de Junior avec ses diverses fausses identités. Puisque c'est un tireur, nous sommes allés avoir tous les clubs de tirs existant aux alentours de son dernier domicile connu, qui se trouve être, incidemment, situé dans le district fédéral. En ratissant toute la côte Est, du haut en bas. »

Jay ménagea une pause pour l'effet.

« OK, dit Alex, voyant qu'il n'enchaînait pas immédiatement. Tu vas lâcher le morceau ou nous faire poireauter toute la journée ? »

Sourire de Jay. « Nous avons découvert que Junior était inscrit dans quatre stands de tir, y compris un club de la ville de New York. Sous des noms différents.

– Hon-hon. Continue…

– Et donc, nous avons épluché la liste des membres de ces clubs, avec l'idée qu'on pourrait, qui sait, tomber sur un autre nom connu de nous. Juste au cas où…

– Continue, Jay… »

Jay fit glisser sur la table un autre document imprimé. Y était inscrite une liste de noms, dont l'un était surligné en jaune.

Michaels regarda le nom surligné. « Non, fit-il en hochant la tête. Pas possible. »

Toni et Jay arboraient un large sourire.

Jay était parti et Michaels était resté assis à la table de conférence avec Toni. Quelque chose le turlupinait mais toute cette paperasse juridique l'empêchait de se concentrer pour arriver à mettre le doigt dessus.

Il fixa le document imprimé. « C'est juste une coïncidence, dit-il enfin. Ça ne veut rien dire. Pourquoi un gars comme Ames s'abaisserait-il à un truc pareil ? Il n'a pas besoin.

– Notre Boudreaux a bien été engagé par quelqu'un, fit remarquer Toni. Je ne sais pas pourquoi il se serait mis à tirer dans des bars à motards ou descendre des flics, mais le député Wentworth menait le combat contre CyberNation au Parlement, non ?

– Chou, c'est plus que tiré par les cheveux.

– Peut-être. Mais si c'était vrai ? Il faudrait qu'on vérifie.

– Allons, Toni. Tu te rends compte de quoi on aura l'air ? Nous en prendre à l'avocat qui nous poursuit justement pour homicides involontaires dans une opération de la Net Force ?

– Eh bien, il conviendra d'être prudents. »

Alex rit. « Prudents ? C'est un gars qui peut demander la présentation de nos archives, de nos courriers électroniques, tout le bazar ! Si on se met à fouiner dans sa vie privée, il faudra bien qu'on lui balance tout.

– Non. Techniquement, tout ce qu'il peut nous demander, c'est les documents concernant les opérations contre CyberNation. Une enquête pour d'éventuelles accusations de complot ne tombe pas forcément dans cette catégorie. Peut-être qu'il s'est acquis les services de Junior pour autre chose. On ne pourra le savoir qu'en y allant voir, pas vrai ? »

Michaels hocha de nouveau la tête. « Au moindre

faux pas, on se retrouvera pris, écartelés, et nos têtes se retrouveront promenées au bout d'une pique.

– Donc, à nous de voir où nous mettons les pieds. »

Il réfléchit au problème. Ce n'était sans doute rien de plus qu'une coïncidence. Le tireur était inscrit dans quatre clubs. Au total, leurs membres représentaient plus de deux mille personnes. Il n'avait pas besoin d'avoir des rapports avec l'un d'entre eux. Mais si c'était le cas... ? Et si Ames était celui-là ?

Ça ne pourrait pas mieux tomber, pour ce qui concernait Michaels. Peut-être que Toni avait raison. Au pire, ça valait le coup d'y jeter un coup d'œil, non ?

« Si nous pouvons retrouver ce Boudreaux, reprit Toni, et le persuader de nous parler, ce serait bien.

– Et comment va-t-on procéder ?

– Jay y travaille en ce moment même », précisa-t-elle. Elle sourit.

En cet instant, il était ravi qu'elle soit dans leur camp. Il y avait dans son expression quelque chose d'une louve affamée.

Alex acquiesça. Quelque chose continuait néanmoins à le titiller.

Il consulta de nouveau la liste des noms, s'attardant sur celui qui avait été surligné. « Oh, fit-il, mais bien sûr.

– Quoi ? »

Il secoua la tête, tout en réfléchissant. Puis : « Chou, est-ce que tu peux nous sortir la déposition de ce pirate ? »

Toni se dirigea vers l'ordinateur de la table de conférence. Elle pianota quelques touches pour entrer son code d'accès, puis ouvrit le fichier en question.

« Je l'ai.

– Lis-nous son signalement du gars qui l'a engagé. »

Il y eut une pause, le temps pour Toni de parcourir le document puis de lire le paragraphe en question. Un instant après, elle arqua les sourcils.

« Alex, dit-elle. C'est Mitchell Ames. »

Alex acquiesça. « Ou son frère jumeau. Va montrer quelques photos à ce pirate et mets dedans un portrait d'Ames. Vois s'il le sélectionne dans le lot.

– J'y vais, dit-elle, se dirigeant déjà vers la porte.

– Oh, hé Toni ! »

Elle marqua un temps et se retourna pour le regarder.

« Beau boulot, chou. Idem pour Jay, tu peux le lui dire. »

Elle lui adressa un large sourire, acquiesça, et sortit.

35.

New York

Ames était abonné – sous couvert d'anonymat – à un service Internet fort coûteux baptisé HITS ; il s'agissait d'un moteur de recherche spécialisé, remis à jour toutes les douze heures, qui gardait la trace des requêtes sur les principaux serveurs et bases de données. Il ignorait comment ils procédaient.

C'était sans doute illégal mais il s'en fichait bien. L'essentiel pour lui était que cela lui procurait des informations d'une valeur inestimable. Il lui suffisait d'entrer un nom et, en l'espace de deux minutes, le robot de recherche lui affichait la liste des requêtes sur le sujet faites par les moteurs de recherche qu'il couvrait. Et non seulement ceux ouverts au grand public mais aussi ceux censés être restreints aux militaires, à la police et aux services fédéraux. Il effectuait également des recherches parmi les moteurs disponibles exclusivement par abonnements, ceux destinés aux hôpitaux, aux assurances médicales et ainsi de suite. Sans être absolument complète, la couverture était fort large.

Avec la quantité de sites consultés, il devait préciser ses requêtes avec soin s'il ne voulait pas être noyé sous un énorme flot de résultats. Des tas de gens partageaient le même nom. Posez une requête sur « John Smith » et vous étiez assuré d'avoir de la lecture. Mieux valait rétrécir le plus possible son champ d'investigation. Par exemple, pour une recherche sur un individu donné, il convenait de préciser l'ensemble de ses prénoms en plus du nom de famille. Et même ainsi, mieux valait se cantonner à une période de temps limitée, un jour ou moins, sinon, on risquait de se retrouver noyé sous les occurrences.

Ames estimait que si quelqu'un posait des questions sur lui ou ses collaborateurs, il devait le savoir. Il avait également besoin de savoir qui posait les questions, pour pouvoir tenter de cerner leurs raisons. HITS constituait en quelque sorte sa police d'assurance.

Ce fut l'estomac noué par une crainte glaciale qu'il examina l'image flottant au-dessus de son bureau. Le programme HITS était revenu avec plus d'une douzaine d'occurrences du nom « Marcus Boudreaux », et les bases de données consultées – police, prison, agences de location de voiture et agences hôtelières – prouvaient à l'envi que l'auteur des requêtes était un enquêteur officiel, et que le Boudreaux en question n'était autre que Junior.

Une des requêtes concernait le meurtre d'un flic à Atlanta. Une autre, la mort d'un policier à Baltimore. Et il y avait également plusieurs requêtes concernant un membre du Congrès, en Californie.

Il se demanda comment tout cela avait pu se produire. Qu'avait donc fait Junior ?

Que l'auteur de la recherche ne puisse pas être identifié, comme le précisait le programme, pouvait signifier plusieurs choses mais la plus probable était qu'il s'agissait d'un policier, sans doute un agent fédéral.

Ce qui pour Ames était synonyme de Net Force.

Junior avait dû faire une connerie quelconque. Il avait déclenché une alarme quelque part, les limiers avaient flairé sa trace et, à présent, ils étaient à ses trousses.

Cela changeait tout. Ses précédents calculs sur le risque que représentait Junior tablaient sur le fait que ce dernier ne dépasserait pas trop les limites. Le genre de chantage pour lequel Ames avait recouru à ses services n'était pas bien méchant. Les peines encourues si jamais Junior se faisait pincer n'étaient pas si graves. Junior y survivrait, d'autant qu'il compterait sur Ames pour l'aider – en sachant qu'Ames le tuerait si jamais il le dénonçait.

Mais des meurtres ? Surtout des meurtres de flics ? C'était une autre paire de manches. Ames n'aurait aucun moyen de tirer Junior d'un tel pétrin. Ce qui voulait dire que Junior n'aurait aucune raison de protéger son patron. Bien au contraire. Confronté à la perpétuité ou pire, il aurait à cœur de négocier. Et la seule carte à sa disposition serait Ames.

Ames hocha la tête. Comment allait-il réagir ? Ils n'auraient aucun moyen de vérifier les assertions de Junior. Ils ne parviendraient certainement même pas à prouver qu'il avait connu l'intéressé, et encore moins qu'il l'avait engagé. Mais une accusation portée par un individu arrêté pour meurtre ternirait sa réputation. Un simple soupçon de scandale serait mauvais pour les affaires.

Non, ils ne prouveraient jamais rien, mais ce serait un tracas de plus, et il préférait encore ne pas avoir à le subir.

Il devait absolument se débarrasser de Junior, et le plus tôt serait le mieux.

Comme cela lui arrivait parfois lorsqu'il était soumis à une pression intense et soudaine, il lui vint un plan, tout d'un coup, *pan !* comme ça. Le moyen de se débarrasser de Junior, sans aucun risque pour lui. Une fois ce lien disparu, il serait tranquille.

Il sourit, impressionné par sa propre habileté. Il était vraiment brillant. Qu'on l'accule dans les cordes, et il ne se transformait pas en rat pris au piège, il se muait en Einstein…

Brooklyn, New York

C'était juste après l'aube. Ames était assis à son bureau dans sa nouvelle planque. C'était la troisième en trois semaines. En face de lui se trouvait l'homme qui d'ici peu ne serait plus de ce monde, même s'il l'ignorait.

Junior hocha la tête. « Un enlèvement ? Ce n'est pas exactement mon domaine.

– Tu n'as pas de problème pour descendre quelqu'un mais tu n'enlèverais pas un môme pour empêcher son père de nous harceler ?

– Les fédéraux débarqueront en masse, objecta Junior. Et les bébés, c'est le pire.

– Personne ne saura qu'il a été enlevé, dit Ames. Nous ne demanderons pas de rançon. La seule personne qui compte est Alex Michaels.

– Et la mère du petit, alors ? Elle va simplement me le confier, c'est ça ? »

Ames rit avec un certain mépris. « Tu crois que tu n'es pas capable de t'occuper d'une mère de famille ? »

Junior hocha la tête. « Si elle me voit, elle peut témoigner contre moi. »

Ames le regarda, le regard dur, inflexible. « Pas si elle n'est plus là pour témoigner... »

Junior soupira et se carra contre le dossier de son siège.

« Vous ne demandez pas grand-chose, à part ça.

– Junior, je ne sais trop comment te faire sentir la gravité de la situation. La Net Force sait qui tu es et ce que tu as fait. Ils sont tous lancés à tes trousses. » Ames secoua la tête. « Je n'arrive toujours pas à croire que tu aies pu buter un flic. »

Quand Ames l'avait appelé pour lui dire qu'ils étaient sérieusement dans la panade, Junior s'était douté qu'il devait être plus ou moins au courant. Il avait reconnu les faits quand Ames les lui avait brandis au visage et il avait failli lâcher que le flic d'Atlanta n'était pas le seul sur la liste. Heureusement, il avait gardé ça pour lui.

Il haussa les épaules. « C'était lui ou moi.

– Tu as dit la même chose pour le membre du Congrès.

– C'est parce que c'était la même chose. J'ai eu des problèmes avec Joan, c'est vrai. Ça a débouché sur...

une altercation dans un bar à motards. Un type s'est fait descendre. Quand le flic a arrêté ma voiture, j'avais encore sur moi le flingue avec lequel j'avais tiré. Un criminel en possession d'une arme à feu, une agression qualifiée, une tentative de meurtre, un meurtre ! J'étais dans la merde, et vous le savez. Je n'avais pas le choix. »

Ames s'avança sur son siège. « Très bien. Ce qui est fait est fait. Mais il faut réagir, à présent. Alex Michaels doit se retrouver avec d'autres soucis en tête. Alors tu descends à Washington, tout de suite, aujourd'hui, tu passes chez lui et tu emmènes son fils faire un tour.

– J'aime pas trop l'idée de tuer un môme.

– Eh bien, ne le tue pas. Abandonne-le à cent cinquante kilomètres de là dans un centre commercial, et on sera débarrassés de lui. Tuer la femme ne devrait pas te poser de problème – c'est la première fois qui coûte, non ? »

Junior acquiesça. Sans doute. Mais comme en réalité, il n'avait pas buté Joan, il n'y avait pas encore eu de première fois. Malgré tout, il n'était pas non plus tout à fait un débutant pour ce qui était de truffer quelqu'un de pruneaux, pas vrai ? Homme ou femme, la balle ne faisait pas la différence.

« Fais-moi confiance sur ce coup-ci, Junior, reprit Ames. Je connais ce gars, cet Alex Michaels. Je l'ai rencontré, je lui ai parlé. Il se couchera, et une fois qu'on aura eu ce qu'on veut, on conviendra d'un joli dédommagement et tu pourras partir finir tes jours, peinard, sur la côte mexicaine.

– À quelle hauteur, le dédommagement ?

– Cinq millions me paraît une somme correcte. Si tu quittes le pays. »

Junior plissa les paupières. Cinq millions. Une chouette maison au Mexique, des domestiques, une maîtresse, de la tequila… et se prélasser au soleil sans avoir besoin de travailler ? Là-bas, avec cinq millions de dollars, on pouvait vivre comme un nabab jusqu'à la fin de ses jours. Pas besoin de savoir parler la langue si on n'avait pas envie d'apprendre – l'argent était le langage universel. Quand on en avait assez, on pouvait avoir tout ce qu'on voulait. Cinq millions ? C'était bien mieux que de reprendre la direction d'Angola ou d'un autre pénitencier fédéral.

« D'accord, convint-il.

– Appelle-moi dès que tu es prêt à y aller, dit Ames. Le temps est compté. Aujourd'hui. Dès que tu peux

– Ouais, ouais, d'accord. »

Ames regarda partir Junior. Cette histoire sentait mauvais, et peut-être était-il temps de prendre un peu de vacances, d'aller passer quelques jours, voire une semaine, dans sa planque du Texas, jusqu'à ce que ça se calme. La discrétion était plus que jamais de mise.

Il regarda autour de lui. C'était la dernière fois qu'il verrait cet endroit. Il n'allait pas laisser l'occasion à quiconque de venir fouiner par ici.

Oui, le moment était bel et bien venu de faire démarrer le jet d'affaires et de quitter la ville pour un bout de temps. Il pourrait appeler de n'importe où, c'était aussi facile au Texas qu'ici. Comme il l'avait dit à Junior, le temps était compté.

Pour Junior, surtout.

Washington, DC

Toni était en retard. Elle avait hâte de retourner au bureau pour suivre la piste Ames. Cogneur avait sélectionné sa photo parmi la douzaine de clichés qu'elle lui avait présentés. Elle avait aussitôt lâché Jay sur cette piste et elle avait envie de savoir ce qu'il avait découvert.

Mais elle n'arrivait pas trouver ses clés de voiture. Elle savait qu'elle les avait posées sur la desserte près de la porte d'entrée, elle en était sûre, mais pour une raison inconnue, elles s'étaient volatilisées.

« Les voilà, madame Michaels », dit Tyrone.

Elle se trouvait dans la cuisine et elle leva les yeux pour découvrir Tyrone qui approchait en tenant les clés à bout de bras.

« Où étaient-elles ?

– Dans la salle de bains. Derrière le siège des toilettes. »

Toni hocha la tête. « Comment ont-elles pu arriver là ? »

Le jeune garçon haussa les épaules. « J'en sais rien. Je les ai trouvées, c'est tout, ne me demandez pas d'explication. »

Toni sourit. « Le petit bonhomme a été réveillé la moitié de la nuit, lui dit-elle. Il va sans doute dormir tard. »

C'était une litote. Petit Alex avait eu un cauchemar qui l'avait réveillé à minuit et il avait passé les deux heures suivantes à gigoter sur le lit entre ses deux parents, posant sur elle ses petons glacés tout en poussant, ce qui ne l'avait pas non plus aidée à trouver le sommeil. Quand il avait enfin réussi à se rendormir, Alex l'avait ramené dans son lit. À ce moment-là, il devait bien être deux heures et demie, trois heures du matin.

Ouais, il devrait dormir jusqu'à neuf ou dix heures. Toni aurait bien voulu, elle aussi, rester deux heures de plus au lit. On ne vous disait pas, quand vous aviez un bébé, que vous vous retrouveriez en déficit de sommeil pendant deux ou trois ans...

« Bon, je suis partie. Est-ce que tu auras besoin qu'on te ramène chez toi ?

– Non, m'dame. M'man vient me prendre. J'ai entraînement au club de tir, ce soir. P'pa m'a donné un nouveau pistolet et je dois l'essayer ce soir.

– Super. OK. Je serai de retour aux alentours d'une heure. Si tu as besoin de quoi que ce soit...

– Oui, m'dame. Je pense que je sais encore me servir du téléphone. » Il sourit.

Elle lui rendit son sourire et se dirigea vers la porte. C'était vraiment un gentil garçon. John et Nadine Howard avaient fait du bon travail. Elle ne manquerait pas de le leur dire la prochaine fois qu'elle verrait l'un ou l'autre.

Deux minutes plus tard, elle était dans sa voiture et roulait, l'esprit déjà accaparé par le boulot. Le FBI n'avait pas été mécontent des informations qu'elle et Jay avaient recueillies sur Marcus Boudreaux, et même s'ils ne l'avaient toujours pas appréhendé, ils y travaillaient.

Ils n'avaient pas encore évoqué Ames. Tout ce qu'ils

avaient pour l'instant, c'était l'apparition de son nom dans un club de tir où était déjà inscrit Marcus Boudreaux, et la parole d'un pirate informatique. Pour à peu près n'importe qui d'autre, cela aurait été suffisant. Mais pas dans le cas de Mitchell Ames. Pas pour un avocat réputé, presque une célébrité. Et certainement pas pour un avocat réputé et célèbre qui était en train d'attaquer la Net Force.

Non, ils devaient avoir tout bien balisé avant de souffler le moindre mot concernant Mitchell Ames.

D'ici là, Jay creusait dans la vie personnelle d'Ames comme une pelleteuse en folie, en quête du moindre lien avec Boudreaux.

Sur un front plus personnel, Gourou devait rentrer demain, avait-elle dit. Son arrière-petit-fils était tiré d'affaire : il s'était suffisamment rétabli pour qu'ils l'aient renvoyé chez lui.

C'était une journée chaude, ensoleillée mais sans trop de brume de pollution.

Tout se passait plutôt bien pour l'instant, dut-elle admettre. Mais elle avait hâte de retourner au boulot.

QG de la Net Force
Quantico

Michaels se carra contre le dossier de son fauteuil et adressa un signe de tête à John Howard. « En bref, voilà la situation, général. »

Howard hocha la tête. « Est-ce que ce ne serait pas

marrant, commandant ? D'arrêter le gars qui vous attaque ? »

Alex sourit. « Je dirais que ça ne l'aiderait pas à défendre sa thèse devant un jury. Un avocat réputé, qui a son propre homme de main...

– Je pensais qu'ils en avaient tous », observa Howard.

Michaels rit.

« Ma foi, je suppose que je n'aurai plus grand-chose à faire, une fois que nous aurons rassemblé tous les éléments, reprit le général. J'imagine que la police de New York verrait d'un assez mauvais œil l'intervention d'un commando de la Net Force dans un appartement huppé.

– Sans doute », admit Michaels.

Howard repartit et Michaels profita du répit pour se délecter à l'avance de la perspective d'envoyer un avocat marron derrière les barreaux. Même s'il s'avérait qu'il n'était pas coupable, c'était une fantaisie bien agréable pour un matin d'été...

36.

Washington, DC

Juste après midi, Junior passa au ralenti devant la maison pour avoir une vue détaillée sur les lieux.

Il inspira un grand coup. Tout cela était un peu trop précipité à son goût, mais parfois, on n'avait pas le choix. Autant faire avec.

Il appela Ames sur le jetable.

« Oui ?

– Je m'y mets tout de suite.

– Tout de suite ? » La voix d'Ames crépitait un peu dans le téléphone bon marché.

« Ouais.

– D'accord. Rappelle-moi quand tu as tout réglé. »

Junior raccrocha. Il fit le tour du pâté de maisons, puis gara la voiture de location deux numéros plus loin et descendit en prenant son temps.

Une tenue de cow-boy aurait par trop détonné dans ce quartier, aussi avait-il coiffé une casquette de base-ball, chaussé des lunettes noires, passé son gilet de pêcheur par-dessus un T-shirt, et mis un short. L'Américain moyen.

Bon, enfin, un Américain moyen avec deux flingues planqués sous son gilet.

Il s'approcha de la maison, inspecta les alentours, toujours aussi peu pressé.

Pas de voisins à l'horizon pour le reluquer. Il essaya la porte de devant, mais elle était fermée. Il passa derrière, trouva un portillon dans la clôture de la cour, également fermé à clé, et l'escalada. Aucun chien ne se mit à aboyer : excellent.

Il se dirigea vers la façade arrière et vit une porte coulissante donnant sur une cuisine. Elle était fermée, les fenêtres aussi, mais à moins que les occupants n'aient bloqué la glissière avec un manche à balai, ouvrir une porte coulissante n'était pas bien sorcier.

Junior avait toujours sur lui une « carte de visite » en titane pour de telles occasions. La carte était mince, flexible, résistante, et il ne lui faudrait sans doute que quinze secondes pour déverrouiller le loquet.

Il lui fallut moitié moins.

QG de la Net Force,
Quantico

Michaels revenait de déjeuner quand son virgil pépia. Il dégrafa le boîtier de sa ceinture. Pas d'identification de l'appelant, mais seules une poignée de gens avaient son numéro. Il pressa la touche « connexion ».

Pas d'image.

« Oui ?

– Alex Michaels ? dit une voix rauque, féminine.

– Oui, qui est à l'appareil ?

– Peu importe. Ce qui importe, c'est qu'un individu est en train d'entrer chez vous par effraction, un individu qui a l'intention de tuer votre fils. »

Le correspondant coupa la communication.

Michaels sentit un grand froid l'envahir. Alex était à la maison avec Tyrone, Toni était encore en train de déjeuner !

Il pressa la touche d'appel et dit : « Police du district fédéral. Alerte ! »

Washington, DC

Junior sourit en ouvrant la porte coulissante. Il crut surprendre l'ombre d'un mouvement, mais l'impression s'était dissipée avant qu'il ait pu mieux voir. Avait-il réellement aperçu quelqu'un ?

Il secoua la tête. Il aurait juré qu'il avait vu un gamin à la peau noire, maigre, un ado. Il hocha de nouveau la tête. Se serait-il trompé de maison ? L'adresse correspondait mais pour autant qu'il sache, Alex et le reste de sa famille étaient blancs.

Il attendit, retint sa respiration. Rien.

Il avait dû rêver.

Gaffe, Junior, se dit-il. On se calme.

Il referma soigneusement la porte coulissante et resta quelques secondes immobile, l'oreille tendue. Il entendit le bourdonnement du réfrigérateur, celui, plus lointain, de la climatisation. Rien d'autre.

Junior dégaina son revolver droit. Il aurait l'air malin s'il se faisait assommer par la femme ou une baby-sitter brandissant une poêle à frire. Et comme le père du gamin était un fédéral, il se pouvait qu'il ait un flingue à la maison. Si Junior voyait quelqu'un pointer une arme dans sa direction, il le buterait, sans hésitation.

Il traversa précautionneusement la cuisine en direction du couloir, jeta un œil à l'angle du mur et ramena la tête en arrière, vite fait.

Rien.

Il s'engagea dans le couloir, l'arme braquée.

Jet d'affaires d'Ames, au-dessus du Tennessee

Ames sourit en regardant le téléphone jetable. Eh bien donc, c'était fait.

Junior ne lâcherait pas le morceau quand les flics se pointeraient. Cela déboucherait sans doute sur une prise d'otage et Junior comprendrait dès lors qu'il allait se retrouver accusé d'enlèvement, à tout le moins, plus d'attaques à main armée, et peut-être également impliqué dans la fusillade d'Atlanta. Ames savait que Junior n'avait pas envie de passer le restant de ses jours en prison ou d'attendre dans le couloir de la mort. Il était exclu qu'il se rende. Et au bout du compte, s'ils ne le descendaient pas d'emblée, un tireur d'élite de l'anti-gang l'alignerait et lui logerait dans la tête une balle de 308, et ce serait une affaire réglée.

Adios, Junior. Salue le diable de ma part…

QG de la Net Force, Quantico

L'hélicoptère de la Net Force décolla, avec Alex et Toni pour seuls passagers, et vira sur la gauche dans une manœuvre vertigineuse.

Alex avait dit au pilote de faire son possible pour les amener chez lui au plus vite.

« Alex ? » Elle devait crier pour couvrir le bruit du moteur et des rotors.

« Tout ira bien ! cria-t-il en réponse. La police du district est déjà en route, ils seront arrivés avant nous. »

Toni était terrifiée.

Mon Dieu, pourvu qu'il n'arrive rien à mon bébé !

Washington, DC

Junior crut entendre quelqu'un parler, tranquillement, à voix basse, et il avança, plaqué au mur en direction du son, la main gauche serrant la droite sur la crosse, pour tenir le revolver à deux mains – pointé devant lui, incliné à quarante-cinq degrés vers le sol. Il était plus facile et plus rapide de le relever et viser la cible que de le ramener vers le bas depuis une position canon relevé, comme le faisaient quantité de flics et de militaires.

Il passa devant deux pièces dont les portes étaient ouvertes, y jeta un rapide coup d'œil et ne vit personne.

Il fallait qu'il gagne l'extrémité du couloir où se trouvait une porte fermée. Il fit jouer délicatement le bouton.

Fermée.

Il colla l'oreille au battant, mais la voix – s'il s'agissait bien d'une voix – s'était tue. Il n'entendait plus rien. Il était pourtant certain que quelqu'un se trouvait dans la pièce. Certain.

Junior était en nage, malgré la climatisation. Il resta immobile un long moment, à réfléchir.

Devait-il battre en retraite, ressortir, contourner la maison et regarder par la fenêtre ? À supposer qu'il n'y ait pas un store ou un rideau fermé qui l'empêche de voir. Devait-il ordonner à l'éventuel occupant de sortir ? Ce ne serait peut-être pas une si bonne idée. La personne pouvait avoir déjà la main sur le téléphone après avoir composé le numéro de police-secours. C'était peut-être bien cela qu'il avait entendu : une personne qui appelait la police, laquelle se trouvait peut-être déjà en route.

Ou peut-être était-ce la maman qui était là, tenant le vieux fusil à pompe de son grand-père, prête à dégommer tout ce qui se présenterait à la porte.

Il hocha la tête. Trop de questions sans avoir de réponses tant qu'il ne bougerait pas. Non, si quelqu'un se trouvait dans cette pièce, il était inutile de le prévenir, de lui laisser le temps de faire quoi que ce soit. Le mieux était d'ouvrir la porte d'un grand coup de pied, de bondir et de prendre la personne au dépourvu. Les gens étaient toujours effrayés par les bruits et le mouvement, distraits par les exclamations du genre : « Et ta sœur ? » À chaque coup, ils étaient toujours dépassés quand trop d'événements survenaient en même temps.

Il prit une profonde inspiration, souffla un peu et se concentra. C'était une porte intérieure, donc pas une porte pleine, avec un simple verrou. Pas de problème.

Jet d'affaires d'Ames
Au-dessus de l'Arkansas

Ames avait ouvert une bouteille d'excellent vin rouge au moment où l'avion décollait, et le breuvage s'était à présent suffisamment aéré. Certains vins voyageaient mal, et la pression plus basse dans la cabine n'était en général pas bonne pour le vin, mais il s'en moquait. Il n'allait en boire de toute manière qu'un verre ou deux, et si le reste ne répondait pas à ses attentes, il n'était pas à deux cents dollars près, compte tenu de ses revenus. Il en boirait bien d'autres. Il avait des dizaines de caisses de crus millésimés dans sa planque texane.

Il versa le vin et le fit tourner dans son verre tout en songeant à la lobbyiste, Cory Skye. Il n'avait plus eu de nouvelles d'elle depuis quarante-huit heures et se demanda où elle était, et comment se déroulaient ses avances auprès du commandant de la Net Force.

Il inhala le bouquet intense, puis but lentement une gorgée. Ah.

Washington, DC

Junior lança le pied en avant, qui heurta violemment la porte, et vit avec plaisir le battant s'ouvrir à la volée, révélant une chambre. Il bondit à l'intérieur.

Il saisit un mouvement sur sa gauche, pivota et découvrit plusieurs choses simultanément :

Il y avait une salle de bains et, à l'intérieur, accroupi sous le lavabo, le garçon qu'il était venu chercher.

Il y avait également un autre garçon, un jeune Noir maigrichon – il n'avait donc pas eu la berlue ! – qui se tenait devant la porte, la bloquant en partie.

Il y avait un pistolet d'exercice à canon long dans la main du jeune maigrichon, pointé vers le tapis.

Un flingue !

Junior fit pivoter son revolver. En un mouvement rodé par des années de pratique, avec la douceur de l'huile sur de l'acier poli, sans hésitation, sans secousses, sans brusquerie.

Tourner, viser, cibler...

Il aligna le cran de mire sur la tête du jeune Noir, Prêt à presser la détente...

Le canon long dans la main du garçon devint flou.

Bon Dieu, comment peut-on être aussi rapide ?

Il n'eut pas vraiment le temps de s'interroger. Avant

que son doigt n'eût commencé de presser la détente, il y eut du feu et du bruit, mais tout s'interrompit…

… L'esprit de Junior s'arrêta. Sa dernière pensée fut : *Mais comment est-ce que… ?*

Les flics du district fédéral étaient là, mais ils avaient délimité un périmètre et personne n'était entré. Toni et Alex étaient descendus de l'hélico et avaient presque atteint la porte d'entrée, malgré les cris leur demandant de se tenir en retrait. Il allait falloir plus que la police pour empêcher Toni de rejoindre son enfant…

Puis vint soudain l'horrible claquement d'une arme de petit calibre.

Toni poussa un cri inarticulé, un cri primal, un cri pour appeler à l'aide son compagnon, mais c'était inutile : Alex avançait déjà. Il heurta la porte d'un coup d'épaule, la projeta contre le mur du couloir, assez fort pour casser la butée, sans ralentir…

Elle se précipita dans le hall, un pas derrière lui, tous deux hurlant…

Le bébé !

Sans songer aux armes, ils se ruèrent dans la chambre…

… et faillirent buter sur le corps d'un homme gisant à plat ventre, un revolver serré dans la main. Il avait reçu une balle en plein front. Juste entre les deux yeux.

Boudreaux !

Toni vit sur sa gauche Tyrone, Petit Alex tenu d'un bras, calé sur sa hanche ; dans son autre main, le jeune homme tenait un pistolet dont le mince canon était à présent pointé vers le sol.

« Il… il a dé-défoncé la porte, madame Michaels ! Il avait une a-une arme !

– Maman ! » cria Alex. Il sourit et tendit les bras vers elle, ravi de la voir. Il ne pleurait pas. Il ne semblait même pas particulièrement secoué.

Elle prit le garçon, le soulagement l'envahissant comme un raz de marée.

« Je-je-je… » Tyrone sanglotait trop pour arriver à parler.

Tyrone et son pistolet d'exercice. Il les avait sauvés du tueur.

Incroyable.

Alex Michaels s'accroupit près de l'homme abattu. « Mort, dit-il.

– Tout va bien, Tyrone, dit Toni. Tu as fait ce qu'il fallait. C'est très bien. » Elle tendit le bras et le serra contre elle. « Merci. »

Ce simple mot était totalement inadéquat, mais elle vit Tyrone acquiescer. Puis elle se retourna pour regarder l'homme étendu près de son lit et de son mari. C'était la seconde fois que la Mort était venue lui rendre visite à domicile. Elle hocha la tête. Ça allait être la dernière. Elle n'allait pas rester ici et faire courir des risques à son enfant. Elle allait devoir le faire comprendre à Alex. Il était temps de quitter cette ville.

Alex hochait la tête et elle sut qu'il avait deviné ses pensées. Leur fils était sain et sauf. Et ils allaient continuer à le protéger, quoi qu'il leur en coûte.

37.

QG de la Net Force, Quantico

Toni était chez elle avec leur fils. Nadine Howard était venue chercher Tyrone. Le garçon était ébranlé, mais sinon, il semblait aller bien. John Howard était retourné chez lui voir son fils avant de revenir.

L'expertise médico-légale avait eu lieu et l'officier de police judiciaire avait fait évacuer le corps. Il était tard, presque dix-neuf heures, mais Michaels était au bureau, et ni Jay ni John Howard n'avaient l'intention de rentrer chez eux.

Michaels avait témoigné avec effusion sa gratitude à Tyrone et prodigué ses remerciements à Howard. Ce dernier avait été terriblement secoué, mais sous l'inquiétude pour son fils perçait une lueur de fierté. Face à un danger mortel, Tyrone avait fait front. Contre un homme qui était un tueur, son fils avait eu le dessus. Ce n'était pas donné à n'importe qui, et venant d'un adolescent non entraîné à la violence, c'était encore plus impressionnant.

Mais à présent, tous trois éprouvaient colère et frustration.

« Pas d'identification de l'appel ? demanda Michaels.

– Non, patron, répondit Jay. Mais on est toutefois parvenus à le localiser. On est remontés jusqu'à une tour relais dans le Tennessee. »

Michaels secoua la tête. « Qui se trouve dans le Tennessee ?

– Personne d'intéressant pour nous. Mais notre gars Ames a sauté dans son jet privé ce matin, avec un plan de vol pour le Texas. Au moment de l'appel sur votre virgil, compte tenu de la vitesse et de l'itinéraire de l'avion, il aurait dû se trouver quelque part au-dessus du Tennessee.

– C'est donc bien lui », dit Howard.

Michaels opina. « Qu'est-ce qu'il y a, au Texas ?

– Ames y possède un vaste abri antiatomique, construit dans les premières années de la guerre froide.

– Un abri antiatomique ?

– De la taille d'un village, ou presque, enfoui sous les plaines au beau milieu de nulle part.

– Qu'est-ce qu'il irait bien fiche là-bas ?

– Peut-être qu'il sait lire dans les pensées, observa Howard. Parce que s'il a envoyé ce truand menacer nos enfants, il faut bien qu'il aille se planquer quelque part. Même si, je peux vous le dire, un abri antiatomique ne sera pas encore assez profond. »

La rage dans la voix du général était contenue mais n'en était pas moins meurtrière. Et Michaels était cent pour cent d'accord avec lui.

« Le hic, intervint Jay, c'est que nous ne pouvons pas affirmer qu'il a passé le coup de fil. »

Howard et Michaels le regardèrent.

Jay plissa les paupières et détourna les yeux.

« Qui d'autre ? insista Michaels. Les seules personnes susceptibles de savoir que Boudreaux s'en prendrait à Alex étaient Boudreaux lui-même et son commanditaire.

– Mais… Pourquoi le balancer de cette façon ?

– Parce que l'homme était devenu un risque, expliqua Howard. Toni et toi aviez établi la connexion. La police d'Atlanta était à ses trousses pour deux meurtres – dont celui d'un policier – et le FBI est en train de rassembler des preuves pour le relier à d'autres, dont celui du député. Si Ames était son employeur, Boudreaux aurait été en position de sacrément lui nuire en l'impliquant. En revanche, s'il mourait au cours d'une fusillade avec la police…

– Les cadavres ne parlent pas, dit Jay.

– Tout juste.

– Ce n'est pas encore une preuve suffisante pour obtenir une mise en examen, patron, observa Jay en secouant la tête. Même avec le pirate, cela reste encore vraiment mince. On peut faire porter la responsabilité de ces meurtres à Junior, j'en suis à peu près sûr, mais à moins qu'Ames n'ait fait une boulette – et prudent comme il l'a été jusqu'ici, cela paraît improbable –, on risque d'avoir du mal à prouver qu'il est derrière tout ça.

– Peut-être. Mais à tout le moins, on peut toujours avoir une petite discussion avec lui. »

Jay hocha de nouveau la tête. « Il vous a déjà fait un procès. On a suffisamment d'éléments pour continuer à creuser, peut-être même assez pour commencer à fouiner sérieusement dans ses affaires, mais pas encore assez, et de loin, pour lui mettre la main au collet. Pas encore. » Il soupira. « Désolé, patron. »

Michaels acquiesça et échangea un regard avec Howard. « Tu as raison, Jay, mais tu sais quoi ? Je songe réellement à prendre ma retraite. Si Ames s'avère innocent, eh bien, qu'il me poursuive en justice.

– Moi aussi, dit Howard. J'ai fait à peu près tout ce que je désirais faire après avoir été rappelé au service de la Net Force. On ne va jamais bien loin en menaçant de virer un homme qui est de toute façon prêt à donner sa démission. »

Jay soupira derechef, leur adressa un petit sourire crispé, puis hocha la tête. « D'accord, fit-il. Que voulez-vous que je fasse ?

– Que tu me donnes des informations concrètes sur cet abri, dit Michaels. Trouve tout ce qu'il y a à savoir. Et Jay, ajouta-t-il, ce gars a fui pour une bonne raison. Ce pourrait être une coïncidence, mais il se pourrait aussi qu'il ait eu vent de notre traque de son tueur à gages, alors, vas-y avec précaution. Ne laisse aucune trace.

– Vous pouvez me faire confiance, patron. »

Ce que Jay trouvait de réconfortant dans la bureaucratie, c'est qu'il existait toujours une trace écrite de toutes les actions menées par le gouvernement. Parfois, elle était enfouie profondément. Parfois, elle était recouverte par tant de coups de tampon confidentiel-défense qu'il était presque impossible d'y accéder. Mais elle était toujours là, quelque part.

L'essentiel de ce que le gouvernement américain avait mis sur pied durant ces temps inquiétants où l'on enseignait aux écoliers à se planquer quand les bombes commenceraient à pleuvoir était demeuré secret si longtemps que plus personne ne savait où le trouver. Une bonne partie des documents élaborés durant la guerre froide était restée telle quelle, sans passer au stade du microfilm puis au support informatique. Ces documents étaient toujours stockés dans des archives, des chambres fortes ou quelques bureaux poussiéreux : toujours là, mais en pratique, invisibles. Les retrouver serait une tâche herculéenne. Mais quand il s'agissait de biens immobiliers générateurs de revenus, l'Oncle Sam ne lâchait pas le morceau.

Les plans, les actes de vente et autres documents concernant le bunker souterrain situé près d'Odessa, Texas, étaient bel et bien passés du stade du papier à celui des pixels. Tout était là. Dans le coffre du scénario de chambre forte bancaire que Jay était en train de faire tourner.

Bien entendu, Jay n'était pas censé se trouver dans la chambre forte à examiner ces plans. Il n'avait pas l'habilitation nécessaire.

Jay sourit. Cela ne l'avait jamais arrêté auparavant. De toute manière, c'était franchement risible. Quelle menace pour la sécurité nationale pourrait-il représenter s'il les voyait ? Il s'agissait là d'un site revendu à un civil cinquante ans après sa construction, et qui n'avait jamais été utilisé. Garder tout cela sous le sceau du secret-défense était, pour dire les choses crûment, franchement stupide.

Il était prêt à parier qu'Ames avait sans doute payé à quelqu'un une petite prime supplémentaire pour que ces dossiers demeurent secrets. Ames aimait préserver sa vie privée, aucun doute là-dessus.

Jay copia les fichiers et ressortit du scénario.

Howard regarda la copie imprimée des plans et hocha la tête. « Dur d'imaginer aujourd'hui à quel point les gens redoutaient d'être bombardés par les Russes, en ce temps-là. »

Michaels acquiesça. « Alors, qu'est-ce que vous en pensez, général ? »

Howard fronça les sourcils. « Ma foi, à supposer que les fédéraux aient retiré en partant tous les dispositifs de défense qu'ils avaient installés, ça s'annonce quand même difficile. Ce gars a de l'argent, et il y a fort à parier qu'il aura réinstallé un système de protection quelconque. Il pourrait avoir des roquettes, des mines, Dieu sait quoi encore. De surcroît, l'endroit est vaste. Il pourrait se cacher d'un petit commando pendant un bon bout de temps – et peut-être même leur filer sous le nez s'il a un bon refuge.

– Bref, en résumé… ? insista Michaels.

– En résumé, notre seule chance est de lui tomber dessus par surprise. S'il sait qu'on arrive, on est mal barrés. »

Michaels sourit.

« Donc, on attend qu'il fasse nuit, c'est ça ? »

Rire du général. « Ce n'est pas aussi facile, commandant. C'est difficile à dire au premier abord, mais cet endroit est situé au milieu de nulle part. Si notre gars dispose d'un quelconque système détecteur, capteur, radar, Doppler… du matériel qu'on peut trouver chez n'importe quel magasin d'accastillage, il nous verra débarquer de loin.

– Alors, comment contourner l'obstacle ? »

Howard sourit. « J'ai une ou deux idées. »

Odessa, Texas

Ames était en mesure d'appeler la planque sur un téléphone crypté pour mettre en route les groupes électrogènes par télécommande ; ainsi, quand il arriverait, les installations principales seraient-elles plus fraîches et ne sentiraient-elles pas le renfermé.

L'entrée du monte-charge hydraulique avait été modifiée par ses soins : l'amélioration la dotait d'un système triplement redondant. Il y avait un verrou mécanique qui utilisait une clé magnétique, un code électronique qu'on entrait par un clavier, et enfin une puce informatique d'activation vocale qui non seulement utilisait un mot de passe mais était codée sur sa seule voix. Il fallait utiliser les trois dispositifs pour que la porte s'ouvre et que l'ascenseur fonctionne. Une fois qu'on était à l'intérieur, il était possible de déconnecter les verrous pour empêcher de les activer de nouveau de l'extérieur. La porte d'acier proprement dite était doublée de béton renforcé ; en comparaison, une porte de chambre forte avait l'air ridicule. Personne n'allait entrer par là sans devoir recourir à un équipement propre à démolir une centrale nucléaire.

Non pas qu'il s'attendît à de la visite. Malgré tout,

il était toujours réconfortant de savoir que personne ne risquait de se pointer à l'improviste. Il avait capté les informations juste avant d'atterrir : un homme armé qui s'était introduit par effraction au domicile d'Alex Michaels, le commandant de la Net Force, avait été abattu par balles et tué par le baby-sitter de la famille, un jeune homme dont on n'avait pas dévoilé le nom à cause de son âge.

Ames n'avait pu s'empêcher de rire à cette nouvelle : le tireur d'élite Junior Boudreaux, abattu par un bambin. Vexant, non ?

Il arrêta sa voiture et descendit. Il se dirigea vers le tableau de commande et coupa l'accès extérieur au monte-charge. Plus besoin de se faire du souci pour Boudreaux, il était devenu de l'histoire ancienne. Bon débarras.

Quand il y réfléchissait, il n'avait eu aucune raison de quitter la capitale. La Net Force n'avait aucun élément pour le relier à l'affaire, et ce n'était certainement pas Junior qui allait leur en procurer un, à présent. Sa fuite avait été dictée par ses nerfs. Pas exactement la panique, mais il devait bien admettre qu'il s'était senti inquiet.

Enfin, tant qu'il restait ici, il pouvait toujours se relaxer et prendre du bon temps. Il le méritait.

Il quitta le garage, ses pas résonnant sur le carrelage, les murs, le plafond.

Du bon vin, un steak et une salade, peut-être une grosse pomme de terre en robe des champs, puis se regarder un film, vraiment décompresser.

Ouais, il était prêt pour de petites vacances. Ensuite il pourrait retourner à Washington et réellement lâcher les chiens sur la Net Force.

38.

QG de la Net Force,
Quantico

Julio n'hésita pas un seul instant. « Je suis partant, dit-il.

– Il est bien possible qu'on soit aux franges de la légalité », fit observer Howard.

Rire de Julio. « Depuis quand est-ce un souci ?

– Je ne veux pas te prendre en traître.

– John, dit Julio, tu es mon patron, mais tu es aussi mon meilleur ami. Quand cet assassin a pointé un flingue sur Tyrone, tout a changé. Si ce Mitchell Ames a bien envoyé ce bonhomme chez le commandant, alors je veux être de ceux qui le coinceront. » Il haussa les épaules. « Du reste, je peux toujours me trouver un autre boulot. »

Howard demeura un moment silencieux. Non pas qu'il se fût attendu à autre chose. Malgré tout, c'était toujours réconfortant d'entendre son vieil ami le dire. « Merci, Julio. »

L'intéressé opina. « OK. Alors, c'est quoi, le plan ? »

Ils se trouvaient dans le bureau de Howard. Personne d'autre alentour. Le général pianota quelques commandes sur sa station de travail. Une vue satellitaire du désert texan apparut au-dessus.

« Voilà ce qu'on a... »

Quand Michaels appela Toni, elle allait déjà un petit peu mieux – elle n'était pas franchement ravie, mais au moins n'allait-elle pas exploser.

Il lui expliqua où ils en étaient avec Ames.

« Parfait, fit-elle. Ce coup-ci, je vais regarder ça de loin.

– Toni...

– Comprends-moi bien, Alex. Quand tu l'auras capturé, j'aimerais passer cinq minutes seule avec lui, à supposer qu'il vive assez longtemps pour ça. Mais une fois que ce sera fini, j'arrête avec ce boulot, Alex. Terminé. Il est temps de quitter un endroit où les tueurs viennent chez nous s'en prendre à notre fils. »

Il acquiesça, puis se rendit compte que la connexion sans vidéo ne transmettrait pas sa mimique, aussi ajouta-t-il : « Je comprends.

– Vraiment ?

– Oui. Et je suis d'accord avec toi. »

Et c'était la vérité. S'il arrivait quelque chose à son fils par la faute de son boulot, jamais il ne se le pardonnerait.

« Comment va Petit Alex ?

– Lui, il va bien, il a cru que tout cela était un jeu auquel jouait Tyrone. Mais moi, je parle sérieusement.

– Je t'avais bien comprise. Je remettrai ma démission dès qu'on aura fait mettre Ames sous les verrous.

– Vraiment ?

– Vraiment. »

Après avoir coupé, Michaels se fit la réflexion qu'il avait bien changé avec les années. Il avait été un temps où le boulot était tout pour lui. Cela lui avait coûté son premier mariage et l'avait éloigné de sa propre fille. Il avait été un temps où un ultimatum comme celui que venait de lui donner Toni l'aurait fait se rebiffer et foncer dans le tas. Mais quelque part en chemin, il avait grandi et s'était rendu compte de ce qui était réellement important dans la vie. Sa femme et son fils étaient irremplaçables. La Net Force pouvait se trouver un autre commandant. Sa famille ne pourrait jamais le remplacer.

« Commandant ? »

Le général Howard se tenait au seuil de son bureau.

« Oui ?

– Il nous est venu, au lieutenant Fernandez et à moi, quelques petites idées que nous aimerions vous soumettre.

– Je suis tout ouïe. »

Howard lui déballa tout, regardant Michaels absorber tout cela. Quand il eut terminé, le patron répondit : « Bien. Quand pouvons-nous commencer ?

– "Nous" ?

– Vous ne croyez pas que je vais rester assis à me tourner les pouces comme je suis censé le faire ? Je ne l'ai encore jamais fait, pourquoi commencerais-je aujourd'hui ? » Il sourit. « Du reste, s'ils me virent, peut-être que je pourrai m'inscrire au chômage. »

Howard lui rendit son sourire et hocha la tête. « Nous envisageons une unité de taille réduite. Deux petits jets ont déjà fait le plein et sont prêts à décoller. Rien n'empêche de démarrer demain soir.

– Ne me dites pas que j'avais raison en suggérant d'y aller de nuit. »

Nouveau sourire de Howard. « Le moindre détail peut aider. En outre, ça nous laisse un peu de répit pour nous organiser, et peut-être tester une ou deux fois l'opération en virtuel. » Il marqua un temps. « À propos de virtuel, est-ce que Jay nous accompagne, lui aussi ? »

Alex fit un signe de dénégation. « Je ne crois pas. Il restera ici, pour continuer de déterrer des informations sur Ames. Quand on aura interpellé ce dernier, on aura besoin du maximum d'éléments pour le garder et faire tenir notre accusation. » Il marqua un temps avant d'ajouter : « Du reste, quand tout ceci sera terminé, il se pourrait bien que Jay soit le plus haut responsable à rester garder la boutique. »

Howard sourit. « Voilà qui donne à réfléchir. »

Michaels se contenta de hocher la tête.

« Eh bien, commandant, autant que j'y aille. »

Michaels lui tendit la main, Howard la prit.

« Je vous en suis réellement reconnaissant, dit Michaels.

– N'oubliez pas, mon fils y était, lui aussi. »

Michaels acquiesça. « Non, je ne risque pas de l'oublier. »

Howard retrouva Julio à la base aérienne. Le lieutenant supervisait le chargement d'un des jets d'affaires déshabillés utilisés par la branche militaire de la Net Force pour les vols à courte distance.

« Comment ça se passe, lieutenant ?

– Tout baigne, mon général. On a déjà embarqué le matériel léger. Le reste est amené de l'entrepôt par camion. On sera prêts à décoller à deux heures.

– Bien. Rentre à la maison, dors un peu, et reviens ici à six heures.

– Affirmatif, mon général. »

Howard regarda sa montre. Il devrait lui aussi rentrer dormir un peu.

Washington, DC

Quand Howard rentra, Tyrone se préparait un sandwich dans la cuisine. Dagobert[1] aurait été fier de la mixture que Tyrone se concoctait – trois sortes de viandes, deux fromages, laitue, tomate, cornichons, rondelles d'oignons, mayonnaise, moutarde, Ketchup. Un monstre.

Howard décida de faire léger. Il remarqua : « Tu as perdu ton appétit, hein ?

– Ouais, rien ne passe, en ce moment. »

Howard attendit une seconde avant de demander : « Alors comment vas-tu, fils ? T'es OK ? »

---

1. Le mari de Blondie, dans la bande dessinée de Chick Young, grand amateur de sandwiches devant l'Éternel.

Tyrone laissa échapper un petit soupir. « J'en sais rien. » Il interrompit la construction de son sandwich.

Howard hocha la tête. Il avait vécu cela avec des vétérans aguerris, des soldats de longue date qui s'étaient entraînés pendant des années et n'avaient jamais eu à tuer quelqu'un. Quand ça leur arrivait, ça leur faisait un choc, souvent un choc violent.

Et Tyrone n'était pas un soldat aguerri. Ce n'était qu'un gamin de quinze ans.

« Parle-moi, fils. »

Tyrone eut un petit haussement d'épaules. « J'ai tué un homme, p'pa. Ce gars était vivant hier. À présent, il est mort. »

Howard hocha la tête. « Tu as raison, Tyrone. C'est un truc sérieux, et ce n'est jamais, jamais une chose qu'on fait à la légère. Mais ce n'est pas toi qui avais provoqué cette situation, fils.

–Je sais. Cet homme venait pour tuer Petit Alex. Enfin, sans doute. Mais ce qui est sûr, c'est qu'il allait me tuer. Je l'ai vu pointer cette arme sur moi. J'ai vu son doigt se crisper. » Il regarda son père. « Il a voulu me tuer, p'pa. Personne n'avait encore fait une chose pareille. Le problème, c'est que je continue à avoir l'impression que j'aurais dû faire autrement. Lui tirer dans l'épaule, par exemple. »

Howard hocha la tête. « Tu a fait ce qu'il fallait, fils. On a déjà discuté d'armes, de puissance d'impact, des divers calibres. Ton 22 est une excellente arme pour le tir sur cible mais elle n'est pas idéale pour immobiliser un homme. » Il regarda Tyrone droit dans les yeux, ignorant le sandwich, ignorant le léger tremblement soudain de sa main, ignorant tout sauf la communication, le contact qui s'était établi entre eux à cet instant précis. « Tu as fait ce qu'il fallait, Ty. Tu aurais essayé autre chose, de lui tirer dans l'épaule, tu ne l'aurais sans doute pas arrêté. Il aurait riposté et il t'aurait tué, et ensuite, il aurait fait subir à Petit Alex ce pour quoi il était venu. » Il marqua une nouvelle pause, pour que sa remarque porte, puis répéta : « Tu as fait ce qu'il fallait. La seule chose qu'il fallait. Il ne t'a pas laissé d'autre choix. »

Tyrone acquiesça mais Howard ne savait pas trop dans quelle mesure ses paroles avaient été un réconfort. Ty était dans une phase où les mots n'avaient qu'une portée limitée. Il devait faire le travail lui-même. Son papa pouvait être à ses côtés, pour répondre à certaines questions délicates, l'orienter dans la bonne direction, mais c'était à Ty, seul, de traverser l'épreuve.

John savait qu'il réussirait, toutefois. C'était un bon garçon, avec un grand cœur, et qui avait la tête sur les épaules. Et du reste, tout ce que lui avait dit Howard était la pure vérité. Il avait fait ce qu'il fallait, la seule chose qu'il y avait à faire.

« Merci, p'pa », dit Tyrone. Il saisit le sandwich et mordit dedans à belles dents. « Je t'aime. »

En tout cas, c'est ce que son père crut entendre. Difficile à dire, avec cette énorme bouchée.

Howard sourit. « Je t'aime aussi. Et je suis très, très fier de toi, Ty. »

Michaels et Toni étaient au lit et le bébé dormait entre eux deux. Alex avait posé la main droite sur la poitrine de Petit Alex, et celle-ci se levait et s'abaissait doucement au rythme de la respiration de son fils. Sa main gauche qui reposait sur l'oreiller tenait tendrement la main de sa femme.

« Gourou sera de retour demain, dit Toni.

– C'est bien.

– À quelle heure pars-tu ?

– John veut qu'on décolle vers six heures et demie.

– Sois prudent. » Et elle lui serra légèrement la main.

Alex sourit. « Ames est avocat, pas para commando. »

Toni secoua la tête. « Il a des armes. Il est inscrit à un club de tir.

– Je serai prudent. »

Ils restèrent quelques instants sans rien dire. Puis Alex demanda : « Eh bien, qu'est-ce que tu penses du Colorado ?

– Le Colorado ? »

Il opina. « On m'a fait une proposition comme chef de la sécurité informatique d'Aspen International, tu te souviens ? Deux fois plus d'argent, moitié moins de boulot, avec une voiture de fonction, tous frais payés, et une inscription au country-club. »

Elle hésita. « Peut-être que j'étais un peu contrariée... »

Alex hocha la tête. « Non, chou, tu étais *très* contrariée. Et tu avais tout lieu de l'être. Tu n'avais pas tort. Il est temps de changer d'air. »

Une autre pause. Prolongée. « Il faudra qu'on trouve une maison assez grande pour Gourou, et pour quand Susie nous rendra visite. »

Alex sourit. « Là-bas, les grandes maisons, ce n'est pas ce qui manque. Je parie qu'on pourra sans peine en trouver une. »

Toni le regarda et soutint son regard un long moment. « Es-tu bien sûr de toi, Alex ?

– Je n'ai jamais été aussi sûr de toute ma vie, Toni. Enfin, excepté quand je t'ai épousée. »

Cela déclencha chez elle un grand sourire.

Il adorait la faire sourire.

39.

Odessa, Texas

Ames se leva à l'aube, se doucha, s'habilla, se fit une tasse de café puis se rendit jusqu'au sas de la sortie de secours, derrière la décharge. Une fois arrivé, il gravit les trois volées de marches menant à la surface. La porte, un monstre à commande hydraulique digne d'une chambre forte, était conçue pour se protéger de la racaille fuyant une attaque atomique. De forme circulaire, un peu plus grande qu'une plaque d'égout, elle faisait soixante centimètres d'épaisseur et était montée sur des charnières articulées. Leur axe de rotation en acier trempé était gros comme le bras. En surface, elle était camouflée sous une couche de sable posée sur un cadre motorisé qui se levait à la demande. Quand le cadre était en place, l'entrée était virtuellement invisible. Et même si l'on savait qu'elle était là, l'ouvrir sans avoir les bonnes clés, les codes et les commandes idoines n'était pas une sinécure.

Ames se servit du périscope dissimulé dans un bosquet d'épineux pour s'assurer qu'il n'y avait personne alentour. Quand il fut certain que la voie était libre, il pressa sur le bouton de commande de la porte. Il fallut trente secondes, le temps que le cadre recouvert de sable s'élève assez pour permettre le pivotement du battant.

Il grimpa l'escalier et sortit. Il se tenait sous le cadre qui se trouvait à présent un peu plus de deux mètres au-dessus du sol.

C'était le meilleur moment de la journée quand on voulait sortir ici, l'été. C'était là que la fraîcheur était maximale en cette période de l'année, et seuls les lièvres et les oiseaux se manifestaient. Pas âme qui vive à perte de vue, même si dans le lointain, la traînée d'un avion à réaction zébrait le ciel pâle sans nuages, trop loin pour qu'on entende le bruit de l'appareil qui la générait.

Le calme, la tranquillité, tout à lui…

Il passa une dizaine de minutes à respirer l'air pur, heureux de quitter le confinement de l'abri, établissant ses plans pour les jours et les semaines à venir. Satisfait, il retourna à l'intérieur, referma la porte, rabaissa le cadre et, reprenant le couloir carrelé qui résonnait sous ses pas, il se dirigea vers la cuisine. Il avait dans l'idée de se préparer un petit déjeuner à base de saumon haché et d'œufs, avec peut-être une salade mimosa pour faire passer le tout.

Il sourit. *Je me demande ce que tous ces pauvres bougres sont en train de faire, ce matin.*

Base aérienne Bush,
Odessa, Texas

Le jet de la Net Force était presque arrivé lorsque l'aube se leva, arrivant de l'est sur les pas du soleil. Ils auraient ainsi toute la journée pour s'organiser, tout le temps voulu.

Michaels – il en fut le premier surpris – s'était endormi durant le trajet et il s'éveilla quand l'appareil entama sa descente vers la nouvelle base aérienne, située à deux heures de route de leur cible. Howard s'était arrangé pour emprunter plusieurs camions à la Garde nationale du Texas, la Net Force dépendant officiellement de la Garde, du moins dans le cadre budgétaire. En théorie, les véhicules devraient les attendre à l'atterrissage.

Après qu'ils se furent posés et tandis que le déchargement s'effectuait, John Howard rejoignit Michaels à l'arrière du centre opérationnel mobile, en fait un camion bâché. Malgré tout, il était climatisé. Plus ou moins.

« Pour les ordinateurs, expliqua Howard. Les unités tactiques individuelles peuvent s'en passer, mais les gros systèmes pètent les plombs dès que la température ambiante dépasse la température corporelle.

– Il va faire si chaud que ça ?

– Dans l'ouest du Texas en plein été ? Oh, que oui. Il va faire plus frais à la nuit tombée, mais il faudra qu'on charge et qu'on se déplace en plein jour. »

Alex le regarda. « Est-ce que vous croyez vraiment que ça va marcher, John ? Ce truc me paraît bien vaste pour être pris d'assaut par dix hommes seulement… »

Un chariot à fourche passa devant eux, lesté de deux caisses en bois plus grandes que des cercueils. Il y en avait encore d'autres identiques à bord de l'avion.

« Je le pense aussi, répondit le général Howard. Le problème, c'est que soit on le coince avec dix hommes, soit on n'y arrivera pas, même avec cent. Comme vous l'avez dit, c'est vaste, et nous devrons plus tabler sur l'effet de surprise que sur le nombre. »

Alex opina. Il le savait déjà, bien sûr, mais toute cette opération se déroulait avec son seul aval. C'est lui qui avait le dernier mot en définitive et il pouvait toujours l'annuler à tout moment, jusqu'à ce qu'ils pénètrent dans l'abri antiatomique d'Ames. Après, ça deviendrait plus délicat.

Ames avait de quoi se distraire. Il disposait d'une connexion Internet ainsi que de systèmes de réception radio et vidéo par satellite. Il pouvait recevoir cinq cents chaînes de télévision du monde entier, et jusqu'aux stations de radio locales d'Addis-Abeba, si ça lui chantait. Il avait une bibliothèque équivalente à celle de bien des petites villes, rien qu'en exemplaires papier – ouvrages de droit, manuels médicaux, sans oublier des milliers de romans, de vidéos, d'œuvres musicales sur DVD et mini-disque, dans le cas où sa connexion Internet lâcherait. Il avait un gymnase, une piscine, un stand de tir, un terrain de basket et même un bowling à six pistes. Il avait des vivres, du vin et une pharmacie assez vaste pour traiter une centaine d'invidus souffrant tous de maladies différentes.

Il avait des œuvres accrochées aux murs, des toiles de maîtres. Il avait des sculptures. Il avait trois de ses sièges favoris, et un lit en biogel piloté par ordinateur qui était le plus confortable du monde.

Il avait tout ce dont il avait besoin, excepté un défi.

Ames haussa les épaules. Il ne pouvait rien y faire pour l'instant. Ses plans étaient en place. La Net Force était coincée par les poursuites judiciaires, elle redoutait d'agir, et chaque jour ainsi gagné voyait se rapprocher la concrétisation de la loi sur CyberNation.

Tout se déroulait donc pour le mieux. Il n'avait qu'à patienter.

Mais ça, il avait déjà eu l'occasion de s'en apercevoir, ce n'était pas son fort.

Il haussa les épaules. C'est pourquoi il avait si bien approvisionné cette planque. Il avait besoin de distractions.

En y réfléchissant, il se dit qu'il aimerait faire quelques longueurs dans la piscine, puis peut-être une petite séance de tir. Ce serait bien de garder un corps sain et un œil acéré pour aller avec un esprit sain…

Comté d'Upton, Texas

La zone de rassemblement était située à vingt kilomètres de l'objectif, et, à cinq heures de l'après-midi, il faisait encore près de quarante degrés. La seule ombre provenait des camions et de quelques saules étiques poussant près du lit d'un ruisseau presque à sec.

Howard vit Julio se diriger vers lui ; il s'essuyait le visage avec un chiffon.

« J'espère que ces bidules ne vont pas nous lâcher par cette chaleur », dit le lieutenant Fernandez.

Derrière Howard, Michaels demanda : « Ça se pourrait ?

– J'espère bien que non. Sinon, ça fera une sacrée trotte pour rentrer. »

Les bidules dont parlait Julio étaient les cinq Segway spécialement équipés que Howard, Michaels, Julio et deux soldats allaient utliliser pour gagner l'objectif depuis le sud pendant que cinq autres soldats rejoindraient la position en camion depuis le nord.

Les petits scooters électriques étaient du matériel furtif munis d'un carénage taillé dans la dernière génération de fibre de polycarbone, tout en angles vifs et surfaces lisses. Le même type de camouflage était employé sur les camions. Il était efficace, surtout avec les radars aux normes civiles et les Doppler, mais ce n'était pas la panacée. Raison pour laquelle les troupes dans le camion feinteraient en arrivant par le nord tandis que Howard et les autres s'immisceraient depuis la direction opposée.

Si Ames était debout au moment de leur arrivée, et si son radar était en marche, il verrait un bel écho bien gros renvoyé par le camion et, avec un peu de chance, il ne verrait pas les scooters. Ils ne seraient pas totalement invisibles mais avec un écho flou et faible, il était probable qu'il ne les remarquerait pas.

Le plan était que le camion s'approche pour s'immobiliser à moins de quinze cents mètres. Les hommes en descendraient et se déplaceraient autour, déployant une activité suffisante pour attirer l'attention d'un observateur. Même si Ames disposait d'une lunette de visée infrarouge ou d'un autre dispositif d'amplification nocturne, il fallait espérer qu'il se polariserait sur la menace la plus évidente. Qui ne semblerait pas imminente, puisque les intrus seraient encore loin de l'un ou l'autre accès connu à l'abri.

Pendant ce temps-là, Howard et le commando venu du sud arriveraient sur place, s'introduiraient et s'empareraient du sujet avant qu'il ait pu réagir.

En théorie, du moins.

Le commandant avait posé la grande question : comment diable pénétrer dans une installation sécurisée conçue pour empêcher toute pénétration, y compris celle des radiations ? Creuser dix ou douze mètres de terre n'était pas une corvée pour des hommes simplement munis de pelles, surtout s'ils étaient pressés, et les portes d'accès seraient plus que probablement verrouillées.

Howard pensait détenir une réponse mais cela restait encore à voir. Si les plans qu'ils avaient en leur possession étaient précis, s'ils pouvaient pénétrer sans se faire détecter, et si le reste de leur nouveau matériel marchait, alors, ils avaient une chance.

Si, si, si…

« On est à peu près parés, observa Julio. Je crois que je vais faire un petit somme. »

Sur quoi, il se dirigea vers le camion contenant l'équipement informatique et monta à l'arrière. Howard hocha la tête. Il faisait bien quinze degrés de moins à l'intérieur. Il allait tâcher de se trouver une petite place… et de dormir, pelotonné dans une fraîcheur relative – ça valait mieux que de dormir étendu sur le sol par une journée d'été au beau milieu du Texas.

« Ce n'est pas une mauvaise idée de se reposer un peu, commenta Howard. De toute façon, on ne va pas s'ébranler avant minuit. »

Michaels semblait dubitatif.

« L'un des premiers trucs qu'on apprend lorsqu'on est soldat, c'est à manger et dormir chaque fois qu'on peut, expliqua Howard. On ne sait jamais quand on en aura de nouveau l'occasion, une fois qu'on sera dans le feu de l'action. »

Vers six heures du soir, Ames se mit un vieux film des Marx Brothers, puis il se prépara un sandwich arrosé d'une bière légère et prit la direction du lit. Même s'il n'avait pas de raison valable, il était fatigué. Deux heures dans le lit magique allaient le requinquer.

Michaels regarda sa montre. Il était minuit cinq. La chaleur du jour s'était considérablement atténuée, mais on ne pouvait pas dire non plus qu'il faisait « frais » – il devait bien faire encore vingt-six ou vingt-sept.

Howard, qui était vêtu d'une tenue camouflée assortie aux vêtements que portait Michaels, jusqu'à la protection personnelle en soie d'araignée, s'approcha de l'endroit où se tenait le commandant.

« Je pensais qu'il faisait froid la nuit, dans le désert, observa ce dernier.

– Ça dépend du désert, répondit Howard. Il fait sans doute plus froid ici l'hiver. Vous êtes prêt ?

– Oui.

– Repassons encore une fois la séquence des opérations. Les scooters ont de gros pneus efficaces sur sol meuble, même s'il nous faudra près d'une heure pour parvenir à destination. Avec les lunettes, on aura l'impression de rouler en plein jour, et tout ce que vous aurez à faire, c'est de rester derrière moi. Je suis la trace de Julio et il a cartographié l'itinéraire le plus sûr, en se fiant au GPS. Les soldats Holder et Reaves fermeront la marche. Si vous arrivez à ne pas tomber de votre scooter, tout se passera bien. Vous avez eu l'occasion de l'essayer ?

– Sur le sol parfaitement lisse et plat du parking de la Net Force, oui. »

Howard sourit. « Vous vous en tirerez bien, commandant. Rappelez-vous simplement de bien tenir les petites poignées et de vous pencher en avant. Nous ne tenterons pas de manœuvres acrobatiques. »

Michaels acquiesça.

Howard regarda sa montre. « OK, les gars. Il est temps de décoller !

Michaels se dirigea vers son scooter. Il ressemblait à une espèce de classeur d'archives muni d'étranges excroissances qui formaient un carénage pointu vers l'avant. L'ensemble était monté sur deux grosses roues parallèles comme une antique tondeuse à main. La seule partie de son corps qui serait visible au radar de l'avant serait sa tête, et le casque furtif muni de son affichage tête haute nocturne était censé y remédier.

Enfin, cela, ils n'allaient pas tarder à le savoir.

Le lieutenant Fernandez monta sur sa machine, se

pencha vers l'avant et se mit à rouler. Howard le suivit. Michaels coiffa son casque, monta à son tour et actionna le bouton de mise en route.

« C'est parti », dit-il doucement.

Ames s'éveilla passé minuit, presque à une heure du matin, sans trop savoir ce qui l'avait tiré du sommeil. Il se leva, gagna la salle de bains. En retournant au lit, il entendit un léger bip.

Il fronça les sourcils. Qu'est-ce que c'était ?

L'écran de la console de contrôle posée sur la table de chevet affichait un témoin rouge qui pulsait au rythme du bruit. Il lui fallut une seconde pour faire le point.

L'alarme radar. Il avait de la compagnie !

Il ne perdit pas de temps à s'habiller, saisit simplement son pistolet et se dirigea en pyjama vers le central informatique, au bout du couloir.

L'écran du radar Doppler montrait de l'activité au nord, à quinze cents mètres environ. Qui était-ce ? Et qu'est-ce qu'ils faisaient par ici ?

Il y avait deux douzaines de caméras installées sur le domaine, plus d'autres cachées dans le sol, des buissons ou des arbres, un peu plus loin. Toutes étaient télécommandées sans fil. Il activa celle située le plus près des envahisseurs. Elle se trouvait à cent mètres, mais elle était dotée d'une optique excellente et les intensificateurs de lumière rendaient la scène nocturne presque aussi claire que si elle avait été prise au matin, malgré une légère dominante verdâtre.

Ce qu'il vit : un gros camion plateau, avec deux gars à côté. Le capot était levé et un troisième type était penché dans le compartiment moteur. Ils n'avaient pas l'air de soldats ou de policiers, juste trois bonshommes en train de réparer leur bahut en panne. En route pour Dieu sait où, et qui étaient tombés en rade au milieu de nulle part. Ils ne se doutaient même pas de l'existence de cet abri.

Néanmoins, il n'allait pas les quitter des yeux. Inutile de prendre des risques. Pas au point où il en était.

Mais peut-être qu'il devrait s'habiller. Au cas où.

Conduire le scooter sur le sol inégal était à la fois plus simple et plus compliqué que Michaels ne l'avait escompté. Le trajet était lent et accidenté. Mais encore une fois, il n'était pas tombé, ce qui était déjà quelque chose.

Il n'avait aucune idée de la distance parcourue. Il lui semblait qu'ils roulaient depuis des heures, même si un coup d'œil à sa montre lui révéla qu'ils n'étaient partis que depuis quarante-cinq minutes environ.

Tous les cinq étaient dotés de communicateurs infrarouges qui ne risqueraient pas d'être interceptés par des récepteurs radio classiques ; en outre, leur signal était crypté. Malgré tout, Howard avait ordonné le silence radio sauf en cas d'urgence, et jusqu'ici, en tout cas, ils n'en avaient pas eu.

Touchons du bois...

Les amplificateurs de vision nocturne fonctionnaient plutôt bien. Ce n'était pas vraiment l'éclairage de midi et la colorisation informatique donnait un léger rendu pastel. Mais vous n'aviez pas non plus l'impression de vous balader dans un désert obscur au beau milieu de la nuit. Ah, les miracles de la technologie moderne.

À un moment, Julio Fernandez ralentit. Howard l'imita et Michaels se redressa un poil pour lui aussi ralentir son scooter. Il observa avec attention. Une fois qu'ils seraient arrivés, ils devraient garer leurs trois véhicules d'une certaine manière pour être à l'abri du radar. Il y aurait un angle mort derrière l'écran des engins, lui avait expliqué Howard, une zone invisible à l'intérieur de laquelle ils pourraient évoluer sans être détectés. À tout le moins, sans être vus. Ils n'allaient pas tarder à faire pas mal de bruit…

Julio leva la main en signe d'arrêt. Il obliqua très légèrement sur la gauche. Howard modifia sa trajectoire. Michaels suivit Howard, sachant qu'il devrait garer son scooter sur la droite, un mètre en retrait. Les deux autres soldats compléteraient le dispositif, derrière Michaels, sur le côté.

Trente secondes plus tard, tous les cinq étaient garés. Fernandez revint et les hommes se rapprochèrent. « Par là, fit-il en pointant le doigt.

– Vous avez entendu le lieutenant, dit Howard. Allez-y.

– Affirmatif, mon général ! » dirent les deux soldats.

Ils avaient une drôle de dégaine avec leur équipement. Des exosquelettes, pour reprendre le terme qu'avait employé Howard. Des équipements spécialisés formés d'un cadre muni de moteurs qui transformaient leur porteur en Hercule, multipliant sa force. Il y eut un bourdonnement mécanique quand ils activèrent les unités. Les deux hommes, qui avaient l'air de sortir d'un film de science-fiction, se dirigèrent vers un coin de sable pas différent des autres en apparence et se mirent à creuser. L'un maniait une lourde pioche, l'autre une pelle.

Howard avait examiné avec grand soin les plans de l'ancien bunker jadis secret. Il avait longuement discuté avec ses concepteurs et décidé d'un plan d'attaque qui devrait marcher.

« Il y a dix à douze mètres de terre entre la surface et le toit de l'abri, à peu près partout, avait-il expliqué. Il faudrait des jours à un tractopelle pour creuser tout ça. Et toutes les entrées sont en acier trempé renforcé de béton, il n'est donc pas question de les faire sauter. Il y a toutefois des points relativement faibles. »

Howard les avait indiqués à Michaels sur les plans. « Ici, à ces points d'accès, l'escalier est dégagé jusqu'en bas. Et là, il y a un imposant tampon en béton armé qui ferme l'entrée mais si l'on s'écarte seulement de deux mètres, la dalle est bien plus mince, un mètre seulement d'épaisseur, sous cinquante centimètres de terre. Ils ne pouvaient pas la concevoir plus lourde, sinon ils auraient dû édifier des structures de soutien massives. Il suffit de percer cette dalle, de déplacer encore un peu de terre, et on se retrouve dans la cage d'escalier.

– Un mètre de béton renforcé, ça ne m'a pas l'air d'un truc à la portée de deux types avec des pelles et des pioches, même s'ils sont habillés en Spiderman, avait alors observé Michaels.

– Non, commandant, c'est vrai. Toutefois, cet abri a été construit dans les années cinquante, et il était conçu pour résister aux technologies disponibles à l'époque. Il est évident qu'ils n'avaient pas les ressources dont nous disposons à présent. De nos jours, nous avons des charges explosives capables de pénétrer l'acier et le béton renforcé comme un couteau chauffé dans une motte de beurre. Tout ce qu'il nous faut, c'est dégager la terre et parvenir à l'obstacle résistant.

– Ça paraît d'une simplicité biblique. Pourquoi Ames n'a-t-il pas remis à niveau son abri lorsqu'il a emménagé ?

– Je suppose qu'il tablait sur le fait que personne n'en connaissait l'existence. On n'a pas besoin de murailles épaisses pour protéger un endroit ignoré de tous. Et par ailleurs, je ne sais pas trop ce qu'il aurait pu faire. Ces points faibles tiennent à la conception même du projet. Pour y remédier, il aurait quasiment fallu qu'il reconstruise tout l'abri antiatomique et il était hors de question de le faire en gardant le secret sur l'existence de cet endroit. Comme je vous l'ai dit, ce ne sont là toutefois que des supputations.

– OK, dit Alex. À supposer que vous avez raison et que ces points faibles existent toujours, l'idée n'est-elle pas de le surprendre ? Est-ce que cette charge ne va pas faire du boucan en explosant ?

– Bien sûr. Mais je pense que nous avons prévu le coup. »

Howard lui avait expliqué les choses et Michaels dut bien admettre que ça paraissait se tenir.

Les deux soldats déplaçaient la terre à une vitesse incroyable. En quelques minutes à peine, ils étaient parvenus à la dalle de béton. Quelques minutes encore, et ils avaient dégagé un cercle approximatif d'un mètre cinquante.

Ces exosquelettes étaient à coup sûr impressionnants.

Fernandez descendit dans le trou et déposa sur le béton un bloc de plastic de la taille d'un pain.

« Prêt, mon général. »

Howard regarda sa montre. Il effleura un bouton sur son casque radio et dit : « Trente secondes à mon top. »

Fernandez acquiesça et pressa une touche sur le détonateur de la charge.

« Top, dit Howard dans son laryngophone.

– À vingt mètres, tout le monde, par ici ! » lança Fernandez.

Tous s'écartèrent. En vitesse.

40.

Odessa, Texas

Ames était de retour devant les écrans de contrôle et buvait une tasse de café quand le camion sauta. Il était juste en train de le fixer quand il se transforma en boule de feu, saturant d'un éclat blanc aveuglant les capteurs et les filtres des caméras. Il sentit la salle vibrer et entendit l'écho de l'explosion résonner autour de lui.

Il reposa délicatement sa tasse de café et se frotta les yeux, sans cesser de fixer les moniteurs.

Quand l'image revint, il vit ce qui restait du véhicule, tout au plus le châssis et les roues, qui étaient la proie des flammes. Même les pneus brûlaient.

Des trois hommes qui s'étaient trouvés là, aucune trace.

Désintégrés, sans doute.

Qu'est-ce qui avait pu se produire ? Une fuite de carburant ? Peut-être que le camion avait contenu des explosifs. Non. Il secoua la tête. Il avait pu constater qu'il était vide.

Il hocha de nouveau la tête, but une gorgée de café. Que pouvait-il faire ? Y avait-il même quelque chose à faire ? Rien pour les trois hommes en tout cas. Il ne les avait plus vus depuis plusieurs minutes et avait supposé qu'ils étaient remontés à bord, après avoir constaté qu'ils ne pouvaient pas réparer la panne. Si tel avait bien été le cas – et ça l'était sans doute parce qu'il ne les avait pas vus aux alentours –, alors ils étaient carbonisés.

Il pourrait certes appeler la police d'État pour signaler l'accident, mais il n'avait pas vraiment envie que l'on note sa présence. Bien sûr, il était curieux, mais pas au point de parler à la police. Après tout, cela ne le concernait pas et il n'allait pas renoncer au calme et au secret qu'il avait eu tout ce mal à instaurer.

De toute façon, on ne pouvait plus rien faire pour les occupants du camion. Au moins n'avaient-ils sans doute pas su ce qui leur arrivait.

Là où se trouvaient peu auparavant une dalle de béton et des barres d'acier, il n'y avait plus qu'un cratère. Mais il restait encore de la terre à retirer.

« Reaves, Holder, devant et au milieu ! ordonna Fernandez. Faites-moi bosser ce matos ! »

Les deux soldats munis d'exosquelettes s'avancèrent ; si leur démarche ne ressemblait pas à celle de zombies, ce n'était pas non plus celle d'hommes normaux. Accompagnés par le bruit des moteurs et de vérins hydrauliques, ils se mirent à évacuer de nouveau la terre.

« Il a certainement entendu notre explosion, dit Michaels en indiquant le cratère.

– S'il est bien là-dessous, sûrement, confirma Howard. C'était inévitable, c'est bien pourquoi on a minuté l'opération pour faire sauter le leurre pile au même moment. La question demeure : est-ce que ça a marché ?

– J'imagine qu'on ne va pas tarder à le savoir. »

Ames regarda brûler le camion quelques temps encore, mais il n'y eut pas de nouvelles explosions et son intérêt s'émoussa au bout de quelques minutes. Il décida d'aller se manger un petit quelque chose, avant de retourner se coucher. Ce n'est pas une tasse de café qui l'empêcherait de dormir.

Il chargea néanmoins des bandes neuves dans les magnétos. Il les examinerait dans la matinée, pour voir combien de temps avait mis la patrouille de la police d'État pour arriver, et ce qu'ils avaient fait une fois sur place. Il voulait également s'assurer qu'ils seraient tous repartis, une fois qu'ils auraient terminé. Il ne voulait pas d'autres intrus sur son domaine.

« Nous avons terminé, mon général », dit Reaves.

Derrière lui, Holden le retenait d'une main, les vérins bloquant celle-ci sur le bras de Reaves, pour l'empêcher de basculer dans le trou qu'il venait de creuser.

Howard hocha la tête. « Lieutenant, l'échelle de corde. »

Junior s'approcha, déroulant la corde de nylon munie de barreaux à lamelles.

« À vue de nez, il y a bien sept mètres jusqu'au palier, mon général, observa Fernandez. On va rester suspendus.

– Pas grave, dit Howard.

– Bien, dit Michaels. Allons chercher ce gars, d'accord ?

– Affirmatif, commandant. C'est exactement ce que je pensais. »

Assis dans la cuisine, Ames mangeait une omelette accompagnée de pain de seigle grillé tartiné de confiture de mûres. Il marqua un temps d'arrêt, la tartine à mi-chemin de sa bouche.

Qu'était-ce encore ?

Il prêta attentivement l'oreille.

Rien que le ronronnement des réfrigérateurs. Il attendit quelques secondes encore mais n'entendit rien d'autre.

Un des problèmes avec un lieu aussi vaste et aussi vétuste c'est qu'il était plein de trucs qui couinaient et grinçaient. Même à cette profondeur sous la surface, une partie de la chaleur devait réussir à s'infiltrer et provoquer des dilatations et des contractions. Mais à moins qu'il n'y ait des fantômes, il était seul ici. Il se trouvait plus en sûreté que dans la chambre forte d'une banque… et personne n'avait la combinaison de ses portes.

Ames termina son casse-croûte, lava et essuya les assiettes, retourna dans la chambre. On ne laissait pas traîner des assiettes sales quand on risquait de s'absenter ensuite six ou huit mois. Il n'avait pas vu de fourmis, et elles n'étaient pas censées parvenir jusqu'ici. D'un autre côté, ils avaient bien trouvé un cafard à bord d'une des stations spatiales, deux ans plus tôt, alors pourquoi tenter le diable ?

Il s'assit sur son lit. Il était en train d'ôter ses chaussures quand il entendit un autre bruit.

Un de ses détecteurs s'était déclenché.

Le plus bizarre, c'est qu'il ne s'agissait pas d'une des alarmes périmétriques. Non, c'était un clignotant rouge qui signalait l'obstruction du filtre à air d'une des gaines de ventilation.

Ce qui était bizarre, c'est qu'il nettoyait et vérifiait régulièrement les filtres. En plein désert, c'était indispensable. Sinon, pour pour qu'un filtre se bouche aussi vite, il aurait fallu qu'il laisse ouverte la porte derrière lui.

Il s'arrêta, soudain glacé.

Ou que quelqu'un ait trouvé un autre moyen d'entrer.

Michaels regarda le général Howard.

Ce dernier étudiait une carte sur sa tablette-écran. Au bout d'un moment, il indiqua le bout du couloir. « Si Ames est toujours ici, il devrait se trouver par là. La chambre la plus proche de la salle des détecteurs n'est qu'à une centaine de mètres dans cette direction. C'est en tout cas là-bas que je m'installerais. »

Michaels acquiesça.

Howard et ses hommes étaient munis de pistolets-mitrailleurs 9 mm, en plus de leur arme de poing. Michaels avait un pistolet, un des H&K tactiques de leur dotation normale, et il avait ordre de ne pas tirer à moins d'avoir un adversaire en face de lui qui lui tirait dessus. Si Howard, Julio et les deux soldats se retrouvaient en infériorité devant un seul malheureux avocat, alors le pistolet ne lui serait de toute façon pas d'une grande utilité.

« Écartez-vous, ordonna Howard. Et restez silencieux. On communique par signes de la main, à partir de maintenant. »

Le pistolet pointé vers le sol, le doigt à l'extérieur du pontet, Ames progressait avec précaution dans le corridor. Il avait dû être le jouet de son imagination, non ?

Peut-être. Mais il y a un truc qui cloche. D'abord, un camion apparaît, puis il explose comme une bombe, et ensuite, voilà que tu te retrouves avec le témoin d'alerte d'obstruction d'un filtre. Peut-être que les deux faits sont liés ?

Il n'aimait pas les coïncidences.

Supposons un instant le pire scénario : il y a quelqu'un ici.

Si c'était le cas, alors c'était une mauvaise nouvelle, une très mauvaise nouvelle. Parce que ça voulait dire qu'on était venu exprès pour lui. Que les intrus étaient organisés, bien informés, et bien équipés, non seulement pour l'avoir retrouvé, mais pour avoir organisé un assaut et s'être introduits dans la place sans se faire détecter.

Non. Impossible. Impossible qu'ils aient été capables de court-circuiter ses détecteurs, et même ainsi, ils n'auraient pas pu entrer. *Impossible.*

Peut-être qu'il y a une entrée secrète dont tu ignores l'existence ?

Non. Il avait vu les plans. Il avait exploré le moindre recoin de l'abri. Pas de portes secrètes dont il ignorerait l'existence.

Il s'arrêta, tendit l'oreille.

Rien.

Il essaya de se rassurer. Le filtre déconnait ou c'était le système d'alarme. Obligé. C'était certainement plus logique.

Peut-être. Mais il était bien décidé à ne plus prendre aucun risque. Il allait tout vérifier, scrupuleusement, et s'il y avait le moindre signe qu'il n'était plus seul, il s'enfuirait. Pas plus compliqué que ça.

Il se sentit mieux.

Puis il tourna un angle et vit le soldat armé d'une mitraillette qui se dirigeait vers lui…

« Cible ! » dit Julio.

À peine ce mot avait-il quitté ses lèvres que ladite cible ouvrit le feu avec une arme. Howard ne vit ni l'un ni l'autre, et l'équipement électronique du casque atténua le son, mais cela lui fit l'effet d'une arme de poing. Trois coups en succession rapide – *bam, bam, bam !*

D'instinct, Howard se plaqua contre le mur.

Quatre mètres devant lui, Julio riposta avec son arme automatique, deux salves de trois balles.

Derrière Howard, Michaels se retrouva à terre, tassé sur lui-même. Reaves et Holder s'accroupirent, le canon de leur arme cherchant des cibles.

« Il a filé ! s'écria Julio.

– T'es touché ?

– Négatif, mon général.

– Tu l'as touché ?

– Je ne crois pas. Il a détalé rudement vite. »

Ils se relevèrent, mais le corridor était vide, en effet. Il n'y avait pas de sang par terre.

« OK, il sait que nous sommes ici. Avançons. Activons ces capteurs thermiques, pour voir si on peut le repérer ainsi. Commandant, vous fermez la marche. »

Michaels ne discuta pas. Il avait assez de jugeote pour être conscient de ce qu'il ne savait pas.

Les cinq hommes avancèrent, Julio ouvrant la marche, brandissant un petit appareil capable de détecter la chaleur corporelle d'un individu.

Pas trace manifeste d'Ames.

« Tout doux, lieutenant.

– Toujours, mon général, toujours. »

Ames tenait d'une main moite la crosse de bois et d'acier de son revolver. Voilà qu'il se retrouvait avec une espèce de commando, des militaires ! Qu'est-ce qu'il allait faire ?

Et qui étaient-ils, d'abord ?

Il n'avait pas de chargeur de rechange pour son pistolet. Combien de balles avait-il tirées ? Deux ? Trois ?

La panique l'envahit.

La voix de la raison essaya de s'infiltrer : *Qu'est-ce que tu es en train de faire, imbécile !? Pose ton arme et lève les mains en l'air ! Laisse-toi arrêter ! Tu es un avocat brillant, nom de Dieu ! Ils n'ont rien contre toi qui puisse tenir devant un tribunal. Et une fois au tribunal, c'est toi qui auras le dessus.*

Ames se contraignit à prendre une profonde inspiration. Oui. C'était vrai. Mais... S'ils étaient venus pour l'arrêter ? Et s'il s'agissait d'une opération commando clandestine ? Et s'ils étaient des assassins ?

À coup sûr, ce n'était pas des policiers ordinaires. Personne n'avait crié : « Police, on ne bouge plus ! » D'accord, il leur avait tiré dessus, mais ils avaient riposté tout de suite, et personne n'avait lancé la moindre sommation.

Ils avaient dû faire des efforts pour venir le traquer jusqu'ici – prendre des mesures hors du commun, à vrai dire, juste pour le prendre par surprise. Ils avaient fait sauter un camion pour couvrir leur intrusion. Et ils étaient armés jusqu'aux dents.

Qui étaient-ils ? Comment les semer pour gagner l'écoutille de sortie ?

Y en aurait-il d'autres en surface, pour l'attendre ?

Se rendre demeurait la solution la plus intelligente, non ?

Mais s'il déposait son arme et levait les mains en l'air, imaginons qu'ils se contentent de sourire avant de le tailler en pièces ? Il serait mort et ne saurait jamais qui l'avait tué, ni pourquoi...

Il secoua la tête. Non, il ne pouvait pas se rendre comme ça. Pas encore. Il devait d'abord en savoir plus sur eux, s'assurer d'abord de ne courir aucun risque.

Et pour ça, il devait rester en vie.

Le pistolet pointé vers le sol, Michaels se tenait quinze mètres derrière le dernier de la file. Sa respiration était rapide mais il n'avait pas peur. Il était nerveux, ça oui, et excité, mais pas effrayé.

Cet endroit était un dédale de corridors et de portes, qu'ils franchissaient toujours avec précaution, Fernandez et Howard se glissant dans chaque pièce pour vérifier si elle était vide tandis que Michaels restait derrière dans le couloir.

Le complexe était immense, avec quantité d'endroits où l'on pouvait se cacher. Même avec leurs détecteurs, ils pouvaient fort bien le rater. Et ce serait un beau merdier. Il avait bien fait de songer à prendre sa retraite parce qu'il se ferait virer à coup sûr si jamais cette histoire tournait mal.

Ames ignorait combien ils étaient, ils pouvaient aussi bien être dix que cinquante. Pas question de déclencher une fusillade. Ils étaient manifestement mieux armés, et de toute façon, il était en infériorité numérique. S'il ne se rendait pas, alors la seule autre option était de se cacher et d'attendre une occasion de s'échapper.

Et après, quoi ? Eh bien, il s'en soucierait le moment venu.

Son avantage était qu'il connaissait mieux les lieux qu'eux, même s'ils avaient des plans de l'abri. Ils ne pouvaient pas savoir où il avait entreposé les approvisionnements ou s'il avait déplacé le mobilier, par exemple. S'il pouvait se cacher momentanément à leur insu, repasser derrière eux, descendre à un des niveaux inférieurs, il pourrait peut-être se faufiler. C'était sa meilleure carte.

La cuisine principale était un bon endroit. Avec des

tas de placards, de chambres froides, de garde-manger. S'ils réussissaient malgré tout à le trouver, il pourrait toujours essayer de se rendre. S'ils étaient des représentants de la loi, ils n'allaient pas lui tirer dessus.

C'était une chance à courir, de toute manière, et pour l'heure, c'était apparemment la seule.

« J'ai un point chaud, là-dedans, annonça Julio en indiquant une porte ouverte. On dirait une cuisine. »

Howard s'approcha. « Passe à gauche, je prends à droite. Reaves, surveillez la porte. Holder, couvrez le reste du couloir, juste devant. Commandant, si vous voulez bien rester où vous êtes et vous assurer que personne ne nous prend à revers ? »

Michaels acquiesça. « Pigé.

– OK, Julio. À trois. Un… deux… *trois* ! »

Julio entra le premier, penché, passa à gauche. Howard suivit juste derrière, un peu plus haut, en couvrant le reste de la pièce qui était immense.

C'était en effet une cuisine. Vaste, avec trois cuisinières, des réfrigérateurs, des éviers, des paillasses, des placards et des garde-manger pour collectivités.

D'un signe de tête, Julio indiqua les cuisinières. Tous deux se dirigèrent dans cette direction, l'arme dégainée, prête à tirer.

Julio plaqua une main sur la cuisinière. « Voilà la source de chaleur. Il a dû se préparer un petit souper.

– Le détecteur capte autre chose ?

– Négatif.

– Bien. Faisons entrer Reaves et Holder, qu'ils poursuivent les recherches. Nous, on continue. »

Ames entendit les voix et même si elles étaient assourdies parce qu'il s'était dissimulé dans le frigo ambulant, il reconnut l'une d'elles : c'était John Howard, le chef de la branche militaire de la Net Force.

Ah. Ça se tenait, plus ou moins. D'une manière ou d'une autre, ils avaient donc établi le lien entre lui et Junior. Peut-être ce dernier n'était-il pas mort sur le coup lors de la fusillade. Ames sourit. Peut-être même n'était-il pas mort du tout. Il pouvait s'agir d'une campagne d'intoxication. Peut-être que Junior était en vie, en parfaite santé, et qu'il chantait comme un vol de canaris...

Le fait que ce soit la Net Force changeait la donne. Pour les poursuivre en justice, il avait argué que tout le personnel de la Net Force formait un groupe d'autodéfense enclin à la violence, une bande de maniaques de la gâchette prêts à en découdre et prompts à recourir à la force meurtrière en toute occasion, mais il savait que ce n'était pas vrai. Et jusqu'à cet instant, peu lui importait.

Ce n'était plus le cas désormais.

Il avait lu personnellement les rapports. Bien obligé pour pouvoir être en mesure de les présenter devant un jury. Et il savait qu'il pouvait déposer son arme et sortir de la chambre froide sans courir plus de risque que s'il se trouvait dans ses bureaux.

Excepté qu'ils le conduiraient en prison. Et si la Net Force était bien de la partie, c'est qu'ils détenaient quelque chose de concret, même s'il n'avait aucune idée de ce que c'était. Ils avaient déjà franchi la ligne, il le savait, mais il savait également que son action en justice avait porté un éclairage particulier sur leurs actes. Il était exclu qu'ils agissent ici dans le cadre d'un coup de bluff. Impossible.

Ce qui signifiait qu'il ne pouvait pas se rendre. Pas encore. Pas tant qu'il n'aurait pas pris le temps de réfléchir, de découvrir peut-être ce qu'ils détenaient – ou croyaient détenir – contre lui, et d'avoir un plan pour y parer. Alors seulement, il pourrait se laisser capturer.

Mais pas tant qu'il n'aurait pas en main un joker pour lui éviter la prison.

Il fronça les sourcils, puis vérifia le nombre de balles restant dans son chargeur. S'en sortir allait être coton, c'était sûr, surtout que d'autres allaient débarquer ici pour le rechercher et que ce ne serait pas une bonne idée de leur tirer dessus. Il décida de se bouger. Rejoindre le passe-plats, descendre d'un niveau et ainsi leur fausser compagnie. C'était le seul moyen. Go !

Michaels contrôlait sa respiration – enfin, plus ou moins – et il se trouvait encore dix mètres derrière John. Les deux soldats étaient entrés dans l'immense cuisine pour la fouiller. Michaels commençait à se dire qu'Ames allait encore leur échapper, ce qui serait vraiment le comble après tous les efforts qu'ils avaient déployés.

Il passait devant une cage d'escalier qui descendait quand il entendit un bruit.

Pas grand-chose, juste un petit déclic, qui sans doute ne signifiait rien. Il se pencha toutefois et regarda au bas des marches. Rien… quoique, qu'est-ce que c'était que ça ? Une ombre fugitive, comme si quelqu'un était passé devant une source lumineuse…

« John. »

Devant lui, Howard se retourna. « Oui ?

– Je crois bien qu'il a descendu l'escalier ! »

Sans plus réfléchir, Michaels entama la descente.

« Alex, attendez… ! »

Mais Michaels avait déjà dévalé quatre marches et pressait le pas.

Il n'y avait pas de porte sur le palier du bas, juste une large ouverture débouchant sur le niveau inférieur. Sans doute n'avaient-ils pas dû se préoccuper des réglementations anti-incendie lors de la construction de ce complexe.

Il prit soin de ne pas foncer comme un aérate à travers l'ouverture. Il ralentit, passa la tête, et vit en effet un homme qui s'éloignait d'un pas précipité au bout du corridor, à une trentaine de mètres. Ce devait être Ames.

Michaels s'engagea dans le couloir, leva son pistolet.

« On ne bouge plus ! lança-t-il. Net Force ! »

Il entendait le martèlement des bottes de Howard dans l'escalier derrière lui.

Ames tourna, le vit, écarquilla les yeux. Il avait une arme dans la main droite, mais elle était pointée vers le sol.

« Ne tirez pas ! dit-il. Je me rends ! »

Michaels se décontracta légèrement. Bien. Il n'était pas sûr qu'il aurait réussi à l'atteindre à cette distance avec une arme de poing, de toute manière.

« Déposez votre arme !

– D'accord ! Ne vous énervez pas ! » Ames se pencha et fit le geste de déposer son pistolet par terre...

... sauf qu'il n'en fit rien. Il le redressa brusquement et se mit à tirer !

Michaels sentit les balles l'atteindre, deux au moins, en pleine poitrine. Même s'il portait un blindage protecteur, les impacts lui donnèrent l'impression d'avoir été frappé à coups de marteau. Il se jeta sur le côté pour s'éloigner de la ligne de mire, riposta avec son propre pistolet...

Howard lui cria derrière lui : « Commandant ! Couchez-vous ! »

Michaels se baissa, tout en gardant son arme tendue devant lui.

La mitraillette de Howard rugit, et son bruit se joignit à celui des armes de Michaels et d'Ames.

Ames vit Michaels s'effondrer, il était sûr de l'avoir touché, mais voilà que le second type était là et faisait feu...

Pourquoi avait-il tiré ? Pourquoi ne s'était-il pas rendu, comme il l'avait dit ?

Mais il n'avait pas de réponse. Cela n'avait pas été une décision. Ç'avait été un réflexe, un geste né de quelque chose d'enfoui en lui, quelque chose dont il avait jusqu'ici ignoré l'existence.

Du feu s'épanouit dans sa poitrine, son épaule, sa jambe. Il pivota, comme pour échapper à la douleur, mais celle-ci le poursuivit. Il abaissa les yeux, vit le sang...

D'autres impacts. L'arme tomba de ses doigts soudain privés de force, rebondit par terre avec fracas, mais c'était bien le cadet de ses soucis. Il se sentait faible, trop faible pour tenir debout. Il tomba, heurta le mur, glissa au sol en position assise. Il avait du mal à respirer...

Il vit les deux hommes se diriger vers lui. Il aurait dû faire quelque chose mais il se sentait soudain si las...

Je vais juste me reposer une seconde. Récupérer mes forces. Fermer les yeux une minute, et puis ça ira mieux...

Howard s'avança prestement, Michaels désormais sur ses talons. Ames était au sol, couvert de sang. Il n'avait pas l'air de respirer.

D'un coup de pied, Howard expédia le pistolet de l'homme au loin dans le couloir, puis il se pencha et posa deux doigts sur sa carotide droite.

Rien.

Julio arrivait au pas de course et s'arrêta pile au moment même où Howard hochait la tête.

« Est-ce que je l'ai touché ? demanda Michaels.

– Difficile à dire, répondit le général, mais je crois que celle dans la jambe est à vous.

– Bien. »

Howard regarda Michaels, perplexe.

« Cet homme avait envoyé chez moi un tueur, expliqua le patron du service. Il avait menacé mon enfant. »

Howard opina. « Le mien aussi. Dieu le jugera pour ses actes mais je ne suis pas fâché que ça se passe pour lui plus tôt que prévu.

– Amen », conclut Julio.

Épilogue

Washington, DC

Michaels et Toni allèrent se promener dans le parc avec Petit Alex et Gourou. La journée était fraîche pour la saison, dans les vingt degrés. Tandis que Gourou accompagnait le petit garçon au manège, Toni se tourna vers Alex et demanda : « Alors comme ça, John prend sa retraite pour de bon, ce coup-ci ? »

Michaels opina. « Oui. Il s'est vu offrir un poste dans le privé. Un vieil ami dirige la boîte et je pense qu'il va accepter. Il gagnera plus et se retrouvera confronté à une autre catégorie d'individus. Pas forcément meilleurs, mais sans doute moins dangereux. Du moins physiquement. Je crois qu'il pourrait également trouver un poste à Julio dans la sécurité…

– Une chance pour eux. »

Il sourit à sa femme. « Et pour nous aussi.

– Tu comptes vraiment raccrocher ?

– C'est déjà fait. J'en ai parlé aujourd'hui à la directrice. Tu peux m'aider à rédiger ma lettre de démission.

– Tu es sûr ?

– Absolument. Je reste juste le temps de mettre mon successeur au courant, quelques semaines tout au plus. On peut vendre l'appartement, réaliser quelques titres, nous acheter une jolie maison dans le Colorado et prendre un peu de vacances avant que j'aie à me soucier de trouver un boulot. »

Elle le regarda. « Et CyberNation ? »

Il marqua un temps, puis haussa les épaules. « Ouais, c'est le problème. On a coupé une partie de ses têtes, mais CyberNation existe toujours et je ne pense pas qu'on en sera débarrassé de sitôt. Le problème, c'est que je ne sais plus trop quoi en penser. »

Toni fronça les sourcils. « C'est un changement. »

Il acquiesça. « Cette lobbyiste dont je t'ai parlé, Corinna Skye… elle avait d'assez bons arguments, la fois où elle est venue me voir au bureau. Je ne peux pas dire que je partage entièrement son opinion, mais peut-être que je ne suis plus en si complet désaccord qu'au début… »

Il prit la main de Toni. « J'imagine que, comme je vois les choses, cette CyberNation se réalisera tôt ou tard, et si elle se réalise, ce sera un mal ou un bien… ou quelque chose entre les deux… Comme la plupart des choses dans la vie, ce n'est pas aussi simple que je le voudrais. » Il haussa les épaules. « Quoi qu'il en soit, ce n'est plus de mon ressort. Et c'est très bien ainsi. »

Elle lui glissa un bras autour de la taille. « Tu n'as pas peur qu'on se transforme en vieux couple ennuyeux ? »

Il rit. « Ce n'est pas vraiment ma crainte, non. On

a déjà eu suffisamment d'émotions pour remplir dix existences.

– Regarde, Gourou monte sur le manège avec le petit.

– Parfait, il ne nous manquerait plus que ça, Gourou qui se casse le col du fémur ! »

Mais la vieille dame s'était installée au beau milieu, solide comme un roc. Petit Alex, quant à lui, était ravi et riait tandis que tournait le manège.

C'était ça la vie, telle que l'imaginait Toni. Se retrouver avec sa famille, en bonne santé et en sécurité. Pas nécessairement jusqu'à la fin des temps, personne ne pouvait promettre une telle chose, mais c'était déjà un commencement.

Et pour l'heure, elle s'en contentait.

Remerciements

Nous aimerions rendre hommage, pour leur aide, à Martin H. Greenberg, Denise Little, John Helfers, Brittany Koren, Lowell Bowen, Esq., Robert Youdelman, Esq., Danielle Forte, Esq., Dianne Jude et Tom Colgan, notre éditeur. Mais avant tout, c'est à vous, amis lecteurs, qu'il reste à décider dans quelle mesure notre effort collectif aura été couronné de succès.

Tom Clancy et Steve Pieczenik

Du même auteur

aux Éditions Albin Michel

Romans :

À LA POURSUITE D'OCTOBRE ROUGE
TEMPÊTE ROUGE
JEUX DE GUERRE
LE CARDINAL DU KREMLIN
DANGER IMMÉDIAT
LA SOMME DE TOUTES LES PEURS, tomes 1 et 2
SANS AUCUN REMORDS, tomes 1 et 2
DETTE D'HONNEUR, tomes 1 et 2
SUR ORDRE, tomes 1 et 2
RAINBOW SIX, tomes 1 et 2
L'OURS ET LE DRAGON, tomes 1 et 2
RED RABBIT, tomes 1 et 2
LES DENTS DU TIGRE

Une série de Tom Clancy et Steve Pieczenick :

OP'CENTER 1
OP'CENTER 2 : IMAGE VIRTUELLE
OP'CENTER 3 : JEUX DE POUVOIR
OP'CENTER 4 : ACTES DE GUERRE
OP'CENTER 5 : RAPPORT DE FORCE
OP' CENTER 6 : ÉTAT DE SIÈGE
OP' CENTER 7 : DIVISER POUR RÉGNER
OP' CENTER 8 : LIGNE DE CONTRÔLE
OP' CENTER 9 : MISSION POUR L'HONNEUR
OP' CENTER 10 : CHANTAGE AU NUCLÉAIRE
NET FORCE 1
NET FORCE 2 : PROGRAMMES FANTÔMES
NET FORCE 3 : ATTAQUES DE NUIT
NET FORCE 4 : POINT DE RUPTURE
NET FORCE 5 : POINT D'IMPACT
NET FORCE 6 : CYBERNATION

Une série de Tom Clancy et Martin Greenberg :

POWER GAMES 1 : POLITIKA

POWER GAMES 2 : RUTHLESS.COM

POWER GAMES 3 : RONDE FURTIVE

POWER GAMES 4 : FRAPPE BIOLOGIQUE

POWER GAMES 5 : GUERRE FROIDE

POWER GAMES 6 : SUR LE FIL DU RASOIR

Documents :

SOUS-MARINS. Visite d'un monde mystérieux : les sous-marins nucléaires

AVIONS DE COMBAT. Visite guidée au cœur de l'U.S. Air Force

LES MARINES. Visite guidée au cœur d'une unité d'élite

LES PORTE-AVIONS. Visite guidée d'un géant des mers

Composition IGS-CP
Impression : Bussière, en octobre 2007
Éditions Albin Michel
22, rue Huyghens, 75014 Paris
www.albin-michel.fr

ISBN : 978-2-226-18102-2
N° d'édition : 25500. – N° d'impression : 073174/4.
Dépôt légal : novembre 2007.
Imprimé en France.